TE VERÉ ESTA NOCHE

TE VERÉ ESTA NOCHE

SUSANA RODRÍGUEZ LEZAUN

Editado por HarperCollins Ibérica, S. A.
Avenida de Burgos, 8B - Planta 18
28036 Madrid

Te veré esta noche
© Susana Rodríguez Lezaun, 2018, 2024
www.susanarodriguezlezaun.com
© 2024, para esta edición HarperCollins Ibérica, S. A.
Publicado por HarperCollins Ibérica, S. A., Madrid, España.

Diseño de cubierta: CalderónSTUDIO®
Imagen de cubierta: Shutterstock

ISBN: 978-84-19809-53-7
Depósito legal: M-19601-2024
Impreso en España por: BLACK PRINT

MIXTO
Papel procedente de
fuentes responsables
FSC   FSC® C159065

DIEZ...

18 de enero, domingo

El reloj de pared se burlaba de él. Estaba convencido de que, cuando no miraba, las manecillas se movían hacia atrás. Ninguna teoría científica le convencería de que el tiempo era siempre igual. Apremiante unas veces, urgente hasta la asfixia, y tan pausado otras que ponía a prueba toda su paciencia. Se removió inquieto en su asiento, pero alrededor de aquella mesa parecía ser el único que tenía prisa. Comprobó su reloj de pulsera, tan perezoso como el que colgaba frente a él, y empujó la silla hacia atrás, provocando un inesperado estrépito que tuvo como recompensa poner fin a los cuchicheos que su mujer y su suegra mantenían a unos metros de él. Los niños, inmersos en el mundo mágico de sus consolas, apenas levantaron la vista de las pequeñas pantallas.

—Tenemos que irnos —anunció mientras se ponía en pie. Evitó el contacto visual con las dos mujeres, que lo miraban con el ceño fruncido, y se dispuso a fregar las tazas que habían usado para el café. Era lo único que quedaba por recoger. Después, no habría excusa para no marcharse. Oyó a su espalda el sollozo mal disimulado de su suegra, consolada al instante por su hija, quien seguramente la estaría abrazando, pero no se volvió para comprobarlo. En lugar de eso, pidió a los niños que recogieran sus consolas, buscaran los abrigos y los guantes y se pusieran las botas antes de salir a la calle.

Un segundo más tarde, el perfil de su mujer apareció a su lado. Se volvió para verle la cara completa y supo de inmediato que se aproximaba tormenta.

—No era necesario que fueras tan brusco. Vete tú a saber cuándo podrá volver a esta casa.

Raquel habló en voz baja, escupiendo las palabras entre los dientes apretados. Arrugó los labios y se concentró en el estropajo con el que frotaba las tazas. Contuvo las ganas de decirle lo que realmente pensaba, a pesar de ser consciente de que no era momento para hipocresías. Llevaba todo el fin de semana trabajando como un mulo para desocupar una casa que, con un poco de suerte, no volvería a pisar jamás. Había llenado y cargado cajas y más cajas con ropa, sábanas y toallas que apestaban a vejez y humedad; enseres inútiles, trastos viejos que nadie querría y que, antes o después, terminarían en un vertedero, pero de los que su suegra se negaba a separarse. De momento los dejarían en un trastero alquilado a las afueras de Pamplona, y dentro de unos años, cuando su propietaria pasara a mejor vida, se desharía de ellos definitivamente.

—Mientras la agencia no alquile la casa, podrá volver cuando quiera. Además —dejó la última taza en el escurridor y buscó el trapo de cocina para secarse las manos—, lo de trasladarse a Pamplona ha sido idea vuestra, si ahora se arrepiente no es culpa mía. Yo lo único que sé es que me espera una pila enorme de exámenes para corregir y que tengo que poner las notas antes del miércoles. —Su mujer lo miraba con los ojos muy abiertos, sorprendida ante la inesperada respuesta de Íñigo. No pudo evitar sentirse culpable. Raquel siempre conseguía que se sintiera así, como si fuera el responsable de todos los males del mundo. Moduló el tono de voz y le acarició el pelo con la punta de los dedos en un roce apenas percibido—. Es una tontería alargar lo inevitable. Vayámonos cuanto antes y así podrá ponerse cómoda en casa y comenzar a habituarse a la nueva situación. Además, anuncian tormentas para esta tarde, y mejor si nos pillan ya a cubierto.

Raquel recapacitó unos instantes y se alejó sin decir ni una palabra. Pasó junto a su madre, que llevaba varios minutos recogiendo unas migas invisibles de la mesa y observándolos de reojo, y salió de la cocina en busca de los niños.

El padre de su mujer había muerto unos meses atrás. Raquel comenzó entonces una guerra soterrada para convencerlo de la conveniencia de que su madre se trasladara a vivir con ellos. Hija única, no quería que la anciana, con setenta y cinco años cumplidos, viviera sola en la enorme casona del pueblo que había compartido con su esposo durante más de cincuenta años. Por supuesto, una vez más Raquel consiguió remover la tierra bajo sus pies y hacerle caer en su trampa. Al final, Íñigo cedió a todas sus pretensiones. Accedió a que Leonor se mudara a su casa y consintió en que el salón fuera desde entonces diez metros cuadrados más pequeño, por obra y gracia del tabique que otorgó una habitación propia a la mujer. Claudicó en todo, mirando a su esposa con asombro, sin creerse realmente que ella fuera capaz de pedírselo y que él se rindiera sin presentar batalla. Estaba realmente cansado de luchar.

Tardaron casi una hora en cerrar todas las ventanas, cortar el suministro de luz y agua, cargar los escasos bultos que no se había llevado el camión de mudanzas y acomodarse en el coche. Miró a sus hijos a través del espejo retrovisor. Markel y Maite estaban de nuevo inmersos en sus consolas, ajenos a todo lo que los rodeaba. Acababan de cumplir ocho años y eran los gemelos más diferentes que Íñigo había conocido. Markel, bastante más pequeño y delgado que su hermana, era un niño tranquilo y pausado, poco amigo de las aventuras y, en su opinión, demasiado apegado a su madre. Maite, sin embargo, nunca estaba quieta. Peor estudiante que su hermano, era casi un palmo más alta y mucho más ágil y fuerte que él. Desde siempre había asumido un papel protector del que Markel se aprovechaba cuando le convenía.

Raquel parloteaba a su lado, con el cuerpo parcialmente vuelto para poder ver a su madre, que viajaba en el asiento central, con un nieto a cada lado. Primero uno y luego el otro, los niños recostaron la cabeza en la silla de viaje y se rindieron al sueño. Su abuela recogió con cuidado las máquinas que mantenían aferradas entre sus pequeños dedos y las guardó en las mochilas que llevaban a los pies. Quizá, después de todo, pudiera ser de alguna utilidad en la familia, aunque solo fuera cuidando a los niños cuando sus padres estuvieran trabajando, si bien sabía que su hija era perfectamente capaz de ocuparse de todo, como venía haciendo desde que nacieron los gemelos.

Cuando la forzada posición comenzó a resultarle incómoda, Raquel enderezó el cuerpo y se giró hacia delante. El parpadeo de los ojos duró lo necesario para no tener que mirar a su marido. A veces sentía que Íñigo le estorbaba, que estaba de más en su vida, pero las razones prácticas pesaban más que los sentimientos a la hora de iniciar un proceso de separación. El sueldo de los dos les permitía vivir con holgura y concederse incluso pequeños caprichos de vez en cuando. A cambio, mantenía su cuerpo alejado del de Íñigo por las noches y miraba a otra parte cuando se cruzaban.

Raquel notó un molesto escozor en los ojos, como el que la asaltaba durante las noches que pasaba en vela cuidando a sus hijos cuando enfermaban; le pesaban los párpados y le costaba mantener la vista fija en un punto concreto. El sopor era cada vez más intenso, pero no quería caer en la tentación de dejarse llevar por el sueño. Volvió la cabeza y comprobó que su madre había cerrado los ojos. No le gustaba dormirse en el coche, le parecía que su misión era estar alerta, pero la somnolencia era casi insoportable. Se frotó los párpados con las manos y respiró profundamente un par de veces, intentando oxigenar su organismo para mantenerlo despierto. Sintió la mirada de su marido sobre ella y se esforzó por espabilarse.

—Duérmete si quieres. —La voz de Íñigo le sonó extraña, ronca y lejana—. No te preocupes por mí, encenderé la radio y escucharé los partidos.

Acompañó las palabras con la acción y su dedo dio vida a un alterado locutor que narraba la loca carrera de un delantero en busca de la portería contraria. Bajó el volumen hasta que el relato radiofónico no fue más que un murmullo y volvió a concentrarse en la carretera. Detrás de ellos, una oscura tormenta avanzaba en la misma dirección. Las nubes negras se encendían cada pocos segundos, sacudidas por latigazos eléctricos que restallaban su furia unos instantes después.

Raquel nunca supo en qué momento la venció el sueño. La modorra se fue apoderando poco a poco de su cuerpo hasta que no tuvo más remedio que cerrar los ojos

11

definitivamente y dejarse arrastrar a un territorio sin sonidos ni imágenes, un rincón oscuro del que le estaba costando mucho esfuerzo regresar. Tampoco sabría decir cuánto tiempo había permanecido dormida. Lo primero que notó fue que el coche no se movía. ¿Habrían llegado a casa? Despertó con un fuerte dolor de cabeza y la boca seca como el esparto. Separó despacio los labios, estirando la piel milímetro a milímetro. Después, despegó la lengua del paladar y comprobó la presencia de los dientes, tan áridos como el resto de su cavidad bucal.

Abrió los ojos despacio, temiendo el dolor que le causaría la luz, pero a su alrededor solo encontró la oscuridad de una noche sin luna ni estrellas. Pero lo que realmente la asustó fue el silencio. El único sonido que alcanzó a distinguir fue el de la lluvia repiqueteando sobre el coche. ¿Cuándo había comenzado a llover? La tormenta estaba muy lejos cuando se durmió.

Se incorporó lentamente y soltó el cinturón de seguridad. Íñigo no estaba a su lado. Volvió la cabeza para confirmar lo que ya sospechaba: el asiento trasero estaba tan desierto como el contiguo. Estaba sola en el coche. A través de las ventanillas solo había oscuridad. La noche era completa a su alrededor, no distinguió luces de edificaciones ni farolas, ni siquiera el rastro de los faros de otros vehículos. ¿Dónde estaba? Y, sobre todo, ¿dónde estaba su familia?

Bajó despacio del coche, buscando alguna referencia que le permitiera descubrir su ubicación. Los pies se le hundieron en un inesperado barro blanduzco que prácticamente absorbió sus zapatillas de deporte. Gotas de lluvia le golpearon la cara con furia, arrancándole los últimos jirones de sueño. Por primera vez desde que era adulta no le importó que el agua le empapara el pelo, pegándoselo al cráneo y modelando el contorno de su pequeña cabeza. El aire frío y cortante le dibujó la silueta a través del fino jersey que llevaba puesto. Olía a tierra, a humedad y a estiércol. Asía con fuerza la portezuela por temor a que también desapareciera si la soltaba. El coche era lo único que en esos momentos la vinculaba con la realidad, garantizándole que no estaba soñando ni se había vuelto loca.

Localizó su bolso sobre la alfombrilla y volcó el contenido hasta encontrar el teléfono móvil. Con los dientes apretados, se esforzó por controlar el temblor de sus dedos y alejar el pánico que crecía en su interior. El haz de luz de la linterna hirió de muerte a la oscuridad, que se retiró unos metros para mostrarle una amplia extensión de hierba verde y húmeda. Alargó el brazo para mantener el contacto con el metal. Como una barca que gira alrededor de su ancla, Raquel rodeó el vehículo muy despacio, iluminando el suelo y el horizonte alternativamente, buscando cualquier pista que le permitiera hacerse una idea de lo que había sucedido. Las puertas del coche estaban cerradas y de su interior habían desaparecido también los abrigos y las pequeñas mochilas en las que los niños guardaban sus juguetes.

El destello de una luz a lo lejos llamó su atención. El haz de la linterna no alcanzaba a iluminar el lugar en el que aparecían y desaparecían los pequeños reflejos blancos que ahora veía con claridad, pero calculó que la separaban al menos cien metros de lo que quisiera que fuese aquello. En cualquier caso, era su única referencia de un lugar habitado. Un bocinazo lejano acabó con sus dudas. A su espalda había una carretera, quizá la misma por la que ellos circulaban antes de que…, ¿qué? No sabía cuánto tiempo había pasado desde que se había dormido. Podían haber transcurrido dos horas o dos días, aunque la escasa cordura que todavía mantenía le decía que no había pasado demasiado tiempo. En su reloj de pulsera faltaban pocos minutos para las siete y media. Hacía más de tres horas que habían salido del pueblo, doscientos minutos de los que no guardaba ningún recuerdo.

Enfocó el suelo con la linterna. La hierba apenas medía un palmo, pero sus raíces se hundían en una tierra ahíta de lluvia, un auténtico lodazal en el que a duras penas se podían dar dos pasos seguidos. ¿Cómo habían salido sus hijos de allí? ¿Y su madre? Gritó sus nombres con la voz rota por el miedo y la desesperación. Se sacudió el agua que le cubría los ojos y volvió a gritar. Aguardó impaciente entre una llamada y la siguiente, confiando en oír una respuesta, pero solo el viento parecía tener voz. Sus gritos se hicieron cada vez más rápidos y estridentes, hasta que los nombres de sus hijos formaron una cadena ininterrumpida de aullidos que se perdían en la noche.

Rendida, se dejó caer en el asiento del coche. Cerró los ojos y luchó por alejar las terribles imágenes que llenaban la pantalla de su imaginación. Encendió la luz superior y apagó la linterna. La señal de cobertura del móvil era una débil línea roja. Imposible telefonear. Sin pensárselo dos veces, salió de nuevo del coche y hundió los pies en el barro. La lluvia se había convertido en una suave llovizna que se deslizaba por su piel como una caricia helada. Insensible al frío, con la mente centrada en todo lo malo que podría estar sucediéndole a su familia, envió a sus piernas las escasas fuerzas que le quedaban y se lanzó en pos de la lejana carretera con el móvil frente a los ojos. Corrió todo lo que pudo hasta que la línea roja se convirtió en un destello azul. Avanzó unos pasos más y se detuvo para marcar. Tecleó rápidamente el número de Íñigo. Al instante, una voz grabada la informó de que el móvil estaba apagado o fuera de cobertura. Íñigo nunca apagaba el móvil, jamás. De hecho, una vez le confesó que ni siquiera recordaba la clave de acceso. Tampoco el teléfono de su madre aceptó su desesperada llamada.

Sintiéndose como la perdedora de todas las batallas, se rindió al cansancio y al miedo y se dejó caer de rodillas en el barro, llorando con la cara levantada al cielo y la boca abierta para permitir que el horror saliera de su interior y la rodeara por completo.

Necesitó unos minutos para serenarse. Ahuyentó las lágrimas y encendió una vez más la pantalla del móvil. La operadora del 112 respondió al segundo tono. Con la voz todavía entrecortada, le explicó la situación lo mejor que pudo. Pronunciadas en voz alta, sus palabras sonaban completamente inverosímiles, pero eso era exactamente lo que había sucedido: se había despertado en mitad de la nada, sola en el interior del coche, y toda su familia había desaparecido. No pudo darle su ubicación exacta, así que le indicó la carretera por la que circulaban antes de dormirse. La operadora le pidió que conectara el sistema GPS del móvil y lo mantuviera encendido para facilitar su búsqueda.

Regresó al coche lo más rápido que pudo, compitiendo con el absorbente lodo por la posesión de sus zapatillas. Las llaves seguían en el contacto. Encendió el motor y conectó los faros y las luces de emergencia. La claridad que la rodeó de pronto le pareció tan irreal como la franja de arbolado que apareció al final del sembrado, invisible hasta ese momento.

De pie sobre el barro, girando incesantemente sobre sí misma, cambiando las luces por las sombras a cada momento, intentó mantener la calma y buscar una explicación lógica a la insensatez que estaba viviendo. Quizá su familia simplemente había salido a estirar las piernas para dejarla dormir un poco y se habían visto sorprendidos por la tormenta. Los niños se asustaban con los truenos, así que Íñigo habría tenido que buscar un refugio del que seguramente todavía no se habían atrevido a salir. Era posible que se hubieran desorientado en mitad de la noche y no supieran volver al coche... Pero comprendió que ninguno de esos planteamientos explicaba cómo habían llegado hasta allí. Presionó el claxon con fuerza, lanzando a la noche una nueva señal de auxilio que se sumó a su propia voz llamando con desesperación a sus hijos.

Veinte minutos después, las azuladas luces de emergencia se detuvieron en la carretera, buscando seguramente un camino de acceso. Los primeros agentes que llegaron hasta ella la encontraron sentada en el suelo, con la espalda apoyada en una de las ruedas del vehículo, tiritando y empapada. La cubrieron con una manta y la invitaron a sentarse en el caldeado interior del coche policial. Poco después, el embarrado huerto se había convertido en una luminosa feria, con varios pares de luces rotatorias girando incesantemente alrededor de la tragedia.

El inspector David Vázquez estaba seguro de que ya había leído ese párrafo antes, pero no recordaba ni una sola palabra. Aunque sus ojos se paseaban con obstinada insistencia por las mismas líneas escritas, su cerebro permanecía ocupado en cuestiones muy alejadas del informe que reclamaba su atención. Las lamas de las cortinas, celosamente cerradas, le mantenían a salvo de las miradas de soslayo que le lanzaban sus compañeros de trabajo, pero nada, ninguna puerta, ningún muro, por alto que fuera, podía impedir que su mente volviera una y otra vez a los acontecimientos que acabaron con su vida hacía casi un mes.

No vio las señales, jamás sospechó que detrás de la mirada dulce de Irene Ochoa se escondiera una asesina con la tenaz determinación de eliminar a todo aquel que supusiese una amenaza para ella. Confundió la melancolía con el temor a ser descubierta, la euforia homicida con la alegría de volver a verlo.

Recordaba con dolorosa claridad la rápida intrusión en su casa de una decena de agentes uniformados en cuanto confirmaron que la sospechosa no estaba donde se suponía que debía estar. Invadieron sin miramientos el hogar que compartía con Irene mientras le observaban con una mezcla de compasión y desconfianza, seguros de que a ellos ninguna mujer habría podido engañarlos hasta ese punto, pensando por eso que, quizá, el inspector Vázquez no fuera tan ajeno a la historia como pretendía.

Escuchó en silencio el relato de los cargos contra ella y asistió, atónito e incrédulo, al meticuloso registro que dirigió un ufano inspector Redondo, que veía por fin confirmadas las sospechas que llevaba varios meses alimentando. Los agentes se desplegaron por las habitaciones con estudiada eficacia. Un instante después, la casa se llenó con el sonido de cajones arrancados de los muebles, armarios despojados de su contenido y muebles trasladados de un lugar a otro para revisar hasta el último rincón.

David, confinado en la cocina y estrechamente vigilado, intentaba encontrar una explicación a lo que estaba sucediendo, pero lo único que podía arreglar la situación era que Irene regresara cuanto antes y aclarara todas las sospechas que pesaban sobre ella. Sin embargo, la puerta seguía cerrada y las constantes llamadas a su móvil terminaban siempre antes de empezar.

Redondo le indicó la silla en la que podía sentarse, y así lo hizo, demasiado abrumado como para protestar.

Frente a él, apartada como si acabara de abandonarla, la silla en la que ella solía sentarse parecía completamente fuera de lugar, fría, vacía, descolocada. Un largo cabello oscuro contrastaba con el blanco respaldo en el que hacía solo unas pocas horas Irene descansaba, mirándolo desde detrás de la primera taza de café de la mañana. Le contó sus planes para la jornada, le besó en la puerta y, como siempre, le dijo adiós a través de la ventana, de nuevo sentada en esa misma silla. Lo que ocurrió después, y, sobre todo, lo que había pasado meses atrás, era un completo misterio para él.

Cuando el desfile de bolsas y cajas concluyó, Redondo plantó su huesudo cuerpo frente a él, con los brazos en jarras y la cabeza ladeada como la de un cuervo ante su brillante botín, y le exhortó a acudir a comisaría para prestar declaración voluntariamente, indicándole con la mano los coches policiales que permanecían estacionados junto a la acera. David se levantó despacio de la silla en la que había permanecido mudo durante las últimas dos horas.

—No me vas a meter en un coche patrulla —dijo mientras le clavaba en los ojos una mirada de hielo—. No voy a consentir que me trates como a un delincuente. Si tienes algo contra mí, detenme aquí y ahora. Si no, iré a comisaría cuando esté listo, yo solo y en mi coche.

El inspector Redondo se limitó a mostrar una sonrisa burlona. Había sonreído mucho esa mañana, a pesar de que su sospechosa había conseguido escapar. Vázquez no entendía dónde estaba el triunfo que le hacía tan feliz, aunque lo suponía relacionado con el hecho de verle allí sentado, atónito e indefenso ante las miradas de todo el cuerpo de policía. Se regodeó unos instantes más en su posición de superioridad antes de dar la vuelta y encaminarse hacia la salida.

—El comisario te espera dentro de media hora. Si llegas un minuto tarde, una patrulla vendrá a buscarte y entrarás esposado en jefatura.

Salió dando un sonoro portazo que retumbó en toda la casa, de nuevo solitaria y silenciosa.

David paseó la mirada a su alrededor. Los policías, sus propios compañeros, habían pasado como una horda de salvajes por todas las habitaciones de la casa, incluidos la pequeña buhardilla, el garaje, el jardín y el sótano. Salió de la cocina y caminó entre cojines destripados, sofás desplazados de su sitio, alfombras dobladas y colocadas de cualquier manera en un rincón, libros volcados, lanzados al suelo sin ningún cuidado, con las páginas dobladas y arrugadas. Se agachó junto a la librería y cerró los volúmenes que yacían a sus pies. Los apiló con cuidado junto al mueble, pero no tuvo fuerzas para volver a colocarlos en las estanterías.

El panorama que encontró en su dormitorio, la habitación que hasta esa misma mañana había compartido con Irene, era desolador. Habían retirado el colchón de la cama y ahora descansaba apoyado contra la pared, en un precario y antinatural equilibrio vertical. La ropa se amontonaba de cualquier manera sobre el somier desnudo y en el suelo, mientras que el armario, abierto de par en par, mostraba su alma despojada de todo adorno. Solo dos perchas habían sobrevivido al expolio y colgaban vacías, escondidas en un extremo de la barra. Encontró sus objetos personales desparramados de cualquier manera sobre la mesita de noche. Una foto de sus padres, un viejo reloj, unos cuantos libros manoseados... En el suelo, vacíos y volcados, estaban los cajones que hasta entonces los habían albergado.

Apretó las mandíbulas hasta que el rechinar de los dientes le produjo un intenso dolor. Le bullía la sangre, y la imagen de sus manos alrededor del escuálido cuello de Redondo se volvía cada vez más atractiva. Respiraba entrecortadamente y sentía los músculos tensos como cuerdas de guitarra. Redondo no tenía derecho a invadir su casa de aquella manera, ordenando a sus hombres que no dejaran ni un rincón sin revolver y que no perdieran el tiempo recolocando los objetos o cerrando los cajones.

Los miembros del equipo de registro parecían sacados de la lista de enemigos de Vázquez. En su casa vio a los escasos agentes con los que había tenido un desencuentro personal o profesional, policías a quienes en algún momento había recriminado su actitud o de cuyo abuso de autoridad había dado parte a sus superiores.

Encontró su abrigo en una de las pilas de ropa desordenada que cubrían el suelo y comprobó que las llaves del coche continuaban en su interior. Llegó a comisaría minutos antes de la hora fijada por Redondo. Su ira no se había diluido ni un ápice; al contrario, se esforzó por mantener al rojo vivo sus sentimientos, repasando mentalmente cada centímetro de su hogar devastado, cada libro expoliado de su lugar, cada cuadro torcido, cada prenda arrastrada por el suelo. Lo ocurrido era inaceptable.

Irrumpió en el edificio como una tromba, subiendo de dos en dos los escalones de recepción y empujando las puertas con excesiva fuerza. No respondió a los saludos e ignoró las miradas huidizas de los agentes con los que se cruzó. Solo el subinspector Torres se interpuso entre él y la entrada del despacho de Redondo, tras la que el afilado inspector esperaba ansioso el enfrentamiento.

—No merece la pena —le dijo Torres en voz baja, sin aflojar la presión sobre el brazo de su jefe, que insistía en avanzar—. No te busques la ruina por ese mierda. Sube a ver a Tous, aclara las cosas y él solito se pondrá en su sitio.

Su mano helada cubrió la de Torres. Quería librarse del freno y partirle la cara a ese imbécil, romperle la nariz y verle sangrar como un cerdo, pero Mario tenía razón. Relajó la presión sobre la mano de su compañero y respiró hondo antes de dar la vuelta y dirigirse a su propio despacho.

Necesitaba calmarse. Cerró la puerta tras de sí y apoyó la espalda en la madera. Tenía frío, y la angustia le atenazaba como un puño la boca del estómago. Y también tenía miedo, tanto como cuando, siendo un chiquillo, se cayó en un pozo no demasiado profundo, pero que a él, a los cinco años, le pareció la boca del infierno. Esperó durante horas, con los pies en el agua y la espalda pegada a la tierra empapada, hasta que su padre lo encontró y lo sacó de allí. Recordaba a su padre gritando su nombre a pleno pulmón y revivió el alivio que le embargó al sentir sus enormes manos alrededor de su cuerpo, izándolo hasta la superficie. Ese día, sin embargo, no encontraría consuelo en ningún brazo protector.

No podía imaginar a Irene quemando vivo a su marido, envenenando a su cuñada o acuchillando hasta la muerte a una joven limpiadora. Esa misma mañana la había besado hasta quedarse sin aliento, planeaban tener hijos, hacer un viaje el próximo verano... Vivía con esa mujer, dormía a su lado, la amaba profundamente, aunque lo único cierto en esos momentos era que Irene no estaba, había escapado de los policías que la vigilaban y nadie sabía adónde había ido.

Redondo aseguraba que había matado a tres personas. Cuatro, contándole a él, porque no conseguía recuperar el latido de su propio corazón.

Nadie le dirigió la palabra de camino al despacho del comisario. Llamó a la puerta y le sorprendió que el propio Tous le franqueara el paso. Unos metros más atrás, de pie junto a la mesa, el inspector Redondo observó con disgusto el intercambio de saludos. Cuando Tous ocupó su lugar tras el amplio escritorio, los inspectores se sentaron en las sillas dispuestas al otro lado, separadas entre sí por dos insuficientes metros de distancia.

—La situación es complicada. —Tous, poco amigo de los paños calientes, fue directo al grano—. El inspector Redondo tiene pruebas de peso contra Irene Ochoa en el asesinato de Katia Roldán, y todo apunta a que fue también ella quien la atropelló hace unos meses, el mismo día que sufrió un accidente que, muy oportunamente, acabó con el coche en el desguace.

Vázquez mantenía la espalda erguida, sin apenas rozar el respaldo de la silla y los dos pies firmemente apoyados en el suelo. Redondo, sin embargo, balanceaba despacio la pierna que había cruzado sobre la otra, abrazándose la rodilla con sus huesudas manos y esperando tranquilo a que le llegara el turno de hablar.

—Solo hay un motivo plausible para que Irene Ochoa decidiera quitarle la vida a Katia Roldán, y es que la joven la estuviera chantajeando de alguna manera con información sobre su pasado. —El comisario continuó desgranando los hechos con su voz grave y modulada—. Y las únicas personas que aparecen en el pasado de ambas, aunque sea indirectamente…

—Son su marido y su cuñada, ambos muertos en extrañas circunstancias. —Redondo no pudo contenerse más. Ignoró la mirada reprobadora del comisario y centró toda su atención en Vázquez, cuyo rostro estaba adquiriendo de nuevo el tono rojizo del que ya disfrutó en su casa. Tous se enderezó en la silla y reclamó el control de la situación con un gesto de la mano que hizo callar al inspector.

—En efecto, la investigación apunta en esa dirección

—continuó el comisario y se giró hacia Redondo—. Usted mismo sospechó que Irene Ochoa, la viuda de Marcos Bilbao, podría haber sido víctima de malos tratos, como consta en su cuaderno de notas, aunque ella lo negara en todas las ocasiones en las que trató el tema.

—¿Habéis revisado mis notas? ¿Me estáis investigando? —Miró alternativamente a los dos hombres, uno a cada lado de la mesa—. ¿Significa esto que sospecháis de mí? ¡No solo lanzas una sarta de sandeces contra ella, sino que ahora pretendes convertirme en partícipe del complot que tú mismo has fabricado en tu cabeza! —Redondo le sostuvo la mirada con una tranquilidad que comenzaba a preocuparle—. Por el momento, lo único que está probado es que Irene Ochoa no está donde vosotros creéis que debería estar. El resto no son más que especulaciones, no hay ni una sola prueba sólida en su contra, únicamente las que has creado en tu calenturienta mente. ¿Qué te pasa, Redondo? ¿Necesitas carnaza fresca que echarte al buche?

Los dos hombres enfrentaron sus cuerpos sin levantarse de las sillas. Redondo descruzó las piernas, listo para la acción, mientras Vázquez se adelantaba hasta sentir en la nariz el agrio aliento del inspector. Tous fue el único que abandonó su asiento. En pie, hizo valer su autoridad con un golpe seco sobre la mesa que apenas tuvo efecto al otro lado del tablero. Vázquez sentía la sangre zumbándole en los oídos. Aceptar la culpabilidad de Irene era una posibilidad que no se planteaba en modo alguno.

Redondo expuso los hechos de manera concisa y contundente, como si le sobraran las pruebas que exponer durante un juicio.

—Es muy probable que Irene Ochoa sufriera malos tratos durante su matrimonio. —Las palabras del inspector evocaron en David imágenes de oscuros hematomas sobre

23

la piel blanca, pesadillas en mitad de la noche, silencios prolongados y lágrimas furtivas—. Quedó probado que el día de su muerte Marcos Bilbao bebió hasta perder el conocimiento, algo que no debía de ser insólito si creemos a su viuda, al menos esta vez. Una vez dormido, Irene Ochoa provocó un calculado incendio en la habitación, seguramente prendiendo la colcha con un mechero o un cigarrillo, o ambas cosas. No sé cómo se las apañó para salir sin ser vista, si fue suerte o lo tenía todo preparado. No me sorprendería que hubiera diseñado una ruta de escape antes de prender la mecha.

—No hay ni una sola prueba de lo que estás diciendo. —Vázquez moderó el tono de su voz—. Yo mismo dirigí esa investigación y no encontré indicios de que el incendio fuera provocado. Tampoco los bomberos hallaron nada sospechoso, como seguro que sabes si has revisado el expediente.

—Cierto —reconoció Redondo con una inclinación de cabeza—, pero eso es porque desde el principio lo trataste como una muerte fortuita. No investigaste a la mujer, no buscaste testigos de sus andanzas, y ahora es demasiado tarde.

—Todo es circunstancial...

—No tanto —insistió Redondo, sin permitir que David se rehiciera—. Luego llegó la hermana haciendo preguntas. Hablé personalmente con ella en dos ocasiones. Estaba desquiciada. Insistía en que había algo extraño en la muerte de su hermano, quería ver las pruebas y los informes. —Hizo una pausa para tragar saliva. El recuerdo de la joven seguía incomodándole seis meses después—. Pero yo no le hice caso. Ni yo, ni nadie. Y cuando apareció muerta, todos dimos por supuesto que la desesperación y el dolor habían podido con ella. —Un nuevo alto en el discurso le permitió deshacer el nudo que se le había formado en la garganta. Se aclaró la voz y continuó con renovada determinación—. Pero ¿y si no fue así? ¿Y si sus sospechas eran acertadas y la asesina volvió a actuar para evitar que hablara conmigo?

—Jefe —Vázquez miró directamente a Tous, ignorando a Redondo, que bullía de satisfacción a su lado—, yo estaba con Irene Ochoa cuando le comunicaron el fallecimiento de su cuñada. Se derrumbó, estaba realmente desolada.

—¡Qué gran actriz se ha perdido el mundo!

El comentario de Redondo encendió la ira de David, que se levantó de un salto y se plantó frente al inspector.

—¡No tienes ni idea de lo que estás diciendo! Todo son conjeturas, no tienes ni una sola prueba que vincule a Irene con las muertes de Marcos y Marta Bilbao. ¡Jefe! ¡No puede permitir los desvaríos de este…!

Tous se levantó una vez más, exigiendo a los dos policías que ocuparan de nuevo sus sillas. Para sorpresa de Vázquez, cedió de nuevo la palabra a Redondo, dándole vía libre para exponer sus lunáticas ensoñaciones.

—El domicilio de Marta Bilbao estaba demasiado ordenado; la cocina, impoluta. Limpió incluso la sartén y el plato que utilizó para prepararse la tortilla en la que mezcló los barbitúricos que le causaron la muerte. Se molestó en convertirlos en polvo y mezclarlos con el huevo. Un suicida no se cocina un cóctel mortal, se limita a ingerir el máximo de pastillas posible y a tragarlas con lo que tenga a mano. Pero teníamos las manos vacías, en ningún momento sospechamos nada extraño, nada más allá de una mente perturbada por el dolor y la pena.

Redondo hizo una pausa en su relato. Jacobo Tous lo observaba en silencio, con un asomo de lástima en su rictus concentrado. Vázquez, sin embargo, seguía las explicaciones del inspector con la mirada fija en sus pequeños ojos y en su nariz aguileña.

—Si Katia Roldán no se hubiera cruzado en su camino, seguramente nunca habríamos sospechado nada. En el ordenador personal de la joven encontramos unas páginas escaneadas de lo que parece ser el diario íntimo de Marta Bilbao. En ellas habla de la muerte de su hermano y dice algo muy interesante: que Marcos no fumaba, de modo que, o bien había otra persona con él esa tarde en la casa, o alguien preparó el escenario para que el incendio pareciera un accidente.

David se recostó en la silla. Se estaba cansando de escuchar sandeces, solo quería salir de allí, encontrar a Irene y demostrarle a ese estúpido que ni una sola de sus palabras era cierta. Después llegaría el momento de exigirle responsabilidades. Con un poco de suerte, si no conseguía que lo expulsaran del cuerpo, al menos lo enviarían lejos de su vista. Redondo continuaba hablando de Katia Roldán, exponiendo unas peregrinas teorías apenas sustentadas en declaraciones sacadas de contexto. Sin embargo, no tuvo más remedio que volver a prestar atención cuando el relato llegó al momento del accidente de tráfico que Irene sufrió un par de meses atrás.

—Hemos rastreado todas las piezas que se vendieron a través de la red de desguaces —estaba diciendo Redondo—. No ha sido fácil, pero hemos recuperado casi todas. Los forenses están analizándolas, aunque de momento ya han adelantado un detalle de lo más curioso: antes del accidente, alguien frotó meticulosamente con gasolina la parte frontal del vehículo. —El inspector miró a Vázquez, que le observaba atónito. Disfrutó durante un segundo de su triunfo antes de continuar—. Han encontrado restos de combustible en todas las piezas que tenemos, y, desde luego, su presencia no se puede achacar a un descuido en el repostaje. Alguien frotó el coche con gasolina y un paño del que, por cierto, también hemos hallado restos. Lo siguiente, sin duda, será encontrar residuos biológicos, como sangre o cabellos. Y si se corresponden con los de Katia Roldán, habremos cerrado el círculo.

—Hay cien causas que pueden explicar la presencia de gasolina fuera del motor —respondió Vázquez como un resorte—. Y tú lo sabes. Ni siquiera puedes demostrar que las piezas no se hayan impregnado de combustible en el accidente o durante su estancia en el desguace. Algunos mecánicos utilizan la gasolina para limpiar partes de un coche antes de volver a colocarlas en su sitio. ¡Todas tus pruebas son una mierda! No encontrarás ni un solo fiscal que quiera hacerse cargo de un caso con semejantes lagunas. ¡No tienes nada!

—No te alteres… —Redondo sonreía.

David se levantó de la silla y avanzó hasta colocarse frente al comisario.

—Señor, no tengo por qué aguantar esto. Es evidente que el inspector Redondo está disfrutando con la situación. Si tiene algo contra mí o contra Irene Ochoa, que lo diga en este momento. No voy a tolerar ni un insulto más, tengo cosas urgentes que requieren mi atención.

Tous miró a Redondo con severidad.

—Concluya, inspector, todos tenemos muchos asuntos pendientes.

—Por supuesto, comisario. —Recuperó la pose circunspecta y moderó el tono de su voz—. Una de las pruebas recogidas en el domicilio de la sospechosa es un maletín con un juego de cuchillos escondido en uno de los armarios de la cocina.

—No estaba escondido —protestó Vázquez—, simplemente ese es su sitio.

—De acuerdo, no estaba escondido. —Redondo se esforzaba por mantenerse serio, pero era evidente que le estaba costando un gran esfuerzo. David sabía que el muy hijo de puta se estaba divirtiendo—. Parece que la mayoría de los cuchillos no han sido utilizados nunca. Excepto uno de grandes dimensiones, que no solo muestra trazas de haber sido limpiado con lejía, sino que literalmente apesta a desinfectante. Inspector —por primera vez se dirigió directamente a Vázquez, girándose en la silla y mirándole a los ojos—, ¿recuerda haber utilizado en alguna ocasión el cuchillo de mayor tamaño de la colección y haberlo limpiado después con lejía?

En realidad, David ni siquiera había abierto nunca ese maletín. Él mismo lo colocó en el estante más alto, pero no se acordaba de una sola vez en la que lo hubieran utilizado.

—Que yo no lo haya utilizado no significa que Irene no lo hiciera en algún momento —respondió, a pesar de sus dudas—. Yo apenas cocinaba, de eso se ocupaba ella casi todas las noches.

—Qué afortunado…

El comentario de Redondo no le pasó desapercibido al comisario, que le recriminó una vez más su actitud. David se esforzó por controlar la creciente necesidad de romperle la cara de un puñetazo.

—Lo siento —se disculpó—. Mi mujer no es una gran cocinera y la tuya parece tenerlo todo…, salvo que mi esposa nunca ha matado a nadie, claro.

Ni Tous ni el propio Redondo pudieron hacer nada por evitar lo que sucedió a continuación. El puño de Vázquez voló hasta encontrar la afilada nariz del inspector, que todavía sonreía cuando el hueso se le quebró a consecuencia del impacto. La sonrisa era ya solo una mueca mientras la sangre se deslizaba a toda velocidad hacia la barbilla, le empapaba la ropa y salpicaba la impecable alfombra del suelo. David permaneció de pie frente a él, con los nudillos palpitándole en el puño todavía apretado, listo para golpear de nuevo. Redondo se levantó, empujando la silla al hacerlo. El estrépito del metal contra el suelo y el grito agudo de dolor que salió de la boca ensangrentada de Redondo atrajeron a varios agentes, que se arremolinaron en la puerta sin terminar de entender lo que estaba ocurriendo.

El comisario salió de detrás de la mesa y se dirigió hacia el inspector, que seguía quejándose en voz alta. Al pasar junto a Vázquez le puso una mano sobre el pecho y le empujó con firmeza en dirección a la puerta.

—Largo de aquí —le dijo—. Espéreme en su despacho.

David echó un último vistazo a Redondo, que gimoteaba con las dos manos sobre la cara. Se abrió paso entre los policías que se agolpaban en el umbral y se dirigió a su oficina.

Prácticamente se lanzó sobre el teléfono móvil que había dejado en la mesa antes de reunirse con Tous. No había llamadas perdidas. Marcó una vez más el teléfono de Irene, pero la señal continuaba muerta. La comunicación a través del WhatsApp también se había interrumpido varias horas atrás. Aun así, escribió un nuevo mensaje y lo lanzó al ciberespacio. Junto a sus palabras, la esfera del diminuto reloj le indicaba que el destinatario todavía no había recibido su recado, ni tampoco los anteriores. Comprobó desesperado que la última conexión de Irene había tenido lugar esa mañana temprano, poco después de que David saliera de casa. Entonces se había puesto en contacto con él para proponerle comer juntos, a lo que él respondió con un rápido y rotundo sí. Después, nada.

Silencio.

Desesperación.

Muerte.

El comisario entró en su despacho sin llamar. Estaba enfadado. Su cara había adquirido un antinatural tono blanquecino que contrastaba con la espesa barba oscura que ya comenzaba a brotarle.

—Le ha roto la nariz —dijo sin preámbulos.

—Se lo merecía. Llevaba una hora lanzando acusaciones sin sentido y pasándoselo en grande a mi costa.

—Una agresión de este calibre me deja sin argumentos para defenderle, Vázquez. ¿Qué se supone que tengo que hacer ahora?

—Haga lo que tenga que hacer, comisario. No voy a suplicarle que lo olvide. Si vuelvo a ver esa asquerosa cara, no dude que le golpearé de nuevo.

—No lo dudo. Por eso le sugiero que se tome unos días libres. Váyase a casa, apártese de la investigación. Todas las pruebas apuntan en la misma dirección. Si la señora Ochoa vuelve, quizá ella misma pueda aclararlo todo, pero su huida no hace sino acrecentar las sospechas sobre su persona. —Tous observó un momento al inspector. Parecía a punto de derrumbarse—. Si necesita algún tipo de ayuda, solicítela.

El comisario se detuvo cuando ya estaba a punto de abandonar el despacho. Con la manilla en la mano, se giró levemente para mirarle de nuevo.

—El inspector Redondo ha propuesto que se le coloque un dispositivo de escucha en el teléfono, por si la sospechosa se pone en contacto con usted. No me parece una idea tan descabellada…

—Me lo pide porque ningún juez autorizaría semejante intrusión —respondió Vázquez lo más tranquilo que pudo—. Pero no me van a pinchar el teléfono. Si Irene se pone en contacto conmigo, intentaré convencerla para que se entregue. Si no lo consigo, lo pondré inmediatamente en su conocimiento, comisario. No pienso volver a hablar con Redondo.

Tous pareció meditar unos instantes antes de asentir con la cabeza.

—Está suspendido durante una semana —añadió antes de cruzar la puerta—. Esto constará en su expediente, y alégrese de que no dé parte más arriba. Después volveremos a hablar. Cálmese y, repito, no se inmiscuya en la investigación. De hecho, espero que colabore en todo lo que se le solicite.

A través de la puerta abierta pudo ver a su equipo observándole desde el pasillo. Helen Ruiz, Mario Torres e Ismael Machado. Solo faltaba Teresa Mateo, de baja por maternidad. Evitó sus miradas y abandonó el despacho sin cerrar la puerta.

—Jefe...

La voz de Torres apenas alcanzó sus oídos. Cuando salió a la calle ya había anochecido. Los recuerdos de las siguientes horas permanecían borrosos en su memoria. Pagó una habitación de hotel y compró en un supermercado cercano suficiente vodka como para emborrachar a un regimiento. Encerrado en el estrecho cuarto, vio pasar las horas una a una. Dejó de contar cuando el alcohol le nubló la vista, pero la bebida no logró enturbiar del todo su mente, empeñada en recordar cada detalle de la mujer que acababa de asesinarle.

El amanecer lo alcanzó sin que hubiera conseguido dormir ni un solo minuto. Regresó temprano a la casa que había compartido con Irene y saludó con la cabeza a los dos agentes de guardia frente al jardín. Abrió la puerta conteniendo la respiración. Irene no salió a saludarle, ni le recibió el suave rumor de su voz canturreando en la cocina.

No se molestó en recoger los objetos desparramados por el suelo. Rebuscó hasta dar con una maleta y una bolsa de viaje y fue metiendo la ropa que encontró enredada con la de ella. No había ni un solo analgésico con el que paliar el dolor de cabeza que lo atenazaba; el equipo de Redondo se había llevado todos los medicamentos de la casa. Evitó mirar su reflejo en el espejo y embutió en las maletas todo lo que podría necesitar en los próximos días. Tendría que volver más adelante, pero de momento lo único que quería era salir de allí y no regresar hasta que todo se hubiera aclarado.

Mantuvo en todo momento el teléfono móvil al alcance de la vista y de la mano, pero el aparato permaneció mudo durante toda la mañana. Cerró las maletas y las dejó a un lado de la puerta de la calle. Entró en la cocina y observó de nuevo las sillas junto a la mesa. Se sentó despacio, acariciando el mantel, recibiendo como una caricia la calidez de la madera. Frente a él, como siempre, estaba la silla de Irene. Ladeada como el día anterior, como si acabara de levantarse y estuviera a punto de volver. Alargó la mano sobre la mesa, pero nadie rozó sus dedos. La silla, tan desolada como él, parecía pedirle un poco de compañía. Se levantó despacio, colocó su silla junto a la mesa y se dirigió a la de Irene. Solo era una silla, un mueble sin vida, sin más misión que la de otorgar descanso a quien lo necesita. ¿Por qué entonces sus dedos se negaban a tocarla? Alargó la mano, apretó los dientes y acercó la silla a la mesa hasta que el respaldo chocó con el tablero.

Veinte minutos después abría la puerta de su piso en

la avenida de Bayona. La casa estaba helada después de tanto tiempo desocupada, pero no se molestó en encender la calefacción. Puso sábanas limpias en la cama, colocó un edredón encima, se desnudó y se metió dentro.

Durante los siguientes dos días solo salió de la cama para ir al baño o beber, unas veces agua y, otras, vodka directamente de la botella. No comió ni contestó al teléfono, aunque comprobaba quién llamaba cada vez que sonaba. Irene seguía sin aparecer. Casi siempre deseaba con todas sus fuerzas oír su voz al otro lado de la línea. Algunas veces, sin embargo, ponía todo su empeño en odiarla hasta la extenuación.

Dedicó largas horas a analizar segundo a segundo los seis meses de su vida que había compartido con ella. Visto así, desde una cama deshecha, envuelto en la penumbra y en un constante estado de semiembriaguez, le daba la sensación de que era demasiado drama para tan poco tiempo, pero no podía evitar sentirse profundamente herido y humillado. Seis meses. Toda una vida. Repasó sus conversaciones, las triviales y las más íntimas. Recordó su voz, las pesadillas que la sacudían cuando dormía, las lágrimas que intentaba esconder, casi siempre sin éxito. Él siempre lo achacó todo a la reciente tragedia que había vivido, a la pérdida de su marido, a los malos tratos padecidos durante tanto tiempo.

Estaba todo tan claro ante sus ojos, tan nítido y meridiano, que las acusaciones de Redondo le parecían absurdas, una broma de mal gusto. ¿Cómo podrían matar a alguien las mismas manos que le acariciaban? ¿Cómo podía ser capaz esa mujer de esconder en su interior el alma de una asesina? Imposible. Era completamente imposible.

El vodka conseguía ahuyentar la imagen de Irene, pero a costa de sustituirla por atroces evocaciones de los crímenes que cometió. Durante unas horas en las que creyó volverse loco, la nariz se le inundó de olor a humo. Le pareció ver fuego en varias ocasiones, y volvió a sentir el terrible calor que lo rodeó cuando pisó por primera vez aquella casa calcinada.

Más tarde oyó con claridad la voz de Marta Bilbao. Le insultaba, lo llamaba tonto, estúpido, se burlaba de él por haberse dejado embaucar de esa manera.

Una embaucadora. Eso había sido Irene. Lo engañó, construyó una enorme tramoya a su alrededor, el escenario perfecto, lanzó unos finos hilos de seda, se los anudó en las manos, en las piernas y en la cabeza, y lo movió como un muñeco. Como un monigote. Un pelele.

Durmió a trompicones, sin saber nunca exactamente si era de día o de noche, guiándose tan solo por las indicaciones de su cuerpo. Bebía cuando tenía sed, comía cuando tenía hambre, y se emborrachaba cuando su cabeza se empeñaba en recordar a Irene. Sintió lástima por ella, y por él mismo. La odió, y se odió también. Se convenció de que nada de esto habría pasado si hubiera hecho bien su trabajo, si hubiera visto los indicios desde el principio en lugar de liarse con la testigo. Quizá, solo quizá, si hubiera indagado más a fondo habría descubierto que el incendio no fue un accidente. Entonces, habría detenido a Irene, que habría sido juzgada y condenada, y nada de lo demás habría pasado.

Si hubiera hecho bien su trabajo. Si hubiera abierto los ojos.

Si…

¿Qué hace un hombre culpable en esta situación? No había nada que arreglar, todo estaba perdido. Habían muerto dos personas por su culpa, por su ineptitud y su ceguera. Tres, contándole a él.

Tendría que aprender a vivir con ello. Vivir y seguir adelante.

¿Vivir? En realidad, en esos momentos lo que menos le apetecía era seguir viviendo.

Cuando abandonó la calidez de la cama y se enfrentó a la gélida habitación y al hombre sucio y barbudo que lo miraba desde el espejo, decidió que había terminado el tiempo de la autocompasión. Encendió la calefacción, se afeitó y preparó la cafetera antes de meterse en la ducha. Los azulejos estaban helados. Si se fijaba bien, todavía podía ver la huella de la mano de Irene sobre las baldosas, deslizándose despacio hasta el suelo después de que David la hiciera suya.

Cerró los ojos y esperó a que el vapor caliente templara la estancia antes de sumergirse en el agua purificadora. Frotó con vigor, intentando arrancarse de la piel cualquier rastro de sus caricias, hasta que el agua ardiendo abrasó las marcas de sus besos. Salió de la ducha con la piel enrojecida, pero dispuesto a recuperar su vida. Quizá un día Irene le explicara la verdad de lo sucedido. Hasta entonces, solo podía seguir adelante.

Dedicó el día a poner orden en su casa y en su interior. Deshizo las maletas que trajo de Zizur y anotó todo lo que necesitaba comprar. Lavó la ropa, hizo la cama, encendió la televisión, puso la radio y se rodeó de normalidad. El olor de lo cotidiano, la cháchara de las vecinas y la luz del tímido sol invernal que calentaba las ventanas fueron como un bálsamo para sus heridas.

Sin embargo, a pesar de sus esfuerzos todavía eran muchos los momentos en los que lo dominaban la rabia y la tristeza.

Una tarde en la que el invierno decidió tomarse un descanso, se vistió con ropa deportiva y salió a correr por la ciudad. Las toxinas de su cuerpo apenas le permitieron trotar un par de kilómetros antes de quedarse sin aliento, así que cambió la carrera por el paso rápido y, después, acompasó sus piernas a su cadenciosa respiración. Paseó a lo largo de la muralla desierta, acarició la helada balaustrada metálica y deslizó la vista por las robustas piedras del Mesón del Caballo Blanco, brillantes por la lluvia reciente.

Cruzó por la calle Redín hasta la plazuela de San José y la calle Salsipuedes, y bajó por la desierta calle Navarrería. Los pocos parroquianos que se habían animado a salir a la calle se apelotonaban en los escasos bares abiertos, y solo los adictos a la nicotina permanecían en la calle, solos y en silencio, apurando su pitillo y sosteniendo el vaso de vino o cerveza en la otra mano.

Caminó sin rumbo fijo, sin prestar atención a lo que le rodeaba ni a las personas con las que se cruzaba. Deambuló perezoso por las calles empedradas, negándose a pensar en otra cosa que la música que salía de los auriculares enterrados en sus orejas.

Levantó la vista y el corazón se le aceleró hasta convertirse en un atronador rugido. Sin darse cuenta, sus pasos inconscientes le habían llevado hasta el palacio de los Navarro Tafalla, oficina y hogar de Irene tras el incendio, y también el suyo durante los primeros días de su aventura.

Metió la mano en el bolsillo del abrigo y las llaves tintinearon entre sus dedos. Sabía que del llavero todavía pendían las que abrían esa enorme puerta de madera. Sin pensar, siguiendo un impulso a todas luces irracional, las sacó y abrió la puerta.

Subió las escaleras despacio y arrancó de cuajo la

advertencia policial que prohibía el paso al interior a toda persona ajena a la investigación. Cruzó el umbral y cerró la puerta con cuidado.

Dentro reinaba el mismo caos que en la casa de Zizur, indicativo de que Redondo y sus huestes también habían pasado por allí. Había papeles por el suelo y encima de todas las superficies, los cajones estaban fuera de su sitio, no quedaba ni un cuadro colgado de la pared y todos los libros habían abandonado sus estanterías y aguardaban amontonados sobre un sofá a que alguien les devolviera la dignidad. Pero no sería él.

Apartó de su mente cualquier amago de tristeza o conmiseración y se acercó al escritorio de Irene. No había ni rastro de su ordenador portátil, y le dio la sensación de que el número de carpetas del archivador era menor que la última vez que se fijó en ellas, hacía dos o tres semanas. Encontró la agenda entre el maremágnum de papeles sueltos que inundaba la superficie de la mesa y tiró unos cuantos al suelo para poder sentarse en una silla.

La hojeó despacio, leyendo los escasos contactos que aparecían en sus páginas. No le extrañaba que Redondo la hubiera dejado atrás, no contenía ninguna información relevante para el caso, aunque a él le dio una importante pista sobre la personalidad de Irene, algo en lo que no había pensado hasta ese momento. Pasó las hojas adelante y atrás varias veces, pero no encontró ni un solo número personal en ellas, aparte de un par de anotaciones de familiares de su marido. Solo contactos de trabajo, mayoristas de viajes, empleados de aerolíneas, teléfonos de hoteles y restaurantes, de trenes y autobuses, pero ni un solo nombre fuera del ámbito estrictamente profesional.

Apoyó la espalda en la silla y dejó que su mente trabajara, sacudiéndose el óxido acumulado durante los últimos días, obligando a sus neuronas a abrirse paso entre los vapores del alcohol. Intentó acordarse de cualquier mención por parte de Irene a alguna amiga, a una prima o compañera de estudios, pero no consiguió recordar ninguna. Nunca quedaba con nadie fuera de las horas de trabajo. Nunca iba al cine, a tomar un café o una copa. Nunca llamaba por teléfono o intercambiaba mensajes. No hablaba con nadie. No confiaba en nadie. Ni siquiera en él. Siempre sola, toda la vida, desde que perdió a sus padres. Pero ni siquiera él, que la quería con toda su alma, se había dado cuenta del profundo pozo en el que estaba sumida. Estaba sola. Incluso cuando estaban juntos, Irene se sentía sola.

Cerró la agenda y la depositó con cuidado sobre la mesa. Echó un último vistazo a su alrededor, al desordenado espacio que un día fue su edén, y se marchó de allí.

Caminó despacio hasta su casa. No sabía qué pensar. En realidad, ese descubrimiento no aportaba nada nuevo al hecho de que Irene había asesinado a tres personas, pero le ofrecía un enfoque inédito e inesperado sobre ella.

Su primer contacto con el trabajo consistió en llamar a Mario Torres. No quería comprometerlo, pero necesitaba conocer los detalles de la desaparición de Irene. El subinspector reconoció que había poco que contar. Cuando sus sospechas aumentaron, tras los hallazgos en el domicilio de Katia Roldán, Redondo estableció una discreta vigilancia de su casa, un coche policial dando vueltas a la manzana. La vieron dirigirse hacia el supermercado, pero no la vieron salir. Entraron en la tienda cuando empezaron a temer que algo iba mal y, al no encontrarla, regresaron a la casa, donde comprobaron que tampoco había nadie. Imaginaron que había descubierto el dispositivo de vigilancia y logró despistarlo, pero no tenían ni idea de qué medio utilizó para huir. Pasaron más de cuatro horas desde que entró en el supermercado hasta que se lanzó la orden de busca. Para entonces, prácticamente podía haber llegado a Madrid, Zaragoza o Bilbao, y desde allí, a cualquier rincón del mundo.

El subinspector Dalmau le telefoneó varias veces a lo largo de los días siguientes. Aunque era evidente que hablaba en nombre de Redondo, no mencionó al inspector ni una sola vez, ni Vázquez preguntó por el estado de su nariz. Se limitó a preguntarle por menudencias relacionadas con el día a día de Irene, por teléfonos y direcciones de algunos parientes y por sus cuentas bancarias.

Un día antes del acordado para regresar al trabajo fue el propio comisario quien le llamó. Quería comprobar en persona que mantenía la cordura. Le hizo prometer que colaboraría en la investigación si así se lo requerían y que se mantendría en todo momento alejado de Redondo, amenazándole con la expulsión inmediata si protagonizaba una nueva agresión.

Desde entonces habían transcurrido tres semanas, las Navidades habían pasado sin pena ni gloria, el mes de enero estaba más que mediado, la nieve se resistía a llegar y su corazón continuaba desolado. Durante el día trabajaba con seriedad y eficacia, pero por la noche su mente naufragaba en un mar de dudas y dolor. Y la dueña del único salvavidas que podía sacarle de las aguas oscuras seguía sin dar señales de vida.

Vázquez llevaba un buen rato perdido entre el papeleo, releyendo una y otra vez el mismo párrafo fastidioso, cuando el teléfono acudió en su ayuda. Jamás en su vida se alegró tanto de oír el perforador zumbido. Un minuto después, su equipo cruzaba la puerta de su despacho. Alicia Hidalgo, una joven agente en prácticas, sustituía a Teresa Mateo desde hacía dos semanas. Pocas veces se separaba del subinspector Mario Torres, aunque nadie había establecido que él fuera el responsable de su formación. Sin embargo, parecían cómodos juntos, así que por su parte no había nada que objetar. Entraron uno tras otro en la sala de reuniones, colocándose como pudieron en el estrecho espacio mientras el inspector leía los papeles que acababan de entregarle.

—Una mujer asegura que toda su familia ha desaparecido al mismo tiempo y de manera inexplicable. Dice que se durmió en el coche y que cuando despertó estaba sola en mitad del campo. Las emergencias ya están de camino, igual que las unidades de refuerzo para una búsqueda exhaustiva.

La maquinaria policial se puso en marcha en el acto. En pocos minutos, los coches patrulla dejaron atrás las calles de Pamplona y volaron sobre el asfalto de la autovía. A lo largo del trayecto, Vázquez sintió en repetidas ocasiones las miradas furtivas que Torres le lanzaba desde el asiento del copiloto.

—Suelta lo que tengas que decir —le espetó finalmente—, me estás poniendo nervioso con tanta miradita.

Torres fijó la vista en la calzada, un tanto azorado por la brusquedad de su jefe.

—Solo quería saber si estás bien —respondió.

—¿Y pretendes saberlo mirándome a hurtadillas?

—Solo preguntaba...

—Pues pregunta.

Ninguno de los dos apartó los ojos del camino en los siguientes minutos, masticando el denso silencio que los rodeaba.

—¿Estás bien? —preguntó Torres finalmente.

Vázquez esperó unos instantes antes de contestar. Respiró hondo y relajó la espalda, aunque sus nudillos continuaban blancos alrededor del volante.

—Todo lo bien que se puede estar, dadas las circunstancias.

Torres se limitó a mover afirmativamente la cabeza, sin pronunciar palabra. Lo comprendía a la perfección. Su jefe se esforzaba por mantener la mente clara y no volverse loco. Había vuelto a trabajar cuando nadie lo esperaba, rechazó una oferta para trasladarse a otra comisaría y lidiaba a diario con las miradas cargadas de odio del inspector Redondo, en cuyo rostro todavía eran visibles unos hematomas verdosos y amarillentos.

Todos sabían que las cosas nunca volverían a ser como antes, pero habían aprendido a respetar los períodos de mutismo de su jefe, esos momentos en los que el dolor le atravesaba de lado a lado, abriéndole unas heridas que posiblemente no cicatrizarían jamás. En ocasiones, incluso en mitad de una reunión de equipo, el inspector se sumía en un espeso silencio del que era muy difícil abstraerle. El día anterior, sin ir más lejos, Torres le sorprendió de pie junto a la máquina de café, solo, con la mirada perdida y la bebida ya fría en el vaso. No regresó de donde quisiera que estuviese hasta que lo zarandeó suavemente, asiéndolo por un hombro y llamándolo por su nombre a pocos centímetros de la cara. Enfocó a su subordinado con un parpadeo, miró el café que tenía en la mano, fingió una sonrisa y se dirigió a su despacho, donde se encerró durante las siguientes dos horas.

—Tous me llamó a su despacho hace un par de días. —La voz lúgubre del subinspector rompió el nuevo período de silencio que se había establecido en el interior del coche.

—¿Y bien? —le urgió Vázquez al ver que Mario no continuaba hablando.

Torres todavía tardó unos segundos más en responder.

—Me ha pedido que te vigile y que le rinda cuentas de tu comportamiento, tanto dentro como fuera del trabajo. Al parecer, tiene miedo de que la situación te supere y comiences a desvariar.

—¿Y tú qué le has dicho?

—Que puede estar tranquilo, que no desvarías en absoluto, que tu comportamiento es completamente normal y que lo que hagas en tu casa, en tus horas libres, solo te concierne a ti.

—No creo que eso contentara al comisario.

—No lo hizo. —Torres acompañó sus palabras con un gesto sombrío de su cabeza—. Insistió una y otra vez en que estás en la cuerda floja y me exigió un informe periódico sobre ti.

—Hazlo.

—Por supuesto que no voy a hacerlo, ¿por quién me has tomado?

—Por un amigo, pero sobre todo por un buen policía. Si crees que me comporto como un loco, que pongo en peligro la investigación o a mi equipo, deberías dar parte a tus superiores. Yo lo haría.

Mario movió despacio la cabeza de arriba abajo, asintiendo a su pesar. Sabía que Vázquez tenía razón, pero también estaba convencido de que nunca, ni ahora ni más adelante, tendría nada de lo que informar al comisario. El inspector había dado sobradas muestras de su profesionalidad, y así se lo hizo saber a Tous durante la reunión.

—Si me parece que se te va la cabeza —dijo finalmente—, hablaré contigo primero, te pondré frente a los hechos y confiaré en que sabrás reaccionar.

Esta vez fue Vázquez quien asintió en silencio. Se sentía conmovido por la lealtad de Torres, pero al mismo tiempo le ofendía que el comisario estuviera maniobrando a sus espaldas para ponerle un perro guardián, o más bien un espía que controlara cada uno de sus pasos.

Las luces de las ambulancias en mitad del sembrado les sirvieron de guía para encontrar el lugar. Aparcaron junto a uno de los vehículos médicos, a una decena de metros del coche que continuaba lanzando destellos intermitentes, innecesarios ya en medio de tanta luminosidad artificial. Los pequeños brotes se agitaban convulsos al albur de un viento cambiante, acariciando la metálica barriga de los vehículos y las piernas de los sanitarios y policías congregados, con los pies clavados en el barro, alrededor de una mujer con la desesperación reflejada en el rostro.

Un agente uniformado se acercó hasta ellos. Le costaba avanzar sobre el fango e iluminaba cada paso con el potente haz de su linterna, intentando encontrar un punto en el que el suelo fuera un poco más firme.

—Inspector. —Le dedicó un saludo marcial al que Vázquez respondió con un firme cabeceo—. La mujer se llama Raquel Gimeno. Asegura que viajaba con su marido, su madre y dos gemelos de ocho años, un niño y una niña. Regresaban a casa después de pasar el día en Rocaforte, un pueblo muy pequeño cerca de Sangüesa. En un punto indeterminado del camino la venció el sueño y se quedó profundamente dormida. Cuando despertó, estaba sola en el interior del vehículo, que había sido abandonado en mitad de esta finca, a unos cien metros de la autovía. Los teléfonos del marido y de la madre no dan señal.

—Avisen a la unidad canina —ordenó Vázquez. Sabía que la tormenta dificultaría el trabajo de los perros, pero había que intentarlo. En mitad de la noche, el olfato de los canes era mucho más eficaz que los ojos humanos. Envió a los miembros de su equipo a colaborar con las unidades desplegadas sobre el terreno y se acercó hasta la mujer, que tiritaba de pie en el barro, firme junto a su coche vacío, asiendo con fuerza una gruesa manta con el logotipo policial impreso en una de las esquinas. Apenas prestó atención al hombre que se aproximó hasta ella. Su mirada vagaba de un lado a otro, escudriñando los caminos ahora iluminados y forzando la vista para atisbar los rincones todavía ocultos.

—Señora Gimeno, soy el inspector Vázquez, de la jefatura de Pamplona.

Su voz no pareció causar ningún efecto en la mujer, que continuaba con la mirada errática, agazapada debajo de la manta. David le colocó las manos en los hombros, obligándola a centrar su atención en él.

—Señora Gimeno, necesito que me explique qué es lo que ha ocurrido.

Raquel parpadeó un par de veces antes de sacar una pálida mano de debajo de la manta y ofrecérsela al inspector.

—Disculpe, inspector...

—Vázquez —repitió.

—Lo siento, inspector Vázquez.

—No se preocupe. —David presionó suavemente los estrechos hombros bajo la manta, intentando infundirle valor y tranquilidad. Le harían falta altas dosis de ambas cosas en las próximas horas, hasta que consiguieran aclarar la situación—. Necesito que me cuente lo que ha ocurrido, desde el principio, por favor. No omita ningún detalle, por banal que le parezca. En un contexto determinado, todo tiene su importancia.

Raquel asintió con fuerza. Un mechón de pelo lacio le cayó sobre la cara. Estaba empapada de los pies a la cabeza y cada pocos segundos su cuerpo se agitaba sacudido por una nueva embestida helada. Se aferró a la manta policial y comenzó la narración de unos hechos que, por muchas veces que los repitiera, le parecían completamente imposibles.

—Mi familia no está; los he buscado, los he llamado a gritos, pero no los encuentro. Mis hijos, Maite y Markel, tienen ocho años. Mi madre se llama Leonor, hace poco que cumplió setenta y cinco, y mi marido, Íñigo Lizalde, tiene cuarenta y cuatro. No están, inspector. —Le miró con las lágrimas humedeciéndole ya las pestañas y una súplica muda en el rictus desesperado de su boca. David la animó a seguir. Ella suspiró, aspiró su pena y continuó hablando—. Hemos pasado el día en casa de mi madre, en Rocaforte. Trabajamos mucho para empaquetar todos sus objetos personales y dejar la casa lista para alquilar. Desde hoy mi madre vivirá con nosotros. Después de comer cerramos las últimas cajas, cargamos el coche y emprendimos el viaje hacia Pamplona. Íñigo es profesor y tenía unos exámenes que corregir, así que nos metió un poco de prisa. —Raquel se detuvo un instante y su mirada se perdió de nuevo en la negrura de la noche—. Era un viaje normal, lo hemos hecho un millón de veces. Los niños iban jugando con sus consolas, pero se durmieron enseguida.

—¿Le sorprendió que se durmieran?

Raquel sacudió la cabeza de lado a lado.

—En absoluto, suelen dormirse siempre que viajamos, sobre todo después de comer. Son una bendición, no protestan nunca, no dan la lata en el coche como otros niños.

—¿Su madre también se durmió?

—Al principio íbamos charlando de nuestras cosas. Estaba muy triste por tener que abandonar su hogar y, a la vez, le preocupaba estorbar en mi casa, por mucho que le dijéramos que eso no iba a pasar. Poco después empecé a encontrarme cansada. Me entró mucho sueño. Cuando miré a mi madre, me pareció que también se había dormido. Recuerdo que tenía la cabeza caída hacia delante y la revista que llevaba entre las manos se le había deslizado hasta el suelo.

—¿Y su marido?

—Íñigo no parecía cansado. Me dijo que no fuera tonta, que podía descansar hasta Pamplona. Llegaríamos en poco más de media hora, así que no sería más que una cabezada breve, pero nunca me ha gustado dormirme cuando viajo de copiloto, prefiero estar atenta a la carretera, por lo que pueda pasar.

—Pero se durmió.

—Eso parece. —Cerró un instante los ojos y se subió la manta hasta el cuello, acurrucándose en su interior. Cuando los abrió, la escasa luz que aún permanecía en ellos había desaparecido—. Sé que luché contra el sueño, que intenté mantener la vista centrada, pero es evidente que no lo conseguí. Recuerdo que Íñigo encendió la radio, una emisora de deportes, y nada más. No hay nada en mi cabeza hasta que me desperté dentro del coche, completamente sola.

—¿Tiene una idea aproximada de cuánto tiempo durmió?

Raquel tardó unos segundos en contestar.

—Recuerdo que cuando Íñigo encendió la radio, el Valencia acababa de marcar un gol. Además —añadió—, las nubes de tormenta estaban a nuestra espalda, muy lejos todavía. Calculamos que llegaríamos a Pamplona antes de que nos alcanzara la lluvia. Cuando desperté, la tormenta casi había pasado, aunque todavía llovía. Los abrigos de mis hijos no están, pero no tienen paraguas ni botas de agua…

Un amargo lamento escapó de su garganta, pero las lágrimas que estaban a punto de cruzar las delgadas barreras de sus pestañas permanecieron finalmente a buen recaudo. Una veintena de policías se desplegaron en línea recta a lo largo del campo arado para iniciar el dispositivo de búsqueda. Las franjas reflectantes de sus abrigos brillaban como enormes culebras amarillas cuando las oscilantes linternas los alumbraban. Avanzaron en silencio, moviendo los focos de un lado a otro para iluminar la mayor extensión de terreno posible, atentos a todo lo que los rodeaba.

—Tengo que irme —exclamó Raquel de pronto—. Debo buscar a mis hijos. ¿Pueden prestarme una linterna?

David la asió de nuevo por los hombros, impidiéndole moverse.

—Señora Gimeno… Raquel —dijo por fin—. Lo que usted necesita es que la examine un médico. Hay casi treinta personas rastreando el terreno, agentes entrenados para ver donde otros no ven, y los perros están a punto de llegar.

—¡De eso nada! —gritó—. No voy a quedarme aquí parada mientras mis hijos están por ahí perdidos, seguramente asustados y muertos de frío.

Se arrancó la manta de los hombros y la tiró al suelo con fuerza. Helen Ruiz, que permanecía muy cerca del inspector, se aproximó a la mujer y le pasó un brazo por los hombros, intentando calmarla. El calor humano tuvo un ligero efecto sedante y Raquel dejó de agitarse, aunque seguía con la mirada fija en la columna de policías que avanzaban centímetro a centímetro sobre el barro.

—Raquel. —Vázquez requirió de nuevo su atención. Cuando estuvo seguro de que le escuchaba, continuó hablando—. ¿Ha telefoneado a su marido?

—Sí, y a mi madre. Los dos tienen el teléfono apagado. Ninguno da señal. Los he llamado varias veces, con el mismo resultado.

—Necesitaré su móvil. Los técnicos intentarán establecer la última posición en la que los teléfonos de su familia estuvieron conectados y se mantendrán atentos en caso de que vuelvan a encenderse.

Raquel le entregó el teléfono y miró de nuevo a la columna luminosa que buscaba a su familia. Tenía los hombros tensos y temblaba como una hoja.

—Vamos a ver al médico —insistió David una vez más—. Si enferma por el frío y la humedad no será de mucha ayuda. Además, hay que buscar una explicación a ese sueño tan profundo.

Ella por fin cedió y asintió levemente, dejándose guiar por Helen hacia la ambulancia, en la que esperaban tres sanitarios. Vázquez avanzó junto a las mujeres, atento al paso vacilante de Raquel Gimeno, y saludó al médico mientras los enfermeros desplegaban una nueva manta con la que cubrir su trémulo cuerpo.

—Háganle un análisis de tóxicos lo antes posible. Más que dormirse, parece que esta mujer ha estado inconsciente.

Dejó a Helen al cuidado de Raquel y se dirigió al puesto de control del dispositivo de búsqueda. Junto a la mesa de campaña instalada bajo un estrecho toldo, Mario Torres, Ismael Machado y Alicia Hidalgo charlaban con el responsable de la unidad canina, que acababa de llegar. El subinspector Sierra le dedicó un saludo formal antes de tenderle la mano. Vázquez recibió un apretón firme y seco, propio de un hombre poco amigo de perder el tiempo. Concluidas las formalidades, devolvió su atención al mapa desplegado sobre la mesa.

—El terreno es llano hasta llegar a este profundo desnivel, a unos setenta metros de donde nos encontramos. —Sierra señaló una franja verde oscura en el mapa—. El barranco termina en un riachuelo que seguramente estará desbordado en esta época del año, sobre todo después de lo que ha llovido esta tarde y en los últimos días. Si no encontramos un rastro evidente alrededor del coche, enviaremos allí a los perros. La explanada es fácil de inspeccionar, pero si hay alguien entre el arbolado, ellos lo encontrarán.

—¿A pesar de la lluvia? —preguntó Torres.

—A pesar de la lluvia —garantizó Sierra.

Detrás de ellos, una furgoneta policial ponía a prueba la calidad de sus amortiguadores. El subinspector abrió el portón trasero y alumbró las jaulas en las que tres perros se removían inquietos, asomando de vez en cuando el hocico entre las rejas metálicas. A una palabra de Sierra, los animales se tranquilizaron y recularon hacia atrás dentro de sus jaulas, permitiendo que tres agentes abrieran las portezuelas y anudaran una correa corta a sus collares. Dos preciosos pastores alemanes y un nervioso labrador saludaron a sus cuidadores con ansiosos saltos y breves ladridos. Sierra les repitió las órdenes y los acompañó hasta el coche abandonado, donde los perros se llenaron la nariz con las señales olfativas de sus ocupantes. Como si alguien hubiera pulsado un resorte oculto, los tres canes avanzaron al unísono en la misma dirección.

—¡Tienen un rastro! —gritó Sierra, remarcando lo evidente. Sin embargo, a pocos metros del coche los sabuesos se detuvieron y comenzaron a dar vueltas en un estrecho círculo, olisqueando excitados unas huellas de neumáticos grabadas en el barro.

Vázquez y Sierra corrieron hasta el lugar en el que los perros esperaban mientras sus entrenadores los felicitaban por el trabajo bien hecho. Tras ellos, el resto del equipo de Vázquez trotaba lo más rápido que podía, salpicando a su paso grandes tormos de lodo húmedo.

—Había un vehículo aquí parado. —Vázquez examinó la dirección de las rodadas, que se dirigían en línea recta hacia la carretera. En sentido contrario, las marcas se perdían en la noche, muy cerca de la zona arbolada señalada por Sierra.

—Podrían ser las huellas de un tractor —apuntó Machado—. Al fin y al cabo, estamos en una finca agrícola.

—Demasiado estrechas para un tractor —respondió Vázquez—. Yo diría que son de una furgoneta o de un monovolumen grande. ¡Hidalgo! —llamó—. Localiza al dueño de la finca. Él nos dirá el tipo de vehículos que acceden al terreno y si ha visto algún movimiento extraño en sus tierras últimamente. —Se giró hacia Sierra, que acariciaba distraído la enorme cabeza de uno de los pastores alemanes—. Un vehículo parado en mitad de una finca tan descubierta como esta llamaría mucho la atención. Si alguien ha esperado a la familia en otro coche, ha tenido que esconderse en algún lugar.

—Los perros necesitan algo más concreto para continuar —pidió Sierra—, como ropa o juguetes. El rastreo es complicado en estas condiciones, pero no imposible.

Uno de los agentes corrió hasta el coche y volvió con un jersey de adulto, una chaqueta de mujer y dos pijamas infantiles.

—Dejaremos la ropa de mujer para más adelante —propuso—. No estamos seguros de si es de la abuela o de la madre, y daremos por sentado que van juntos, así que nos la jugaremos con el jersey de hombre y los pijamas de los niños.

Cada uno de los perros hundió el hocico en una prenda, olisqueándola con intensidad. Unos instantes después, los dos pastores alemanes agacharon la cabeza y acariciaron el suelo con el morro húmedo, avanzando despacio en dirección a la carretera. El tercero de los canes vaciló unos instantes, mirando alternativamente al interior de la finca y a la carretera. Husmeó un amplio círculo de tierra alrededor de las rodadas, caminó unos pasos hacia los matorrales y finalmente se giró con determinación, siguiendo a sus compañeros de brigada hacia la autovía.

—¿Qué rastro sigue ese perro? —preguntó Vázquez.

—El del padre —respondió el agente que caminaba a su lado.

—¿Es habitual lo que ha hecho, dar vueltas y dudar de qué dirección seguir?

—Pasa a veces, cuando el rastro no es claro. Ha llovido mucho, pero para un perro como este no debería ser problema. También es posible que el padre haya caminado por aquí, que deambulara de un lado a otro, o que viniera de la zona de los matorrales y se dirigiera hacia el exterior de la finca, como ha señalado el perro.

Vázquez comprobó la hora en su reloj. Las siete y media de la tarde. Ya no llovía, pero el aire era tan húmedo que le empapaba cada centímetro de la piel. La oscuridad fuera del cerco de focos y linternas era total, una noche cargada de nubes a la que ni la luna ni las estrellas estaban invitadas. Tuvo que hacer un notable esfuerzo para sacar los pies del barro después de permanecer parado varios minutos en el mismo sitio. A una veintena de metros, la ambulancia brillaba como un faro en medio del mar.

Regresó al vehículo sanitario, rodeándolo hasta llegar al portón trasero, que encontró cerrado a cal y canto. En la puerta, Helen luchaba contra el frío dando pequeños saltitos y lanzando vaho caliente de su boca sobre sus ateridas manos.

—La están atendiendo —dijo desde detrás del cuello del abrigo, subido hasta las orejas.

Vázquez golpeó un par de veces el portón y esperó a que le abrieran. Uno de los enfermeros salió para que el inspector pudiera subir a la ambulancia, donde el médico y el segundo sanitario atendían a una pálida Raquel Gimeno. Se quitó las botas embarradas, se colocó unas calzas de plástico sobre los calcetines, entró y se sentó junto a ella.

—¿Cómo está? —les preguntó.

—Es evidente que le han suministrado algún tipo de droga. No la he inspeccionado a fondo porque la temperatura es muy baja, pero a primera vista no he apreciado heridas ni contusiones. Está confusa, mareada en algunos momentos y con dificultad para hilvanar las ideas, síntomas todos ellos de una intoxicación por drogas. Ya le hemos extraído sangre, la entregaremos al laboratorio en cuanto lleguemos a Pamplona. Poco más podemos hacer aquí. Sería conveniente trasladarla.

Raquel se removió inquieta en la camilla. Alcanzó con una mano la mascarilla de oxígeno y la separó de su boca. Le costó un gran esfuerzo enfocar la vista en el inspector.

—Yo no me voy sin mis hijos, inspector. Me quedaré aquí dentro, o en mi coche si lo prefiere, pero no voy a ir a ningún sitio.

—Necesito hablar con usted un poco más —dijo a modo de respuesta—, ¿se encuentra bien?

—Por supuesto.

—Quiero que repase los últimos días, las últimas semanas si es posible, y piense en episodios extraños vividos por usted o que le hayan contado los niños. ¿Los ha molestado alguna persona? ¿Han recibido cartas o llamadas extrañas? Todo es importante, Raquel, absolutamente todo.

La voz de la mujer, ronca de tanto gritar y llorar, se mezcló con el quejido del viento. Se incorporó en la camilla y se arropó en la manta. Tenía los ojos empañados por el dolor y las lágrimas.

—He pensado mucho en eso, desde que comprendí que mi familia no se ha ido, sino que se la han llevado, pero no consigo encontrar ni una sola cara sospechosa, nada ni nadie fuera de lugar. Los niños van siempre acompañados al colegio, es imposible que les pase algo sin que nos enteremos. Nunca están solos.

—Hábleme de su marido.

—No hay mucho que contar. Es profesor de historia en un instituto de Pamplona desde hace doce años. Sacó la plaza a la primera; siempre ha sido muy estudioso, además de inteligente. Nunca ha tenido problemas con el resto de los profesores, más allá de los roces normales del día a día, imagino. De todas formas, Íñigo no es demasiado comunicativo.

—¿Tiene algún amigo íntimo, alguien con quien suela hablar de sus cosas?

—No, que yo sepa.

—¿Qué me dice de sus aficiones? ¿Qué hace en el tiempo libre?

—Leer y estudiar, fundamentalmente. Es miembro de una asociación de historiadores y cuando no está leyendo un libro, está preparando algún artículo para la revista que editan ellos mismos. A veces damos paseos por el campo, pero no solemos salir a cenar ni de copas, salvo en contadas ocasiones. Llevamos una vida normal y ordenada, muy centrada en los niños.

—¿Cómo es su relación con sus hijos?

—Buena, como la de cualquier padre. Yo cuido de ellos e intento educarlos lo mejor que puedo. A veces, Íñigo juega con ellos. Me ayuda si se lo pido, pero Markel y Maite son mi responsabilidad.

—¿Y qué me dice de usted, Raquel? ¿A qué se dedica?

—Soy profesora de baile y monitora de aeróbic en un gimnasio. No trabajo muchas horas, un par por la mañana y tres o cuatro cada tarde, pero eso me permite estar con los niños. Ahora que mi madre se muda con nosotros he pensado ampliar el horario otras dos horas más, pero todavía no hay nada decidido.

—¿Su marido no tiene las tardes libres? —Vázquez sabía que el horario lectivo de los institutos de secundaria concluía en torno a las tres de la tarde.

—Sí, casi siempre, pero ya le he dicho que los niños son mi responsabilidad. Yo me ocupo de ellos e Íñigo me ayuda si se lo pido.

David asintió en silencio.

—¿Tienen o han tenido problemas económicos?

—Afortunadamente, no. Íñigo tiene un buen sueldo y yo también aporto una nómina cada mes. Terminamos de pagar la hipoteca hace un par de años y no somos derrochadores. Salimos de vacaciones una vez al año, en verano, tenemos el mismo coche desde hace diez años y no nos van los lujos en el vestir o en el comer.

—¿Su marido es aficionado al juego?

—Al contrario, desprecia a las personas que invierten su dinero en juegos de azar. Nosotros solo compramos lotería en Navidad, y porque juega todo el mundo y es casi obligatorio, pero nada más. La última vez que miré nuestra cuenta bancaria, hace tres o cuatro días, había más de veinte mil euros en ella, y estoy segura de que seguirán ahí en este momento.

—Lo comprobaremos, solo por si acaso.

—De acuerdo.

Raquel comenzaba a impacientarse. Las preguntas de Vázquez eran cada vez más incisivas y se remontaban más atrás en el tiempo. Primero tuvo que recordar qué hicieron el fin de semana; después, aguzar la mente para rememorar los detalles de la semana pasada, y de la anterior. Le faltaba el aire dentro de la ambulancia, un espacio muy estrecho en el que se apiñaban cuatro personas. Un agudo dolor en el pecho la traspasó de lado a lado sin previo aviso. Uno de los aparatos conectados a su cuerpo emitió un estridente pitido acompañado por el insistente parpadeo de una luz roja.

—Tiene la tensión por las nubes —exclamó el doctor—. Tenemos que averiguar qué droga le han suministrado para eliminarla de su organismo. No podemos esperar más.

—¡Yo no voy a ninguna parte sin mis hijos!

Una rápida mano voló hasta la vía conectada a su brazo y la arrancó de un tirón. Un potente chorro de sangre alcanzó el chaleco del médico, que lanzó una maldición antes de inmovilizar a la mujer y gritar al enfermero pidiéndole ayuda. Entre los dos atajaron la hemorragia rápidamente, colocaron una nueva vía y obligaron a Raquel a tumbarse. Estaba muy mareada y la respiración era demasiado superficial para oxigenar adecuadamente su organismo.

—Seguiremos buscando aunque usted no esté aquí —le aseguró David antes de bajar de la ambulancia, que se preparaba ya para partir—. Hay mucha gente dedicada en cuerpo y alma a encontrar a su familia, y nadie va a irse a casa hasta que aparezcan.

Raquel sollozaba de nuevo cuando David cerró el portón de la ambulancia, que se alejó dando tumbos por el sembrado hasta alcanzar la serenidad de la carretera. Se libró de los plásticos azules que le cubrían los pies, se calzó de nuevo las botas, hundió las manos en los bolsillos del abrigo y se detuvo a observar el minucioso trabajo de la policía científica dentro y fuera del coche familiar. Cualquier indicio sería bienvenido. Pronto llegaría una grúa que lo trasladaría hasta el garaje en el que los técnicos continuarían con su labor.

Los sonidos que le rodeaban, convertidos en habituales por su monótona reiteración, desaparecieron bajo el estrépito de un inesperado motor diésel. Se giró rápidamente, casi al mismo tiempo que la decena de personas que trabajaban sobre el barro, y se sorprendió al descubrir los altos faros de un tractor avanzando por el linde del sembrado.

—¿Quién lo ha dejado pasar? —gritó por encima del estruendo.

Esperó mientras el tractor continuaba su lenta marcha hasta detenerse a unos diez metros de donde se encontraba. El motor se apagó con un ruidoso petardeo final que le llenó la nariz de olor a gasóleo. Alguien tenía que revisar la combustión de ese vehículo.

Dos figuras se dibujaron ante los potentes faros. Vázquez, utilizando la mano a modo de visera, distinguió la escueta silueta de Alicia Hidalgo, que caminaba seguida de cerca por una persona alta y corpulenta, aunque pronto pudo comprobar que toda la robustez de aquel hombre se debía al grosor del abrigo con el que se aislaba del frío nocturno.

—Jefe —saludó la agente—. Este es Vicente Abínzano. Es el dueño de esta finca. Vive en Izko, justo ahí enfrente, a menos de tres kilómetros. —Señaló hacia el otro lado de la autovía, donde las linternas de la unidad canina oscilaban como luciérnagas en mitad de la noche—. Un vecino le había avisado de nuestra presencia y se dirigía hacia aquí cuando lo he encontrado, y como venía en tractor, he pensado que sería más rápido si me subía en lugar de venir andando. El suelo está imposible…

—Señor Abínzano. —Vázquez recibió un apretón firme y sostenido a cambio de su mano tendida. Tenía ante sí a un hombre que sobrepasaba largamente los sesenta años, aunque sabía por experiencia que la dureza de una vida a la intemperie avejentaba los rasgos de cualquiera, ahondando los surcos de la edad y cuarteando la piel sin piedad. Sin embargo, la mirada cansada de Vicente confirmaba que el agricultor estaba ya de vuelta de muchas cosas en esta vida—. Le agradezco que haya venido.

—Se ha montado un buen revuelo en el pueblo, por lo menos diez personas han venido a mi casa a decirme que la policía estaba en mis tierras. ¡Como para no venir!

—¿Qué cultiva en esta finca?

—Cebada para ganado. Se utiliza para hacer pienso. Antes tenía trigo, pero cuando los precios cayeron me dediqué a los cultivos para animales. Es más laborioso, pero consigo hasta tres cosechas al año si alterno la cebada con el maíz y los guisantes. ¿Puede explicarme qué es lo que ha pasado aquí? —preguntó a continuación.

Vázquez decidió ignorar de momento la cuestión y continuar con las preguntas. Le urgía más encontrar respuestas a la desaparición de una familia que tranquilizar al inquieto agricultor.

—¿Cuándo fue la última vez que pasó usted por aquí?

Vicente reflexionó unos instantes antes de contestar.

—Eché el abono hace como una semana. Sembré en noviembre y los brotes ya están crecidos y lo necesitaban. No he venido desde entonces. Paso por la carretera todos los días, pero no he entrado desde que aboné. Con esta lluvia no se puede hacer nada, solo esperar. La faena vendrá después, cuando haya que arrancar las malas hierbas y repartir el herbicida. No habrán plantado drogas en mi finca, ¿verdad? A uno del pueblo le encontraron un montón de plantas de marihuana detrás del invernadero y no tenía ni idea de dónde habían salido, pero por si acaso la Policía Foral se lo llevó detenido y pasó una noche en el calabozo. Si hay drogas, yo no sé nada.

—Tranquilo, no hay drogas. ¿Alguna de las veces que ha pasado por aquí ha visto algún vehículo o personas dentro de la finca?

—No, nunca. Habría entrado a ver quiénes eran y qué hacían aquí.

—No tiene usted un cobertizo para la maquinaria.

—Prefiero guardarla en casa. Hay mucho ladrón suelto, y más en tiempos de crisis. Tengo un garaje enorme y un pedazo de tierra más pequeño detrás. Aparco allí la maquinaria agrícola y todos los aperos. Construí yo mismo un acceso desde la carretera para poder cruzar el arcén y entrar en la finca. Casi me cuesta una multa, porque el Gobierno decía que no tenía licencia para hacer un camino, pero al final atendieron a razones y no me sancionaron.

—Muchas gracias. Puede volver a casa, le avisaremos si le necesitamos.

—Me están fastidiando los brotes... —protestó en voz baja.

—Lo sé —reconoció Vázquez—, y lo siento, pero el trabajo que estamos realizando es de máxima prioridad.

Puede usted presentar una reclamación si lo considera oportuno.

Vicente hizo un gesto con la mano para restarle importancia al hecho de que, casi con toda seguridad, cuando acabara la noche su cosecha de cebada se habría echado a perder.

—¡Qué le vamos a hacer! Pero dígame qué ha pasado, por favor. Me van a freír a preguntas en cuanto vuelva al pueblo y nadie va a creerse que no sé nada.

—No puedo darle ningún dato, se trata de una investigación en marcha.

—¿Ha tenido un accidente aquel coche de allí y ha muerto alguien? —preguntó, señalando al vehículo en el que la científica seguía trabajando.

David lo miró en silencio, permitiendo que el hombre continuara con sus propias elucubraciones.

—Si recuerda haber visto algo sospechoso en los últimos días, es muy importante que nos lo diga.

—Así lo haré. —Se despidió con un gesto de la cabeza, pero se detuvo unos pasos más adelante—. ¿Quiere que les deje el tractor? Yo puedo volver andando.

David sonrió, pero negó con la cabeza.

—No es necesario, muchas gracias. Nos apañaremos con lo que tenemos.

El hombre reanudó su camino y desapareció entre las sombras. Un instante después, los potentes decibelios del tractor apagaron de un golpe todos los sonidos circundantes. Cuando se alejó, Vázquez oyó los urgentes ladridos de los perros que se acercaban por su derecha, siguiendo el mismo camino por el que se habían marchado un rato antes. El subinspector Sierra llegó a su lado antes que los animales, que avanzaban frenados por las correas que sujetaban sus entrenadores.

—¿Tienen algo? —preguntó esperanzado.

—Han seguido un rastro claro hasta la carretera, pero se pierde unos metros más adelante, en dirección a Pamplona. Los hemos llevado al bosquecillo que hay al otro lado de la calzada y que sube hasta el pueblo, pero allí no han encontrado nada.

—¿Y ahora?

—Se nos ha ocurrido ofrecerles el rastro que despistó al labrador al principio.

Los dos hombres vieron pasar a los perros, encabezados por el oscuro labrador, que tiraba con fuerza de la correa. El policía que le seguía estuvo a punto de perder el equilibrio un par de veces, aunque era evidente por el barro pegado en la ropa de todos los agentes que habían rodado por el suelo en más de una ocasión. Empujados por un resorte invisible, Vázquez y Sierra corrieron detrás de los animales. El medio centenar de metros que los separaba de la estrecha franja arbolada se les antojaron una maratón. Llevaban tanto lodo pegado en los pies que cada bota pesaba más de un kilo.

Avanzaron en paralelo a los altos arbustos, golpeándose la cara y el cuerpo con las espinosas ramas y tropezando en los matojos y los profundos baches llenos de agua de lluvia. Los perros les llevaban una veintena de metros de ventaja, pero finalmente se detuvieron a un lado del lindero. Olisqueaban inquietos el suelo mientras los policías intentaban recuperar el resuello.

—¡Qué carrera! —se quejó uno de ellos—. Se me va a salir el corazón por la boca.

—¿Qué tenemos? —preguntó Sierra cuando los alcanzó.

—Han venido directos a este montón de piedras. Si se fija, desde aquí parten las huellas de neumáticos que hemos encontrado cerca del coche y que hemos seguido en la otra dirección.

Los arbustos no detuvieron su crecimiento al llegar a las frías y grandes rocas de lo que parecía un muro en ruinas, sino que lo habían rodeado subrepticiamente, colándose entre las rendijas abiertas en la argamasa ausente y ocultando en algunas zonas las pétreas paredes.

La linterna de Sierra alumbró cuatro paredes semiderruidas. En la parte delantera, el muro alcanzaba los tres metros de altura, pero uno de los laterales y la pared más alejada apenas mantenían medio metro en pie. Rodearon la edificación hasta la parte trasera, donde alguien había despejado de rocas y ramas un amplio trecho, amontonando el material a un lado. El hueco diáfano permitía de sobra el paso de un vehículo al interior de las ruinas, un lugar en el que no sería visto desde el exterior y mucho menos desde la carretera. Ni siquiera Vicente Abínzano subido en el tractor lo habría descubierto aunque pasara justo al lado.

Las huellas de neumáticos cruzaban claramente el portón despejado.

Telefoneó a Torres, que llegó al lugar acompañado por dos de los agentes de la científica. Los perros, mucho más tranquilos, aguardaban pacientes a que les entregasen sus merecidas recompensas. Sierra y los tres miembros de la unidad canina se despidieron de Vázquez y corrieron a refugiarse en su cálida furgoneta. Volverían unas horas más tarde, con las primeras luces del día, para continuar con el rastreo al otro lado del río. En esos momentos, con el cauce casi desbordado y sin conocer la zona, aventurarse en las aguas rápidas era un riesgo demasiado grande.

Ordenó que acordonaran la zona y se alejó unos metros para permitir que los técnicos del laboratorio comenzaran a trabajar. Obtuvieron con facilidad moldes de las grandes huellas de los neumáticos que habían aplastado el barro pocas horas antes y se desplegaron en el interior de las ruinas para buscar restos que indicaran la presencia de una o varias personas en el lugar. Basura, comida, ropa e incluso heces, todo servía para identificar a un sospechoso o, al menos, avanzar en su búsqueda.

Ismael, Helen y Alicia los alcanzaron poco después. La joven agente tiritaba debajo de su delgado plumífero de última moda que apenas le cubría la cinturilla del pantalón vaquero. En los pies, las deportivas de marca habían desaparecido debajo de una gruesa capa de barro.

—Hidalgo, puedes esperar en el coche si lo prefieres —le ofreció Vázquez.

—Gracias, pero estoy bien.

La morena piel de Helen apenas era visible debajo de la gruesa bufanda negra que le cubría la cara casi por completo. Solo sus penetrantes ojos oscuros y la línea de las cejas quedaban expuestos al aire.

—¿Qué tenemos, jefe? —preguntó con la voz sofocada por la carrera.

Vázquez enfocó con la linterna el recorrido de las rodadas hasta donde alcanzó el haz de luz, muy cerca del lugar en el que el coche familiar continuaba siendo examinado.

—Los perros han seguido el rastro de al menos uno de los desaparecidos hasta este lugar. Son una especie de ruinas, unas paredes de piedra en bastante mal estado pero que al parecer han servido para ocultar un vehículo.

Pasearon la vista a lo largo del muro. Las piedras, redondeadas por el tiempo y la inclemencia de los elementos, lanzaban vibrantes reflejos bajo los potentes focos halógenos.

—No hay nada que cuadre en este caso, todo es demasiado extraño y retorcido.

Ismael Machado lanzó un juramento por lo bajo antes de rescatar su zapato del barro por enésima vez. Se giró para fijar la vista en el coche familiar.

—Lo que me intriga —dijo— es cómo obligaron al padre a abandonar la carretera y conducir hasta mitad del campo.

—Cabe la posibilidad de que él también sintiera sueño y decidiera descansar antes de dormirse al volante —apuntó Mario Torres—. Encontró el camino de entrada a la finca y lo tomó, deslizándose después hasta detenerse del todo.

—¿Y el coche misterioso? —inquirió Machado.

—¿Unos *hippies* nómadas? ¿Una caravana de gitanos? —Torres sonrió al formular su hipótesis en voz alta—. Imagina que alguien está viviendo en un coche o en una furgoneta, oculto de la vista de todos detrás de este muro. Ve el coche que se detiene y se acerca a ver qué ha pasado.

—Claro, y lo normal en estos casos es secuestrar a toda la familia excepto a la madre, en lugar de llamar a emergencias o llevarlos a un hospital. Simplemente, se lleva a todos los que le caben en el maletero.

—¿Tienes tú una idea mejor?

Vázquez acalló con una mano la pelea de gallos que amenazaba con iniciarse. Comenzaba a llover de nuevo y no tenía intención de permanecer a la intemperie más tiempo del necesario.

—No sabemos si la presencia de un segundo vehículo es casual o intencionada. Ni siquiera tenemos la certeza de que haya estado hoy aquí, puede que las huellas lleven varios días. No hay forma de averiguar si el padre condujo hasta aquí de forma voluntaria, si alguien le obligó, y si el hecho de que la madre no haya desaparecido tiene algún significado que todavía se nos escapa.

Vázquez detuvo un instante su relato mientras las ideas ocupaban su sitio en el organigrama de su cerebro.

—Pero lo que de verdad me preocupa y me intriga —continuó después— es el papel de Íñigo Lizalde en todo esto. Él tuvo que conducir hasta aquí, un lugar apartado de la vista del resto de los conductores y alejado de cualquier núcleo habitado, donde además alguien había ocultado un segundo vehículo. —Cabeceó para reforzar sus palabras—. Creo que él trajo el coche con toda su familia dentro. Desconozco el motivo, si lo hizo forzado o fue decisión propia, y lo que pasó después es un misterio por el momento.

La noche se iluminó con un repentino relámpago que llegó acompañado de un fuerte estruendo. Alicia Hidalgo se estremeció aún más debajo de su ropa empapada y se maldijo a sí misma por no haber aceptado la oferta del inspector. A su alrededor, la actividad se volvió frenética. Una nueva tormenta echaría a perder las pruebas que todavía no hubieran encontrado, por lo que los agentes de la científica se afanaron aún más en su tarea de husmear, rebuscar y embolsar los indicios abandonados en el lugar. Los únicos que no tenían intención de cejar en su trabajo eran los miembros de la patrulla de búsqueda, cuyas linternas apenas eran ya perceptibles a esa distancia. Habían recorrido un buen trecho de campo y parte de los hombres habían cruzado el riachuelo a través de un estrecho vado. El dispositivo se prolongaría durante unas horas más y se retomaría de nuevo por la mañana con la presencia de la unidad canina y el refuerzo de un helicóptero y un equipo de buzos.

—Torres, tú y yo vamos al hospital. Necesitamos hablar

con Raquel Gimeno en cuanto sea posible. Hay demasiadas lagunas en este relato. Ismael y Helen, vosotros os encargaréis de rastrear todas las cámaras de tráfico desde Sangüesa hasta Pamplona. Visitad también las gasolineras, muchas de ellas tienen cámaras de seguridad. Preguntad por la familia y por el coche. Es posible que alguien los haya visto pasar, o incluso parar en algún lugar. Hidalgo —siguió, girándose hacia la joven—, necesitamos que te pongas en contacto con la prensa. Coordínate con el gabinete de la Delegación del Gobierno, quiero que la descripción del coche y de la familia estén mañana en todos los periódicos, radios y televisiones. Información escueta, sin mencionar las drogas en el organismo de la madre, y solicita la colaboración ciudadana. Telefonearé al comisario por si quiere ofrecer la información en persona, aunque creo que de momento bastará con una nota. Ya habrá tiempo de salir en los medios.

Un nuevo relámpago los sorprendió de regreso a los coches. Agradecieron guarecerse del viento y la lluvia, aunque sus empapados cuerpos tardarían un buen rato en entrar en calor. El tibio aire que escupían las rendijas del salpicadero apenas era suficiente para caldearles los huesos, pero siempre sería mejor que permanecer a la intemperie.

A pesar del olor a desinfectante, agradecieron cruzar las puertas del hospital. La lluvia arreciaba en el exterior e imaginaron a los compañeros que permanecían en la finca, hundidos hasta las rodillas en el barro, luchando por avanzar en busca de los dos chiquillos desaparecidos, su padre y su abuela. Sin necesidad de compartirlo en voz alta, ambos sabían la clase de imágenes que cruzaban en esos momentos por la cabeza de todos ellos. A lo largo de sus años de profesión habían sido testigos de varias muestras de hasta dónde podía llegar la crueldad humana. Tres años atrás, una mujer denunció que en casa de sus vecinos se oían unos gritos alarmantes. La patrulla que acudió a la llamada encontró una escena aterradora. Un hombre había acabado a golpes con la vida de su mujer y de su hija de cinco años. La mujer ya no respiraba cuando llegaron, pero a la niña le quedaba un hálito de vida que se le escapó de camino al hospital. El padre, un hijo de puta que prefería verlas muertas que lejos de su control, intentó suicidarse clavándose un cuchillo en el estómago, pero el filo mellado no hizo más que agujerearle el intestino, provocándole una dolorosa y sangrante lesión que no lo mató. La niña tenía los ojos abiertos cuando se la llevaban a toda velocidad hacia la ambulancia, pero estaban ya ciegos a lo que la rodeaba. David recordaba con nitidez el pijama azul que vestía la pequeña, el suave pelo castaño, las manitas con las diminutas uñas pintadas de rosa, pero de la madre su memoria apenas retenía algo más que el nombre. Sara. Sus ojos se recrearon entonces en la crueldad ejercida contra la pequeña, como si la violencia fuera solo cosa de adultos. Duele más un pequeño cuerpo herido que media docena de hombres desmembrados en una zanja. La mente humana está programada para proteger a sus descendientes. Por eso estaba convencido de que la treintena de agentes que permanecían sobre el terreno avanzaban metro a metro con la imagen de los gemelos grabada a fuego en la retina.

Encontraron a Raquel Gimeno de pie junto a la ventana, rodeando con los brazos su estrecha figura. La delgada tela del camisón hospitalario permitía entrever el cuerpo bien formado de una bailarina, con fuertes músculos y piernas torneadas. El rostro, sin embargo, era el de una mujer devastada por el dolor y la angustia. Mantenía la vista fija en los ondulantes árboles del exterior, que inclinaban el tronco con cada embate del viento. La lluvia golpeaba con fuerza el cristal, pero los sonidos, al igual que la vida feliz del resto del mundo, quedaban al otro lado de la doble ventana.

Se volvió en cuanto oyó el chasquido de la puerta al abrirse. Sus ojos reflejaron anhelo y miedo mientras comprobaba que no había nadie más detrás de los policías. Dejó caer los brazos a lo largo de su cuerpo. En uno de ellos, un apósito blanco protegía el lugar en el que le habían inyectado el suero que eliminó los restos de tóxicos de su organismo.

—Hola. —La mujer no respondió al saludo de Vázquez. Esperó en silencio sus siguientes palabras, temblando de miedo ante la posibilidad de que le trajera las peores noticias—. Me alegro de que se encuentre mejor. —El silencio se mantuvo, pero la urgencia de su mirada hablaba por ella—. Seguimos buscando, nadie se ha movido de allí a pesar de la tormenta.

La tensión acumulada en su interior salió desbocada por su garganta. Un prolongado gemido la acompañó mientras doblaba el cuerpo hacia delante, inclinándose con las manos cruzadas sobre el estómago y flexionando las rodillas hasta apoyarlas en el suelo. Bajó después la cabeza despacio, con el pelo cayéndole sobre la cara, hasta que la frente casi rozó las frías baldosas. Así, echa un ovillo, intentando sobrevivir a la aguda laceración que sentía en el pecho, vomitó sobre el vinilo gris una agüilla blanquecina con la que parecía que se le iba la vida.

Los dos corrieron en su ayuda. Torres se arrodilló a su lado, intentando separarle la cabeza del suelo y enderezarle el cuerpo, mientras Vázquez buscaba sobre la mesita de noche una caja de pañuelos de papel. Arrojó unos cuantos sobre el líquido acuoso del suelo y le ofreció un puñado para que pudiera limpiarse. Ella aceptó los pañuelos y se cubrió la boca con ellos, deslizándolos después hasta los ojos para enjugarse también las lágrimas. Entre los dos la ayudaron a levantarse y la acompañaron hasta el sillón asida por ambos brazos. Una vez sentada, Torres extendió sobre sus piernas una de las mantas que descansaban sobre la cama.

—No pierda la esperanza. —Vázquez susurró las palabras muy cerca de ella. Al oírlo, Raquel levantó la vista y emuló una sonrisa a la que sus ojos no acompañaron—. Han pasado pocas horas, todas las posibilidades continúan abiertas.

—¿No tienen ni una sola pista? —preguntó por fin con un hilo de voz.

David cogió la única silla de la habitación y la acercó al sillón en el que Raquel parecía encogerse por momentos. Torres permaneció de pie junto a la cama, con el cuaderno abierto en una mano y el bolígrafo dispuesto a recordar todo lo que allí se hablara.

—Hemos encontrado evidencias de que había un vehículo oculto al final del sembrado en el que se despertó. Las huellas de sus neumáticos pasan justo al lado del suyo, así que tenemos que suponer que se utilizó para transportar a su familia y llevársela de allí.

—¿Y por qué me dejaron a mí? Yo debería estar con mis hijos...

—No lo sabemos, pero lo importante ahora es trabajar juntos para encontrarlos cuanto antes.

Raquel asintió con firmeza y enderezó la espalda mientras se recolocaba la manta sobre las piernas. Una nueva luz, todavía débil, iluminó su mirada.

—Dígame qué tengo que hacer.

—Vamos a repasar una vez más el día de hoy. —David mantuvo un tono de voz sosegado—. No deje de mencionar ningún detalle, aunque le parezca una tontería. Créame, nada lo es.

Raquel asintió con la cabeza varias veces mientras se esforzaba por traer a su memoria los acontecimientos del peor día de su vida.

—Nos levantamos temprano para ir a Rocaforte —comenzó—. Ya tenía preparada una bolsa con ropa de repuesto por si los niños se ensuciaban, así que tardamos poco en salir de casa. No ocurrió nada durante el viaje.

—¿Pararon en algún momento? —preguntó Vázquez.

Raquel cabeceó de lado a lado antes de contestar.

—No. Íñigo había llenado el depósito el día anterior y no tuvimos que parar en la gasolinera. Además, el viaje es muy corto, menos de una hora. Cuando llegamos, mi madre ya estaba esperándonos con un montón de cajas de cartón apiladas en la entrada. Llevaba días escogiendo las cosas que no quería dejar al alcance de los nuevos inquilinos y separando las que necesitaría en mi casa de las que guardaríamos en el trastero.

La mujer hizo un pequeño inciso para tomar un sorbo de agua y empujar por la garganta el recuerdo de los ojos tristes de su madre, que se pasó la mañana acariciando los objetos antes de recluirlos en el oscuro fondo de una caja.

—Poco antes de comer ya habíamos terminado —continuó—. Mi madre había preparado unos macarrones y unos filetes empanados, nada complicado.

—¿Comieron todos juntos?

—Sí, en la mesa de la cocina cabemos de sobra.

—Dígame qué comieron cada uno, por favor.

—Como le digo, de primer plato, todos tomamos macarrones con tomate. Markel y Maite les añadieron una buena cantidad de queso rallado. Los adultos, no. Con los filetes fue distinto. No conseguí que Markel probara ni un bocado, se había atiborrado de macarrones y pasó directamente al postre. Los cinco comimos mandarinas, y después mi madre y yo tomamos un café.

—¿Su marido no toma café?

—No, nunca lo hace. Dice que la cafeína es un veneno.

—¿Qué bebieron durante la comida?

—Agua, solo agua del grifo.

—¿Todos? —insistió.

—Creo que sí… —Raquel cerró los ojos para concentrarse en las imágenes que bailaban en su mente. Los abrió pocos segundos después—. Sí, todos bebimos agua en la comida.

Torres apuntaba frenéticamente los datos en su libreta. Se había acomodado a un lado de la cama, con medio trasero apoyado sobre el colchón y el cuaderno encima de la pierna flexionada.

—¿Quién preparó la comida?

—Mi madre cocinó los macarrones con tomate y los filetes empanados. Las mandarinas las trajimos de casa y el pan lo compramos en la panadería del pueblo. Nos llevamos también unas magdalenas caseras que hacen, a los niños les encantan, pero no les dejé abrir la bolsa, así que no comieron ninguna.

Un profundo suspiro escapó de la garganta de Raquel, que hundió un poco más los hombros.

—Lo está haciendo muy bien —la animó David—. Esto es muy importante.

—Lo siento —murmuró la mujer, con la voz rota de nuevo por el dolor—, pero tengo la terrible sensación de estar perdiendo el tiempo aquí sentada, hablando de macarrones y filetes mientras mis hijos han desaparecido.

—Esto es lo que tenemos que hacer ahora —le aseguró—, buscar el origen de la situación, encontrar a quien se ha llevado a su familia y traerlos de vuelta.

Raquel alargó sus manos heladas hasta alcanzar las de David. Las apretó con fuerza mientras una súplica asomaba a sus labios.

—Por favor. —Las palabras apenas eran inteligibles entre los hipidos—. No deje que les pase nada a mis hijos.

Mantuvo sus manos unidas a las de la mujer unos instantes más. Después deshizo la unión y se agachó hasta que sus ojos estuvieron al nivel de los de Raquel.

—Tenemos que continuar —le pidió David—. Cada paso que demos, por pequeño que parezca, nos aproxima un poco más a ellos.

Raquel se limitó a asentir. Cogió un nuevo pañuelo de la caja que le ofrecía Torres y se secó las lágrimas y la nariz. Tenía la cara congestionada y los ojos brillantes, encharcados de dolor. Se retiró el pelo de la cara y miró a los dos policías alternativamente. Se esforzó por respirar, liberando los dedos del apretado puño que había formado su mano y meciéndose despacio adelante y atrás en la silla con los ojos cerrados.

—Hay algunas cosas que tenemos que hacer con urgencia —continuó Vázquez un instante después. Ella le mantuvo la mirada, expectante—. Necesitamos acceso a su móvil y al teléfono fijo de su casa. Instalaremos un sistema de escuchas para grabar las llamadas que se realicen, por si quien se ha llevado a su familia decide ponerse en contacto con usted. También le pediremos su consentimiento para que nuestros técnicos tengan acceso a los ordenadores, tabletas y otros aparatos electrónicos, y para registrar su casa en busca de cualquier indicio que nos lleve a comprender lo que está sucediendo.

Mientras hablaba, Raquel asentía con la cabeza. Se levantó en el acto y rebuscó entre sus cosas hasta encontrar un manojo de llaves y una pequeña libreta oscura y se lo ofreció todo al inspector.

—En la libretita están apuntadas las claves y contraseñas del ordenador de Íñigo. Lo encontrarán en mi dormitorio. No tenemos tabletas ni más dispositivos. El móvil ya se lo he entregado antes…

—Iré a ver al juez mañana a primera hora —le explicó—. Voy a enviar una patrulla a casa de su madre en Rocaforte para que la precinte hasta que una brigada de la policía científica la procese.

—La llave está en el mismo llavero, es la que tiene el capuchón azul.

Comprobó la presencia de la llave y las guardó de nuevo en su bolsillo. Los dos hombres se prepararon para marcharse. Torres estiró con la mano la manta de la cama y sonrió a la mujer, que no le devolvió el gesto.

—Puede llamarme en cualquier momento, sobre todo si recuerda algo que pueda sernos de utilidad —dijo a modo de despedida.

Salieron en silencio de la habitación, dejando tras de sí a una mujer empequeñecida por el dolor y la angustia que intentaba controlar las enloquecedoras imágenes que asaltaban su mente. Mientras Torres conducía de regreso a comisaría, Vázquez solicitó la presencia de una patrulla en Rocaforte. Antes de llegar ya se había puesto en contacto con el juzgado y enviado un agente a custodiar el domicilio de la familia en Pamplona hasta que tuvieran firmada la orden que les permitiera acceder a su interior. Decenas de mensajes y documentos relacionados con el caso le esperaban sobre la mesa de su despacho. Miró la hora en su reloj. Faltaba poco más de una hora para la medianoche. Envió a Torres a casa y se sentó a su escritorio. Prefería mil veces trabajar y mantener la mente ocupada que regresar a un piso lleno de fantasmas.

Había vuelto en dos ocasiones a la casa de Zizur que compartió con Irene para recuperar su ropa, libros, discos y varios objetos que decidió conservar en el último momento, como un álbum de fotos o la manta con la que se abrigaban en el sofá. De nuevo en su casa, dobló cuidadosamente la manta, la envolvió en plástico y la metió dentro de un armario. No quería verla, ni que su olor le persiguiera cuando estuviera en casa, pero tampoco podía deshacerse de ella, a pesar del dolor que le causaban los recuerdos que evocaba. No la veía, pero sabía que estaba allí. Como Irene. Se desharía de la manta cuando encontrase a Irene y pudiera cerrar ese capítulo de su vida. Mientras tanto, sería un recordatorio de lo estúpido que podía llegar a ser.

Se concentró en los papeles que tenía delante y dejó discurrir los minutos, que cambiaron un día por otro con el silencioso y discreto aleteo del tiempo.

Instalados en las incómodas sillas de la sala de pantallas, Ismael Machado y Helen Ruiz se concentraban en inspeccionar las grises imágenes que acababan de enviarles desde la Dirección General de Tráfico mientras esperaban que un agente les trajera el *pendrive* en el que los responsables de las dos gasolineras de la autovía Pamplona-Sangüesa habían guardado las grabaciones de sus cámaras de seguridad.

Detenían el avance de las imágenes cada vez que una furgoneta o un todoterreno aparecía en pantalla. Anotaban la matrícula y la introducían en un pequeño ordenador situado justo a su lado. En pocos segundos aparecían los datos del propietario del vehículo, que inmediatamente pasaba a formar parte del elenco de personas que serían investigadas por la policía en las próximas horas.

El reloj hacía rato que había dejado atrás las nueve de la noche. Junto a ellos, en la estrecha sala atestada de pantallas y teclados, solo un agente más permanecía de guardia. Observaban las grabaciones en silencio, concentrados en impedir que se les escapara nada. Ismael echó un rápido vistazo a su teléfono y, después de un breve titubeo, lo cogió y se levantó de la silla.

—Ahora vuelvo —se disculpó, y salió de la sala.

Pocos segundos después, fabricó una sonrisa para su triste semblante y entró de nuevo en la sala de pantallas, donde Helen continuaba inmersa en el ir y venir de vehículos. La agente le miró sin decir nada y le observó mientras se sentaba. Ismael la ignoró unos instantes, pero finalmente detuvo la grabación y se recostó en la dura silla.

—He llamado a casa un momento —se excusó Ismael—, quería hablar con Inés y con los niños, pero ya estaban dormidos. A veces me pregunto si he hecho bien en tener hijos. En estos momentos envidio a los que os mantenéis libres de ataduras familiares.

Ismael susurró las últimas palabras desde detrás de sus dedos, que se habían deslizado desde su pelo, cada día más canoso, hasta la cara.

—A mí me gustaría tener hijos el día de mañana, cuando encuentre al padre adecuado y me sienta preparada física y mentalmente. Seguro que será difícil compaginar el trabajo con el cuidado de los niños, tenemos una profesión sin horarios y peligrosa, pero creo que todo es cuestión de voluntad.

—¡Yo tengo voluntad! Pero es complicado. Mi mujer

ya me ha insinuado en un par de ocasiones que le gustaría poder contar un poco más conmigo. ¿Crees que Raúl le reprochará a Teresa el tiempo que pase trabajando en lugar de estar con su hija? Yo creo que no.

—Quién sabe —respondió Helen—, esa es una piedra muy fácil de arrojar.

—Pero tanto Raúl como Inés sabían con quién se casaban, ¿no crees? Echarlo en cara ahora es hacer trampa. —Sonrió a su compañera y enderezó la espalda, separándola del duro respaldo—. Dale al *play* —dijo finalmente—, o cuando terminemos, tendremos los riñones hechos puré.

Coches, motos, camiones y furgonetas cobraron vida de nuevo en la pantalla. Era más de medianoche cuando dieron por concluida la tarea. El listado de vehículos que deberían investigar al día siguiente superaba el centenar de matrículas. Sería un arduo trabajo.

NUEVE...

19 de enero, lunes

La perezosa luz del sol descubrió a Raquel acurrucada en el mismo sofá junto a la ventana en el que David la había dejado la noche anterior. Los rayos más madrugadores le arañaron la piel y la obligaron a cerrar los ojos, doloridos ante la inesperada luminosidad. El sonoro chasquido de la manilla de la puerta anunció la llegada de una auxiliar cargada con la bandeja del desayuno. La depositó con cuidado en la mesita y se volvió decidida hacia la paciente, que se levantaba pesadamente de su asiento.

—¿Puedo ayudarte en algo? —preguntó la mujer mientras afianzaba la bandeja sobre la vacilante mesa.

—Necesito mi ropa —respondió.

La auxiliar asintió antes de dar media vuelta, lista para marcharse.

—Ahora mismo voy a ver si me entero de dónde la tienen. Imagino que la bajarían a la lavandería.

Salió de la habitación con la misma energía con la que había entrado, sumiendo a Raquel de nuevo en el más absoluto silencio. Esta se acercó a la mesa y levantó la tapa que cubría la humeante taza de café con leche. Se la llevó a los labios despacio y dejó que la cálida bebida le templara el cuerpo. No había dormido ni un minuto en toda la noche, pero no estaba cansada. Al contrario, las miles de terminaciones nerviosas de las puntas de sus dedos le exigían el contacto inmediato con el pelo revuelto de sus hijos. Necesitaba salir a la calle y retomar la búsqueda. Creyó verlos en cada sombra que cruzaba rauda bajo las farolas, o asomándose a las ventanillas de los coches que entraban en el aparcamiento del hospital. Fijó de nuevo la vista en la calle, atenta al creciente movimiento de vehículos y personas en el gélido lunes de enero. Un nuevo chasquido de la puerta la devolvió a la realidad. Se volvió, esperando encontrar a la auxiliar con su ropa, pero frente a ella se alzaba la alta figura del inspector Vázquez. El corazón se le alborotó de inmediato. Dejó la taza sobre el platillo, provocando un vibrante tintineo, y contempló ansiosa al policía. David avanzó un par de pasos, hasta colocarse junto a la cama. Observó las profundas ojeras de la mujer y la curva de sus hombros hundidos. Parecía muy pequeña bajo el camisón hospitalario.

—Solo he pasado a ver cómo estaba. Voy de camino al juzgado. La búsqueda se ha reiniciado hace ya un par de horas. Creo que dentro de poco podrá irse a casa. —Raquel asintió despacio—. Los técnicos están listos para comenzar con las escuchas telefónicas y se han llevado el ordenador. Se lo devolverán lo antes posible.

—¿Hay algo…? —Incapaz de controlar el temblor de su voz, no pudo concluir la frase que a duras penas había iniciado.

—No, lo siento, no hay nada nuevo. Las unidades caninas ya están trabajando sobre el terreno y han aumentado los efectivos para buscar indicios sobre dónde se los han llevado, porque estamos bastante seguros de que no están allí. Desde hoy, el caso se trata como un secuestro, lo que significa que nos van a enviar especialistas de Madrid para trabajar con nosotros.

—¿Dónde están?

El lamento de la madre crujió entre sus dientes apretados.

—No lo sé. —David hundió las manos en los bolsillos del abrigo.

—¿Y qué hago yo mientras tanto? No puedo quedarme aquí quieta, de brazos cruzados.

—La necesito tranquila, centrada y en su casa. Una agente la acompañará en todo momento por si quien tiene a su familia decide ponerse en contacto con usted. Descanse lo que pueda y tenga siempre el teléfono a mano. —Le tendió el móvil que ella le había entregado la noche anterior y que había recogido del laboratorio pocos minutos antes—. La mantendré informada en todo momento.

—¿Lo promete? —Su voz no era más que un susurro tembloroso.

—Lo prometo.

La puerta de la habitación se abrió una vez más. La auxiliar llegó cargada con una bolsa transparente en la que se adivinaban varias prendas de ropa y unas zapatillas de deporte. La mujer se detuvo al descubrir al inspector, pero al momento reanudó su avance hasta los pies de la cama, donde depositó el bulto.

—Creo que está todo —dijo—. Si necesita algo más, no dude en decírmelo. —Un incómodo silencio se instaló entre ellos mientras en los ojos de la mujer resplandecían unas empáticas lágrimas, aunque logró contener sus sentimientos antes de continuar hablando—. Tiene que ser fuerte, todo va a salir bien.

En dos zancadas alcanzó a Raquel y la abrazó con

fuerza, transmitiéndole con su cuerpo el calor y la energía del resto de las mujeres de la plantilla.

—No imagino nada peor que perder a mis hijos —añadió—, pero estoy convencida de que los van a encontrar muy pronto.

Deshizo el nudo de sus brazos y se dirigió rápidamente hacia la puerta, que cruzó sin decir ni una palabra más.

—¿Lo sabe todo el mundo? —preguntó Raquel.

—Los medios de comunicación se han volcado en la búsqueda. Los periódicos publican fotos de todos los miembros de la familia y las televisiones han enviado unidades móviles a la zona en la que desaparecieron. La colaboración ciudadana puede ser una baza importante en el caso. Si alguien los ha visto, espero que nos llame.

—Yo también. —Raquel cogió el paquete y rasgó el plástico con determinación.

—La agente que la va a acompañar llegará en unos minutos. Vístase mientras tanto. No dude en pedirle cualquier cosa que necesite. Yo la visitaré esta tarde.

—De acuerdo. Espero sus noticias.

Se despidió con un firme cabeceo y salió de nuevo al pasillo del hospital.

Cruzó el umbral del moderno edificio que albergaba los juzgados de Pamplona y mostró su placa al vigilante de seguridad, que le franqueó el paso por el lateral del detector de metales. Se colgó de la chaqueta la tarjeta que le identificaba como visitante y subió por las escaleras hasta el segundo piso. Conocía el camino de memoria. Había perdido la cuenta de las veces que había estado allí a lo largo de su carrera como policía, unas para declarar, otras acompañando a un detenido y otras, como esa mañana, para solicitar al juez que acelerara los trámites de una orden. Buscó en el tablón el número del juzgado que estaba de guardia y suspiró satisfecho al comprobar que tendría que vérselas con la jueza Capdevila, una santanderina que llevaba media vida en Pamplona y que nunca le había puesto trabas a la hora de firmarle las órdenes necesarias para realizar su trabajo. Esperaba que hoy no fuera la primera.

Entró en el juzgado y saludó al funcionario que custodiaba la puerta detrás de una mesa estratégicamente colocada para que nadie pudiera colarse en el interior sin pasar primero por su minucioso escrutinio. En cuanto lo vio, se levantó y se dirigió al recién llegado con la mano extendida.

—Inspector Vázquez —saludó—, cuánto tiempo sin verle por aquí.

—Buenos días, Mateo, veo que la jueza te sigue utilizando de cancerbero.

—¡Y yo se lo permito! Al menos aquí, en la puerta, puedo levantar la cabeza de los papeles cada vez que entra alguien. Los días tranquilos, sin visitas, termino con las cervicales molidas de tantas horas frente al ordenador.

David sonrió, pero no continuó con la conversación. No se trataba de una visita social y no tenía tiempo que perder. De hecho, tiempo era precisamente lo que le faltaba.

—Necesito ver a la jueza. Es urgente.

—Es por lo de esa familia, supongo…

—Así es.

—Sé que está ocupada, pero le diré que está usted aquí. Vuelvo en un momento.

Desapareció en el interior del juzgado, sorteando las mesas en las que media docena de funcionarios se afanaban frente a sus ordenadores al tiempo que lanzaban rápidas miradas furtivas al recién llegado. David giró sobre sus talones y fingió interesarse por los carteles con estampas de Navarra con las que alguien había vestido las paredes. Las Bardenas Reales, el castillo de Olite, la Foz de Lumbier…

Mateo reapareció antes de que pudiera dedicar su atención a los pósteres de la segunda pared.

—Acompáñeme, por favor —le invitó.

David le siguió con paso apresurado a través del intrincado pasillo. La puerta del despacho de la jueza estaba abierta y, a un gesto de Mateo, cruzó el umbral y cerró a sus espaldas.

Capdevila lo miró por encima de sus gafas de lectura y lo invitó a sentarse con un gesto de la mano.

—Deme un segundo, por favor —le pidió, y se concentró de nuevo en los papeles que tenía sobre la mesa.

Terminó de leer el documento, estampó su firma al final y lo dejó encima de una pila de papeles que descansaba a la derecha de la mesa. Acto seguido se quitó las gafas y miró a Vázquez con una sonrisa cortés en los labios.

La jueza Luisa Capdevila rondaba los cincuenta, pero se negaba a vestirse como las convenciones sociales exigían a una mujer de su edad y posición. Esa mañana llevaba una falda de terciopelo azul y blanca y un jersey azul eléctrico que se ceñía a su figura como una segunda piel. David intuyó que, bajo la mesa, los pies estarían guarecidos por un par de zapatos de tacón. Tenía que reconocer que el conjunto no le sentaba nada mal a una mujer acostumbrada a ser el centro de las miradas dentro y fuera de la sala de un tribunal y que había aprendido a aceptarlas con naturalidad.

—Buenos días, inspector. Me alegro de verle, aunque intuyo lo que le trae por aquí. Le veo bien, dadas las circunstancias. Lo que ha llegado últimamente a mis oídos no le deja a usted en muy buen lugar.

—Ya debería saber que esta ciudad es un hervidero de rumores, casi todos falsos. Si quiere información sobre mí, no tiene más que levantar el teléfono y acudir a la fuente.

—Lo que me han contado tenía un cariz demasiado personal como para comentarlo abiertamente. Preferí ignorarlo y no dar crédito a las habladurías.

—Se lo agradezco.

—Nos conocemos desde hace años. Confío en que si su vida personal interfiere en su trabajo, tendrá el buen juicio de hacerse a un lado antes de que otros le obliguen a apartarse. Porque quizá no lo sabe, pero tiene cien pares de ojos clavados en usted.

—Créame, lo sé. Siento su respiración en mi cogote. Pero se van a cansar de esperar. Estoy bien, y pronto estaré mejor. ¿Cómo es eso de que el tiempo lo cura todo?

La jueza sonrió, haciendo brillar sus ojos marrones maquillados con esmero.

—Bien —zanjó—. ¿Qué puedo hacer hoy por las fuerzas del orden?

—Imagino que estará al tanto de la desaparición de una familia anoche, muy cerca de Pamplona.

—Por supuesto, no se habla de otra cosa.

—Necesito una orden para intervenir sus teléfonos móviles, para rastrear sus llamadas y mensajes al menos de los últimos treinta días y para acceder a sus ordenadores y cualquier aparato informático o tecnológico que pueda darnos una pista de lo sucedido y de dónde están ahora.

—Lo que me pide es muy amplio.

—Es lo que necesito. La madre está de acuerdo —añadió, intentando acabar con sus reticencias.

—Ya... —Meditó durante unos instantes antes de coger el auricular del teléfono y marcar tres únicos dígitos en el teclado. Esperó unos segundos antes de recibir respuesta—. Juan Pedro, el inspector Vázquez se acercará ahora a su despacho; necesita una orden para una serie de teléfonos y dispositivos. Él le dará los datos. Es urgente —concluyó, y colgó—. En menos de media hora tendrá vía libre para recoger los ordenadores e intervenir las líneas. El registro de las llamadas tardará un poco más, ya sabe cómo va esto.

—Lo sé, dependemos de la buena voluntad de la compañía telefónica, pero les explicaré que, si no tengo los registros en mi mesa esta misma tarde, mañana todo el país sabrá que están poniendo trabas a la búsqueda de los niños desaparecidos.

La jueza lo miró un instante, entre sorprendida y divertida.

—Vaya —exclamó—, veo que se está usted endureciendo, inspector. Hace unos meses habría apelado al diálogo. Hoy toma directamente la senda de la amenaza.

David no respondió. Aquella conversación ya estaba durando demasiado y le sobraba cualquier mención a su vida o a su carácter.

—Señoría, si me disculpa...

—Por supuesto. Vaya a ver al secretario, él le dará la orden y después podrá recoger los aparatos.

—Ya están en comisaría.

La jueza, que se había levantado para acompañarle a la puerta, se detuvo en seco y clavó en él una fría mirada.

—¿Han incautado los ordenadores antes de tener una orden?

—El ordenador, solo uno. Y el teléfono de la madre, aunque ya se lo hemos devuelto. Era urgente.

—Se ha saltado usted las normas, inspector. Ha dado por hecho que aprobaría su solicitud. Si esto sale de este juzgado, invalidará cualquier prueba que pueda obtener de ese ordenador.

—No lo hemos tocado —se defendió.

—Eso es lo que usted dice, pero yo no tengo pruebas de eso, ni de lo contrario. ¿Debo creerle, así, sin más?

—Por supuesto. Le doy mi palabra.

—Su palabra... ¿Cuánto vale la palabra de una persona hoy en día? —Lo miró de hito en hito, sin pestañear—. Nada, inspector; yo ya no confío en nadie, y usted acaba de demostrarme que tampoco puedo fiarme de usted. Se ha saltado la ley en cuanto le ha parecido bien.

—No es así —insistió David en tono amargo—. Sinceramente, y con todo el respeto, está exagerando, señoría.

Creyó escuchar el rechinar de los dientes de la jueza, que decidió volver a sentarse.

—Estudiaré con lupa cualquier actuación que se derive de todo lo que obtenga a partir del material incautado de forma irregular. No le voy a pasar ni una, inspector. Sume mi aliento a los que ya notaba en la nuca.

David salió del despacho en silencio. Tuvo que esperar veinte minutos a que el secretario del juzgado cumplimentara la orden con los datos que le dio y salió de allí con el preciado papel en el bolsillo del abrigo.

No conseguía recordar el nombre de la policía que le sonreía desde el asiento de al lado. Tendría que preguntárselo sin parecer grosera.

La agente uniformada, una mujer de mediana edad con el rostro curtido por el sol y el aire libre, se empeñó en llevar ella misma la bolsa de plástico en la que Raquel empaquetó las escasas pertenencias que había recuperado del coche. El neceser con sus útiles de aseo, un par de bragas y el grueso jersey de lana que llevaba la mañana anterior de camino a Rocaforte. En realidad, no necesitaba nada de todo aquello, tenía ropa de sobra en casa, pero no dijo nada cuando dos policías se lo entregaron unas horas antes.

El trayecto hasta su casa fue breve. La agente aparcó el coche policial en un vado restringido y las dos subieron despacio los escalones que las separaban de su domicilio. ¿Podría alguna vez volver a llamarlo hogar? La llave rasgó el espeso silencio al introducirse en la cerradura. El chasquido metálico del cerrojo al abrirse no dejó paso a los habituales gritos infantiles, sino a un mutismo que la rodeó hasta asfixiarla. Sonrió con amargura al recordar los momentos en los que agradecía encontrar la casa vacía. Disfrutaba entonces de unos minutos en soledad hasta que de nuevo el aire se llenaba de risas y pasos apresurados. También de los murmullos apagados de su marido, Íñigo, dejando a medias las frases y observándola en silencio desde el quicio de la puerta del baño mientras duchaba a los pequeños.

Deambuló despacio por las estancias desiertas, seguida de cerca por la agente de policía cuyo nombre no conseguía recordar, hasta detenerse ante una pila de ropa lavada que descansaba sobre una silla del salón. Se quitó el abrigo, lo dejó cuidadosamente doblado en la silla contigua y comenzó a doblar camisetas. La agente se acercó un poco más, se deshizo de la gorra y la chaqueta y se colocó a su lado.

—Yo doblo los calcetines —le dijo simplemente. «Sofía —recordó de pronto—. Se llama Sofía».

La lluvia estaba dando un efímero respiro a los equipos de búsqueda que se mantenían sobre el terreno, pero la humedad de las nubes bajas los empapaba como si continuara lloviendo. No quedaba ni un centímetro de finca sin revisar. Los perros, hartos de deambular una y otra vez alrededor del mismo círculo, esperaban acurrucados junto a los remolques a que sus entrenadores les abrieran las portezuelas y les permitieran descansar en un lugar seco. No hallaron rincones en los que la tierra hubiera sido removida, y el crecido riachuelo tampoco había entregado ningún cadáver que hubiese quedado enganchado en las ramas y piedras del fondo.

A mediodía, David ya estaba convencido de que esa parcela de tierra no les iba a ofrecer ni una sola pista más. Caminó hasta su coche, luchando a cada paso por rescatar del barro las altas botas de goma que había tenido la precaución de coger del almacén. Cuando llegó, sacó del maletero sus propios zapatos y se cambió rápidamente, envolviendo el calzado embarrado en un grueso plástico. La sensación de que el tiempo se le escapaba entre los dedos aumentaba sus ya altos niveles de estrés. Sentía un apremiante retortijón en la boca del estómago, y mantenerse inactivo en mitad de la nada no le ayudaba en absoluto.

El jefe de la brigada científica acababa de comunicarle que ya habían terminado en la casa de Rocaforte. En esos momentos, un coche policial trasladaba hasta el laboratorio de Pamplona buena parte de los utensilios de cocina del hogar de Leonor Górriz. Confiaba en descubrir la forma en que la familia había sido drogada y tirar de ese hilo hasta dar con quien lo había hecho.

Subió al coche y encendió el motor sin que nadie a su alrededor reparara en él. Tenía que hacer algo útil. Salió a trompicones del terreno agrícola y condujo en dirección a Liédena hasta que encontró el desvío hacia Rocaforte. La estrecha carretera sin arcén estaba bordeaba por extensos campos arados como el que acababa de abandonar. Los pequeños brotes aparecían cubiertos de escarcha blanquecina en las zonas sombrías, y a buen seguro permanecerían congelados durante las siguientes semanas, hasta que el sol fuera más generoso con su calor, allá por el mes de marzo. Desde varios kilómetros antes de llegar, David pudo ver en lo alto de la árida loma la parda silueta de una iglesia, con sus gruesos muros sujetos por firmes contrafuertes y la torre chata, apenas abierta por dos estrechas ventanas de aspillera desde las que se extendería por todo el valle el repique de las campanas llamando los domingos a misa mayor. La carretera, cada vez más estrecha y cuarteada, culebreaba cuesta arriba como una serpiente de asfalto en mitad del campo. La placidez del pueblo medieval guardaba, sin embargo, la sorpresa de un próspero polígono industrial a la derecha del camino, más extenso incluso que la propia localidad, con sus bulliciosos talleres y humeantes fábricas.

Condujo por las empinadas calles del pueblo, calculando al milímetro el espacio entre su coche y los muros de piedra de las viviendas. Cuando encontró una plazoleta lo bastante ancha como para aparcar sin estorbar el paso de otros vehículos, se acercó todo lo que pudo a la pared y apagó el motor. El silencio le envolvió en cuanto la radio dejó de emitir sus estridentes acordes musicales. No le gustaba el silencio, le recordaba todo lo que no tenía, lo que había perdido. Hundió las manos en la chaqueta y alejó de su mente el dolor, la vergüenza y la profunda rabia que vivía en su interior.

Concentró su atención en las casas de piedra grisácea, puertas de madera y estrechas ventanas. Ascendió la calle empedrada hasta encontrar el domicilio de Leonor Górriz, un edificio de dos plantas con la piedra pulida y brillante y tres balcones desparejados rompiendo la monotonía de la fachada. La cinta policial se balanceaba parsimoniosa al son que marcaba el viento. La arrancó con un movimiento rápido de la mano y la dejó colgando del pomo de la puerta. Recuperó del bolsillo el juego de llaves que le había entregado el inspector de la científica y cruzó el umbral. El recibidor, iluminado gracias al ventanuco enrejado abierto en el portón de entrada, olía a cera y a detergente. A la izquierda, un vano sin puerta daba acceso a una amplia sala preparada para recibir a un buen número de personas. Alrededor de la enorme mesa de madera podían acomodarse al menos quince personas sentadas en las sillas y bancos que la rodeaban. Dos aparadores antiguos pegados a la pared guardaban una vajilla blanca completa. Los vasos, apilados unos sobre otros en las alacenas, mostraban en el cristal, que un día fue transparente, las cicatrices de cientos de lavados.

Regresó al recibidor y ascendió las escaleras hasta la primera planta. Recorrió despacio el amplio salón y las pequeñas alcobas. Todas las estancias de la casa parecían extrañamente desnudas, desprovistas de cualquier adorno o aderezo superfluo. Solo lo justo para que los siguientes inquilinos pudieran habitar la casa de inmediato, pero nada que diera una sola pista sobre quiénes habían vivido allí hasta entonces. Ni fotos en las repisas, ni cuadros en las paredes, ni libros en las estanterías. Recordó que Raquel le había contado que todos los objetos personales de su madre descansaban dentro de cajas y bolsas, unos en su casa de Pamplona y otros en el trastero.

Deambuló de una habitación a otra hasta llegar a la cocina, donde era más evidente que en ningún otro sitio el paso de la policía científica. Todas las superficies estaban cubiertas del sucio polvillo negro utilizado para localizar huellas dactilares. Distinguió una buena colección de ellas, que sin duda estaban siendo ya cotejadas en el laboratorio. Los armarios habían quedado abiertos de par en par y su contenido, desperdigado sobre la encimera de granito, mostraba también las marcas dejadas por los investigadores.

De nuevo en el pasillo, las escaleras ascendían un piso más, hasta una buhardilla de techos inclinados y visillos blancos en las ventanas. El suelo de madera estaba cubierto por una alfombra de vivos colores. Imaginó a los dos niños jugando despreocupados en aquel altillo, inmersos en su mundo de aventuras y fantasía. Un instante después, las tristes caras de los gemelos aparecieron en su mente rodeadas de un vaho oscuro. Una figura con una larga melena cubriéndole parte de la cara acompañaba a los niños. Su nariz se llenó del aroma inconfundible del perfume de Irene. Sobresaltado, giró sobre sí mismo. Estaba solo en la casa, ningún sonido delataba la presencia de alguien más en la vivienda. Sin embargo, sus tripas le decían que ella lo acompañaba.

Bajó las escaleras y cruzó la cocina a toda velocidad, buscando la salida de aquel lugar. Se detuvo al llegar al recibidor. Las inquietantes imágenes desaparecieron de su cabeza. Aspiró el olor a detergente y se maldijo una vez más por haber sido tan estúpido. Rápidamente, cruzó el umbral y cerró la puerta tras de sí.

El rápido movimiento de una sombra a la derecha llamó su atención. Se volvió justo a tiempo para ver que el portón de la casa contigua se cerraba sigilosamente. Se dirigió hacia allí y golpeó el aldabón con fuerza. El metal resonó contra la madera, arrancándole un sonido seco y profundo. Pocos segundos después llegó hasta sus oídos, desde el otro lado de la puerta, el lento arrastre de unas zapatillas.

Lo siguiente que vio fue una cara pálida y arrugada, con las arrugas concentradas en la parte superior de la cara por efecto de la amplia sonrisa con la que recibió a su inesperada visita. Tenía los ojos nublados por la edad y las cataratas, y se esforzaba por enfocar al joven que le tapaba el sol. Mantuvo la sonrisa mientras repasaba a David de arriba abajo. Sujetaba la puerta con una mano, mientras con la otra mantenía férreamente cerrada sobre su pecho una gruesa bata floreada.

—Usted dirá —saludó.

—Soy el inspector Vázquez, del Cuerpo Nacional de Policía.

—Eso ya me lo imaginaba —respondió la mujer sin perder la sonrisa—. No hay más que verle.

David observó atónito a aquella mujer y buscó en su propio atuendo algún rasgo que le distinguiera como policía; finalmente decidió que, con toda seguridad, la anciana llevaba un rato espiando sus pasos.

—Es usted muy observadora —le dijo, mostrando a su vez una sonrisa halagadora—. Supongo que sabrá lo que les ha ocurrido a su vecina y a su familia.

—Claro, estoy atenta a las noticias. Además, con el despliegue policial que se organizó aquí anoche era difícil que pasaran desapercibidos. Su gente me ha tenido sin dormir toda la noche, tanto entrar y salir de la casa, abrir y cerrar puertas, dar golpes por todos lados... ¡Parecía que iban a tirar las paredes!

—Siento mucho las molestias, pero era necesario.

—Lo sé, lo sé... Yo también veo *CSI*. —De pronto, la mujer estiró parte de sus arrugas. Dejó de sonreír y abrió la boca en una mueca de sorpresa y desagrado mientras miraba a David con sus ojos casi ciegos—. No habrá pensado ni por un momento que yo soy la típica vecina cotilla, ¿verdad?

David no pudo evitar que una carcajada escapara de su garganta. Hacía tanto tiempo que no se reía que su propia risa le sonó extraña, como un sonido ajeno a su ser. Recompuso el rostro y miró fijamente a la ofendida anciana.

—En absoluto, señora —respondió—, pero me interesa lo que pueda contarme sobre su vecina.

—Poco íbamos a vernos a partir de ahora —suspiró—. Se iba a vivir con su hija a Pamplona. Desde que su marido murió, había cambiado. Iba siempre con la cabeza baja, silenciosa. Apenas saludaba cuando nos cruzábamos en la calle y no participaba en las tertulias de la plaza. No era la misma, en absoluto. —Movió la cabeza de un lado a otro, enfatizando sus palabras con otro largo suspiro—. Nunca imaginé que fuera a echar tanto de menos a ese hombre. Algo tendría de puertas para adentro, digo yo, porque con los demás era un tipo bastante soso, la verdad. Soso e insustancial, diría yo.

David asentía despacio, sin apartar la vista de la mujer, como si no pudiera estar más de acuerdo con sus palabras. La anciana parloteó unos minutos más antes de que el inspector consiguiera reconducir la conversación.

—¿Diría que Leonor o su familia habían cambiado sus costumbres en los últimos meses o semanas? ¿Se los veía preocupados, nerviosos o atemorizados por algo?

La mujer apretó los labios mientras meditaba, marcando las profundas arrugas que le rodeaban la boca y que se mezclaban con los centenares de surcos que le recorrían las mejillas y la mandíbula.

—Yo creo que simplemente estaba triste. Triste y sola. Eso es todo. No todo el mundo tiene la fortaleza de espíritu necesaria para soportar la soledad. La hija venía los domingos, y los niños eran la alegría de su vida, pero el resto del tiempo, seis días enteros y dieciocho horas del séptimo, estaba completamente sola. Yo ya me he acostumbrado —siguió—, mi marido murió hace veinte años y no tuvimos hijos. Mis sobrinos me visitan de vez en cuando y me llaman por teléfono casi cada día, pero una conversación de cinco minutos no alivia la soledad. La radio es mi compañera. Ya no puedo ver la tele, para mí todo es una mancha gris, pero me entretengo mucho con los locutores, la tengo puesta a todas horas.

La mano que antes sostenía la puerta reposaba ahora sobre el antebrazo de David en un gesto íntimo que no le molestó en absoluto. Con la izquierda sujetaba todavía las solapas de la bata, ciñéndola sobre su cuerpo para evitar que el invierno le jugara una mala pasada.

—Será mejor que entremos —dijo la mujer finalmente—. Si me cojo un catarro no podré salir de casa hasta el verano. Eso, si no me muero antes, que con ochenta y cinco años cumplidos una nunca sabe cuando se acuesta si volverá a ver amanecer.

Siguió a la anciana al interior de una casa que, al contrario de la de su vecina, olía a comida y a ropa secándose junto a la chimenea. Caminaron despacio hasta un pequeño salón de la planta baja. Sobre uno de los sofás, un enorme gato gris levantó las orejas al intuir que su dueña no volvía sola.

—Este es Chester. Mi sobrino le puso ese nombre absurdo cuando me lo regaló y no quise contrariarle llamándolo de otra forma. Es un vago redomado, se pasa el día ahí tumbado.

A pesar de las críticas, la mujer se sentó junto al felino y comenzó a acariciarle entre las orejas, a lo que el animal respondió con un profundo ronroneo de satisfacción. El gato, depositario de todo el cariño que la mujer fuera capaz de dar, parecía conocer esa absurda necesidad de los humanos de toquetear algo suave y sedoso. ¿Quién es capaz de resistirse a pasar las yemas de sus dedos entre un pelaje brillante y exquisito? Prácticamente nadie, salvo los contumaces miedosos o los alérgicos severos, puede evitar alargar la mano hacia la cabeza de un perro o un gato cuando se topan con uno, y sonríen satisfechos ante el gesto gentil del animal, que en realidad está consiguiendo lo que quiere, someter al humano sin ofrecer a cambio más que su gratitud, que durará tanto como la caricia, y la suavidad de su piel.

David se acomodó en una butaca tapizada de azul y miró a su anfitriona. Sin poder evitarlo, su mente reprodujo la imagen sonriente de su madre. ¿Qué estaría haciendo en ese preciso instante? Vivía sola en una casa grande, muy parecida a esa, en un pequeño pueblo de la sierra leonesa. Una vecina la visitaba a diario y la ayudaba con los quehaceres domésticos, pero el resto del tiempo, su madre, como aquella mujer, estaba completamente sola. La imaginó paseando por las calles empedradas del pueblo, contemplando las cercanas cumbres de los Picos de Europa, charlando con los vecinos, sentada al sol en las primeras horas de la tarde y huyendo presurosa en cuanto la nieve de los picos enfriaba el ambiente. Y sola, siempre sola.

Cuando su mente volvió a la realidad se encontró con la mirada divertida de la anciana, que acariciaba distraída al enorme animal. Le devolvió la sonrisa y sacó del bolsillo su cuaderno de notas.

—¿Conocía bien a Leonor Górriz?

—Éramos vecinas desde hace casi medio siglo, pero, antes de eso, crecimos juntas en este pueblo. Yo soy diez años mayor que ella, pero aquí nos conocemos todos, y muchos somos, además, familia. Compraron la casa de al lado cuando Juan y ella todavía eran novios y se pasaron tres años arreglándola. La dejaron como nueva. El Gimeno era muy soso, pero tengo que reconocer que tenía buenas manos. Él solito se ocupó de la fontanería, la albañilería y la carpintería. En cuanto conseguían reunir dos duros, los invertían en algo para la casa. Tejas nuevas, un portón, ventanas de doble cristal o madera para el suelo. Leonor se reía mucho entonces. Tardaron casi diez años en tener a su hija. Sufrió varios abortos, uno detrás de otro, y eso le agrió un poco el carácter, pero cuando nació la pequeña Raquel volvió a ser la que era. Él no; él seguía siendo un desaborido. No tuvieron más hijos, pero entonces no pareció importarles. —El gato se movió bajo la inactiva mano de su dueña para exigirle más caricias, que ella le regaló de inmediato—. Luego la hija creció y se fue a estudiar fuera, como casi todos los jóvenes. Ya no volvió. Se casó, se instaló en Pamplona y formó su propia familia. Venían muy a menudo, eso sí. Imagino que ser hija única, además de imprimir carácter, crea algunas obligaciones, como la de visitar a los padres algo más que de vez en cuando. Pero cuando Juan murió, las cosas cambiaron. Fíjate qué cosa —dijo de repente—, era un hombre tan soso que no tuvo gracia ni para morirse. Se fue a echar la siesta y ya no se despertó. Leonor se lo encontró como un pajarico dos horas después. Se montó una buena, aunque no tanto como la que organizaron ustedes anoche.

—¿Qué puede contarme de Raquel y de su marido?

—Ella es una buena chica. Siempre atenta a lo que sus padres necesitaban, una dulzura de niña. Lo que es gracioso es que se buscara un marido tan insulso como su padre. Al final va a ser verdad eso de que las niñas idealizan la figura del padre y se buscan un esposo igual.

—¿Los oyó pelear alguna vez?

—La verdad es que no, pero no creo que tuvieran motivos. Raquel dirigía muy bien la familia. Desde joven acostumbraba a organizar las cosas en casa de sus padres, y lo siguió haciendo después de casarse.

—Eso molestaría a Íñigo…

—¿A ese sinsustancia? No lo creo.

—¿Alguna vez le contaron Leonor o su hija que tuvieran problemas con alguien, aquí o en Pamplona?

—¿Con quién iban a tener problemas? Son una familia de lo más normal. De tener dificultades, como mucho sería entre ellos, porque fuera, lo dudo mucho.

—¿Entre ellos?

—Usted me ha preguntado si los oí pelear, y le he dicho que no. Pero lo cierto es que tampoco los oía hablar mucho. Si no fuera por la algarabía que organizaban los niños, en esa casa reinaría un completo silencio. Sé que no hay que hablar mal de quien no puede defenderse, pero, cuando salían a pasear por el pueblo, el espectáculo siempre era el mismo: los niños corrían calle arriba, Íñigo iba solo, en medio, mientras madre e hija se quedaban rezagadas, charlando en voz baja.

La anciana intentó ocultar un bostezo bajo la solapa de la bata, pero no fue lo bastante rápida. Sonrió avergonzada y se disculpó ante el inspector.

—Lo siento, no es que me aburra la conversación; al contrario, agradezco mucho la distracción que me ofrece, pero acostumbro a echar la siesta después de comer y hace ya más de una hora que me tomé el postre, así que el cuerpo me pide lo que es suyo. Además, con la murga que me han dado esta noche, si no descanso un poco no voy a ser persona cuando vaya a echar la partida al club.

David se levantó de la butaca e impidió con un gesto que la anciana hiciera lo mismo.

—No se moleste, por favor, bastante la he entretenido ya. Lamento el incordio de la pasada noche. —La mujer respondió con un gesto de la mano, restándole importancia—. Por favor, llámeme si recuerda algo que crea que puede ser importante.

La anciana asintió desde el sofá y le tendió la mano a modo de despedida. Retuvo la de David unos instantes, mientras lo miraba a los ojos desde la niebla de sus pupilas.

—Dígame, inspector, ¿qué cree que les ha pasado? ¿Dónde están?

—No lo sé —respondió sin rodeos. Llega un momento en la vida en el que los circunloquios son un pecado imperdonable—. Trabajamos contra reloj para encontrarlos sanos y salvos.

Se despidió por segunda vez y salió a la calle. Mientras caminaba despacio hacia su coche, sacó el móvil del bolsillo y marcó el número de su madre. La anciana no respondió al teléfono.

La imaginó sentada en el banco de madera junto a la casa, en el rincón resguardado del viento al que las vecinas acudían cada tarde para charlar, tejer y ver pasar la vida. Guardó el teléfono y se prometió a sí mismo llamarla esa noche, consciente de que era el sexto día consecutivo que prometía lo mismo. Cinco veces lo había incumplido. Y se juró que hoy no lo haría.

El calor de la taza de té que abrazaba con las dos manos no conseguía arrancar el frío que atenazaba sus dedos. Contempló un instante sus uñas azuladas y fijó de nuevo la vista en el enorme ventanal de la cafetería. Su cita se retrasaba. Irene Ochoa, convertida en una fugitiva, llevaba semanas ocultándose de la policía. Y alejándose de David.

Cuando huyó de su casa, sintiéndose cercada como un ciervo entre una jauría de perros, tuvo el tiempo justo de recuperar del banco parte de su dinero antes de subirse a un tren y desaparecer. Las tres horas que tardó en llegar hasta Madrid fueron las más largas y difíciles de su vida. Con cada kilómetro que el convoy avanzaba, se agrandaba el agujero de su corazón. Tuvo que abandonar su asiento en varias ocasiones y esconderse en el lavabo, consciente de que sus jadeos y el sudor frío que perlaba su frente no pasarían desapercibidos al resto de los pasajeros.

¿Cómo era posible que la hubieran descubierto? Había sido cuidadosa, había borrado sus huellas y nada la relacionaba con Katia Roldán. Pero allí estaba, escondida, huyendo, convencida de que el coche patrulla que pasaba una y otra vez frente a su casa la vigilaba a ella. Pronto irían a buscarla, así que tomó la única decisión posible: escapar.

Pensó en entregarse. Al fin y al cabo, si tenía que vivir sin David, la razón por la que había llegado hasta allí, le daba lo mismo hacerlo en un país desconocido que entre las cuatro paredes de una celda. Lo que no podía hacer era enfrentarse a la mirada acusadora, decepcionada y dolorida del hombre al que amaba. Jamás podría sobrevivir si él la despreciaba, si miraba hacia otra parte o si se negaba a verla. Tampoco sería fácil para él. Tendría que declarar ante un juez, seguramente le suspenderían y su trabajo quedaría en entredicho. Y la odiaría todavía más. Por eso estaba en aquel tren, alejándose a toda velocidad de él.

Con una sola bolsa de viaje por todo equipaje, la estación de Atocha le regaló el anonimato que necesitaba. Se perdió entre las miles de personas que deambulaban por los andenes, esquivó a las patrullas policiales, más atentas a los vendedores de baratijas que a una discreta mujer caucásica, y caminó por las atestadas calles hasta encontrar un hotel de medio pelo en el que aceptaron su historia sobre la documentación extraviada y la promesa de que al día siguiente acudiría a una comisaría a presentar una denuncia. Pagó en efectivo, con una generosa propina adicional por las molestias que pudiera causarles un huésped indocumentado, y se recluyó en su habitación.

Sentada a los pies de la cama, con la bolsa de viaje todavía sin abrir y el abrigo cubriéndole las rodillas, pasó sus primeras horas como fugitiva conteniendo el deseo de telefonear a David. No permitió, sin embargo, que las lágrimas y el dolor ofuscaran su pensamiento. La vida, una vez más, había cambiado las reglas del juego sin previo aviso. Nunca más habría dulzura en sus gestos, ni placer regalado, ni el grato sentimiento de saberse amada. A partir de entonces tendría que valerse por sí misma. Una vez más. La soledad y el miedo eran dos constantes en su vida desde la muerte de sus padres, cuando solo tenía dieciocho años. Esa mayoría de edad le evitó muchos inconvenientes derivados de tener que buscar un tutor para ella, pero, a cambio, propició que tuviera que enfrentarse sola a su nueva vida desde el principio, tomando decisiones desde el mismo momento en el que la tierra cubrió los ataúdes de las personas que más quería en este mundo.

Tenía dinero suficiente para sobrevivir durante varios meses. Buscaría un alojamiento provisional en alguno de los barrios superpoblados de la capital, donde los vecinos apenas prestan atención a los inquilinos que van y vienen de un piso de alquiler. Después tendría que encontrar la manera de convertirse en otra persona. Irene Ochoa moriría esa misma noche, en la habitación de ese hotel. Al día siguiente, una mujer completamente distinta cruzaría la puerta para intentar sobrevivir a su propia destrucción.

Aspiró el aroma del té y se acercó la taza a los labios. Al otro lado del ventanal la vida transcurría con normalidad. Una madre empujaba con determinación el carrito de su bebé, el barrendero se esforzaba por recoger de una sola palada toda la basura acumulada en un rincón, dos jubilados charlaban animadamente, parados sobre la acera, mientras a su lado, unos metros más atrás, cientos de vehículos abandonaban su engañosa quietud en cuanto la luz roja se tornó verde.

Consultó su reloj. La persona que esperaba debería haber llegado hacía veinte minutos. Se habían conocido de una manera bastante fortuita, cuando la desesperación estaba a punto de consumirla.

Dos días después de llegar a Madrid, un anuncio pegado en una farola la llevó hasta un pequeño apartamento en un barrio de la periferia. La dueña, una mujer con los dedos cargados de oro, tan brillante como el tinte de su pelo, no le pidió ningún tipo de documentación. Se limitó a aceptar los tres meses por adelantado que Irene le pagó en efectivo, sin recibo ni factura de por medio. Ni siquiera un apretón de manos. La mujer le entregó dos juegos de llaves, le explicó brevemente dónde y cómo funcionaba todo en el piso y se marchó taconeando sobre las baldosas grises después de anunciarle que se pasaría por allí al cabo de dos meses para cobrarle una nueva mensualidad, o un trimestre si era posible.

Cuando se instaló en el piso, la única persona con la que entabló conversación fue una mujer menuda y de larga melena oscura de mirada tan huidiza como la suya. Se dio cuenta de que la mujer, que vivía aparentemente sola en el apartamento de al lado, miraba a ambos lados de la calle antes de salir del portal, caminaba con rapidez y giraba la cabeza a un lado y a otro cuando se paraba frente a la puerta, buscando frenéticamente las llaves en el enorme bolso que siempre la acompañaba.

Irene salía poco a la calle, lo justo para comprar algo de comida cada dos o tres días. El resto del tiempo lo pasaba recluida en casa, mirando por la ventana que daba a la calle el ir y venir de la gente, el transcurrir de la vida. Así fue como descubrió a su nerviosa vecina. Era una mujer delgada y de baja estatura, con un pecho prominente y manos de muñeca. La pálida piel brillaba bajo la luz mortecina del descansillo. Sudaba a mares mientras intentaba abrir la puerta. Irene supuso que eran los nervios los que provocaban semejante exudación, ya que la temperatura de la calle apenas superaba los diez grados y su ropa era bastante ligera. Un día que volvía de dejar la basura en el contenedor, la encontró pugnando por encajar la llave en la cerradura.

—Hola —saludó—. Parece que somos vecinas.

La mujer la miró sobresaltada, sonrió brevemente, abrió la puerta y desapareció en el interior de la vivienda.

Volvió a verla pocos días después. Estaba sentada en las escaleras con gesto abatido y un par de bolsas de la compra entre las piernas. Irene se detuvo al verla.

100

—¿Puedo ayudarte? —se ofreció.

La mujer, que no tendría más de treinta años, la miró con los ojos enrojecidos por el llanto reciente.

—No tengo llaves —le explicó—. He salido a comprar y las olvidé dentro. No sé cómo entrar.

Irene se sentó a su lado. Las baldosas del suelo estaban heladas.

—Se me ocurren un par de cosas —dijo. La vecina la miró, expectante—. Podemos intentar echar la puerta abajo. —Sonrió al hablar, dejando claro que solo bromeaba—. O podemos aprovechar que la galería de la cocina es la misma para las dos viviendas y cruzar por ahí. Solo tienes que subirte a un taburete, saltar la mampara de plástico que separa las dos terrazas y aterrizar con cuidado en tu casa.

Su cara apenas maquillada se iluminó ante la idea. Irene la miró un momento y se atrevió a apuntar una última posibilidad.

—También podemos llamar a los bomberos, o a un cerrajero, pero lo más seguro es que aparezcan también los municipales.

—¡Saltar es fácil! —se apresuró a decir—. ¿Vamos?

Se pusieron de pie y se dirigieron al apartamento de Irene. La mujer, siempre un paso por detrás de ella, cruzó el umbral despacio, mirando de reojo a cada rincón de la casa, a cada sombra de cada habitación.

—Vivo sola —le dijo para tranquilizarla.

—Yo también —confirmó ella.

Cruzar el panel que separaba las dos cocinas fue muy sencillo.

Un minuto después, la mujer volvía a salir de su casa, esta vez por la puerta, para recuperar su compra y agradecerle a Irene su amabilidad. Se despidieron con una amplia sonrisa y las dos puertas se cerraron de nuevo a cal y canto.

Siguieron viéndose durante los días siguientes, y sus conversaciones en el descansillo se fueron alargando poco a poco. Las dos sonreían al encontrarse, como si acabaran de alcanzar una boya durante una larga travesía a nado en medio de un mar encrespado. Tardaron casi una semana en presentarse formalmente.

—Me llamo Imelda. —La joven le ofreció una sonrisa llena de unos dientes tan blancos como la piel que rodeaba los labios sonrosados.

—Yo soy Eva.

Fue el primer nombre que se le vino a la cabeza. Se dieron dos besos que electrizaron las mejillas de Irene. Su piel, huérfana de cualquier contacto desde hacía mucho tiempo, se estremeció en un escalofrío que la recorrió de los pies a la cabeza.

Invitó a Imelda a tomar un café en su casa. La joven dudó un momento antes de aceptar, seguramente agradecida por la posibilidad que le brindaba su nueva amiga de cambiar durante un rato de paredes. Durante media hora hablaron de naderías. El tiempo, el barrio, el resto de los vecinos... Imelda tenía un acento cantarín y susurrante que Irene no conseguía identificar.

—¿De dónde eres? —le preguntó por fin.

—De la República Dominicana, el lugar más bonito del mundo.

Ambas rieron, aunque en los ojos de la joven apareció un velo de melancolía que no pudo disimular a tiempo.

—Echas de menos a tu familia... —aventuró Irene.

—Mucho. Estoy sola aquí. Bueno, no exactamente sola, conozco a muchos compatriotas, pero mis padres y mi hijo se quedaron allí y los extraño muchísimo.

—¿Viniste con un trabajo?

Imelda guardó silencio.

—Estoy buscando algo ahora, algún piso para limpiar, o un anciano al que cuidar, pero es difícil sin...

No terminó la frase, temerosa de delatarse ante una desconocida. Irene la miró y vio en los ojos de su vecina la misma desesperación que en los suyos.

—No tienes papeles. —Imelda negó con la cabeza—. Yo tampoco —confesó Irene.

La joven dominicana levantó la cabeza y la miró, sorprendida. Irene decidió dar un paso más. Le pareció el momento perfecto para comenzar a elaborar su nueva identidad.

—Me persiguen —le explicó con voz trémula—. Me casé con un mal hombre, aunque yo entonces no lo sabía. Era joven y muy estúpida. Mi marido era una mala persona, un ladrón y un asesino. Yo me asusté y hui. Me encontró una vez. Paga a gente que rastrea mi nombre en cualquier lugar, en un bono transporte o en un contrato de trabajo. No puedo usar mi verdadero nombre, porque me encontrará y me matará. Estoy atrapada.

Imelda acercó su mano a la de Irene y se la cogió con ternura. Sonrió un instante y se levantó para marcharse.

—Puedes contar conmigo —le dijo desde el umbral.

Irene le devolvió la sonrisa y cerró la puerta.

Al día siguiente, Imelda llamó con insistencia al timbre y entró con prisas en cuanto Irene abrió. Recorrió el breve tramo de pasillo y la esperó en el sofá. Cuando se sentaron, las palabras brotaron de su boca como un torrente.

—Tengo un primo. Osvaldo. Bueno, no es exactamente un primo, aunque como nos conocemos desde niños, nos llamamos así. Como verás por mi color, no soy una dominicana al uso. Mis padres eran unos expatriados europeos que murieron siendo yo un bebé. La mujer que me cuidaba se hizo cargo de mí, se convirtió en mi madre y me ha criado toda mi vida. De hecho, me cambió el nombre y, con el tiempo, acabé adoptando su apellido. Osvaldo es hijo suyo. Está un poco loco, pero es de fiar. Él me ha conseguido los papeles para poder trabajar en España. Me los acaba de traer. —Extendió sobre la mesa un permiso de trabajo y un visado convenientemente sellado a nombre de Imelda Santana Arias—. Le he hablado de ti, le he dicho que tu vida corre peligro si no consigues papeles españoles y está dispuesto a verte. Al principio dudaba, pero es un romántico empedernido, ¿sabes?, y no pudo resistirse a la idea de salvar a una dama en apuros.

Irene, atónita, intentaba asimilar lo que Imelda le decía. Tenía una oportunidad de salir de allí, de comenzar de nuevo en otro lugar, con un nombre diferente, una nueva personalidad. Sepultaría a Irene bajo dos metros de tierra.

—Eso sería… —balbuceó— Sería maravilloso.

Las dos mujeres se abrazaron, nerviosas y emocionadas. Imelda guardó en el bolso sus valiosos documentos y volvió a sentarse.

—¿Qué tengo que hacer? —preguntó Irene.

—Dime tu número de móvil. Él te llamará pronto. Le he dicho que es urgente, cuestión de vida o muerte.

Se apresuró a buscar un papel y un bolígrafo y anotó con mano temblorosa su teléfono, comprado apenas dos semanas atrás. Un instante después, Imelda había desaparecido, no sin antes prometerle que pronto tendría noticias suyas.

Osvaldo la llamó al día siguiente. Tenía una voz dulce y cantarina y la costumbre de utilizar floridos adjetivos detrás de cada sustantivo. Se citaron en una céntrica cafetería de Madrid a las tres de la tarde del día siguiente. Irene llevaría una bufanda roja al cuello para que pudiera identificarla. Acudió puntual a la cita. Se anudó la bufanda al cuello, la extendió sobre el abrigo para que resultara visible y buscó una mesa junto a la pared. Esperó más de una hora antes de que el sentimiento de engaño y frustración la embargaran por completo. Se quitó la bufanda de un tirón y la escondió en el bolso.

Cuando llegó a casa, el teléfono sonó en cuanto cerró la puerta. Osvaldo, lejos de disculparse por el plantón, explicó que en su profesión toda precaución era poca y la conminó a acudir a una nueva cita, dos días después, en una cervecería de la calle de la Fe, en el barrio de Lavapiés.

Mientras caminaba por la oscura rúa empedrada del centro de Madrid, con estrechas aceras apenas separadas de la calzada por unos mojones metálicos y las paredes cubiertas de grafitis y pintadas, sintió como si decenas de ojos se clavaran en su espalda. Se volvió en varias ocasiones y se detuvo junto al escaparate de una mercería, fingiendo contemplar la lencería que exhibía, pero no consiguió descubrir a nadie. A las diez de la noche, las únicas personas que merodeaban por la calle eran unos pocos vecinos presurosos camino de sus casas y los parroquianos habituales que comenzaban su ronda nocturna. El estómago se le encogió, provocándole arcadas y un súbito temblor, pero no había marcha atrás. Sin documentación estaría atrapada para siempre.

Los comercios habían echado el cierre hacía horas, y la única luz que iluminaba la calle procedía de los faroles de forja negra anclados a las fachadas de los edificios. Avanzó deprisa, intentando mantener el miedo alejado de su cerebro y de su estómago. La espigada torre de la iglesia de San Lorenzo le servía de guía, aunque en ningún caso sería su salvación: la parroquia estaba rodeada por una alta verja que la protegía de los vándalos que pretendieran asaltarla o de los desesperados que quisieran pasar la noche a cubierto en su interior. Cualquier alma necesitada de consuelo tendría que esperar hasta el día siguiente para poder postrarse ante un crucifijo.

Encontró fácilmente la cervecería. Se trataba de un tugurio mal iluminado que olía a humedad y a aceite refrito. A pesar del cartel de prohibición pegado en la puerta, varias personas fumaban acodadas en la barra. Todas las mesas estaban libres. No le extrañó que el lugar estuviera casi vacío. Decenas de servilletas arrugadas, chapas de botellas, colillas aplastadas y restos de comida cubrían las sucias y pegajosas baldosas del suelo, que un día fueron amarillas y negras pero que, a esas alturas, agrietadas y avejentadas, lucían unificadas por una pátina de porquería marrón.

Se detuvo junto a la puerta, amedrentada por el ambiente oscuro y desconocido. Las cuatro únicas bombillas del local lanzaban una raquítica luz cerosa sobre los parroquianos, media docena de cincuentones mal afeitados y peor vestidos, dos de ellos todavía con sus monos de trabajo, abstraídos en sus propios pensamientos y en los mensajes que lanzaba la estridente televisión colocada en una plataforma metálica a dos metros sobre el suelo. Los seis se volvieron al instante para observar a la recién llegada. No hubo comentarios, ni hacia Irene ni entre ellos. La miraron largamente y regresaron a su propio mundo. El camarero, un hombre que había cruzado de sobra la frontera de los sesenta, esperó paciente en la barra a que la inesperada clienta se decidiera a acercarse y pedir algo para beber. Llevaba el pelo cano, escaso sobre la cabeza pero muy largo en la nuca, recogido en una coleta que exhibía sin obstáculos los pendientes plateados que colgaban de ambas orejas.

Irene avanzó un par de pasos hacia el interior del bar. Comprobó que la bufanda roja era visible en su cuello y pidió un refresco de limón al camarero. El hombre la miró, entre sorprendido y divertido, y apoyó las manos sobre la barra.

—La última vez que me trajeron limonadas yo no tenía canas, y ahora parece que me han pintado el pelo de blanco. Si te saco una de las que me quedan en la despensa, es posible que tengamos que llamar al Sámur, así que, si prefieres otra cosa…

—Un botellín de agua estará bien.

El camarero la miró de arriba abajo sin detenerse en ningún lugar concreto de su anatomía, perfectamente cubierta por el abrigo largo, la bufanda y el gorro oscuro calado hasta los ojos.

—¿Buscas a alguien? —preguntó mientras le acercaba el envase de plástico azul. No hizo ademán de añadir un vaso de cristal al pedido.

—He quedado con un amigo. Supongo que vendrá enseguida. Si no le importa, me sentaré a una mesa a esperar.

Le sostuvo la mirada al hombre, que sonreía malicioso al tiempo que arrugaba la nariz de vez en cuando en un tic que a Irene le recordó el inquieto mohín de un roedor.

—Por supuesto. Donde tú quieras.

El camarero dio por terminada la conversación y se giró hacia la televisión, que volvió a convertirse en la *vedette* del local. Irene se dirigió a la primera de las mesas. Todavía de pie, comprobó que la formica parecía limpia y que la silla no tenía restos de comida o bebida. Se sentó de espaldas a la pantalla, de frente a la puerta del bar, que continuaba obstinadamente cerrada.

Quince minutos después, en el límite del tiempo que se había dado a ella misma para marcharse si no aparecía nadie, cruzó el umbral una mole enorme, un mulato de casi dos metros de alto, enormes brazos y una barriga prominente que se dirigió directamente hacia ella. Se acercó con una rapidez impropia de su envergadura y se sentó en la silla que permanecía vacía frente a ella. Los hierros de las patas chirriaron bajo los más de cien kilos de aquel hombre, que la miraba con unos ojillos risueños y una amplia sonrisa rodeada de un fino bigote y una cuidada perilla. Nadie pareció reparar en el individuo, como si fuera un habitual del local que ocupaba su sitio una noche más.

—Lamento el retraso —dijo. Su voz, suave y atiplada, era más propia de un joven adolescente que de un hombre en la cuarentena como aquel, a juzgar por las arrugas que rodeaban sus ojillos de ratón. Se había rapado el pelo y se cubría la cabeza con una vistosa gorra azul eléctrico con la visera roja. En el centro de la gorra, una sonriente pelota de béisbol corría para alcanzar la siguiente base.

—Estaba a punto de irme, otra vez —respondió Irene.

Sabía que era una inconsciencia por su parte no tener miedo, que seguramente aquel hombre era el más peligroso con el que había tratado en su vida, pero sabía también que ese enorme dominicano era la única puerta de escape que le quedaba. Y no pensaba salir corriendo, otra vez no.

—Tenía que asegurarme de que no ha venido acompañada por la policía. Es necesario tomar precauciones, es bueno para mí y para usted.

—¿Ya se ha convencido de que no soy policía?

—No, pero he decidido confiar en usted. Una mujer tan guapa y con tanta clase no puede ser de la pasma. Además, mi seguridad está garantizada. Depende de usted asegurarse la suya. Este debe ser un negocio satisfactorio para ambos. Es lo más sencillo.

La mirada de Osvaldo se clavó en los ojos de Irene, tan oscuros como los del hombre que tenía la llave de la cancela de salida. En silencio, sin apartar la vista el uno del otro, calibró las posibilidades que tenía de que la estafara, se marchara con su dinero y no le entregara a cambio la documentación que tanto necesitaba. Realmente, las probabilidades eran muchas, muchísimas, pero no le quedaba más remedio que confiar y seguir adelante. Recordó los papeles que Imelda le mostró, pero nada le garantizaba que no estuviera conchabada con él para engañarla.

—Necesito documentos —comenzó después de respirar profundamente—. DNI, carné de conducir, tarjeta de la Seguridad Social, pasaporte, partida de nacimiento…

—No hay problema. Si lo desea, puedo conseguirle incluso una cartilla de vacunación perfectamente cumplimentada. —Calló un instante y amplió la sonrisa que lucía desde que había llegado—. Mi trabajo es de primera, indetectable en un control. Pero no es barato.

—¿Cuánto quiere?

El dominicano colocó las dos manos sobre la mesa y tamborileó con sus dedos morenos sobre la formica.

—Veinte mil euros —dijo finalmente.

—Eso es demasiado —contestó Irene al instante—. No tengo tanto dinero.

En contra de lo que esperaba, el hombre no se levantó de la silla, sino que permaneció sentado, estudiando la situación.

—Por menos dinero, el trabajo será peor. Sin sellos

originales, solo copias de alta calidad, eso sí. Lo mejor son los documentos obtenidos directamente de las oficinas del Gobierno, pero los funcionarios cobran mucho por el papel timbrado.

—Necesito lo mejor, pero tiene que bajar el precio.

El dominicano guardó silencio unos instantes más, mientras incrementaba el ritmo de su golpeteo y la miraba con atención, como si estuviera sopesando el precio de una mercancía.

—Estamos hablando de un trabajo de primera. —El enorme tronco del hombre se inclinó sobre la mesa, aproximando su cara a la de ella. Irene, en un gesto irreflexivo, se echó hacia atrás en la silla, hasta que su espalda topó con el respaldo—. Quiero ofrecerle lo mejor, y no puedo hacerlo por menos de dieciséis mil euros. Claro que siempre podemos alcanzar algún tipo de acuerdo...

—Puedo darle doce mil. —Irene decidió ignorar sus últimas palabras e intentó parecer calmada. Los labios del hombre dibujaron un mohín decepcionado.

—Si me paga catorce mil, trato hecho. En un sobre, en metálico, todo junto y al contado. Acepto solo porque la envía mi prima. Y porque me gusta usted. —Volvió a sonreír como un enorme reptil, pasándose la lengua sin disimulo de una comisura a otra de los labios.

—Gracias —respondió sencillamente.

Osvaldo alargó el contacto visual un instante más y luego frunció el ceño.

—Imagino que sabe lo que le ocurrirá si la descubren con documentación falsa, ¿no? —Irene no contestó, así que continuó pasados unos segundos—. Le pueden caer tres años de prisión. Y lo que pretende esconder saldría a la luz. Su marido, o quien sea que la persiga, la encontrará sin dificultad.

Ella asintió despacio.

—Lo sé.

—Bien. Le recomiendo que sea prudente. Tener papeles no le garantiza la impunidad, solo le concede una especie de salvoconducto temporal.

No hubo apretón de manos, ni siquiera una sonrisa cómplice de los nuevos socios. Osvaldo simplemente se levantó de la silla y la conminó a seguirlo.

Pagó la consumición y salió del bar. No le costó encontrar la espalda del dominicano en medio de la oscuridad; casi había llegado al enrejado de la iglesia gracias a sus enormes zancadas. Apresuró el paso para estar segura de no perderlo de vista y lo siguió hasta un portal oscuro a un centenar de metros del bar en el que acababan de conocerse. Sostuvo la puerta para que Irene entrara y sonrió ante su reticencia.

—No tenga miedo —dijo—. Nunca estoy con una mujer que no desea tenerme cerca. Necesito fotos y su firma para empezar a trabajar con los documentos. Aunque, si tiene prisa, puede volver otro día…

Irene cruzó el umbral y se hizo a un lado para dejar pasar al hombre, que ascendió rápidamente las escaleras hasta el segundo piso. A través de las puertas que iban dejando atrás le llegaba el sonido de la vida cotidiana. Una pelea infantil que una voz femenina intentaba atajar a fuerza de gritar más alto que los niños, el monótono discurso de un locutor de radio y el rotundo eco de una carcajada masculina. El fuerte olor a humedad apenas quedaba camuflado por los aromas que escapaban por las rendijas de las puertas, una amalgama olfativa que incluía verduras, aceite caliente y especias.

Osvaldo tardó un minuto entero en abrir las cuatro cerraduras que protegían su casa. Cuando el último cerrojo liberó la puerta, se apartó para permitir el paso a Irene, que entró despacio en el pequeño piso. Tanto el suelo como las paredes llevaban mucho tiempo sin limpiarse. Intentó alejarse de los escasos muebles que vio, cubiertos por una espesa capa de polvo cuya uniformidad se rompía aquí y allá por marcas de dedos y papeles tirados de cualquier manera, y lo siguió hacia el interior de la vivienda. El ligero zumbido que percibió en el recibidor se hizo mucho más intenso al traspasar la última de las puertas. Dentro, contó quince ordenadores funcionando a pleno rendimiento. Solo tres de los computadores estaban conectados a otras tantas pantallas. En uno de los pequeños monitores distinguió el rostro delgado y anguloso de una mujer oriental encajada a la perfección en un documento de identidad español. Junto a la pared, las luces de una enorme impresora parpadeaban sin descanso, variando del verde al naranja cada pocos segundos. Su anfitrión murmuró algo ininteligible y corrió hacia la impresora. Pulsó varios botones, comprobó la conexión y suspiró aliviado cuando apareció un papel por la apertura lateral.

—Estas máquinas se estropean con mucha facilidad —farfulló mientras rebuscaba algo en una mesa atestada de objetos. Cuando se volvió hacia ella sus manos sostenían una cámara fotográfica digital lista para disparar. Señaló con la cabeza el lugar en el que pretendía que Irene se situara y esperó mientras manipulaba los botones y levantaba el *flash*.

—Quítese la bufanda y retírese el pelo de la cara. Tiene que mostrar los dos ojos y las cejas. —Se acercó a ella y alargó una mano robusta y morena con intención de recolocarle el pelo. Irene dio un respingo y se pegó a la pared, arrugando la pantalla blanca que servía de fondo para las fotos. Osvaldo dio un paso atrás y la miró divertido—. Hágalo usted misma.

Obediente, se quitó la bufanda, se desabrochó el cuello del abrigo y se recogió el pelo en la nuca, sujetando un mechón rebelde detrás de la oreja. Miró al frente y el hombre comenzó a disparar la cámara. La potente luz la cegó momentáneamente, llenando su retina de furiosas explosiones blancas. Volvió a cerrarse el abrigo y se anudó la bufanda. No estaba dispuesta a permanecer allí más tiempo del estrictamente necesario. Osvaldo comprobó en la pequeña pantalla de la cámara que al menos una de las fotos era válida y asintió con la cabeza.

—¿Cómo se llama? —preguntó sin mirarla.

—Eso no tiene importancia —respondió ella.

El hombre dejó lo que estaba haciendo y fijó su oscura mirada en Irene.

—Tiene razón. No me importa cómo se llama, pero necesito un nombre que poner en los documentos. Y un lugar y fecha de nacimiento.

—De acuerdo —concedió. Meditó unos instantes, buscando un nombre que no llamara la atención ni fuera recordado por extravagante o complicado. Un nombre sencillo para una nueva vida—. Eva Ferrer Mora. Nacida en Madrid el 26 de diciembre de 1981. Hija de Antonio Ferrer y Cristina Mora. ¿Algo más?

Osvaldo terminó de anotar los datos y se irguió frente a ella. Su enorme estatura le obligaba a agachar la cabeza para poder mirarla a los ojos.

—Solo queda el ingrato asunto del dinero. Hemos acordado catorce mil euros.

—Puedo darle dos mil ahora, no llevo más encima.

—No ha sido usted lista. Cuando se viene a negociar hay que llevar la cartera llena. —Movía la cabeza de un lado a otro con movimientos cortos y rápidos, apretando los labios al final de cada frase. Guardó silencio unos instantes y cambió el balanceo horizontal por otro de asentimiento—. Quizá podamos encontrar un modo de acomodar la situación para beneficio de ambos —siseó, sonriendo entre dientes.

Alargó de nuevo la mano, atrapó un mechón de pelo de Irene y se lo llevó teatralmente a los labios sin dejar de mirarla con lascivia. Ella reculó hasta que chocó contra una de las mesas. La pantalla se tambaleó, pero no llegó a caer. Atrapada, Irene apretó los dientes e intentó liberarse, pero Osvaldo, divertido, se anticipó a su movimiento y colocó su enorme cuerpo frente a ella. Podía sentir la respiración de aquel mastodonte a escasos centímetros de su cara. Sabía lo que venía a continuación. Colocó la palma de la mano sobre su pecho y lo empujó con fuerza. Mientras, con la otra mano sacó del bolsillo del abrigo la navaja que escondía en su interior. No podía alegrarse más de la decisión que había tomado en el último momento, justo antes de salir de casa. Apoyó la punta de la navaja bajo la tetilla del dominicano y apretó con cuidado, lo justo para que Osvaldo sintiera el metal a través de la tela de su camiseta.

Cuando fue consciente de lo que ocurría, borró la sonrisa de sus labios, dio un paso atrás, alejándose del arma, y levantó las manos en ademán conciliador.

—Necesito los documentos —masculló Irene con los dientes apretados por la rabia—, pero no dudaré en clavártela si das un paso más.

Osvaldo la miró de arriba abajo. Pareció calibrar las posibilidades reales que tendría Irene de herirle y debió de considerar que eran muy pocas, porque bajó las manos y una nueva sonrisa apareció en su boca. Sin embargo, no intentó tocarla.

—De acuerdo —dijo por fin—. Me quedo con esos dos mil. La avisaré cuando el trabajo esté concluido. Pero que conste que lo hago por mi prima.

Irene, todavía con la navaja en la mano, sacó un sobre del bolso y se lo entregó a Osvaldo, que lo cogió y se dirigió con él hacia la mesa, donde extrajo su contenido y contó los billetes con parsimonia. Asintió una vez más mientras devolvía el dinero al sobre y lo metió en uno de los cajones de la mesa. Cuando sus manos volvieron a aparecer, una de ellas sujetaba una pistola. El pulso de Irene se aceleró hasta el borde del colapso. Dio un paso atrás, y luego otro, en dirección a la puerta, sin quitar el ojo al dominicano, que no perdía de vista el arma. Su navaja ahora parecía ridícula.

—He pensado —dijo después de unos segundos— que quizá le venga bien esto. Es mejor que una navajita de mierda, y ha demostrado que no es de las que se arredra con facilidad. Imelda me ha dicho que tiene problemas, que alguien la busca con malas intenciones. Yo puedo protegerla. De hecho, sería para mí un verdadero placer convertirme en su entregado paladín, pero como imagino que rechazará la oferta, no estaría de más que pudiera defenderse usted misma. Está limpia, sin número de serie ni ficha en los archivos policiales.

Estiró la mano armada y le tendió la pistola a Irene, que se retiró un paso más, como si lo que le ofrecía pudiera contagiarle la peste.

—No tenga miedo, está descargada. La munición la guardo aparte. No se llega a viejo en mi oficio sin ser precavido. Ya sabe que estas cosas las carga el diablo. —El hombre se rio de su propia gracia y dejó la pistola sobre la mesa—. Si cambia de opinión, no tiene más que decírmelo. La llamaré en unos días.

Dio media vuelta y ofreció su inmensa espalda a Irene, que apresuró el paso hacia la puerta, la escalera y, por fin, la calle. Contenta de abandonar aquel antro, no tuvo miedo de enfrentarse sola al oscuro y desértico barrio. Desanduvo el camino a buen paso hasta la boca de metro más cercana. Bajó las escaleras, cruzó la barrera y se acercó al andén. El tren se aproximaba desde el lúgubre túnel, abriéndose paso a toda velocidad. Levantó la vista un instante y de pronto sintió el corazón en la garganta. Al otro lado de las vías, en el andén opuesto, un hombre alto la miraba fijamente. Con el pelo claro y ondulado, casi pudo adivinar la profundidad de sus ojos azules. Sintió el impulso de saltar a su encuentro, pero la llegada del tren frustró sus intenciones. Entró en el vagón y se pegó a la ventanilla. En el andén, el hombre leía distraído un arrugado periódico que alguien había dejado olvidado en uno de los bancos. Cuando volvió a mirarlo comprobó que no se parecía en nada a David, ni en la edad, ni en el porte, ni en el color del pelo, pero por un momento ese hombre fue él, y ella quiso volar hasta sus brazos. Dio la espalda a la ventanilla para no verle más y se dejó caer en uno de los asientos libres. A su alrededor, la vida bullía con energía. La suya, sin embargo, estaba cada vez más cerca del final.

El falsificador no tardó demasiado en llamarla. La citó a media tarde en la céntrica cafetería de la zona turística de la ciudad en la que llevaba más de veinte minutos esperando. Miraba de nuevo a través del ventanal cuando su móvil comenzó a vibrar sobre la mesa. Esta vez no le sorprendió oír la cantarina voz de Osvaldo.

—Como la bella flor que es, ha buscado un rayo de sol bajo el que lucirse, pero está usted demasiado expuesta ahí —dijo a modo de saludo—. Salga y diríjase al parque del Retiro, daremos un bonito paseo en las barcas del estanque. Estaré cerca de usted. ¿Tiene todo lo necesario para cerrar nuestro acuerdo?

—Lo tengo —respondió Irene. Fijó la mirada sobre la brillante superficie de la mesa y apretó el teléfono con fuerza—. Quiero pedirle algo más.

—Si está en mi mano... —contestó, solícito y esperanzado.

—He cambiado de opinión sobre el arma. —Esperó una frase, afirmativa o negativa, por parte del falsificador, pero solo encontró silencio al otro lado de la línea—. Quiero una.

—Por supuesto —concedió finalmente—. Añada un papel púrpura al paquete que tiene preparado para mí y tendrá lo que quiere.

Irene había calculado que la pistola le costaría más que los quinientos euros que acababa de pedirle. Sumó un billete al fajo y pidió la cuenta al camarero.

El sol vespertino la recibió con una caricia en la mejilla. Caminó a buen paso hacia la cercana entrada del parque madrileño. No se molestó en mirar atrás, sabía que Osvaldo la estaría observando. Tardó diez minutos en llegar. En el estanque, media docena de embarcaciones se deslizaban despacio, levantando suaves olas cada vez que los improvisados remeros golpeaban el agua con las palas. Excepto una pareja de ancianos que parecían haber echado el ancla en mitad del lago y se dedicaban a lanzar enormes trozos de pan a las decenas de patos que los rodeaban, el resto de las barcas estaban ocupadas por pequeños grupos de turistas, tres o cuatro personas en cada embarcación, que gritaban y se fotografiaban como si fueran pasajeros del Titanic.

El enorme cuerpo del dominicano apareció a su lado sin hacer ruido. Se sobresaltó al descubrir sus morenas y redondeadas facciones, de nuevo cubiertas con la llamativa gorra de béisbol, pero en esta ocasión no sintió el impulso de salir corriendo. Aquel hombre poseía la llave de su futuro.

—Confío en que esta vez no haya traído la navaja —dijo sin dejar de sonreír. Irene negó con la cabeza, pero aun así él no se movió—. Si no es mucha molestia, permítame que lo compruebe.

En silencio, Irene sacó las manos de los bolsillos y las mantuvo a unos centímetros de distancia, lo justo para permitir que las manazas de Osvaldo se colaran con disimulo a ambos lados de su cuerpo y tantearan rápida y profesionalmente el interior.

—¡Perfecto! No me gustaría llevarme una desagradable sorpresa. Soy un hombre de palabra, y quiero confiar en quien hace tratos conmigo. —Dio una sonora palmada y la miró divertido—. Alquilaremos un bote —anunció. Se acercó a la ventanilla y pagó los cuatro euros y medio que daban derecho a cuarenta y cinco minutos de navegación. Subieron a la barca que les adjudicaron, Irene de espaldas a la popa y él sentado en el banquillo de proa, y se alejaron de la orilla con paladas firmes y precisas—. ¿Le gusta navegar? —preguntó con su eterna sonrisa dibujada en la cara.

—No quisiera caerme al agua —respondió Irene.

—No tenga miedo, soy un barquero experto.

Guardaron silencio hasta que la embarcación alcanzó el lugar que hasta hacía unos minutos ocupaban los dos ancianos. Decenas de patos merodeaban al acecho, esperando que los nuevos visitantes fueran tan generosos como los que acababan de marcharse. Decepcionadas, las aves tardaron pocos segundos en echar a volar, levantando altivas el cuello para mostrar su desdén hacia quienes las ignoraban desde la barca.

Los dos pasajeros contemplaron en silencio el agua durante unos instantes. Osvaldo fue el primero en romper el hielo.

—Sabía que al final se quedaría con la pistola, por eso la traje, junto con dos cajas de munición. Es una Glock semiautomática de tercera generación, con balas de nueve milímetros. Es perfecta para usted; tiene un retroceso muy corto, pesa poco más de medio kilo y es muy fácil de usar. Tiene gatillo de seguridad, así que es prácticamente imposible que se pegue un tiro en el pie por accidente. Hasta que el dedo no llega al final del recorrido, la bala no abandona el cajetín. Pero, una vez fuera, solo usted es responsable de lo que ocurra. ¿Ha disparado alguna vez? —El hombre la miraba a los ojos mientras ella negaba con la cabeza—. Sujete el arma con fuerza, mejor con las dos manos, con la empuñadura firmemente pegada a la palma y el dedo índice listo junto al gatillo. Si está de pie, separe las piernas y adelante un poco uno de los pies para buscar la mayor estabilidad posible. ¿Es diestra? —Irene asintió—. Bien, mano derecha en la empuñadura, pie derecho adelantado. Brazos estirados, hombros adelante y mirada fija en el objetivo. Solo debe ver la diana, olvídese de lo que haya a su alrededor. Si algo la distrae, errará el tiro. Cuando haya decidido disparar, introduzca el dedo índice en el gatillo hasta el primer nudillo y, simplemente, apriete con decisión.

Osvaldo aseguró los remos a ambos lados de la barca antes de soltarlos. Se bajó la cremallera del abrigo acolchado que llevaba puesto y sacó la bolsa de plástico negro que ocultaba entre la ropa.

—Esto es lo suyo —dijo. Sin embargo, no hizo ademán de entregárselo, sino que lo retuvo entre sus manos, acariciando distraídamente el frío envoltorio—. Mi prima Imelda le tiene aprecio, dice que es una mujer desesperada. Si intuye que puede estar en peligro, que su marido o sus hombres están cerca, avíseme. Y ahora —añadió—, me gustaría ver lo que me ha traído.

Irene abrió su bolso y sacó un abultado sobre amarillo. En su interior, perfectamente alineados en un delgado fajo, un puñado de billetes estaban listos para cambiar de dueño. Alargó la mano y se lo entregó al hombre, que vigilaba cada uno de sus movimientos.

—Doce mil quinientos euros. Lo acordado. Más los dos mil que le entregué la semana pasada.

Osvaldo abrió el sobre y pasó sus delgados dedos entre los billetes, contándolos con rapidez.

—Perfecto —asintió cuando terminó. Solo entonces alargó su mano hasta colocar con delicadeza el paquete sobre el regazo de Irene—. Ábralo —la invitó.

Contempló atónita su propio rostro, pálido y asustado, enmarcado en blanco y negro sobre el fondo azulado. Acarició los relieves de la tarjeta con la yema de los dedos, sintió el volumen del microchip y de la imagen láser y observó fascinada la perfección del documento.

—No me dio su dirección —la interrumpió—, así que he puesto la de una pensión de Lavapiés.

El carné de conducir era tan impecable como el DNI. Extrajo también una tarjeta sanitaria, un pasaporte y, finalmente, un legajo de mayor tamaño, pulcramente doblado por la mitad y guardado en un sobre blanco que daba fe del nacimiento de Eva Ferrer en el Hospital Materno Infantil Gregorio Marañón de Madrid el 26 de diciembre de 1981.

—Esto también es suyo. —La dulce voz de Osvaldo la sorprendió leyendo los datos de su segundo nacimiento. Cuando levantó la vista se encontró con un paquete firmemente atado que el hombre sostenía con las dos manos—. No quisiera que se cayera al agua —dijo en voz baja mientras se le acercaba un poco más. Irene cogió a toda prisa el bulto y lo escondió en su bolso. Metió después el sobre de plástico con los documentos y lo abrazó contra su pecho.

—Bien, creo que podemos irnos. —Al instante, asió de nuevo los remos y los hundió en el agua turbia, espantando a los patos que nadaban tranquilos alrededor.

Una vez en el embarcadero, el dominicano se llevó la mano a la visera de la gorra y se despidió con un guiño casi imperceptible.

—Encantado de conocerla. Si necesita algo más, ya sabe dónde encontrarme. Adiós, Eva.

Oír su nuevo nombre despertó en su interior un sentimiento que llevaba mucho tiempo dormido, la sensación de que, ahora sí, un futuro se abría ante sus ojos. Buscaría un trabajo, un nuevo piso, libros que leer… El suelo mojado se coló en el interior de sus zapatos, helándole los huesos y asegurándose de que era consciente de la realidad. Nunca podría dejar de mirar atrás, no tendría amigos, ni un trabajo fijo, y debería mudarse con relativa frecuencia, cambiar incluso de ciudad o de país. Correr, alejarse, no pensar jamás en lo que ya no existía. David no era nadie, como tampoco lo era Irene Ochoa, que había quedado sepultada para siempre bajo la firme determinación de Eva Ferrer.

Apagó el teléfono móvil, extrajo la batería, dobló por la mitad la tarjeta SIM y lo tiró todo a la primera papelera que encontró a su paso.

***

La calle de las Recoletas, a pesar de ser un pasaje de pocos metros encajado entre la plaza del mismo nombre, la iglesia de San Lorenzo y las murallas de la ciudad, era una de las más conocidas y transitadas de Pamplona. Los edificios apuntalados y casi en ruinas compartían espacio con inmuebles rehabilitados y reformados en los que, en los últimos años, se estaban instalando un buen número de parejas jóvenes. Comercios, bares e incluso un moderno hotel convivían en el escaso espacio de las plantas bajas. Los vecinos tenían a su disposición una amplia plazoleta peatonal, vigilada en silencio por las monjas de clausura del convento de las Recoletas, y, al otro lado de la carretera, el parque de la Taconera, con sus cuidados parterres de flores, zonas arboladas y el pequeño zoo al que los chiquillos acudían cada primavera para conocer a los cervatillos recién nacidos.

Íñigo Lizalde y Raquel Gimeno compraron un piso en el número seis de esta calle hacía ya doce años, poco después de casarse y cuatro años antes de que nacieran sus hijos. Se enteraron por un amigo, un albañil indolente que se ganaba la vida haciendo chapuzas, de que el dueño del piso que estaba reformando pensaba venderlo en cuanto estuviera listo, porque era una cuarta planta sin ascensor, ya no era joven y cada día le costaba más subir y bajar las escaleras. El albañil les permitió visitar la vivienda mientras el propietario estaba ausente y, pocos días después, se presentaron ante su puerta para hacerle una oferta que el anciano aceptó encantado. A partir de entonces, vigilaron como halcones el avance de las obras, exigieron a su amigo que se esmerara con los materiales, que pusiera atención en los acabados y que incluyera algunos retoques que no estaban en el presupuesto pero que, con un poco de buena voluntad, mejorarían mucho el resultado final.

El que fue el hogar perfecto se había convertido de la noche a la mañana en una detestable prisión. Raquel llevaba horas deambulando de habitación en habitación, colocando y recolocando los juguetes de sus hijos, cambiando la ropa de un armario a otro, de una percha a la de al lado, y preparando recetas de cocina que no probaría nadie.

La agente Sofía Rivero la observaba en silencio desde un rincón. Vigilaba alternativamente el vaivén de su protegida y el buen funcionamiento del teléfono fijo y el móvil, intervenidos por los técnicos, que descansaban sobre la mesa del salón. Sin embargo, ambos aparatos llevaban todo el día mudos, a excepción de las llamadas de unos cuantos familiares y amigos a quienes habían conminado rápidamente a dejar la línea libre.

Las dos mujeres se sobresaltaron cuando el timbre de la puerta estalló en medio del espeso silencio en el que ambas llevaban varias horas instaladas. La agente Rivero abrió después de comprobar a través de la mirilla la presencia al otro lado del inspector Vázquez. Al entrar le asaltó un agradable aroma a comida casera, un olor que se mezclaba con un intenso tufo a pintura.

Raquel lo esperaba en el salón, de pie junto a la mesa. La mirada ansiosa de la mujer despertó en su interior un fuerte sentimiento de culpa. No tenía nada que decirle, no se había producido ningún avance en la investigación. Se presentaba ante ella con las manos vacías. Se acercó a la mesa, sobreponiéndose a la sensación de fracaso que le embargaba. Junto a los dos teléfonos, David encontró un grueso álbum de fotos. Desde sus páginas, los rostros sonrientes de los gemelos, congelados en un instante de felicidad, aparecían salpicados de arena, sol y gotas de agua.

Raquel comprendió al instante lo que significaba el silencio del inspector. Apoyó las manos en el respaldo de una silla y clavó la vista en la fotografía. David se acercó a ella y se colocó a su lado, intentando transmitirle una confianza que ni él mismo sentía.

—Sentémonos —la invitó. Separó una de las sillas y se la ofreció a Raquel, que se dejó caer sobre el asiento sin oponer ninguna resistencia a la fuerza de la gravedad.

—No saben dónde están...

—Todavía no —reconoció—, pero la investigación avanza deprisa. Pronto daremos con ellos.

—No puedo creer que nadie los haya visto. ¿Y si están muertos y enterrados? —La voz se le quebró con un sollozo involuntario que escondió detrás de la mano. Se esforzaba por ser fuerte, por no derrumbarse, pero la imagen de los cadáveres de su familia, fríos, amoratados y cubiertos de tierra, la asaltaba una y otra vez. Necesitaba mantener la mente ocupada o se volvería loca en pocas horas—. Acompáñeme a la cocina, por favor —dijo, levantándose de la silla—. Tengo algo en el fuego y no quiero que se me queme.

Sobre uno de los fogones de la pequeña cocina bullía una cacerola que expelía borbotones de vapor. Los azulejos grises de la pared brillaban por la condensación, al igual que las puertas de los armarios más cercanos, lacados de azul. Raquel conectó el extractor de humo y removió con una cuchara de madera lo que hervía en la cazuela. Al levantar la tapa, una nube de vaho caliente se extendió por la estancia, a la vez que el cálido aroma de un potaje de garbanzos le llenó la nariz de recuerdos de su infancia.

—Esto huele muy bien —reconoció.

—Gracias, es una receta de mi madre. Puede llevarse un poco si quiere, he hecho demasiado.

Bajó el fuego, ladeó la tapa sobre la cazuela y se volvió hacia David.

—Tenemos que hablar de su marido —dijo Vázquez.

La mesa redonda que tantas comidas familiares había acogido se convirtió entonces en rincón de incómodas confidencias. Separados por una silla vacía, buscaban en silencio la mejor manera de afrontar la cuestión. David esperó a que Raquel ordenara sus sentimientos y encontrara en su interior las palabras adecuadas.

—Conocí a Íñigo en una fiesta a la que nos invitó un amigo común. Charlamos un poco, bebimos cerveza y bailamos un par de canciones lentas. Me pareció simpático, un chico sencillo y respetuoso. Me contó que estaba a punto de terminar la carrera de Historia y que su meta en la vida era ser profesor para transmitir a los chavales todas las cosas emocionantes que han pasado a lo largo de los siglos. Se le encendía la cara cuando hablaba de su futura profesión, y eso me gustó mucho. No era el típico joven que lo único que persigue es la quimera de trabajar poco y ganar mucho. Conocía el valor del esfuerzo y el maravilloso placer de la recompensa. —Raquel cerró los ojos un instante, rememorando aquellos felices momentos en los que la vida era una promesa de dicha y prosperidad—. Nos vimos unas cuantas veces más antes de empezar a salir en serio. No era muy hablador, pero sus ojos lo decían todo por él. Me miraba con tanta intensidad que hacía que me temblaran las piernas.

Se removió en la silla, incómoda ante las intimidades que salían de su boca y que nunca hasta entonces había compartido con nadie.

—¿Cuándo comenzaron a cambiar las cosas? —preguntó David.

—¿Por qué está tan seguro de que las cosas han cambiado? —respondió ella a la defensiva. David no contestó; se limitó a mirarla y esperar. Finalmente, Raquel bajó los ojos y relajó los hombros, que mantenía en tensión desde que comenzó la conversación—. Cuando la pasión desapareció de sus ojos, pocos meses después de casarnos, no quedó nada. Descubrí a un hombre anodino, nada interesante, preocupado solo por los libros y sus estudios. Podíamos pasarnos semanas enteras casi sin hablar, y no porque hubiéramos discutido; simplemente, no teníamos nada que decirnos. Pero mi mayor decepción fue comprobar que la energía que me cautivó no regresó al quedarme embarazada. Creo que le habría dado igual tener hijos que no tenerlos. De hecho, siempre he sospechado que el matrimonio, la paternidad y yo misma supusimos una tremenda decepción para él.

Raquel se levantó de la silla y alcanzó la olla que continuaba bullendo a sus espaldas. Removió de nuevo su contenido y apagó el fuego, colocando la tapa de manera que el vapor no escapara de su interior. Cuando desconectó el extractor, el único sonido que sobrevivió en toda la casa fue el amortiguado entrechocar de los garbanzos en el interior de la cazuela metálica. Esperó hasta que Raquel dio por concluidas las faenas domésticas y volvió a sentarse en la silla.

—No le he ofrecido ni un café —se lamentó—. ¿Le apetece beber algo?

—No, gracias, estoy bien. No se preocupe por mí. ¿Cómo es la relación de Íñigo con sus hijos?

—Es un buen padre. Nunca los riñe, de vez en cuando juega con ellos, los ayuda con los deberes… Cuando le pedía su colaboración, nunca me la negaba.

—¿Y las actividades que salían de él?

—Él no planificaba nada sin que yo lo supiera, más bien siempre ha sido al revés. Yo decido y después se lo comento. El peso de la responsabilidad recae casi exclusivamente sobre mis hombros. Desde cuestiones menores, como la ropa o la alimentación, hasta las más trascendentales, como a qué colegio los íbamos a llevar; todas las decisiones las tomo yo.

—Demasiado trabajo para usted sola.

—Mi madre siempre me ha echado una mano. Viene en cuanto la necesito. Primero con mi padre en el coche y, desde que murió, coge el autobús. Está a punto de mudarse con nosotros definitivamente. Todavía huele a pintura. Hemos hecho una pequeña obra, estrechando el salón para hacer una habitación más, y acabamos de terminar. La semana pasada trajeron los muebles. Hoy debería ser el primer día en su nuevo hogar.

Raquel sollozó un instante, con la mirada perdida en la brillante superficie de la mesa. Poco a poco se recompuso, levantó la cabeza y se secó las lágrimas con una servilleta de papel.

—Me gustaría echar un vistazo a las cosas de su marido, si no le importa.

—Claro. Se han llevado el ordenador y su agenda, pero puede mirar el resto.

Abandonaron la calidez de la cocina y el tranquilizador aroma de la comida y regresaron a la casa solitaria y silenciosa. La agente Rivero leía un libro sentada en una silla junto a la mesa del salón. Se levantó en cuanto oyó los pasos en el pequeño pasillo y se puso a disposición del inspector. David levantó una mano, indicándole que podía volver a su lectura, y siguió a Raquel hacia el interior de la vivienda. Dejaron a un lado la habitación infantil, decorada con vivos colores y pocos muebles para permitir una zona de juegos sobre la alfombra extendida en el suelo de madera, y el que iba a ser el dormitorio de la abuela, una diminuta estancia en la que apenas cabía una estrecha cama, una mesita de noche y un armario de dos puertas. La alcoba carecía de ventana y de cualquier toque personal, un papel en blanco para que Leonor lo decorase a su gusto.

Pasado el baño, la última puerta correspondía a la habitación del matrimonio, la más amplia de la casa. La cama se había colocado junto a la pared del fondo, propiciando un considerable espacio diáfano delante y a la izquierda. A excepción del lugar ocupado por el armario, las paredes estaban prácticamente cubiertas por estanterías atestadas de libros y revistas. Sobre la mesa de madera era evidente el hueco desnudo en el que antes reposaba el ordenador portátil; al lado, una pila de carpetas y papeles sueltos mantenía un precario equilibrio.

—Ahí se instala Íñigo cuando tiene que corregir exámenes o está preparando algún artículo para la revista de la asociación —le explicó Raquel.

—Hábleme más de esa asociación, por favor.

Raquel se quedó en el quicio de la puerta, reticente a entrar en su propio dormitorio. Apoyada contra el marco de madera, observó en silencio el lento avance del inspector entre las pertenencias de su marido. El armario le descubrió unas cuantas perchas de las que colgaban pantalones y camisas con escasa variación cromática. El azul oscuro, el verde musgo y el gris parecían los colores favoritos de Íñigo Lizalde. Lo mismo podía decirse de los jerséis apilados en los estantes y del calzado que descansaba en el suelo. Zapatos y botas negros, y un par de zapatillas de deporte de un sobrio tono azul. Al otro lado del armario los colores se animaban levemente. Íñigo contaba con una completa equipación de montaña, con pantalones impermeables, gruesos chaquetones, bastones de monte, crampones para caminar sobre el hielo y varios juegos de ropa térmica.

La voz de Raquel le sorprendió concentrado en una de las revistas que descansaban sobre la mesita de noche, una publicación sobre historia contemporánea cuya portada reproducía una instantánea en blanco y negro de la Segunda Guerra Mundial. Apartó los ojos del soldado inmortalizado mientras apuntaba con su arma a un aterrado adolescente y centró su atención en la mujer.

—Ya le he dicho que Íñigo es un apasionado de la historia. No es solo su profesión, también es su afición, su vida. Dedica casi todo su tiempo libre a leer y escribir artículos sobre construcciones militares de todos los tiempos. Sus investigaciones se centran sobre todo en las fortificaciones extraordinarias por algún motivo: por lo que allí sucedió, por su magnitud, su situación, su objetivo o su número. Le apasionan las murallas, los cuarteles, las atalayas y los torreones. Además, desde hace varios años, no recuerdo cuántos, es miembro de la asociación de historiadores que antes le he mencionado. Se reúnen en Vitoria una vez al mes, editan una revista trimestral y organizan congresos, viajes y excursiones para conocer lugares que les resultan interesantes, normalmente una colección de edificios en ruinas con poco que ofrecer a quien no sea un apasionado de la historia como ellos. Para Íñigo, ese es su único y verdadero amor.

Mientras hablaba, Raquel rebuscó entre los volúmenes de una de las estanterías hasta encontrar un álbum de fotos que depositó sobre la mesa. En todas las imágenes aparecía su marido, casi siempre en solitario, delante de edificaciones más o menos conservadas; unas veces poco más de cuatro piedras, y otras, impresionantes castillos. David observó la evolución de Íñigo a través de las fotografías, desde el hombre sonriente y satisfecho de las primeras páginas hasta el de gesto serio, casi huraño, de las más recientes. Junto con el rictus adusto habían ido apareciendo las canas y las arrugas en la frente y en la comisura de los labios.

—Cuando nos casamos solía acompañarle en sus excursiones. Me explicaba qué era lo que veíamos, aunque para mí no eran más que un montón de rocas resbaladizas. Cuando nacieron los gemelos las salidas se espaciaron, pero yo nunca le he negado el capricho de salir a explorar cuarteles abandonados, siempre que la economía familiar pueda soportar sus escapadas sin resentirse. Al principio también pasaba mucho tiempo construyendo maquetas de castillos medievales, pero cuando Markel y Maite necesitaron su propia habitación tuvimos que llevarlas a Rocaforte. Los niños nunca se han interesado por las fortificaciones, ni las reales ni las que construía su padre a escala, pero no creo que le importe. Cuando dejé de acompañarlo en sus excursiones, creo que se sintió aliviado. Prefiere ir solo, a su aire, o como mucho con alguien como él, como los frikis de la asociación.

Volvieron al salón, donde Raquel le mostró una colección de libros dedicados a las grandes batallas de la historia, textos novelados y concienzudos ensayos sobre algunos de los pasajes más sangrientos. Los estudios sobre estrategia militar, la caída de los grandes imperios o contiendas marítimas llenaban casi toda la librería, con apenas un pequeño espacio para novelas contemporáneas y DVD con los clásicos del cine que unos años atrás repartió un periódico de tirada nacional.

David consultó su reloj. Eran más de las once de la noche. La casa todavía olía a comida y a pintura. Recogió su abrigo y se lo puso con un rápido movimiento de los brazos.

—Intente comer algo y descansar —le recomendó antes de marcharse—. Si necesita cualquier cosa, la agente Rivero sabe cómo encontrarme.

La policía, como si fuera la dueña de la casa, acompañó al inspector hasta la puerta, la abrió y salió con él al descansillo, volviendo la hoja de madera hasta casi cerrarla a sus espaldas. Vázquez se detuvo y le dedicó una mirada interrogadora.

—¿Ocurre algo? —quiso saber.

—¿Le ha contado la señora Gimeno que hoy ha recibido una visita? —preguntó en voz baja.

—No, no lo ha hecho.

—Eso me parecía. Y si no se lo ha dicho, quizá sea porque tiene algo que ocultar...

—Déjese de elucubraciones, agente. ¿Qué ha ocurrido?

—A primera hora de la tarde han llamado a la puerta. He abierto y me he encontrado de frente con un hombre de unos cuarenta años, bien parecido, alto y trajeado. Olía muy bien —explicó—. Ha preguntado por Raquel, que si podía verla un momento, que era un amigo de la familia. Le he preguntado su nombre, le he pedido una identificación y le he ordenado que esperara. —David aguardó en silencio a que la agente continuara con el relato—. En cuanto le he dicho quién estaba al otro lado de la puerta, la señora Gimeno se ha levantado del sofá como si tuviera un muelle en el trasero y casi ha corrido a abrir. Me ha dicho que no pasaba nada, que era un buen amigo, y se han encerrado en el dormitorio del matrimonio durante un buen rato. Me he acercado tanto como he podido a la puerta cerrada, pero debían de hablar en susurros, o ni siquiera lo hacían, porque no he conseguido oír ni una sola palabra. Han estado juntos algo más de dos horas, y después él se ha ido por donde ha venido mientras que ella se ha quedado un rato más en la habitación, aunque ya no tenía la puerta cerrada del todo. Cuando por fin ha salido, ha hecho como que no había pasado nada, no ha mencionado la visita, ni qué es para ella, ni nada de nada. Creí que debía saberlo, inspector, por si es relevante.

—Todo es relevante en este caso, estamos caminando a ciegas. ¿Recuerda el nombre del individuo?

—Por supuesto, lo anoté. Se llama Fernando Aguilera, con domicilio en la calle Mayor de Pamplona.

—Eso está aquí al lado.

—Sí, exacto, a la vuelta de la esquina.

David anotó el nombre y la dirección del hombre misterioso y se despidió de la agente Rivero, no sin antes felicitarla por su trabajo. Sonriente y satisfecha, volvió a entrar en la vivienda y cerró la puerta con sigilo.

Comenzó a bajar la escalera con una incómoda sensación de engaño empezando a asentarse en su cerebro. No creía que Raquel lograra conciliar el sueño esa noche, como seguramente tampoco lo haría él.

De camino a su casa hizo una breve parada en una de esas tiendas regentadas por asiáticos que están siempre abiertas. Compró una botella de vodka y una bolsa de frutos secos, pagó el precio exorbitado que le pidió el chino en su precario español y cargó con la bolsa hasta su apartamento.

Media hora después apenas quedaba nada en la botella, y un rastro de pieles secas de almendra salpicaba el suelo alrededor de la cama. Sentado con las piernas encogidas sobre las sábanas, vestido solo con los calzoncillos, en silencio y a oscuras, acariciaba el teléfono móvil como si fuera la lámpara maravillosa capaz de concederle tres deseos con solo frotarla.

Uno. Se conformaba con uno. Volver a ver a Irene. Que todo fuera un sueño. O una pesadilla. Dormirse y despertar en un mundo en el que nada de esto hubiera sucedido.

Echó otro trago largo directamente del gollete y se dejó caer hacia atrás sobre la almohada. Con el último parpadeo antes de cerrar los ojos se colaron en sus retinas los dígitos brillantes del despertador. Tres minutos para la medianoche. Otro día perdido.

OCHO...

20 de enero, martes

La voz rasposa de Rod Stewart se coló en el cerebro somnoliento de David, provocándole con sus promesas un instantáneo y agudo dolor. «¿Te veré esta noche?», le preguntaba el viejo roquero a la joven que volvía a casa en el tren del Downtown. Irene escogió esa melodía para que los despertara cada mañana y la programó en la alarma de sus teléfonos móviles. Cuando los primeros acordes del piano rompían el silencio de la madrugada, sus manos volaban bajo las sábanas hasta encontrarse, y mientras el cantante suplicaba ser el elegido por la chica a quien veía pasar cada noche, eran sus bocas las que se desperezaban la una contra la otra.

La canción le hirió sin piedad, arañándole el alma mientras permanecía, quieto e indefenso, tumbado boca arriba, mirando el techo, deseando convertirse en un pliegue más de las sábanas y difuminarse para siempre. Respiraba muy despacio, como si temiera interrumpir la melodía con su aliento. ¿Por qué no borraba esa maldita canción? Él no sabía detrás de qué ventana lo esperaba Irene, o si ella le dedicaría uno solo de sus pensamientos. Parpadeó dos veces ante la extraña idea que acababa de asaltarle. No sabía dónde estaba Irene, pero ¿qué haría si lo supiera? El final de la melodía evitó que se adentrara más en el pantano en el que estaba a punto de hundirse. Apartó el edredón de un manotazo y se dirigió al baño con rapidez, decidido a sacar a Rod Stewart de su vida de una vez por todas.

Miró fijamente al extraño que le observaba desde el espejo. Las profundas ojeras azuladas que teñían sus párpados delataban otra noche en vela, cargada de pesadillas en los escasos momentos en los que la inconsciencia le arrastró hasta su territorio. El resto de la cara apenas era visible bajo la descuidada barba que la cubría. Destapó el bote de espuma y repartió una generosa cantidad por las mejillas, la barbilla y el cuello. Comprobó después el estado de la cuchilla y comenzó el lento ritual del afeitado. Paseó la hoja por el cuello, repasó los tensos músculos y sintió el pulso de la arteria palpitando bajo su mano. Deslizó después la hoja por los pómulos, despacio, arrastrando a su paso la espuma y el vello arrancado de raíz. Deseó fervientemente que todo fuera tan sencillo, que hubiera alguna forma de extirpar de su corazón el doloroso recuerdo de Irene, de su traición y de los crímenes que había cometido, de sacar de su cabeza el sonido de su voz y de su risa. Solo entonces alcanzaría la paz y podría dormir de nuevo.

Permaneció descalzo sobre las baldosas heladas. El frío punzante se le clavaba como agujas en los dedos de los pies, pero el dolor tenía la cualidad terapéutica de recordarle que aún estaba vivo. Se vistió con la piel todavía húmeda después de la ducha y se bebió de un trago la taza de café que se enfriaba en la cocina. Quería salir de allí lo antes posible. Sin embargo, se detuvo un instante cuando estaba a punto de abrir la puerta. Esperaba, como un milagro, que Irene le deseara un buen día, que le prometiera esperarlo despierta por la noche. Nada de eso ocurrió. Cruzó el umbral y cerró con un sonoro portazo, encerrando dentro todos sus fantasmas.

Ya en la calle, se caló el gorro hasta las cejas, se subió el cuello del abrigo y caminó a paso vivo en dirección a la comisaría. Las calles de Pamplona bullían de actividad a esa temprana hora. Los tubos de escape de los coches lanzaban una espesa humareda gris y blanca, ocultando momentáneamente a los peatones que esperaban pacientes su turno para cruzar. El viento cortante espoleó sus pasos a través de las amplias avenidas y respiró aliviado cuando los altos edificios del centro urbano le cobijaron del cruel cierzo.

La comisaría estaba casi desierta todavía, lo que le solía permitir disfrutar de un café caliente, hojear la prensa y repasar los asuntos pendientes antes de que los pasillos y los despachos cobrasen vida. Sin embargo, hacía ya tiempo que había sustituido su rutina de años por la soledad y el silencio de su despacho. Sin café, sin noticias, sin chascarrillos madrugadores ni discusiones futbolísticas. Solo los informes de los casos abiertos, la agenda del día y su fuerza de voluntad para concentrarse en el trabajo. Había perdido el gusto por reunirse con los colegas, por compartir comentarios y expectativas sobre la jornada que se abría ante ellos. Era tan evidente el esfuerzo que sus compañeros hacían por fingir que no pasaba nada que había decidido ahorrarles el mal trago y evitar las zonas comunes a cualquier hora del día.

Helen Ruiz fue la primera en llamar a su puerta. Desde el umbral, unos pequeños dientes blancos iluminaron su piel morena al saludar a su jefe con su habitual sonrisa.

136

—¿Todo bien por aquí? —preguntó la agente mientras se sentaba en una de las sillas libres.

—Todo perfecto —respondió Vázquez.

—¡Te has afeitado! Aparentas diez años menos que ayer. —Reparó al instante en los círculos azules que rodeaban sus ojos y apartó la mirada, cohibida. Nunca sabía qué decir ante una persona que sufre, así que prefirió cambiar de tema—. La centralita está prácticamente colapsada con llamadas de personas que dicen saber algo o haber visto a los desaparecidos, y lo mismo ocurre con los operadores del 112.

—Esperaba una respuesta rápida, pero no masiva —reconoció Vázquez.

—No es solo eso. Las redes sociales echan humo con el tema. Cada foto de los niños que se publica conlleva un sinfín de comentarios de todo tipo, igual que las imágenes de Leonor y de Íñigo.

—Vamos a tener que ocuparnos de eso, o se nos puede escapar un dato importante entre tanta morralla. Hablaré con el comisario para establecer una línea propia con un par de agentes atentos a las llamadas y a lo que ocurre en Internet.

Alicia Hidalgo se incorporó en ese momento a la improvisada reunión. Tomó asiento en otra de las sillas después de saludar con la cabeza y se acurrucó dentro de su abrigo. Hasta que la calefacción no estuviera a pleno rendimiento no conseguiría entrar en calor.

—Por otro lado, lo de la furgoneta es como buscar una aguja en un pajar —se lamentó Helen—. No tenemos ni idea de lo que estamos buscando, ni marca, ni modelo o color. Al menos, los de la científica han acotado un poco la búsqueda al identificar el tipo de rueda que dejó las huellas en el barro. Es un neumático muy común y barato, utilizado sobre todo por pequeñas furgonetas tipo Nissan, Fiat o Citroën. La lista de los modelos que pueden usar esas ruedas es bastante larga, pero al menos nos ha permitido eliminar a algunas de las que aparecen en las imágenes de tráfico. Enseguida nos pondremos de nuevo manos a la obra.

—Ismael puede dedicarse a ello cuando venga —decidió David—. Que le eche una mano uno de los agentes de la sala de pantallas. Necesitamos dibujar un retrato lo más fiel posible de esa familia, de cada uno de sus miembros. Helen, tú visita a los allegados, a los amigos y amigas, si es que los tienen, y habla con los vecinos del edificio, el tendero del barrio, incluso con el cura de la parroquia si os enteráis de que alguno de ellos es católico practicante. Vuelve al instituto, a ver si encuentras a algún profesor más comunicativo que te cuente algo distinto de la versión oficial del director.

El somnoliento rostro de Mario Torres apareció en la entrada después de una rápida sucesión de golpes en la puerta.

—Lamento el retraso.

—No llegas tarde —repuso Helen—, es que los demás madrugamos mucho.

—O no dormís —apuntó Torres, señalando las ojeras moradas del inspector—. Necesitas unas vacaciones.

—Eso es justo lo último que me hace falta en estos momentos. Lo que de verdad urge es que nos pongamos en marcha. El equipo de búsqueda está rastreando el cauce del río que linda con la finca. Hasta el momento no se ha producido ninguna llamada en el teléfono de Raquel Gimeno, que ha intentado contactar con su madre y su marido en varias ocasiones, siempre con el mismo resultado. Respecto a eso, he tenido un pequeño desencuentro con la jueza Capdevila —explicó—. No le parece bien que hayamos intervenido las líneas antes de contar con la orden. En cualquier caso, hasta ahora en ninguna ocasión se ha podido localizar el número de destino; los dos móviles están apagados. Pero, si os preguntan, la conexión se ha efectuado esta mañana. —Observó el asentimiento unánime de su equipo y continuó—: Hidalgo, encárgate de las llamadas. Pide que te desvíen los avisos que tengan relación con el caso e interroga al interlocutor. Si hay algo de peso, me avisas de inmediato. Te enviaré a alguno de los agentes que han venido de Madrid para que te echen una mano con las redes sociales. No creo que los tiros vayan por ahí, pero no podemos dejar de lado que pueda tratarse de un psicópata que decida compartir con el mundo sus fechorías. Rastreo constante de la red, tanto la ordinaria como ese submundo asqueroso por el que algunos se mueven como pez en el agua. Mario y yo tenemos una visita pendiente a la asociación de historiadores a la que pertenece el marido. ¿Has hablado con ellos?

—Ayer por la tarde localicé al presidente, un tipo poco comunicativo, la verdad. No puso pegas a entrevistarse con nosotros, y se ha comprometido a intentar reunir al mayor número posible de socios, pero nos ha pedido que les demos tiempo hasta esta tarde. Casi todos trabajan y prefieren no tener que pedir horas libres si no es imprescindible. Nos esperan a las cuatro en la sede de la asociación, un local en un barrio de Vitoria.

—Bien. Hay una cosa más, una novedad. —Ocho pares de ojos se clavaron en él—. La señora Gimeno recibió ayer la visita de un hombre, de la que no nos ha contado nada. Permanecieron casi dos horas encerrados en el dormitorio y después se marchó. Se llama Fernando Aguilera, unos cuarenta años, vecino de Pamplona. Quiero todo lo que podáis averiguar sobre este individuo antes de hablar directamente con Raquel. Helen, aprovecha tu visita a los lugares de trabajo del matrimonio y al colegio de los niños para preguntar por él, a ver si alguien lo conoce.

—Te llamaré si averiguo algo —aseguró la agente a modo de respuesta mientras anotaba los datos facilitados por el inspector.

—De acuerdo. Vamos a ello.

David siguió a Torres hasta la sala de pantallas. Machado todavía no había llegado, pero sí un agente canoso y de formas redondeadas que se afanaba por anotar las matrículas que aparecían en los monitores. Detenía la imagen cada vez que asomaba un vehículo de las características señaladas. Era evidente que le costaba enfocar la vista. El agente inclinaba el cuerpo hacia delante y achinaba los ojos para intentar afinar su borrosa visión, desgastada por la edad y las muchas horas pasadas delante de un ordenador, prestando atención a cosas minúsculas.

David y Mario estudiaron el cuaderno del policía por encima de su hombro.

—Empezaremos a cotejar las matrículas mientras continúa con la búsqueda —anunció el inspector—. ¿En qué punto se encuentra?

—Quedan pocos kilómetros para llegar a Zizur —respondió el agente, aprovechando el momento para dar un pequeño descanso a sus agotadas pupilas—. Ahí se complicará bastante la cosa, porque las imágenes que tenemos de ese tramo incluyen a los vehículos que se han incorporado por la derecha.

—¿Algo interesante hasta el momento?

—Nada, señor.

El hombre se frotó suavemente los párpados, como quien da unas palmadas de ánimo a un galgo antes de una carrera, y se concentró de nuevo en la pantalla, deteniendo la imagen cada pocos segundos para estudiar los vehículos que aparecían punteados en difusos colores. Torres se acomodó en la mesa contigua mientras Vázquez se hacía un hueco en el despacho vacío del responsable de la Unidad de Intervención, que esos días participaba en un congreso fuera de la ciudad. Una a una fueron introduciendo en el sistema de datos de la Dirección General de Tráfico las series de letras y números que el agente había anotado en el cuaderno. En pocos segundos, la matrícula aparecía relacionada con un modelo de vehículo y un nombre. Unas líneas más abajo constaba la dirección que el comprador del vehículo facilitó durante el proceso de matriculación. Comenzaba entonces el proceso de búsqueda del propietario de la furgoneta. Primero, localizar un número de teléfono a través de las bases públicas de las diferentes compañías telefónicas. Al mismo tiempo, el nombre era cotejado en el Sistema Automático de Identificación Dactilar, el SAID, por si se tratara de un conocido de la policía. Finalmente, una patrulla visitaría uno por uno a los dueños de los vehículos identificados para comprobar sus datos, inspeccionar la furgoneta y tratar de establecer una coartada válida para el conductor. Era una tarea lenta, tediosa y poco gratificante que se negaba a dar sus frutos. Trabajaron en silencio durante las siguientes tres horas, hasta que los ojos del agente se negaron a continuar registrando las diminutas matrículas.

—Necesito un descanso —dijo, levantándose de la silla. Tanto Vázquez como Torres secundaron la idea y abandonaron sus puestos.

—Lleva este listado al subinspector de turno, él lo repartirá entre las patrullas. Es urgente que se vayan eliminando vehículos de la lista, tenemos que encontrar al que se llevó a la familia. —David entregó varios papeles al congestionado agente, que celebró con una amplia sonrisa la excusa que le brindaban para abandonar momentáneamente su tarea. Cuando este hubo salido, se volvió hacia Torres—. Nosotros tenemos el tiempo justo para comer algo y ponernos en camino hacia Vitoria.

Una discreta placa de bronce en la pared de hormigón anunciaba la existencia de la Asociación para la Investigación y la Divulgación Histórica. Tras la puerta de madera oscura, un nutrido grupo de personas observaba sin disimulo a los dos hombres que acababan de cruzar el umbral. El presidente de la asociación, un hombre anodino de mediana estatura, escaso pelo castaño cubierto de canas, frondosas patillas y mirada huidiza que se presentó como César Muñoz, los precedió hasta la sala en la que los esperaban el resto de los socios, una treintena de personas repartidas a lo largo de la estancia. De las paredes colgaban varios mapas antiguos, reproducciones de los planos utilizados siglos atrás para delimitar los confines de los países y las rutas para desplazarse de un continente a otro. Al fondo, varias mesitas sostenían cuidadas maquetas de impresionantes fortalezas, recreadas hasta en los más mínimos detalles, donde diminutos soldados asomaban por los torreones y mostraban sus afiladas armas a través de las ventanas de aspillera. Las otras dos paredes estaban cubiertas por estanterías en las que descansaban cientos de libros, en su mayoría enormes tomos enciclopédicos con el lomo gastado por el uso. En el centro de la sala se habían dispuesto cuatro grandes mesas de madera y lámparas de lectura que ayudarían a descifrar los enigmas de la historia a los que se enfrentaran los estudiosos reunidos en aquella sala.

El hombre se adelantó unos pasos y llamó la atención de los presentes con un sonoro carraspeo.

—Estos son el inspector Vázquez y el subinspector Torres, de la Policía. Vienen de Pamplona. Han solicitado nuestra ayuda en relación con la desaparición de Íñigo Lizalde y su familia.

Se volvió hacia ellos y con un gesto los invitó a ocupar el lugar central que acababa de dejar libre. David estudió la situación. No le gustaba la idea de tener que hablar con tanta gente al mismo tiempo. Echó un vistazo a su alrededor; las personas que le miraban con curiosidad cubrían un amplio abanico de edad, desde jóvenes en la treintena hasta personas que llevarían al menos una década jubiladas. Sin embargo, lo que más abundaban eran hombres de unos cuarenta años, vestidos con gruesos pantalones de pana verde o marrón, abrigados jerséis y camisas de cuadros. La ropa parecía haber salido del armario de Íñigo Lizalde. También había unas cuantas mujeres, apenas media docena, todas juntas en un mismo grupo junto a una de las maquetas del fondo.

—Imagino que todos están al tanto de lo ocurrido el pasado domingo. El señor Lizalde, sus dos hijos y su suegra, Leonor Górriz, desaparecieron sin dejar rastro y sin que hasta el momento hayamos dado con ellos. Su mujer, Raquel Gimeno, ha sido la única que no ha sido secuestrada.

—¿Han confirmado ya que se trata de un secuestro? —La voz del presidente se alzó sobre la del inspector. Como profesor, estaba acostumbrado a hacerse oír por encima de la algarabía adolescente.

—Si su definición de secuestro incluye la petición de

un rescate, eso no ha sucedido, pero estamos convencidos de que la familia no desapareció por voluntad propia —respondió Vázquez, para devolverle inmediatamente la pregunta—. ¿Desde cuándo era el señor Lizalde miembro de esta asociación?

Muñoz asumió sin falsa modestia el papel de portavoz. De hecho, fue el único que manifestó su intención de hablar.

—Hace casi diez años. Íñigo conoció a varios de los miembros de la asociación, entre los que me incluyo, en un seminario sobre las guerras carlistas organizado en Pamplona. Congeniamos enseguida y le hablamos de nuestro grupo. Entonces éramos unos pocos, ni siquiera teníamos sede, sino que nos reuníamos en un local pobremente acondicionado propiedad de uno de los socios. Nos visitó un par de veces y un día quiso participar. Lo recibimos con los brazos abiertos, como puede imaginarse. Es un hombre muy inteligente y con unos profundos conocimientos históricos. Sus artículos están muy bien valorados entre la comunidad de historiadores e investigadores. Además —añadió—, sus fotografías, mapas y planos de enclaves militares han protagonizado varias exposiciones muy interesantes que tuvieron una gran acogida.

—¿Ha cambiado algo en su rutina en las últimas semanas? —continuó Vázquez.

—Tiene que entender que nosotros no nos vemos a diario. Celebramos una reunión general al mes y el equipo de redacción de la revista se reúne periódicamente, con mayor frecuencia según se aproxima la fecha de publicación. Íñigo no participaba en esa comisión, pero solía enviar interesantes artículos y muy buenas imágenes. Sí que era habitual verlo en las salidas que organizamos, y sé que a menudo salía por su cuenta en busca de restos históricos.

—¿Solo?

—A veces sí, pero no siempre.

Sus palabras flotaron en el aire hasta alcanzar a una mujer que escuchaba en silencio junto a la reproducción del castillo de Coca. Varias miradas se posaron en ella, guiando los ojos de Vázquez hasta un vestido verde y unas botas altas negras. Cohibida, la mujer intentó ocultarse entre sus compañeras, que se apartaron levemente, dejándola desamparada ante la inquisitoria mirada policial.

—Creo que Esther lo acompañaba de vez en cuando —añadió el presidente a media voz—. Espero no haber dicho ninguna inconveniencia —concluyó, dirigiéndose directamente a ella.

La mujer no se movió. Miró a su alrededor antes de dar un pequeño paso al frente. Las miradas del resto seguían clavadas en ella, visiblemente incómoda al convertirse en el centro de atención.

—¿Sería posible continuar con la conversación en un lugar más privado? —le preguntó Vázquez—. Estaría bien un rincón en el que pudiéramos sentarnos.

Muñoz se dirigió hacia una puerta que había permanecido cerrada hasta ese momento. Cuando David comprobó que la mujer no había dado ni un paso, se detuvo y la miró un instante.

—Si es tan amable de acompañarnos…

Como impulsada por un resorte, se puso en marcha en dirección a la puerta. Al otro lado, en el pequeño despacho atiborrado de papeles, archivadores y libros, apenas quedaba hueco para una mesa, también repleta de documentos, y tres sillas plegables. David cedió el paso a Esther y detuvo al presidente, impidiéndole entrar con un gesto taxativo. Cerró la puerta y la invitó a sentarse en una de las sillas. Después, él se acomodó en otra. Estaban tan apretados que sus rodillas casi se rozaban. La mujer cruzó las piernas y permitió que el inspector la estudiara. Rondaba los cuarenta años y llevaba un elegante vestido verde y negro de cuello alto y adornos de cuero. Se había recogido la larga melena en un moño informal del que escapaban estudiados mechones cobrizos. Sobre la pálida piel no se apreciaba ni una mota de maquillaje. Intentaba parecer serena, pero se frotaba las manos con nerviosismo y esquivaba una y otra vez la mirada del policía.

—Me gustaría saber algo de usted —comenzó David.

—Me llamo Esther López de Aguerri —comenzó tras un instante de duda—, soy farmacéutica y miembro de esta asociación desde hace unos cinco años.

Ofreció el breve resumen de su vida sin pestañear, con la vista fija en el anillo plateado que adornaba uno de sus dedos.

—¿Conoce a Íñigo Lizalde?

—Claro, él ya era socio cuando yo llegué.

David guardó silencio, dándole la oportunidad de continuar. El espeso mutismo se alargó durante varios segundos. Finalmente, Esther olvidó su anillo y clavó la mirada en el inspector.

—Íñigo y yo teníamos una relación personal. Éramos amigos. Buenos amigos. Un día, hace casi dos años, decidimos cruzar la frontera invisible de la amistad y desde entonces nos vemos de vez en cuando al margen de la asociación.

Nunca había escuchado una forma más desapasionada y distante de definir una relación sentimental. Estudió a la mujer, buscando algo bajo la elegante fachada, pero solo percibió altivez y la firme determinación de no dejarse amedrentar por aquel hombre.

—Íñigo es un hombre casado —comentó.

146

—Creo que ese es un problema suyo, no mío. Yo estoy soltera, no tengo que rendir cuentas a nadie, salvo a mí misma. Estoy cansada de que me juzguen por lo que hacen los demás. Es Íñigo quien debe decidir si quiere romper sus votos matrimoniales y dar explicaciones a su esposa, si lo considera oportuno. Yo soy libre, elijo a mi pareja y disfruto del tiempo que pasamos juntos. Íñigo es una muy grata compañía, y ni él ni yo hemos hablado de terminar con nuestra relación.

—¿Tenía intención de acabar con su matrimonio?

—No lo sé, pero no lo creo. Nunca abordamos ese tema. No solemos tocar cuestiones tan… personales.

—¿De qué hablan, entonces?

—De muchas cosas. De cine y de música, de historia, de los libros que leemos juntos… Hay mucho mundo ahí fuera, mucho de qué hablar aparte de la familia, el trabajo, la política o el fútbol, que son las conversaciones que acaparan cualquier tertulia. Pero no se equivoque, nunca nos hicimos promesas de futuro. Viene a mi casa de vez en cuando y estamos bien juntos, nos sentimos cómodos el uno con el otro, pero ninguno de los dos ha jurado nunca amor eterno, ni jamás le pedí que abandonara a su familia para venir conmigo.

—¿En serio pretende que crea que en dos años nunca le habló de sus hijos?

—Puede usted creer lo que quiera. Es cierto que en alguna ocasión mencionó que estaban enfermos, o que había llegado tarde porque tenía que cuidarlos, pero nada más. No me contaba anécdotas infantiles, ni sus hazañas deportivas, ni si tenían pesadillas por las noches. Ni siquiera me enseñó nunca una foto suya, ni yo se lo pedí; eso sería entrometerme en su otra vida. Para Íñigo, estar conmigo era como habitar una realidad paralela, un mundo completamente separado del otro. Creo que necesitaba alejarse de lo cotidiano de vez en cuando.

—¿Conocía a su mujer?

—Solo de nombre.

Esther había perdido su retraimiento inicial y ahora hablaba mirando al inspector de frente, con la cabeza alta y la barbilla erguida, la actitud de quien se cree en posesión de la única verdad y se vanagloria de ello.

—¿Nunca demostró remordimientos por su engaño?

—No mientras estaba conmigo, pero desconozco lo que pasaba por su cabeza el resto del tiempo. —Observó a David, intentando adivinar sus pensamientos—. No pretendo que lo entienda, inspector. De hecho, me importa poco que lo comprenda o no, pero no quiero que se lleve una imagen equivocada de Íñigo. No es una persona fría y sin sentimientos. La muestra de que su familia le importaba mucho está en el hecho de que nunca, ni una sola vez, me puso a mí en primer lugar. Yo solo tenía el tiempo que le sobraba. Íñigo es un hombre realista, poco amigo de crearse falsas esperanzas. Sabe lo que hay y se conforma con ello, sin aspirar a cosas que están fuera de su alcance. Está casado, tiene hijos, un trabajo, una hipoteca, aficiones, un puñado de amigos y a mí, una amante que no pide nada. Yo diría que Íñigo es un hombre casi feliz.

—La felicidad es un concepto muy subjetivo —apuntó David, que había rozado esa emoción con la punta de los dedos y se la habían arrebatado cuando estaba a punto de agarrarla con las dos manos.

—Lo sé, pero, por lo que conozco a Íñigo, creo que es todo lo que quiere. No percibí en ninguno de nuestros encuentros que tuviera la intención de variar ni un ápice la situación. Incluso diría que últimamente sonreía más.

—¿Cuándo fue la última vez que se vieron?

—El domingo de la semana pasada. Me llamó el sábado por la mañana y me dijo que disponía de unas horas libres al día siguiente. También era un buen día para mí, así que a las tres de la tarde sonó el timbre de mi casa y allí estaba. Se marchó poco antes de las nueve de la noche.

—¿Qué excusa utilizó para venir a verla?

—No lo sé, nunca se lo he preguntado.

—¿Se ha puesto en contacto con usted en los últimos días?

—¿Cómo iba a hacerlo? Que yo sepa, ha sido secuestrado, junto con sus hijos y su suegra.

—¿Mencionó alguna vez que deseara librarse de su mujer y de sus hijos?

—Jamás. Eso es una estupidez.

—¿Le habló alguna vez de la relación que mantenía con Leonor Górriz, la madre de su esposa?

—Lo único que me dijo es que se iba a trasladar a su casa y que habían hecho obras en el piso.

—¿Cree que eso le suponía un trastorno, un disgusto?

—No tengo ni idea de lo que él pensaba, y lo que yo crea puede ser o no acertado.

—¿Y qué es lo que usted cree?

Esther guardó silencio y se mordió levemente el labio inferior.

—¿Y bien? —insistió Vázquez.

—No creo que la idea de que su suegra se trasladara a su casa le hiciera muy feliz —confesó por fin—. Hizo un gesto de desagrado cuando me lo contó.

David la miró y ella bajó los ojos. Seguramente, el mohín que ella había reconocido habría estado seguido de los suficientes adjetivos como para que estuviera convencida de su rechazo a ese traslado, cuando se había mostrado tan difusa en sus opiniones sobre otros aspectos de su «otra vida».

—Señora López...

—López de Aguerri. Ese es mi apellido completo —le corrigió ella.

David decidió pasar por alto la impertinente interrupción.

—¿Puede dar cuenta de dónde se encontraba el pasado domingo, dieciocho de enero?

La mujer no pudo ocultar su sorpresa ante la pregunta. Estuvo a punto de protestar, pero cuando iba a empezar a decir algo, cerró la boca, apretó los labios y se tragó lo que fuera que tuviera en la punta de la lengua. Parpadeó varias veces y respondió con voz calmada.

—Pasé el día en casa de mis padres, comí con ellos y con el resto de mi familia y no me marché hasta las ocho de la tarde, quizá un poco más tarde.

—¿Y después?

—¿Después? —Tragó saliva—. Después me fui a mi casa. Puse la lavadora, tendí la ropa, leí un rato, me preparé algo de cenar, vi una película en la televisión y me acosté. Sola. Sin testigos. Tendrá que creerme.

David la observó durante unos largos segundos y ella le sostuvo la mirada sin parpadear. «Eso es lo que hacen los mentirosos cuando quieren vestir de verdad su embuste —pensó—. Se reafirman en sus palabras, se ofenden ante la duda, gritan y patalean».

—Lo comprobaremos —dijo. Ella siguió mirándole en silencio y cabeceó levemente para dar su consentimiento—. Por ahora, voy a pedir una orden judicial para intervenir su teléfono en previsión de que el señor Lizalde, o alguien relacionado con él, se ponga en contacto con usted.

Si cuento con su autorización, la jueza no tendrá reticencias a la hora de firmar.

Pensó que, en cualquier caso, con consentimiento o sin él, Capdevila miraría con lupa cualquier petición que viniera de él, por lo menos hasta que se le pasara el cabreo.

—Claro. —La voz de Esther no era más que un murmullo.

Tenía que reconocer que Íñigo era un hombre extraño, pero ¿quién no lo era? Estaba rodeada de personas que mentían a diario, y no solo a los demás, sino también a sí mismos; que se marcaban metas imposibles y que se deprimían cuando no las alcanzaban. Había perdido la cuenta de las cajas de ansiolíticos y antidepresivos que expendía a diario. Gente rara, obsesionada con poseer más y más cosas, con ser más y más feliz, pero sin valorar en absoluto lo que tenían al alcance de la mano. Al menos, Íñigo y ella eran conscientes de lo que existía, de lo que los rodeaba, de lo que de verdad poseían, e intentaban sacarle todo el jugo mientras pudieran. Su máxima desde que comenzó esa aventura era que el mañana no existe, que solo hoy es una realidad; el resto no es más que una promesa que puede cumplirse, o no.

Silencioso, reservado, tajante en sus afirmaciones, pero nunca violento. Íñigo la trataba con respeto y delicadeza, la acariciaba despacio, explorando cada centímetro de piel, sopesando sus pechos sobre la palma de la mano, pellizcando delicadamente los pezones oscuros. Entre ellos nunca hubo una pasión desenfrenada, más bien un relajado avance, un examen minucioso, un estudio de las posibilidades del cuerpo para alcanzar el máximo placer por distintas vías.

Excepto en las últimas semanas… Como si le hubiera

leído el pensamiento, la siguiente pregunta de Vázquez no hizo sino ahondar en su preocupación.

—¿Ha notado últimamente algún cambio en la conducta de Íñigo Lizalde?

Esther guardó silencio, buscando las palabras que dotaran de normalidad el sorprendente comportamiento de su amante. Habían sido unos días tan maravillosos que temía ver cómo la ilusión se desvanecía para siempre.

—De un tiempo a esta parte —confesó por fin—, Íñigo se muestra más afectuoso, más apasionado, a veces incluso impredecible, algo totalmente nuevo en él.

—Póngame un ejemplo —exigió David.

Esther fijó la vista en la punta de sus botas y comenzó a hablar.

—Regento una farmacia en el extrarradio de la ciudad. Es una farmacia pequeña, así que estoy yo sola, no tengo ayudantes ni suelo admitir aprendices en prácticas. Una tarde, a última hora, salí de la rebotica al oír el timbre de la puerta y me lo encontré de pie junto al mostrador. Tenía la mirada ardiente, la piel enrojecida y el pelo revuelto. Quiso saber cuánto faltaba para que cerrara, le dije que solo unos minutos y me preguntó qué pasaría si echaba el cierre en ese mismo instante. Su mirada era tan hipnótica que crucé la farmacia, cerré la puerta y bajé las persianas diez minutos antes de la hora. Cuando me giré lo tenía pegado a mí. Me besó como nunca lo había hecho hasta entonces, me empujó hasta el interior y prácticamente me arrancó la bata. —Hizo una pausa para recuperar el aliento. David se dio cuenta de que tenía las mejillas encendidas, no sabía si por el recuerdo o por la vergüenza de narrarlo ante extraños—. Esas visitas inesperadas se repitieron en varias ocasiones. Alguna vez incluso pasamos la noche juntos durante una guardia. Pero

152

poco después volvió a ser el mismo Íñigo de siempre. Tranquilo y sosegado, introvertido y meticuloso en todo lo que hacía y decía.

—¿No le explicó el porqué de esos arrebatos?

—Nunca. —Ratificó sus palabras con un enérgico movimiento de cabeza—. Se lo pregunté en varias ocasiones, quise saber si había pasado algo extraordinario en su vida que justificara ese cambio, y lo más aproximado a una respuesta que obtuve fue cuando me dijo que a veces tenía tantas ganas de verme que pensaba que iba a estallar si no me tenía inmediatamente.

Miró al inspector, que la observaba desde su silla, con las rodillas casi pegadas a las suyas, y descubrió en sus ojos una sombra de piedad. Irguió los hombros y levantó de nuevo la barbilla, haciendo acopio de las últimas reservas de orgullo que le quedaban.

—No me vea como una pobre mujer, engañada por su amante.

—Nada más lejos de mi intención —la tranquilizó David—. Solo pretendo hacerme una idea de la personalidad de Íñigo Lizalde.

—Es un hombre peculiar, pero no una mala persona.

—Ojalá tenga razón.

David se levantó, dando por concluida la reunión. Ella se detuvo un instante junto a la puerta.

—No creo que sea necesario que nadie conozca los detalles de mi vida privada. Mi relación con Íñigo no era un secreto, pero no quisiera convertirme en el centro de todas las habladurías. Me vería obligada a abandonar la asociación, y eso es algo que no me gustaría hacer.

—No tengo por costumbre chismorrear sobre la vida de los demás —respondió David.

Cruzaron el umbral uno tras otro para volver a la

gran sala de reuniones. Encontraron a Torres sentado a una mesa, rodeado por una docena de personas que se turnaban para narrarle anécdotas que tenían a Íñigo Lizalde como protagonista. Se despidieron del presidente y del resto de los socios y salieron al frío atardecer vitoriano.

—Un hombre curioso, ese Lizalde —comentó Torres en cuanto el coche comenzó a soltar aire caliente. Conectó el GPS para salir sin tropiezos de la ciudad y se incorporó a la calzada.

—Curioso es una forma amable de definirlo. Tiene una aventura con esa mujer desde hace dos años —dijo David.

—Lo sé, me lo han contado todos los socios, uno a uno. ¿Crees que quiere librarse de su familia para irse con ella? ¿O que hayan pergeñado todo el plan entre los dos para poder estar juntos sin trabas?

—Pero entonces no tiene sentido que haya dejado libre a su mujer, que según tu teoría debería ser la principal candidata a desaparecer, y no la única que no ha sido secuestrada.

—Nada de esto tiene sentido —confirmó Torres con un negativo cabeceo.

—En eso te doy la razón, nada en absoluto. Y ahora, además, aparece el tipo ese que se encierra dos horas con Raquel Gimeno. Déjame en la plaza de las Recoletas, quiero hablar un momento con ella.

—Por cierto, ha llamado Helen, que la llames en cuanto puedas.

Vázquez sacó el móvil y marcó el número de la agente Ruiz, que respondió casi de inmediato.

—Jefe, me pillas de camino al instituto de Lizalde, pero en el gimnasio en el que trabaja la mujer me han contado un par de cosas sobre ese tal Aguilera.

—¿Y bien?

—Él también trabaja allí, es profesor de yoga, taichí y todas esas cosas tántricas que están ahora tan de moda. Se conocen desde hace varios años y siempre se han llevado bien. Una de las monitoras me ha dicho que, en su opinión, Aguilera está por Raquel, que la agasaja, la galantea y le da clases particulares, a veces con masaje incluido.

—No consigo que esa relación me parezca inocente —reflexionó David.

—Tampoco yo, y creo que todos en el gimnasio están convencidos de que tienen un lío, aunque nadie puede probarlo, pero deberías haber visto las miraditas de soslayo y las risitas tontas que soltaban al hablar del tema, sobre todo la monitora esa, pero un instructor de artes marciales, un tipo con aspecto serio, también ha insinuado que Aguilera y nuestra madre pudorosa son algo más que amigos y compañeros de trabajo.

—¿Madre pudorosa? ¿La estás juzgando, Helen? No te reconozco —exclamó Vázquez—. Quizá te gustaría saber que acabamos de hablar con la amante de Íñigo Lizalde.

Helen guardó silencio al otro extremo de la línea durante unos tensos segundos.

—No puedo creer lo que he dicho —reconoció finalmente—. Lo siento mucho.

—Tranquila, nos pasa a todos. ¿Algo más sobre Fernando Aguilera?

—Poco más. Soltero, cuarenta y dos años, vive solo y no le conocen más vicios y aficiones que las energías mentales, el cine y la mecánica. Dicen que es un manitas con los motores. Vegetariano, ni bebe ni fuma. Un hombre así no puede ser de fiar.

—De nuevo prejuzgando.

—Pero esta vez me ratifico. Por favor, ¿de qué vive ese hombre? ¿Del aire? Y seguro que es de los que eyaculan para adentro, como aquel escritor...

—Hasta luego, Helen, sigue trabajando.

David cortó la comunicación y dejó que media sonrisa tirara de la comisura de sus labios. No duró demasiado la alegría, una broma pasajera no daba para sacudir todo el polvo que le cubría por dentro. Centró sus pensamientos en todo lo que había averiguado esa tarde y dejó que su mente vagara de un esposo al otro mientras el paisaje corría raudo al otro lado de la ventanilla.

Llegaron a Pamplona cuando la noche era ya una evidencia. Las farolas irradiaban su pobre luz amarillenta, convirtiendo a los peatones en oscuros fantasmas esquivos que se desplazaban a toda prisa de un lugar a otro, huyendo del frío azote del viento. Encontró a Raquel acurrucada en el sofá, mirando la televisión encendida, pero sin ser consciente en realidad de lo que ocurría en la pequeña pantalla. Le abrió la puerta la agente Rivero, que pasaría su segunda noche junto a la mujer. Los teléfonos continuaban mudos. David la observó desde detrás del sofá. Raquel, ajena a lo que la rodeaba, no se había percatado de la presencia del inspector.

—¿Cómo está? —le preguntó a la agente.

—Desquiciada —respondió esta—. Ha visto los telediarios. Los reportajes prácticamente los dan por muertos. Han emitido fotografías de todos ellos, las cámaras han estado en el colegio de los niños, en el instituto del señor Lizalde y en Rocaforte. Muchas lágrimas y poca información, ya sabe.

—Me lo imagino. Y yo no le traigo mejores noticias. ¿Ha venido alguien esta tarde? —Rivero negó con la cabeza—. ¿Y llamadas? —Nueva negativa.

Dio un paso más hasta situarse junto al sofá. La alta figura consiguió llamar la atención de Raquel, que pestañeó un par de veces antes de volver a la realidad. Bajó los pies al suelo y dejó caer la manta que le cubría las piernas, pero no llegó a incorporarse del todo. Parecía como si cada movimiento le provocara un profundo sufrimiento. David descubrió dos ojos hundidos, enrojecidos por el llanto y la vigilia, casi ocultos detrás de una maraña de pelo enredado que le caía sin control sobre la cara. Se apartó el flequillo de la frente con una mano trémula.

—¿Los tiene? —preguntó simplemente, a pesar de estar segura de cuál iba a ser la respuesta.

—No. Lo siento mucho. —David se sintió obligado a disculparse con aquella mujer, pero se sorprendió a sí mismo mirándola con otros ojos. Descubrir la existencia de Fernando Aguilera, pensar en la posibilidad de que fueran amantes y saber que le había ocultado su visita le ofrecía una nueva perspectiva de Raquel Gimeno y, quizá, del caso—. ¿Puedo sentarme?

Raquel le indicó el sofá con la mano y esperó hasta que David se hubo sentado. Movió el cuerpo despacio para mirarlo de frente y en silencio.

—Vengo de Vitoria, de la asociación a la que pertenece su marido. He conocido a una mujer que afirma mantener una relación sentimental con Íñigo. —Esperó una reacción, cualquiera, pero no ocurrió nada—. ¿Lo sabía?

Raquel se limitó a encogerse de hombros y a mirar a David desde sus ojos doloridos.

—Hace mucho tiempo que Íñigo y yo nos distanciamos, también físicamente. Dormimos juntos, pero ni siquiera nos rozamos. A veces, él intentaba acariciarme, excitarme, pero yo no tenía ganas de fingir más, así que lo apartaba de mi lado. Hasta que dejó de intentarlo. Casi al mismo tiempo, sus reuniones en la asociación se hicieron más frecuentes y volvió a interesarse por las excursiones de fin de semana. Un día le pregunté abiertamente si había alguien más en su vida.

Guardó silencio. Se miraba las manos, semiocultas dentro de las mangas de la chaqueta.

—¿Qué respondió él?

—No lo negó. Me preguntó si me importaría que hubiera otra mujer y yo le contesté que no. —Una gruesa lágrima se deslizó por su mejilla. Cerró los ojos y ahogó un gemido—. Pero sí que me importaba, ¡claro que me importaba! —El inesperado grito sobresaltó a la agente Rivero, apostada de pie junto a la mesa—. Desde entonces me esforcé para que dejara de afectarme, convertí mi matrimonio en una sociedad de conveniencia; cada vez que le miraba, recordaba uno a uno todos sus defectos, hasta que conseguí aborrecerle. Así, un día tras otro, una noche tras otra. Guardábamos las formas delante de los niños, pero a solas éramos dos completos desconocidos.

David se sintió tentado de repetir que lo sentía, pero no creía que esas fueran las palabras más adecuadas en aquella situación. Dos personas obligadas a permanecer juntas por razones tan peregrinas como los hijos, la hipoteca o las convenciones sociales. Una vida triste, sin nadie con quien compartir los pensamientos, las dudas, las decisiones… ¿Hasta cuándo habrían sido capaces de mantener esa farsa de matrimonio? Vio cómo Raquel se tragaba los sollozos y luchaba por levantar orgullosa la cabeza, espantando cualquier sentimiento de amor o de compasión hacia su marido.

—¿Qué le ha dicho esa mujer? —preguntó—. ¿Que Íñigo pensaba abandonar a su familia para marcharse con ella?

—En absoluto. Sabía desde el principio que él nunca la elegiría a ella.

Raquel le miró en silencio. Los párpados, hinchados y enrojecidos, mostraban las heridas abiertas por el dolor y las lágrimas de las últimas horas, decenas de pequeñas arrugas rosáceas que se abrían paso en todas las direcciones.

—Y entonces apareció Fernando Aguilera —soltó David sin previo aviso. Raquel palideció aún más, si es que eso era posible—. Sus compañeros de trabajo están convencidos de que tienen una aventura.

—¡Eso no es verdad! Banda de chismosos… Fernando es un amigo, solo un amigo, nada más.

—Quizá él aspira a ser algo más…

Raquel guardó silencio y bajó los ojos al suelo.

—Alguna vez, hace tiempo, intentó… algo… Pero yo no quise, no pude, y él no ha vuelto a insistir. Solo somos amigos —repitió.

—Que usted no cediera a sus avances no significa que él haya renunciado a lograrlo algún día. Hay personas muy persistentes. Y por lo que tengo entendido, usted alentaba sus sentimientos con largas charlas y masajes en privado.

—Charlas de amigos —repitió, hastiada—, masajes sin segundas intenciones.

—¿Por qué no me dijo que vino a verla?

—Porque sabía que lo malinterpretaría, igual que todos los demás.

—Se encerraron en su dormitorio.

—¡La agente Rivero estaba en el salón! Necesitaba hablar con alguien, desahogarme un poco. Hablamos, y luego él me dio un pequeño masaje en las sienes para activar mis chacras positivos, para reactivar mis energías y reunir la fuerza necesaria para encontrar a mis hijos, a mi marido y a mi madre.

—Un masaje en las sienes —repitió Vázquez.

—Piense lo que quiera, inspector. Nunca me he acostado con Fernando.

—Su marido sí se acostó con otra mujer, y usted lo sabía. Habría sido lícito por su parte querer pagarle con la misma moneda, nadie se lo habría reprochado. Las cosas han cambiado mucho últimamente, vivimos en una sociedad más abierta, en la que el sexo está en todos los rincones. En su situación, cualquiera se habría dejado llevar por la pasión, el deseo de vengarse de un marido infiel, o simplemente el anhelo de sentirse amada, aunque fuera durante un rato. Seguro que Fernando Aguilera estaría encantado de convertirse en su paño de lágrimas.

David la miró fijamente, estudiando su reacción. Como si fuera un tic, o quizá porque acababa de mencionarlo, Raquel cerró los ojos y se masajeó las sienes con los dedos.

—¿Cree que eché a Íñigo de mi lado? Le quería tanto cuando nos casamos, y me dolió tanto su alejamiento, que más de una vez me habría gustado sacudirle para que reaccionara, para recordarle que yo estaba allí. Pero, en lugar de eso, me esforcé en odiarle. ¿Tengo yo la culpa? —susurró.

David sintió verdadera lástima por la mujer que intentaba convencerse de que había tomado el único camino posible en esa relación. Eligió alejarse emocionalmente de su marido para evitar sentir dolor, en lugar de reivindicar sus sentimientos y luchar por su matrimonio. Al final, sin poder evitarlo, el dolor había sido igual de profundo, incluso más.

—Créame —respondió Vázquez—, soy la persona menos indicada para dar consejos.

160

El zumbido del móvil de David puso fin al breve momento de introspección. El número de Ismael apareció en grandes caracteres en la pantalla.

—Machado —saludó David—, me alegro de oírte, ¿te encuentras mejor?

—Voy tirando, jefe. Pero no te llamo por eso. Tengo al dueño de una furgoneta que asegura que ya no la tiene, que la vendió hace un par de semanas.

—¿A quién se la vendió?

—A Íñigo Lizalde.

Francisco Gabarri siempre había sido un hombre honrado, un gitano dentro de la ley. Cierto que en ocasiones se había movido sobre la delgada línea que lo separaba de la ilegalidad, pero hasta ese día nunca había pisado una comisaría de policía. De joven visitó un par de veces el cuartelillo de la Guardia Civil, pero por menudencias sin importancia que se saldaron con unas cuantas collejas por parte de su padre y una severa amonestación del sargento Martínez, cuyos pequeños ojos oscuros, inquisitivos como los de un roedor, todavía se le aparecían en sueños de vez en cuando.

El agente que llamó a su puerta preguntando por su vieja furgoneta ladeó incrédulo la cabeza cuando le explicó que ya no la tenía, que la había vendido hacía dos semanas a un tipo que le pagó en efectivo y sin regatear. Cuando el policía insistió, añadió que era un hombre de unos cuarenta años, español, sin ningún acento raro, vestido con un pantalón azul y una trenca verde. El madero bajó al coche y volvió a subir con una foto del hombre que le compró la furgoneta. ¿Cómo era posible que tuvieran una foto suya? A pesar de su insistencia no consiguió sonsacarle nada al agente, que le conminó a personarse voluntariamente en jefatura, salvo que quisiera que se presentaran en su casa con el habitual despliegue de vehículos y sirenas. No quería que nadie pensara que había cruzado la línea, así que, a regañadientes, accedió a acudir de inmediato, siempre que no le obligaran a subir a un coche de policía.

Antes de salir de casa le dijo a su mujer dónde estaba escondido el dinero ahorrado, por si no volvía en los próximos días. La besó, abrazó a sus dos hijos y salió a la calle. El nudo que tenía en la garganta amenazaba con cortarle la respiración. Le costaba tragar saliva y sentía la boca seca y pastosa, como después de una borrachera. Se prometió a sí mismo que si salía indemne de esta se correría una juerga en condiciones, de esas que terminan cuando el sol te hiere los ojos.

Enterró en los bolsillos del abrigo unas manos que se negaban a estarse quietas y apretó el paso en dirección al centro. Desde que vendió la furgoneta se veía obligado a caminar a diario, una actividad física a la que no estaba acostumbrado y a la que esperaba poner fin pronto, en cuanto su primo le trajera de Lleida el vehículo prometido. Sabía que el coche patrulla lo seguía a pocos metros, vigilándole como un halcón por si cambiaba de opinión, pero a pesar del frío y del cansancio se negó a que lo llevaran. Llegó a la comisaría empapado en sudor.

Esperó a que el agente que lo seguía aparcara el coche y caminó tras él hasta una sala en la que le conminó a sentarse y esperar. Llevaba un buen rato allí y todavía no había aparecido nadie. Sabía por las series de televisión que a la policía le gustaba hacer esperar a los sospechosos en el interior de pequeñas salas vacías para exacerbarles los nervios y que así confesaran con más facilidad. El problema es que no conseguía entender qué querían de él, y eso le inquietaba aún más que si realmente fuera responsable de un delito.

Con el sobresalto y las prisas por salir de casa había olvidado ponerse el reloj, así que no sabía cuánto tiempo llevaba allí sentado cuando se abrió la puerta y entraron dos hombres bien distintos. El primero, un tipo alto, rubio y de mirada severa. Le sostenía la puerta un hombre más bajo, moreno y de barriga prominente. Se identificaron como inspector Vázquez y subinspector Machado. Inspector y subinspector. Demasiado rango para tan poco gitano. Cuando los dos se hubieron sentado al otro lado de la mesa, Francisco pensó que quizá ese fuera un buen momento para pedir un abogado.

—Quiero que quede claro —comenzó el del pelo rubio— que no se encuentra usted en estas dependencias en calidad de detenido, sino que ha acudido voluntariamente para informar sobre la presunta venta de un vehículo de interés en una investigación policial.

Las palabras se colaron a duras penas en su cerebro, que no terminaba de procesar lo que estaba sucediendo allí. Contempló a los dos hombres, primero a uno y luego al otro, y solo encontró miradas pétreas e impasibles.

—¿Perdón? —balbuceó finalmente.

Los policías se miraron entre ellos y se arrellanaron en sus sillas sin quitarle los ojos de encima. Después de lo que le pareció una eternidad, el moreno sacó unas fotografías de la carpeta que había dejado sobre la mesa y se las puso delante. Las imágenes eran de muy mala calidad, pero distinguió perfectamente la que hasta hacía quince días había sido su furgoneta. En la siguiente instantánea se había ampliado la matrícula para hacerla visible. No cabía duda de que era la suya. Mejor dicho, la que había sido suya.

—¿Es este su vehículo? —preguntó el inspector Vázquez—. Se trata de una Nissan Vanette verde oscuro, de noventa caballos, con los cristales tintados y las ruedas bastante desgastadas.

—Como le dije al agente que vino a mi casa, se la vendí a un tipo hace dos semanas. Me pagó en efectivo y no intentó rebajar el precio ni una sola vez.

—Me gustaría ver los documentos de la venta —pidió David.

—¿Documentos? —inquirió Francisco.

—Ya sabe: facturas, los papeles de la transmisión, copias de los trámites en Tráfico para cambiar la titularidad del vehículo... Lo habitual.

—En mi casa los acuerdos se sellan con un apretón de manos —afirmó tajante. La mirada de los policías le decía, sin embargo, que no terminaban de creerse lo que les estaba contando, así que decidió matizar un poco sus palabras. Respiró hondo, se apartó de la frente el flequillo oscuro y siguió hablando—. Mi primo Juan tiene un taller en Lleida. Un día me dijo que un transportista le iba a dejar su furgoneta como prenda por no poder pagarle y que, si la quería, era mía por mil quinientos euros, que era lo que le debía el tipo. Es un furgón más grande que el mío y con menos kilómetros, así que no me lo pensé dos veces. Puse varios carteles en el barrio anunciando que vendía la mía y a los pocos días me llamó este tipo. Quiso verla, se la enseñé, dimos una vuelta con ella y dijo que le interesaba. Le pedí mil doscientos euros, aunque se la habría dejado por mil, pero como no protestó, zanjamos el asunto allí mismo. Al día siguiente volvió, le entregué las llaves, los papeles de la furgoneta y el seguro, que está pagado hasta junio; él me dio el dinero, nos estrechamos la mano y asunto concluido.

—¿No acudieron a Tráfico, pagaron las tasas y entregaron la documentación?

—Me aseguró que él se encargaría de todo al día siguiente.

—Y usted le creyó —suspiró Vázquez.

—No tenía motivos para desconfiar. Pagó religiosamente hasta el último euro y me pareció un tipo decente y respetable.

Un espeso silencio se extendió por la pequeña sala. Los dos policías observaban como halcones al hombre que se retorcía las manos al otro lado de la mesa. Machado abrió de nuevo la carpeta y sacó otra fotografía. En esta, un hombre posaba ante lo que parecían los restos de una muralla. El policía deslizó la imagen hasta situarla justo debajo de sus ojos. Francisco la miró y reconoció en el acto a la persona que le había comprado la furgoneta. Parecía algo más joven que cuando lo vio, y también un poco más delgado, pero no había duda de que era él.

—¿Es esta la persona que le compró el vehículo?

—Sí, señor —confirmó.

—¿Sabe cómo se llama?

Francisco guardó silencio. En ningún momento le preguntó por su nombre. Al no exigir factura ni recibo por la transacción, todo el negocio se había desarrollado de una manera natural e informal: usted me da el dinero, yo le doy la furgoneta, un placer conocerle, conduzca con cuidado, hasta la próxima, adiós. Ni nombres, ni direcciones, ni nada de nada.

—No lo sé —reconoció—. ¿Me he metido en un lío por culpa de ese tío? Puedo demostrar que se llevó la Nissan cuando les digo; si ha atropellado a alguien o ha cometido alguna fechoría, les aseguro que no tengo nada que ver.

Francisco Gabarri sintió un involuntario espasmo al recordar en qué otro sitio había visto la cara del hombre de la fotografía. De pronto, una luz se encendió en su abotargado cerebro, incendiando sus neuronas y provocándole un profuso sudor.

—Este es el hombre que ha desaparecido junto con toda su familia —susurró—. Lo he visto en las noticias… ¿Y qué tiene que ver mi furgoneta con todo esto? Él me la compró hace quince días, es una coincidencia que ahora haya pasado esto, no pueden pensar que yo tengo algo que ver. ¿Están locos?

Casi gritó las últimas palabras, exasperado ante la impasibilidad de los policías.

—¿Le contó para qué quería el vehículo?

—Me dijo que estaba haciendo obras en casa, que después tenía que hacer una mudanza y que le vendría muy bien un vehículo con mucha capacidad. El tipo que vino con él le echó un vistazo al motor. Dijo que estaba viejo, que habría que cambiarle el aceite y los filtros y no sé qué más, pero que para la mudanza valdría de sobra. Eso fue lo que me dijo, se lo juro por mi madre. No he vuelto a verlos desde entonces.

—¿El tipo que vino con él? —En la cabeza de David acababan de dispararse todas las alarmas—. ¿Quién era? ¿Le dijo su nombre?

—No tengo ni idea de cómo se llamaba, se lo juro. Era un tío alto, estirado, un payo rico, seguro. Vestía ropa nueva y buena, pero no nos presentaron formalmente. Yo no sé nada de lo que hicieron con mi furgoneta, bueno, que ya no es mía, que es suya, que la pagó a tocateja. —Sus ojos volaban de un hombre a otro. Lo que le estaba pasando era de locos. Cuando su cerebro le devolvió la capacidad de pensar con cierta calma, cruzó los brazos sobre el pecho, escondiendo las agitadas manos en las axilas para que estuvieran quietas un rato, y se recostó en la silla, aparentando más calma de la que sentía—. Quiero un abogado —dijo finalmente—. ¡Y no me han leído mis derechos! También apelo al *corpus christi*.

—Tranquilo —sonrió el subinspector—. Ya le hemos dicho que no está detenido. No necesita ningún abogado. Lo que Tráfico quiera hacer con usted no es cosa nuestra, pero apostaría a que la multa no va a ser pequeña.

—¡Ese hijoputa me dijo que él se encargaría de todo! ¡Que le pongan a él la multa!

—Le voy a contar lo que vamos a hacer —siguió David, ignorando el exabrupto del hombre—. Se va a quedar aquí sentado, muy tranquilo, un rato más. Yo volveré lo antes posible y acabaremos con este lío. ¿Me ha entendido?

Francisco cabeceó con fuerza y se llevó la mano al pecho cuando los policías salieron y la puerta se cerró tras ellos con un horripilante golpe metálico. Sudaba copiosamente, pero al mismo tiempo un escalofrío le recorría la espalda cada pocos segundos. «Seguro que me estoy poniendo malo —pensó—. Andar por la noche, sudar y quedarse frío es la manera más rápida de coger una pulmonía».

En su despacho, Vázquez se abalanzó sobre su ordenador, que permanecía encendido desde que llegaba por la mañana, e inició el buscador de Internet.

—¿Qué se te ha ocurrido? —le preguntó Machado, que a duras penas había seguido la carrera de su jefe por el pasillo.

—Vamos a ver la página web del gimnasio en el que trabaja Raquel Gimeno. Es muy posible que tengan fotos de los monitores de cada especialidad. Si no es así, la llamaré directamente a ella y le pediré que me envíe una lo antes posible. Y si tampoco funciona esa vía, solo nos quedará recurrir al retrato robot, pero no confío mucho en la memoria de ese hombre, está demasiado nervioso y asustado.

Tecleó con rapidez sobre unas teclas en las que las letras y los números casi se habían borrado por completo.

—Deberías pedir un teclado nuevo —le recomendó Ismael.

—Eso me digo a mí mismo todas las mañanas, pero luego se me olvida.

Desde la web del gimnasio, un grupo de elásticos y bien formados usuarios sonreían mientras se esforzaban, sin sudar ni una gota, en las distintas máquinas de la sala de musculación. Fue directamente a la sección de «Equipo» y esperó impaciente a que se cargara la información. Poco a poco fueron apareciendo una serie de caras sonrientes, enmarcadas en un círculo de fondo azul cielo, junto a las que aparecía un nombre y su especialidad. Todos vestían un cordial polo verde claro y nadie, a pesar de la sonrisa, a veces tan amplia que mostraba la dentadura, tenía ni una sola arruga bajo los ojos o en la comisura de la boca. La magia del retoque fotográfico, tan necesaria cuando hay que vender salud, belleza y bienestar a la gente corriente.

Se detuvo un instante en la foto de Raquel Gimeno. Estaba seguro de que no la habría reconocido si se la hubiera cruzado por la calle con ese aspecto. Sonreía discreta, elegante, y lucía una piel fresca, ligeramente bronceada, sin una gota aparente de maquillaje. Ojos sonrientes, pelo recogido en una juvenil coleta y mejillas sonrosadas. La imagen de la felicidad.

Bajó un poco más hasta llegar al retrato de Fernando

Aguilera. Machado se acercó a unos centímetros del hombro de su jefe para no perderse ningún detalle.

—No se puede negar que es un tipo atractivo —reconoció Ismael—. Seguro que se lleva de calle a todas las cuarentonas que van a su clase de yoga a practicar la postura del perrito. Y a las jovencitas también. A las niñas de hoy en día les gustan este tipo de hombres, elegantes, seguros de sí mismos. Estoy convencido de que tiene un cochazo y se baña en perfume antes de ir al gimnasio. Me apuesto lo que quieras a que mea colonia.

David decidió ignorar el monólogo de Machado y clicó sobre el nombre que le interesaba. Bingo. El enlace daba paso a una nueva página en la que, además de explicar las especialidades técnicas de Aguilera, incluía un par de fotos del tipo, una de cuerpo entero y otra del rostro, la misma que estaba enmarcada en un círculo al inicio de la sección, pero con mucha más calidad.

Las envió las dos a la impresora y se dirigió hacia allí a buen paso, seguido de nuevo por Machado, que se estaba cansando de ese constante ir y venir de un lado a otro. Debería haberse quedado sentado con el gitano y esperar allí a su jefe, que además de estar muy raro parecía que le habían metido una guindilla por el culo.

Comprobó que la calidad de la impresión era aceptable y, con las dos imágenes en color en la mano, enfiló de nuevo pasillo arriba hasta la sala en la que Francisco Gabarri estaba a punto de sufrir un infarto.

Abrió la puerta de golpe y olvidó mantenerla abierta para Machado, al que poco le faltó para chocar contra la chapa de acero reforzado.

Dispuso las dos fotografías juntas, al lado de las manos apretadas de Francisco Gabarri, y formuló la pregunta.

—¿Es este el hombre que acompañaba al que le compró la furgoneta? ¿El que miró el motor?

Gabarri se agachó sobre las fotos. Miró una detenidamente, después pasó a la otra y de nuevo al primer plano.

—Tiene que entender que solo lo he visto una vez...

—¿Es él o no es él? —insistió Vázquez.

—Es él. Creo que es él. Y si no es, será su hermano gemelo.

—Bien.

El corazón le latía a tal velocidad que estaba casi seguro de que Machado y Gabarri podían oír su cadencia machacona. Esto cambiaba mucho las cosas. Muchísimo, de hecho.

Lizalde y Aguilera. Ambos se conocían, se trataban lo suficiente como para acudir juntos a comprar la furgoneta en la que uno de ellos, o quizá los dos, se llevaron al resto de la familia. Los motivos concretos se le escapaban todavía, pero lo que estaba claro era que Raquel Gimeno era el vértice que cerraba ese curioso triángulo.

Se dio cuenta de que Gabarri los miraba con la boca abierta. La frente le brillaba de sudor y se retorcía las manos sin cesar mientras hacía crujir sus dedos.

—Muy bien, señor Gabarri. Muchas gracias por su paciencia y por su colaboración. —El gitano comenzó a levantarse, pero Vázquez lo frenó con un gesto de la mano—. Solo queda una cosa más, una pequeña formalidad. Uno de mis compañeros va a escribir un papel en el que diga que ha reconocido usted a Íñigo Lizalde como la persona que le compró la furgoneta, y a Fernando Aguilera como el hombre que le acompañaba. Lo malo es que no podrá redactar ese documento hasta mañana, así que tendrá usted que volver, leer lo que el agente haya escrito y firmar donde le indique. Será un momento, se lo prometo, pero, si no comparece, un coche patrulla acudirá a buscarlo a su domicilio para acompañarlo hasta aquí. Es muy importante. ¿Lo ha entendido?

Los dos policías salieron de la habitación sin esperar respuesta, dejando la puerta abierta a sus espaldas. Francisco no se lo pensó dos veces. Cogió su abrigo y salió de allí como alma que lleva el diablo. Mientras trotaba de regreso a casa a través de las calles desiertas, se alegró de corazón de que su padre no estuviera vivo para verle. A pesar de sus cuarenta años cumplidos, la colleja que le soltaría sería de las que hacen historia, y no estaba seguro del todo de no merecérsela. Por confiar en un payo. Por idiota.

Vázquez y Machado sonrieron al ver a Francisco Gabarri correr hacia la salida. Identificar el vehículo que había dejado las huellas en el barro era muy importante, pero lo era más aún descubrir que la furgoneta pertenecía, de manera más o menos legal, a Íñigo Lizalde, y que Fernando Aguilera, el amigo amante compañero de trabajo de Raquel Gimeno, le acompañó al menos una de las dos veces que Lizalde se reunió con Gabarri. Quedaba ahora por dilucidar cuál era la relación entre ambos y si uno de ellos conducía el vehículo en el sembrado de Izko.

Las luces fluorescentes del pasillo aplastaron la sombra de Helen Ruiz, que había pasado la tarde cosechando buenas palabras de los familiares de los desaparecidos. Nadie arrojó ni una sombra de duda sobre el solícito marido, al que definieron por unanimidad como un hombre poco hablador, serio y honrado, responsable en el trabajo, preocupado por sus alumnos y riguroso en los procedimientos académicos. En el colegio de sus hijos reconocieron que no lo veían demasiado por allí. Si alguna tarde acudía a recoger a los niños, se sentaba en un banco alejado del resto de los padres y no se mezclaba con los grupos que charlaban a su alrededor. Tampoco solía participar en las actividades organizadas por el centro, como festivales benéficos o juegos en familia, pero aseguraron, sin embargo, que siempre era cariñoso con sus hijos, que estos no le temían en absoluto y que en las reuniones académicas se comportaba como un padre totalmente normal.

Vázquez resumió en pocas palabras los significativos avances logrados en una sola conversación y la amarga confesión de Raquel Gimeno.

—Tenemos que hablar con ese Aguilera cuanto antes —dijo—. Si estaba enamorado de ella, no podemos descartar que decidiera librarse de todo lo que se interponía en su camino. Ahora puede presentarse como el amigo solícito, ofrecerle su hombro para que llore hasta hartarse y, poco a poco, colarse en su vida.

—Parece un melodrama de los que dan en la tele el sábado por la tarde —replicó Machado.

—A este tipo le gusta mucho el cine, así que no descartes que se haya montado su propia película. Pero lo que más me intriga es su relación con el marido.

—Podrían formar un trío sexual, acostarse juntos, o que lo hagan dos y uno mire, o que se la tiraran por turnos —apuntó Machado—. Quizá Aguilera se volvió egoísta, se cansó de compartir y decidió quitar a la competencia de en medio y quedársela para él solito. Como los leones cuando se cargan al macho alfa de otra manada…

Vázquez sacudió la cabeza. Demasiadas piezas y ninguna conexión entre ellas.

David se dirigió a su despacho, seguido por Ismael y

Helen. Mario Torres, que había pasado la tarde leyendo los primeros informes del laboratorio y siguiendo de cerca el avance de la búsqueda sobre el terreno, llegó a la oficina de su jefe con los ojos enrojecidos y un fajo de papeles en las manos.

—Hemos comenzado a rastrear la furgoneta que compró Lizalde en todas las cámaras de tráfico de la comarca de Pamplona, por si aparece en algún sitio —comentó mientras buscaba un hueco en el que sentarse—. Porque el vendedor está seguro de que era él, ¿verdad?

—Está claro que el testigo puede confundirse —respondió Vázquez—. Al fin y al cabo, Lizalde no cuenta con ninguna característica distintiva importante, tiene una estatura y un rostro bastante común, pero Gabarri parecía seguro cuando afirmó que el de la foto era el hombre que le compró la Nissan Vanette. —Le resumió en pocas palabras las novedades que tenían y siguió adelante, divertido ante la mirada atónita de Torres—. Lo que no termino de entender todavía es el porqué de todo esto. Si apostamos por que fue Lizalde, que quería librarse de su familia y vivir con su amante, le bastaba con largarse, ¿qué sentido tiene llevarse a la suegra y dejar a la esposa en el coche?

»Por otro lado tenemos —siguió— a Fernando Aguilera, un invitado inesperado en esta fiesta, pero con motivos y oportunidad para librarse de todos menos del objeto de su deseo: Raquel. Sabía que Íñigo había comprado una furgoneta para la mudanza de su suegra; de hecho, le acompañó y verificó el estado del motor, un tema en el que nos han dicho que es todo un experto. Vive solo, así que no tuvo que construirse una mentira con la que ocultar su ausencia de casa, y en el gimnasio en el que ambos trabajan dan por hecho que tienen una aventura. Quiero una patrulla frente a su casa, que lleven un registro de sus entradas y salidas, y otra en el gimnasio. Mañana le invitaremos a venir a declarar. Si se niega, tendré que ser amable con la jueza Capdevila y conseguir una orden.

—¿Y los niños? —preguntó Helen—. ¿Qué pintan ellos en todo esto? Si desaparece el marido, Raquel Gimeno estaría más dispuesta a rehacer su vida con sus hijos al lado. La madre, Leonor Górriz, también podría ser un impedimento para Aguilera si se convierte en el Pepito Grillo de su hija y le afea su aventura. Es una mujer tradicional, y ella, hija única. Bien podría apartarse de su amante por no ofender a su madre. —Detuvo un momento su perorata y luego formuló en voz alta la pregunta que todos se hacían, pero nadie quería pronunciar—. ¿Seguirán vivos?

David cabeceó antes de contestar. Y extendió sobre la mesa las fotografías que Raquel Gimeno les había facilitado. Maite y Markel miraban a la cámara con los ojos muy abiertos y una risa contenida. Su madre le había explicado que la tomaron el día de su cumpleaños y que sabían que tras la foto llegarían los regalos. El brillo de su mirada se debía a la expectación por descubrir qué se escondía debajo del papel de colores.

—Nadie cree que Lizalde sea capaz de hacerles daño —dijo—, pero yo no sé qué creer. Confío en que continúen vivos y a salvo en algún lugar, pero está claro que el tiempo juega en su contra. Tenemos que intentar comprender qué pasó por la cabeza del secuestrador, sea Lizalde, sea Aguilera o sea una tercera persona, para decidirse a organizar el secuestro de toda una familia. Si apostamos por el marido, es una incoherencia que se llevara a los niños y a su suegra y dejara a su mujer inconsciente dentro del coche.

—Es posible que alguien le sorprendiera mientras trasladaba los cuerpos de un vehículo a otro y tuviera que huir a toda prisa sin concluir el trabajo. Eso explicaría por qué dejó allí a la señora Gimeno.

Vázquez meneó la cabeza de un lado a otro al escuchar la tesis de Helen.

—No es imposible —reconoció—, pero las marcas de rodadas indican que la furgoneta se paró delante del coche, ocultándolo a la vista de cualquiera que se asomara al montículo que separa la parcela de la autovía. La Nissan es más grande y más larga que el coche familiar, que además es de color oscuro. Nadie se daría cuenta de que allí había dos vehículos, solo verían la furgoneta.

—No olvidéis —añadió Machado— que era una tarde de tormenta y que cayó una buena tromba de agua. ¿Quién iba a fijarse en un coche oscuro aparcado en mitad de un campo que, como ha dicho el jefe, ni siquiera es visible desde la carretera?

—Lo de la tormenta no estaba planeado, pero sin duda le benefició sobremanera.

—No podemos dejar de lado la posibilidad de que tuviera un cómplice, alguien que lo preparara todo mientras él estaba en Rocaforte. Lizalde tuvo que conducir el coche familiar hasta casi el final del sembrado. —Torres miró a sus compañeros uno a uno—. Esa farmacéutica me ha parecido lo bastante fría como para orquestar todo esto, el secuestro y todo lo demás. Incluso la veo capaz de manipular a su amante para que se deshaga de su familia.

—¿Y la esposa? —insistió Helen.

—Seguramente un error, las prisas... Era de noche, estaba oscuro, una fuerte tormenta caía sobre sus cabezas...

—No cuela. —Helen movió la cabeza de lado a lado

con vehemencia—. Nadie confunde a su mujer con su suegra. Además, ni siquiera estaban sentadas juntas. No digo que la amante no haya podido desempeñar un papel en todo esto; de hecho, me juego el cuello a que así ha sido, pero confundirse de mujer… No. Raquel Gimeno se quedó allí por algún motivo.

Todos asintieron en silencio. No tenían respuesta a esa cuestión.

—Lizalde, Raquel Gimeno, Aguilera, Esther López… Demasiada gente —rezongó Vázquez—. Tenemos que centrarnos, encontrar el hilo correcto. ¿Sabemos algo de las llamadas recibidas? No he tenido noticias de Hidalgo en todo el día. Torres —ordenó—, acércate a la centralita a ver qué tal le va.

El subinspector salió del despacho y bajó las escaleras hasta el cubículo en el que Alicia Hidalgo llevaba todo el día recluida. La orden era que atendiese las llamadas que tuvieran algo que ver con el caso, pero a esas horas de la noche el teléfono estaba mudo y la agente había recostado la cabeza sobre los brazos, apoyados y cruzados encima de la mesa. Tenía los ojos cerrados y Torres dudó si estaría dormida, pero la joven se incorporó en cuanto sintió la presencia de su superior a su lado.

—Lo siento —se disculpó—, no estaba durmiendo, solo descansaba un poco. Me aburro sin hacer nada, ya hace una hora que no llama nadie, el agente que me acompañaba se marchó hace un buen rato y el día ha sido muy largo.

—Tranquila. —Rodeó la mesa y se sentó en la silla que quedaba libre.

El cubículo, un estrecho espacio de paredes grises y sin más ventilación que la puerta y una rejilla alargada que rozaba el techo, tenía el ambiente cargado por el calor artificial de la calefacción y la ausencia de aire fresco. La respiración de Hidalgo se había condensado sobre las paredes, cuya superficie mate brillaba sutilmente, igual que la piel sudorosa de la agente. Se había recogido el pelo en una coleta informal, torcida y con varios mechones sueltos. Parecía mucho más joven de lo que era en realidad.

—¿Alguna novedad relevante? —preguntó Torres.

—Nada destacable, al menos de momento. Varias llamadas se han referido a coches y furgonetas abandonadas o aparcadas en lugares extraños, sugiriendo que quizá fuera la utilizada para el secuestro. Lo hemos comprobado todo con la ayuda de la Policía Foral y agentes de la Municipal. También han llamado personas ofreciéndose a participar en la búsqueda, preguntando dónde tenían que ir para colaborar y poniendo a nuestra disposición vehículos y animales de rastreo. —Torres asentía en silencio mientras Alicia pasaba las páginas del cuaderno en el que había ido tomando notas—. Y el presidente de la asociación de drones dice que hay más de treinta usuarios dispuestos a sobrevolar con sus cacharros las zonas que les indiquemos.

—En definitiva, nada.

—No, nada.

—Mantendremos el dispositivo al menos un día más, solo por si acaso.

Alicia se llevó las manos a la cabeza, en un teatral gesto desesperado. Torres sonrió y le puso una mano en el hombro.

—¡Ánimo! Imagina que llama alguien con la clave para resolver el caso. Serías la heroína de la comisaría y te convertirías en la niña de los ojos del inspector.

—Prefiero ser la niña de tus ojos —susurró. Lo dijo en voz tan baja que Torres dudó por un segundo de haber oído lo que creía haber oído, pero la mirada intensa de la agente no le dejó lugar a dudas. Atónito y sorprendido, retiró despacio la mano del hombro femenino y se alejó unos centímetros, hasta topar con el respaldo de la silla.

—Yo... —balbuceó.

Alicia intentó por todos los medios mantener sus ojos fijos en los de él, pero Mario terminó por bajar la vista hacia el suelo.

—Me gustas desde el primer día que te vi, y creo que tú sientes algo parecido. No sabes cuánto ha significado para mí que me tomaras bajo tu tutela. Es mi primer destino desde que acabé las prácticas, tengo a toda la familia en contra de mi decisión de ser policía y no conozco a nadie en Pamplona. Desde el principio he sentido que somos mucho más que compañeros.

Mario consiguió rehacerse de la sorpresa y se enderezó en su asiento.

—Creo que estás confundiendo la gratitud con algo más —le dijo—. Tú misma has reconocido que estás sola en la ciudad, y si encima tus relaciones familiares son complicadas, es normal que te sientas cercana a quien te da apoyo, en este caso tus compañeros. Pero, créeme, no hay nada más.

—¿Y por qué estás tan seguro de eso? Soy una mujer adulta, capaz de distinguir perfectamente entre la amistad y el amor.

—¿Amor?

Mario estaba empezando a asustarse.

—Bueno, amor quizá es exagerado. Pero me gustas, y creo que haríamos una buena pareja. Al menos podrías hacer un esfuerzo por conocerme fuera de la comisaría. Nada que no hicieran dos amigos. Ir al cine, a cenar, a tomar unas copas… Sin compromiso, solo vernos y charlar. Y ver qué pasa.

—No va a pasar nada, Hidalgo. —El uso de su apellido hizo que Alicia tensara la espalda y se alejara un palmo de su superior—. No me voy a liar contigo, creo que es una idea nefasta que solo puede conducirnos al desastre, y espero por el bien de los dos que recapacites sobre lo que acabas de decir. Por mi parte, haré en todo momento como si esta conversación no hubiera tenido lugar. Somos compañeros, seré tu mentor si deseas que siga siéndolo, pero no te equivoques sobre tus sentimientos ni sobre los míos. —La miró a la cara. La joven estaba realmente azorada—. Lo siento, Alicia. No es por ti, me daría lo mismo cualquier otra mujer; tengo por norma no salir con nadie de la comisaría. Si las cosas salen mal, el trabajo se complica. Lo he visto demasiadas veces a lo largo de mi carrera, así que es mejor no provocar, ¿me comprendes?

Ella asintió despacio y volvió la cara hacia el ordenador. El rubor le cubría casi toda la cara. Se llevó una mano a la mejilla y después apoyó en ella la barbilla, con la vista fija en la pantalla.

—Mis disculpas, subinspector Torres. Seguiré en la centralita un rato más. Le informaré si sucede algo relevante.

Torres se levantó despacio de la silla y salió del pequeño despacho. En el pasillo, intentó recuperar el aliento y minimizar lo que acababa de ocurrir. No era más que el capricho de una alumna por su maestro, de una joven por alguien a quien admira. Sabía que sería algo pasajero; pronto, los nuevos agentes, veinteañeros llenos de sueños y ganas de aventura, formarían su propio grupo y ella se olvidaría de él. Y fin de la historia.

Media hora después, Vázquez tenía ante sí a cuatro

policías con la cabeza embotada por el cansancio e incapaces de pensar con claridad. Dio por concluida la jornada y los envió a todos a casa. Al día le quedaban solo dos horas de vida. En lugar de levantarse y salir detrás de los demás, David remoloneó un rato en su despacho: cambió papeles de sitio, ordenó documentos pulcramente apilados y abrió todos los cajones de su escritorio en busca de algo que no necesitaba. ¿Adónde iría después? Su casa, deshabitada como su vida, no era un lugar al que le apeteciera volver.

Obligó a su cuerpo a obedecer las órdenes que le daba. Se puso despacio el abrigo, se caló el gorro hasta los ojos, ocultó la boca tras la bufanda y salió a la calle desierta. El frío nocturno le azuzó el ánimo y el paso. A medio camino, cuando enfilaba los primeros edificios del barrio de San Juan, una sombra oscura junto a la pared llamó su atención. Se detuvo un momento y buscó la fugaz imagen. En el estrecho portal de una sucursal bancaria una persona se afanaba en taparse con una manta mugrosa. Se acercó despacio al bulto sin rostro hasta distinguir las ajadas facciones de un hombre, prácticamente ocultas debajo de un gorro de lana, una barba rala y varias capas de suciedad. El tipo detuvo sus movimientos cuando se percató de que alguien le observaba. David avanzó un par de pasos más, hasta casi tocar la manta con los pies. Encontró unos ojos oscuros, atravesados de lado a lado por venillas rojas y semiocultos debajo de unos párpados hinchados. El hombre no se movió. Le miró fijamente y esperó el siguiente movimiento de aquel ser que le importunaba en medio de la noche.

—Hace mucho frío —comentó David. La frase parecía más propia de dos vecinos que se encuentran en el descansillo que de unos desconocidos que acaban de toparse en mitad de la calle, en medio de una gélida oscuridad.

—A mí me lo va a contar —le contestó el hombre tras unos instantes de duda.

—¿Por qué no baja al albergue? Siempre hay plazas libres.

—Imposible —respondió tajante—. Yo solo no puedo mover todas mis cosas, y no voy a dejarlas aquí tiradas para que se las lleve el primero que pase. O el camión de la basura —añadió tras recapacitar un momento.

Tiró de la manta para cubrirse el tronco, dejando al descubierto unas zapatillas deportivas que un día fueron blancas y unos calcetines del mismo color que apenas tapaban diez centímetros de pierna.

—Puede morir si se queda aquí —insistió.

—Llevo dos noches aquí y no me he muerto. No se deje engañar por las apariencias, soy duro de pelar.

—Si le ayudo con sus cosas, ¿bajará al albergue? Le prometo que no le robaré nada. —Levantó las manos para ratificar sus buenas intenciones, mostrándole las palmas desnudas.

El vagabundo meditó la oferta durante unos minutos, mientras estudiaba minuciosamente al extraño que seguía parado delante de él. Salir de ese soportal significaba que cualquiera podría ocuparlo y él no tendría derecho a quejarse. Pero si el desconocido de verdad le acompañaba hasta el refugio, pasaría la noche a salvo, caliente y sobre un colchón en lugar de encima de unos cartones. Sacudió las piernas para deshacerse de la manta y se levantó con dificultad. Tardó casi diez minutos en organizar los objetos que le rodeaban y que constituían todas sus pertenencias sobre la faz de la tierra. Le indicó a David las que debía coger y se reservó para sí mismo los bultos que considéró más importantes, incluida una bolsa de plástico en la que guardó la manta después de doblarla con esmero.

Caminaron en silencio durante unos metros, lanzándose inquisitivas miradas de reojo. El hombre tenía un andar renqueante, con las piernas muy abiertas y levantando apenas los pies del suelo.

Inclinaba el cuerpo hacia delante y hacia un lado por el peso del equipaje, y refunfuñaba a cada paso, intentando acomodarse dentro de la cantidad de ropa que llevaba puesta.

David acompasó sus zancadas a las de su acompañante, que tenía las piernas bastante más cortas y una forma física cuestionable.

—¿Cómo te llamas? —preguntó para romper el hielo.

—Juan —respondió entre un jadeo y el siguiente—. Soy de Logroño.

—Yo soy David, de León.

—¿Qué se te ha perdido a ti por aquí? —quiso saber.

—Trabajo —dijo sin más—. Ya sabes, hay que ir donde está el pan.

—Ya...

El silencio se impuso de nuevo entre los dos mientras bajaban la empinada cuesta de Larraina.

—¿Tienes un pitillo?

—No fumo.

No sabía lo que Juan llevaba en las bolsas, pero las que le había tocado cargar pesaban como un muerto. Redistribuyó el peso y siguió caminando.

—Y tampoco beberás...

—La verdad es que no.

Juan se detuvo un momento.

—La juventud de hoy día es un desastre. No sabéis

divertiros. Todo es trabajar, hacer deporte, estar sano, tener hijos... —Lo miró fijamente desde debajo de sus cejas pobladas—. ¿Tienes hijos?

—No —respondió David, divertido.

—¡Menos mal! Eso te librará de acabar como yo.

—¿Vives en la calle por culpa de tus hijos?

—Mi mujer me echó de casa porque era un mal ejemplo para los niños. Tengo tres, todos chicos. —Levantó tres sucios dedos que mostró con una sonrisa orgullosa. Después, volvió a guardarse la mano en la manga del abrigo y dejó que su mirada se perdiera en la oscuridad—. Bebo y fumo desde que puedo recordar. Cuando estoy borracho, olvido la mierda que soy. Nunca he molestado a nadie. Me tomo mis vinos y me voy a dormir, sin meterme en follones ni buscar pelea. ¡Ella era la que andaba siempre a la greña! En cuanto me veía llegar empezaba a gritarme y a insultarme. Hasta que me echó. —Juan se encogió de hombros, asumiendo el inevitable desenlace. Se detuvo para cambiar una bolsa de mano y miró a David con curiosidad—. Y tú, ¿qué haces en la calle a estas horas, sobrio y sin una mujer del brazo?

—Acabo de salir de trabajar, iba de camino a casa cuando te vi.

—No parece que tengas mucha prisa por llegar.

—No, la verdad. Si no hiciera tanto frío me quedaría paseando toda la noche. A veces me entran ganas de echar a correr y no parar hasta caerme muerto.

—¿Problemas? —preguntó Juan en voz baja.

—Lo de siempre.

—Mujeres...

David dejó escapar una carcajada que resonó entre los árboles. Juan sonrió también, mostrando una amarillenta hilera de dientes torcidos.

—Soy de la opinión de que es mejor estar solo que mal acompañado —apuntilló Juan.

—Nunca es mejor estar solo —respondió David—. La soledad te vuelve loco. Lo difícil es elegir las compañías adecuadas.

—Y tú has elegido mal.

—Fatal —ratificó—. Por eso me gustaría desaparecer una temporada, esconderme en algún rincón y esperar hasta recuperar las fuerzas.

—Ya, muy bonito. Lo malo es que los problemas tienen la mala costumbre de no quedarse atrás. Los muy desgraciados se cuelan en tu maleta y viajan contigo a donde vayas. Crees que estás tranquilo, que lo peor ha pasado y de pronto, como surgidos de la nada, ahí están otra vez. A esta puta vida hay que echarle un par de huevos. —De nuevo la sonrisa, y de nuevo los incisivos torcidos afianzando sus palabras.

Las luces del albergue estaban cada vez más cerca. Ni un alma se movía alrededor. Al filo de la medianoche, tendrían suerte si les abrían la puerta. Avanzaron en silencio los últimos metros. David cabeceó, sonriendo para sus adentros.

—A cualquiera que se lo cuente… —murmuró entre dientes.

—¿Qué? ¿Que has ayudado a un desconocido que dormía en la calle y que ha resultado ser un tío majo e interesante? Nunca sabes quién es la persona con la que te cruzas.

—En eso estoy totalmente de acuerdo. —Golpeó con fuerza el portón cerrado del albergue para transeúntes. Tuvo que llamar dos veces más antes de conseguir que les abrieran. Al otro lado encontraron a un sesentón adormilado que los miraba con desconfianza y desagrado—.

Este hombre necesita un lugar en el que pasar la noche —dijo sin más.

—Estas no son horas de venir —respondió el hombre sin soltar la puerta.

—Si tienen camas libres, su obligación es dejarle pasar.

El guardián del albergue no parecía convencido del todo. Miraba alternativamente a un hombre y al otro, sorprendido ante la disparidad de su apariencia. Cada vez más impaciente y molesto, David dejó las bolsas en el suelo y sacó la placa que guardaba en la cartera.

—¿Eres poli? —preguntó incrédulo Juan.

—Inspector Vázquez —añadió sin perder de vista al responsable del refugio—. ¿Hay camas libres?

—Las hay —respondió por fin el hombre. Y como si quisiera conservar un ápice de orgullo y autoridad, añadió—: Pero no son horas.

Juan y David traspasaron el umbral con las bolsas en la mano. El roce del plástico provocó un inesperado estruendo en medio del silencio en el que estaba sumido el edificio. El hombre se dirigió a un pequeño mostrador y sacó una hoja de papel.

Miró a Juan y preguntó:

—¿Nombre?

—Carlos Paredes, natural de Albacete.

David lo miró boquiabierto.

—¿No te llamabas Juan y eras de Logroño?

Juan, o Carlos, elevó la comisura de los labios y le guiñó un ojo.

—Cuando uno es libre puede llamarse como quiera —afirmó—. Un nombre solo es un nombre, no te convierte en nada, no te da ni te quita nada. Yo me llamo como me da la gana a cada rato, pero sigo siendo el mismo desgraciado, un muerto de hambre al que nadie echa de menos.

Carlos, o Juan, le ofreció una mano fría, sucia y callosa que aceptó sin dudar. David dejó en el suelo las bolsas que llevaba y le deseó buena suerte.

—Lo mismo te digo —le respondió—, y aléjate de las mujeres.

Dieciocho mil trescientos doce euros. Ese era todo el dinero que le quedaba después de pagarle a Osvaldo lo que le debía por los documentos. Irene se sentó en la cama con las piernas cruzadas y extendió sobre la colcha todas sus pertenencias. Un carné de identidad, un pasaporte español, un permiso de conducir, una arrugada partida de nacimiento, la tarjeta sanitaria de la Comunidad de Madrid, dos tarjetas de crédito y una cartilla de ahorros. Esa misma mañana había reunido el suficiente valor para presentarse con su nueva identidad en una entidad bancaria. Eligió una sucursal del centro de la ciudad, donde los ajetreados empleados apenas dedicaban una fracción de segundo a observar al cliente que tenían delante. El joven que la atendió ni siquiera la miró cuando le entregó el DNI.

—Eva Ferrer Mora —leyó en voz alta el nombre que aparecía en el documento.

—Eso es —respondió Irene en voz baja.

—¿Desea una cartilla de ahorro normal, una cuenta nómina o un depósito a plazo fijo?

—Una cartilla normal. Y una tarjeta.

El joven cabeceó sin mirarla.

—Le haré dos —dijo mientras tecleaba a toda velocidad—, una de crédito y otra de débito, para que no tenga problemas si sale al extranjero. Las comisiones son pequeñas, puede negociarlas con el director si lo desea, yo no puedo hacer nada al respecto.

—No hay problema —replicó al instante.

Le entregó al joven los quinientos euros con los que inauguraba la cuenta y esperó pacientemente mientras la impresora plasmaba sobre el papel sus datos de cliente. Se había pasado media noche valorando la conveniencia o no de tener una cuenta y, sobre todo, una tarjeta de crédito. Por un lado, no podía moverse con todo su dinero encima, y necesitaba un número de cuenta que ofrecer si se lo pedían, por ejemplo, para comprar un billete de avión. Pero, por otro lado, le aterraba ingresar todo su capital y que en un momento dado su nueva identidad saltara por los aires y no pudiera acceder a él. Tendría que huir con lo puesto y subsistir de forma muy precaria. Así que decidió que empezaría ingresando una cantidad modesta, quinientos euros, y si al cabo de unos días las cosas seguían yendo bien, llevaría unos cuantos miles, aunque se cuidaría de tener siempre al menos diez mil euros en efectivo para cubrirse las espaldas en caso de una huida precipitada.

Quince minutos después estaba de nuevo en la calle. Eva Ferrer había superado con éxito la primera prueba. Irene Ochoa se quedaba un poco más atrás, desdibujada en su cerebro, perdida entre recuerdos cada vez más confusos.

Lo primero que hizo fue entrar en una tienda de telefonía móvil y comprar un nuevo aparato con una tarjeta prepago que cargó con veinte euros. Abonó la compra con su flamante tarjeta de crédito, respirando hondo para que el temblor de sus manos no llevase al dependiente a sospechar. Sin embargo, el joven que la atendió ni siquiera le pidió la documentación. Acercó el chip de la tarjeta al datáfono, tecleó el importe y se la devolvió con una sonrisa.

Dieciocho mil trescientos doce euros. Dentro de poco tendría que buscar un trabajo. Contempló su propio rostro en la fotografía del DNI y tardó un segundo en reconocerse. Eva Ferrer. Irene había muerto. Muerta y enterrada. Enterrada entre los brazos de David...

David...

El reloj de cuco del vecino dio las doce. Había sobrevivido un día más, pero no se sentía mejor, ni más a salvo que ayer. Cogió su nuevo teléfono y acarició las teclas. Podría llamarle, escuchar su voz una vez más y colgar después sin decir nada. Con un rápido movimiento arrojó el móvil al interior de un cajón y lo cerró con fuerza.

«David está con Irene —recordó—, muerto y enterrado».

SIETE...

21 de enero, miércoles

La completa oscuridad que la rodeaba y la ausencia de sonidos habían hecho que perdiera la noción del tiempo y el espacio. Leonor Górriz no sabía dónde estaba ni cómo había llegado hasta allí. Cuando despertó, después de un sueño extraño y agitado, parpadeó repetidamente hasta convencerse de que veía lo mismo con los ojos abiertos que cerrados. Nada. Estaba sentada en un suelo de cemento u hormigón, frío y húmedo. Las irregularidades de la pared se le clavaban en la espalda y se había desgarrado la camisa intentando escapar. Tenía frío, tanto que hacía mucho rato que tiritaba de forma incontrolada. El castañeteo de sus dientes y el regular golpeteo de una gota de agua eran los únicos sonidos en aquel lugar desamparado, junto con el acelerado bombear de su corazón. Alguien la había atado de pies y manos con una cuerda firme y gruesa que había sido incapaz de aflojar ni un solo centímetro y que le estaba desollando la piel.

Las horas pasaron una tras otra mientras se repetía sin cesar las mismas preguntas. ¿Cómo había llegado hasta allí? ¿Dónde estaban su hija, los niños y su yerno? Poco después de despertar, cuando fue consciente de la situación, gritó desesperadamente, en un vano intento de llamar la atención de alguien. La única respuesta que obtuvo fue el eco de su propia voz perdiéndose en la oscuridad. Después lloró de miedo y de dolor, de angustia y desesperación. Pero en ese momento, quién sabe cuántas horas después de que alguien la abandonara allí, consciente de la inutilidad del esfuerzo, solo gemía de vez en cuando. Se estaba volviendo tan silenciosa como el lugar. Incluso respirar le daba miedo. En varias ocasiones sintió junto a su cuerpo el rápido avance de un pequeño animal. Le angustió la posibilidad de morir devorada por las ratas, pero luego pensó que lo más lógico era que se tratara de insectos, repugnantes pero inofensivos.

Movió despacio las manos dentro de las ligaduras para tratar de activar la circulación sanguínea hacia los dedos. Ya no sentía los de la mano derecha, y los de la izquierda le hormigueaban dolorosamente desde hacía un buen rato.

Intentó concentrarse en pensamientos positivos, llenar su cabeza de imágenes alegres para alejarse de la realidad. Su vida no había sido un camino de rosas. De niña creció rodeada de miedo, susurros, miseria y hambre. La posguerra fue muy dura, mucho más de lo que enseñan en los libros de historia, pero su padre se las apañó para traer comida a casa cada día, aunque a veces no fueran más que un puñado de patatas y unos nabos con los que su madre cocinaba un caldo aguado pero que, al menos, acallaba los delatores crujidos de sus tripas. Odiaba las caras sonrientes de las niñas bien del pueblo, que cada tarde merendaban pan blanco y chocolate en la plaza mientras a ella se le encogía el estómago de hambre. Cuando sus tripas clamaban demasiado alto, las muy desgraciadas se reían con la boca llena de migas y la llamaban muerta de hambre. Gracias a Dios que no hay refrán más cierto que ese que dice que arrieros somos…

El camino las emparejó a todas. Leonor trabajó muy duro en las fábricas de Sangüesa y en el campo con su padre hasta conseguir no solo ponerse a la altura social de muchas de esas señoritingas, sino que incluso llegó a superar a alguna, que tuvo la mala suerte de hacer una boda poco conveniente o que vio cómo la fortuna de sus padres se iba por el desagüe al llegar la democracia y les dejaron de valer sus métodos caciquiles. Aunque lo cierto era que muchas de ellas emigraron a Pamplona, San Sebastián e incluso Madrid y nunca volvió a verlas. Ella se quedó en el pueblo, conoció a Juan, se casó con él y comenzó a pasear por Rocaforte con la cabeza alta.

Luego vinieron los abortos. La alegría del embarazo seguida poco después por el desgarro de una hemorragia que se llevaba la vida del nonato. Uno tras otro, cuatro niños se quedaron por el camino antes de sentir el arraigo de una vida en su interior. El bebé había decidido quedarse, se agarró a sus entrañas con fuerza y creció poco a poco. Cuántas noches en vela, sujetándose el abultado vientre con las dos manos, rogando al Señor que no le quitase a esa criatura, prometiendo lo impensable a cambio de que le permitiera tenerla entre sus brazos.

Le daba miedo pasear, y también permanecer mucho tiempo sentada. Escuchaba los consejos de todas las viejas del pueblo, se envolvía la tripa con paños calientes para que el feto no se enfriase, evitaba las corrientes de aire, no permitió que su marido le pusiera una mano encima y rezó hasta agotar todas las plegarias del santoral.

Raquel nació fuerte y sana después de un parto rápido, aunque no por eso menos doloroso. La niña lloró y gritó con la fuerza de una amazona desde el primer aliento, y cuando la tuvo entre sus brazos supo que su vida estaba colmada. Aún sufrió dos abortos más en los años siguientes, pero el desconsuelo por la pérdida se mitigaba al instante cuando, al salir del hospital, encontraba en casa la sonrisa de su hija.

A partir de ahí, su vida transcurrió con una placidez sosegada, sin apenas sobresaltos, con las alegrías justas, como la boda de la niña y, sobre todo, el nacimiento de los gemelos.

Los gemelos... ¿Dónde estarían sus niños? ¿Qué habría sido de ellos? Intentó regresar a los recuerdos felices, pero el miedo volvió a llenar su mente y comenzó a llamarlos, primero en voz baja y después a gritos.

—¡Markel! ¡Maite! ¿Dónde estáis, mis niños?

Un ruido inesperado le hizo guardar silencio y aguzar los sentidos. Había alguien más allí, cerca de ella, caminando en su dirección. Primero escuchó los pasos, el lento avance de unos pies removiendo la gravilla suelta con su marcha. Después vislumbró la luz, un pequeño haz amarillento al principio, apenas suficiente para dibujar las toscas paredes sin ventanas a las que estaba amarrada. La claridad aumentó al mismo ritmo que se acercaban los pasos, permitiéndole distinguir la celda en la que permanecía presa. La cuerda que la inmovilizaba ascendía hasta una argolla metálica fuertemente anclada en la pared de hormigón. Tiró con todas sus fuerzas, intentando arrancarla del muro, pero lo único que consiguió fue que el nudo de sus muñecas se apretara aún más. Se puso en pie a duras penas. La soga que le unía los tobillos tenía menos de medio metro de longitud, lo que unido a su edad y a las muchas horas de inmovilidad forzada convirtió la sencilla acción en una dolorosa escalada.

Apretó los dientes para soportar en silencio el inmenso dolor que le subía por las piernas. Permaneció medio encorvada, evitando forzar la entumecida espalda, y se preparó para recibir a quien confiaba que fuera su salvador.

—¿Hola? —Su voz fue poco más que un susurro tembloroso. No obtuvo respuesta. Los pasos se detuvieron un instante antes de reanudarse con mayor celeridad. El haz de luz osciló a un lado y a otro del pasillo que descubrió delante hasta detenerse frente a ella. La persona que acababa de llegar no dijo ni una palabra. La enfocó con la potente linterna y dejó en el suelo una enorme bolsa de lona que produjo un inquietante repiqueteo metálico al chocar contra el hormigón.

—¿Hola? —repitió.

—No hables. No quiero oírte. —La voz le llegó amortiguada por alguna prenda que el desconocido llevaba sobre la boca, pero sonó igual de tajante y aterradora que si se la hubiera susurrado al oído—. Siéntate y no te muevas.

Leonor hizo lo que le pidió. Se agachó despacio, deslizando la espalda por la pared húmeda hasta sentarse de nuevo en el suelo. Intentó distinguir las facciones de aquel hombre, pero todo lo que llegó a ver fueron unas manos enguantadas y la manga oscura de un abrigo. El resto permaneció oculto por la penumbra y el fuerte contraluz provocado por el foco.

Rápidamente, el hombre se inclinó sobre la bolsa y la abrió. Rebuscó un momento en el interior hasta dar con lo que necesitaba. Leonor no pudo ver de qué se trataba, pero cuando volvió a enfocarla sintió que se le erizaba todo el vello del cuerpo.

—Por favor…

La súplica se perdió en la oscuridad.

—No hables —dijo él de nuevo—. No me mires, y no se te ocurra tocarme. No me toques. Odio todo lo que tocas.

El hombre escupió las palabras entre los dientes, salpicando furiosas gotas de saliva. Corrió hacia ella tan rápido que Leonor ni siquiera tuvo tiempo de gritar.

—¡No me mires! ¡No me mires! ¡No me mires! ¡No me mires!

El hombre bramaba mientras le clavaba una y otra vez el puñal en el abdomen. La carne blanda de Leonor se abrió sin oponer resistencia ante el voraz avance del afilado cuchillo, que lo devoró todo a su paso. La boca se le llenó de sangre, pero cada vez que la escupía se le llenaba de nuevo, hasta que sintió que no podía respirar.

No contó las puñaladas que la atravesaron.

Tras la sorpresa y el miedo llegó el dolor, la desesperación y, finalmente, la despedida. Las motas de polvo que bailaban sobre la luz de la linterna se convirtieron en brillantes y cegadoras estrellas. Empujó la sangre con la lengua una vez más, pero tenía la boca tan llena que no podía hacer nada. Nunca supo si las partículas danzarinas desaparecieron o fue ella la que cerró los ojos. Seguía escuchando a aquel hombre exigirle que no lo mirara y que no le tocara.

«Qué extraño todo —pensó al final—. Qué extraño».

La noche había sido larga y despiadada para Raquel. Los pocos minutos que consiguió dormir estuvieron plagados de terribles imágenes en las que sus hijos se removían bajo un palmo de tierra oscura y húmeda, casi agotadas sus fuerzas mientras luchaban por salir a la superficie. Tenían los labios azulados, los ojos muy abiertos y gritaban llamando a su madre. Se despertaba entonces sobresaltada, sollozando en voz alta e intentando recuperar el aliento. En el sueño, Raquel se veía a sí misma corriendo a través de una explanada de trigo verde, luchando por avanzar sobre el barro en una carrera inútil que no la llevaba a ninguna parte. Al fondo, en el interior del coche familiar, su madre y su marido lanzaban aterradores aullidos mientras la tierra se los tragaba poco a poco.

Apartó el edredón, se levantó despacio y se dirigió a la ventana. Al otro lado de los gruesos cristales la ciudad apenas comenzaba a desperezarse. El sol era solo una promesa en el horizonte, un cielo teñido de azul oscuro en el que las estrellas se batían en retirada. Tan solo Venus, como cada día, persistía unas horas más colgado del firmamento.

En la plaza de las Recoletas una mujer se agachaba para recoger con cuidado las deposiciones de su perro. El animal, parado junto a su dueña, esperaba paciente la orden para seguir avanzando. La furgoneta del pan aparcó sobre la acera, a escasos centímetros del pivote metálico que delimitaba el contorno de la plaza. Un hombre con abrigo y pantalón blancos descargó sin aparente esfuerzo una enorme banasta de plástico rebosante de crujientes barras de pan.

Dejó caer la cortina sobre la ventana y la vida desapareció de nuevo, dejándola a solas con su incesante tortura. Sabía que la agente Rivero estaría dormitando en el salón, a la espera de que, en un par de horas, alguien viniera a relevarla. El despertador sobre la mesita marcaba las seis y media de la mañana. ¿Estaría despierto el inspector Vázquez? Cogió el móvil y marcó su número. Vázquez respondió al segundo tono. Su voz sonaba clara y despejada, como si llevara horas levantado.

—Inspector, soy Raquel Gimeno.

Después de tantas horas de silencio y aislamiento, le sorprendió escuchar su propia voz.

—Buenos días, Raquel.

Esperó en silencio. No tenía sentido preguntar qué tal estaba, y entre ellos no existía una amistad que los llevara a comentar cuestiones de mayor o menor trascendencia. Estaba claro que si lo había llamado era por algún motivo concreto. Esperó hasta que ella encontró las palabras adecuadas.

—No los han encontrado todavía… —No era una pregunta, sino una certeza que buscaba una tajante contradicción. Cerró los ojos y musitó una rapidísima oración mientras aguardaba.

—No tenemos novedades —reconoció David—, pero se han producido avances importantes en otros aspectos de la investigación. Estamos cerca, Raquel.

—¿Qué tienen? —El nudo de su estómago viajó hasta su garganta envuelto en amarga bilis.

—Conocemos el vehículo en el que se los llevaron. Su antiguo propietario dice haberlo vendido hace dos semanas. Estamos intentando identificar al comprador sin ningún género de dudas.

—Eso está bien…

—Claro. No bajamos la guardia, toda la policía de Pamplona está buscando a su familia. —David escuchó el quedo lamento de la mujer al otro lado de la línea—. No desespere, por favor.

—No puedo seguir aquí encerrada, sin hacer nada. Me estoy volviendo loca —confesó—. Me siento completamente inútil, tengo la sensación de estar fallándoles a mis hijos por no dedicar todas las horas del día a buscarlos. Debería estar en la calle, patrullando con ustedes, y no recluida en casa como una inválida. Por favor —suplicó—, déjeme hacer algo.

Raquel se desinfló como un globo. El escaso coraje que había acumulado en las últimas horas se fue a pique en un instante. Apoyó la espalda en la madera del armario y se deslizó hasta el suelo. La mullida alfombra recibió su delgado cuerpo y amortiguó el golpe. Estiró las piernas hasta que los pies alcanzaron la cama y permaneció así, encajada entre los muebles de su dormitorio, mientras escuchaba una nueva retahíla de palabras amables, vacías de significado para alguien que no encontraría consuelo hasta que no le devolvieran las entrañas. Dejó de prestar atención cuando el inspector le habló de la necesidad de que estuviera atenta a los movimientos que pudieran producirse alrededor de su casa y de esperar una llamada que, como ambos sabían ya, nunca se produciría. Luego se despidieron.

Necesitaba un bastón, alguien que le sirviera de soporte. Vio el móvil que todavía tenía en la mano y buscó el número de Fernando. Él siempre estaba ahí cuando le necesitaba. Habría sido tan sencillo decir que sí… Pero prefirió jugar limpio y negarse. Estaba casada, había hecho una promesa, pero quizá algún día…

No obtuvo respuesta. Pensó que seguramente Fernando estaría todavía durmiendo, o en una de sus tempranas sesiones de yoga. Seguro que le devolvería la llamada en cuanto viera su nombre en la pantalla.

Las voces de su cabeza se hicieron de nuevo presentes cuando colgó el teléfono y regresó el silencio. Apoyó la nuca en el armario y, con los ojos cerrados, escuchó lo que tenían que decirle. Sabía que se balanceaba al borde de la demencia, pero no tenía ni idea de cómo salir de ese callejón en el que la habían metido por la fuerza. Sintió la lengua gruesa y seca dentro de la boca. No había comido ni bebido nada desde la tarde anterior, hacía casi doce horas. Se levantó con gran esfuerzo y se puso una chaqueta de lana sobre el pijama. Pasó junto al sofá en el que la agente Rivero dormía profundamente y llegó a la cocina. La nevera ofrecía un aspecto desolador. No quedaba leche, ni fruta, ni un huevo con el que hacerse una tortilla. Ya eran más de las siete de la mañana, el ultramarinos de la calle San Lorenzo ya habría abierto. Entró en el baño y se aseó frugalmente, puso un poco de orden en el pelo enmarañado y estrujó el tubo de dentífrico para poder lavarse los dientes. Se vistió con un chándal, unas zapatillas de deporte y el abrigo, comprobó que llevaba en los bolsillos las llaves y la cartera y volvió a cruzar el salón en dirección a la puerta. La agente Rivero no se movió. Estaría de vuelta antes de que se despertara. Abrió la puerta e intentó salir, pero sus piernas chocaron contra un bulto inesperado.

Tardó una fracción de segundo en bajar la vista, y otro más en dar un rápido paso atrás. Tropezó con sus propios pies y cayó sentada al suelo. Frente a ella, el cadáver de su madre descansaba sobre el felpudo de la puerta, apoyado en el quicio de madera, con las piernas encogidas, ladeadas hacia fuera, y los brazos, extendidos a ambos lados, rematados por dos muñones sanguinolentos. Tenía la cabeza inclinada hacia delante, pero eso no le impidió darse cuenta de que le habían arrancado los ojos.

Cuando su mente terminó de procesar las atroces imágenes, llegó el momento del pánico. Los gritos alertaron a la agente Rivero, que se sacudió el sueño y acudió con rapidez junto a ella. Raquel continuaba sentada en el suelo, mirando a su madre y gritando sin cesar. La llamó con voz aguda e intentó levantarse y acercarse a ella, pero

Rivero la agarró con fuerza y la empujó hacia el interior de la casa. Las dos mujeres retrocedieron a gatas, incapaces de levantarse, lastrada una por el dolor y la otra por el peso y la fuerza de la primera, que forcejeaba para librarse de sus brazos.

Nuevos gritos se sumaron a los de Raquel. Alertados por el escándalo, varios vecinos habían salido al descansillo y descubierto el macabro presente depositado en la puerta de la familia Lizalde. Rivero consiguió arrastrarla hasta el salón. La apoyó contra la pared y regresó a la puerta. Exigió a las tres personas que todavía permanecían en el rellano, dos mujeres y un hombre de avanzada edad, que volvieran al interior de sus casas. Se colocó los guantes de látex y se acercó al cuerpo con sumo cuidado. Inspeccionó cada centímetro de suelo antes de poner un pie y se agachó despacio junto a la víctima. Acercó sus dedos índice y corazón al cuello de la mujer y comprobó lo que era evidente, que bajo aquella piel no latía ningún corazón.

Las primeras unidades llegaron diez minutos después de que diera el aviso por radio. Durante todo ese tiempo, la agente Rivero permaneció de pie junto al cadáver, custodiando lo que hacía horas que había dejado de ser una persona para convertirse en una evidencia, un cuerpo que sería minuciosamente estudiado y analizado sobre la fría camilla del forense y bajo la implacable luz de la ciencia. Intentó no mirar hacia abajo, pero no pudo evitar echar unas cuantas ojeadas rápidas y curiosas al cuerpo. A su espalda, los gritos de Raquel se habían convertido en un monótono llanto que subía y bajaba de intensidad cada pocos segundos. Corrió a su lado en cuanto los refuerzos se hicieron cargo de la situación, acordonando el rellano e impidiendo que nadie entrara o saliera del edificio. Se arrodilló junto a la mujer, que permanecía sentada en el suelo, y la abrazó de nuevo. Raquel sintió el calor de Sofía y apoyó la cabeza en su pecho, meciéndose como una niña.

Pasados unos minutos, cuando el lamento disminuyó, consiguió ponerla de pie y llevarla hasta el dormitorio. Con cuidado, le quitó el abrigo, la obligó a sentarse en la cama, se deshizo de las zapatillas y la metió entre las sábanas. Pidió a sus compañeros que avisaran a un médico y se arrodilló en el suelo, sobre la alfombra, su cabeza muy cerca de la de Raquel, pendiente de su respiración y de las lágrimas que ahora mojaban la almohada.

Vázquez tardó menos de media hora en llegar al domicilio de Raquel. El cadáver de Leonor continuaba sobre el felpudo, como la macabra entrega de un siniestro mensajero. Lo observó sin acercarse demasiado, a la espera de que el forense hiciera su primera valoración. El doctor Alcalde, que había llegado casi a la vez que él, llevaba varios minutos arrodillado junto al cuerpo, observando, tocando someramente y realizando rápidas anotaciones en su cuaderno. El forense era consciente de la expectación que su trabajo despertaba a su alrededor, pero se negaba a dejarse influir por la presión o las prisas. Envolvió cuidadosamente los muñones de la víctima en bolsas de papel, revisó los bolsillos de la falda y palpó el cuerpo en busca de algún objeto escondido. Cuando creyó que no podía obtener más información del cadáver en aquel lugar, se levantó despacio, provocando un sonoro chasquido de los huesos de sus rodillas, e hizo un gesto a los camilleros para que se acercaran. Con el beneplácito del juez, los dos hombres introdujeron los restos de la anciana en una gran bolsa negra y cerraron la cremallera.

—No lleva ninguna identificación. —El doctor Alcalde se volvió hacia Vázquez, que seguía con la mirada el recorrido de la bolsa hacia la calle.

—Se trata de Leonor Górriz —confirmó el inspector—, una de las personas que desaparecieron el pasado domingo. Es la madre de Raquel Gimeno. —Indicó la vivienda con la cabeza. En su interior, un pequeño ejército de médicos y policías se afanaba por hacer su trabajo.

—¿Y los niños? —preguntó el forense—. ¿Han aparecido?

David negó con la cabeza.

—¿Qué puede contarme?

—Poca cosa, además de lo evidente. Cuando la dejaron aquí llevaba al menos tres horas muerta. El *rigor mortis* completo es el culpable de que el cadáver no se haya desplomado sobre su hija cuando esta ha abierto la puerta. Se ha producido una exanguinación casi total, pero su sangre está en otro lugar. Me atrevo a afirmar que la causa de la muerte son las puñaladas que se aprecian en el abdomen. La hemorragia tuvo que ser profusa. Una vez muerta, le extrajeron los globos oculares de las cuencas y le amputaron ambas manos. Muy chapuceramente, por cierto. Quien lo hizo no era muy mañoso, aunque utilizó utensilios bien afilados.

—No debe de ser sencillo —meditó.

—En absoluto —concedió el doctor—. El cuerpo humano se resiste a que le quiten lo que es suyo. Los órganos están perfectamente unidos unos a otros tanto dentro como fuera de nuestro organismo. Todo está pensado para que no nos desarmemos con facilidad. Extraer un ojo, aunque no lo parezca, es sumamente complicado, sobre todo si no se tienen unos conocimientos mínimos de anatomía.

—¿Cree que quien hizo esto carecía de ellos?

—La persona que ha perpetrado semejante atrocidad no merece ni que le llamen carnicero. El cuerpo de la víctima ha sido literalmente asaltado cuchillo en mano. Presenta múltiples laceraciones profundas en la parte superior del rostro, sin duda realizadas durante el tosco proceso de extraerle los globos oculares. En cuanto a las manos —el forense levantó la suya para mostrar a Vázquez lo que pretendía explicarle—, el corte es igual de grotesco, pero parece que le resultó más sencillo. Seguramente utilizó un hacha o un machete. Con un poco de suerte para encontrar las articulaciones adecuadas y la fuerza necesaria, pudo hacerlo en tres o cuatro golpes. Los huesos de esta mujer presentan ya la esponjosidad propia de la edad, por lo que no tuvo que costarle demasiado separar las manos de los antebrazos.

Los dos hombres se miraron en silencio. El doctor Alcalde se quitó los guantes azules y los tiró a un rincón del descansillo. Más tarde, todo aquel desastre sería recogido por la correspondiente brigada de limpieza traumática. Comprobó que su material estaba guardado, se abrochó el abrigo y se marchó escaleras abajo sin despedirse.

—¡Ramiro! —David levantó la voz para llamar la atención de los fantasmas de blanco que pululaban agachados por el descansillo. Una de las figuras detuvo su lento rastreo y se volvió hacia el inspector—. ¿Me puedes decir algo de toda esta tierra?

El agente se colocó a su lado en dos zancadas y observó atentamente lo que el inspector le señalaba. Cogió un puñado con la mano enguantada y lo estrujó entre las yemas de sus dedos índice y pulgar, reduciéndolo a un polvo blanquecino similar al que manchaba el suelo del descansillo.

—Parecen fragmentos de hormigón, del que se utilizaba para los suelos bastos, sin embaldosar.

—¿Se utilizaba? —preguntó Vázquez.

—Es una mezcla muy pobre, con mucha arena, gravilla de distintos grosores e incluso fragmentos de roca. De escasa calidad, muy antigua o ambas cosas, no sabría concretarle en este momento.

—No es probable que esta gravilla se encontrara en el felpudo antes de que depositaran el cadáver —meditó Vázquez en voz alta.

—Por su disposición —aclaró Ramiro—, me inclino a pensar que se ha desprendido de la ropa de la víctima. ¿No le ha comentado nada el doctor Alcalde?

—Sí, también ha apreciado la presencia de guijarros entre la tela del vestido.

—Ahí lo tiene. Y, además, creo que lo que me ha manchado los guantes es cal, no pintura. Voy a necesitar unos nuevos. —Ramiro se giró sin añadir una palabra más y regresó de inmediato al metro cuadrado de suelo que reclamaba su atención antes de que el inspector le interrumpiera.

David se agachó y atrapó entre los dedos unos cuantos guijarros. La tierra crujió y se deshizo bajo la presión de su mano. Hormigón, piedra, cal… El sonido de sus propios pensamientos ocultó el de los pasos de Mario Torres, que se detuvo a su lado con el rostro demudado por el horror y el asombro. Juntos observaron el lugar que hasta hacía unos minutos ocupaba Leonor Górriz.

—La colocaron con mucho cuidado en el quicio de

la puerta, de manera que el cadáver se sostuviera sentado entre las jambas. La rigidez favoreció que el descubrimiento fuera aún más macabro. —Vázquez habló en voz baja mientras señalaba con la mano el espacio que había ocupado el cuerpo—. El asesino desató contra ella una furia extrema.

Torres asintió despacio, todavía impresionado por las exhaustivas descripciones que le habían ofrecido los agentes con los que se había cruzado en su lento ascenso hasta la cuarta planta. Su mente reprodujo sin esfuerzo y con todo lujo de detalles los muñones ensangrentados de una anciana a la que solo conocía a través de un par de fotografías, e imaginó las cuencas vacías de sus ojos y los estragos del cuchillo en su cuerpo. A pesar de su veteranía, el subinspector no pudo reprimir un gesto de asco y una súbita arcada que le llenó la boca del amargo sabor de la bilis. David le concedió un par de minutos para recuperarse. Torres recobró poco a poco su color rosado habitual y le agradeció la pausa con una sonrisa.

—Vamos a hablar con los vecinos. Empezaremos por los de esta planta e iremos bajando.

Apenas habían transcurrido un par de segundos desde que tocaron el timbre cuando se abrió la primera de las puertas, la más cercana al domicilio de los Lizalde. Al otro lado del umbral, iluminados por la claridad amarillenta de una lámpara de cristal que colgaba sobre sus cabezas, una pareja de ancianos observaba a los policías con semblante grave. La mujer, pequeña y menuda, lucía un corte de pelo moderno, peinando sus canas con desparpajo en todas las direcciones imaginables. Los mechones irregulares enmarcaban un rostro que ya habría soplado al menos setenta velas. Lucía un curioso vestido compuesto por lo que parecían trozos asimétricos de tela de distintos tonos, colores y diseño que combinaba las rayas con las flores y los cuadros con las formas ovaladas. Al final de sus delgadas piernas, las altas botas negras parecían enormes en comparación con la estrechez de su cuerpo. El hombre que los miraba desde detrás de su mujer lucía una abundante cabellera cana y una barba igualmente blanca que ocultaba casi por completo el cuello de su camisa de cuadros. Les regaló una mirada displicente, como quien concede su tiempo a quien en realidad no lo merece. La mujer, sin embargo, se retorcía las manos con nerviosismo; parecía asustada y asqueada a partes iguales. David supuso que había visto el cadáver de Leonor sobre el felpudo, y que seguramente ambos habrían tenido la oportunidad de contemplar el macabro espectáculo antes de que la agente Rivero se hiciera cargo de la situación. Ninguno hizo ademán de asomarse al descansillo ni se retiraron del umbral para franquearles la entrada a su casa. Unos dentro y otros fuera, se estudiaron unos instantes más antes de romper el hielo.

—Policía. —La innecesaria presentación de Vázquez devolvió a la realidad a los dos ancianos, que cambiaron sutilmente de posición, variando el peso de su cuerpo de una pierna a otra—. Necesitamos unos minutos de su tiempo. Imagino que estarán al tanto de lo ocurrido en la puerta de al lado.

Solo la mujer pareció reaccionar. Dejó de frotarse las manos y las escondió en los bolsillos del vestido. Levantó la cara para mirar al inspector y asintió.

—Salí al descansillo cuando oí los gritos de Raquel —explicó—. Pobre mujer... Estaba sentada en el suelo, sin parar de gritar y llorar, delante de su madre. Cuando vi el cadáver me asusté mucho, no sabía qué hacer. Creo que yo también grité, porque mi marido salió de casa en pijama y descalzo. Me cogió de los hombros y tiró de mí hacia atrás para meterme en casa, pero yo me quedé donde estaba. Entonces él entró y llamó al 112.

—¿Qué hizo usted mientras tanto?

—Me quedé pegada a la pared, frente a la puerta de Raquel. Una mujer salió enseguida de la casa y la apartó un poco para poder llegar a la fallecida. Creo que le tocó el cuello, pero era evidente que estaba muerta. Dios mío, no tenía manos... —El recuerdo de la atroz imagen hizo que se le quebrara la voz. Cerró los ojos y tembló ligeramente. Sus manos volaron desde los bolsillos hasta su rostro.

—¿Oyeron algún ruido durante la noche?

Los dos ancianos negaron con la cabeza al mismo tiempo.

—Aunque a nuestra edad se supone que deberíamos tener el sueño ligero —dijo la mujer—, lo cierto es que los dos dormimos profundamente. Madrugamos bastante, para las ocho de la mañana ya estamos levantados, y por la noche no tenemos prisa por acostarnos, pero el rato que estamos en la cama, dormimos como lirones.

—¿Tampoco han notado nada inusual en los últimos días?

—¿Algo como qué? —quiso saber él.

—Gente merodeando alrededor del edificio, ruidos a horas intempestivas, extraños subiendo o bajando las escaleras...

La cabeza de ambos volvió a moverse de lado a lado con seguridad.

—Esta es una finca pequeña —les explicó el anciano—. Los Lizalde fueron los últimos en llegar, y ya llevan más de diez años aquí. El resto somos los mismos de siempre, nos conocemos desde hace más de cuarenta años. Si hubiera extraños merodeando por la casa, seguro que alguien lo habría comentado, y nadie ha dicho nada al respecto. Además, desde que desapareció la familia todos estamos alerta, con el oído muy despierto por si vuelven. Estamos deseando escuchar de nuevo a esos chiquillos cantando y riendo mientras bajan las escaleras de dos en dos. No sé cómo no se han partido la crisma en uno de esos saltos…

La coraza del hombre se derritió como el hielo y por un momento permitió que todos vieran al anciano que se asomaba a la puerta cuando los gemelos volvían del colegio y les ofrecía una chocolatina tras arrancarles la promesa de que no se la comerían hasta después de cenar. Estaba convencido de que no la habían cumplido ni una sola vez.

La visita a los vecinos del piso inferior fue igual de infructuosa. En la vivienda situada justo debajo de los Lizalde, un viudo de más de ochenta años se aferraba a su andador mientras los miraba con los ojos bañados en lágrimas. Nadie oyó nada extraño, todos encontraron la puerta del portal perfectamente cerrada cuando regresaron a sus casas y así la dejaron al entrar. El asesino de Leonor había sido muy sigiloso en su ascenso hasta el cuarto piso. El anciano del tercero continuaba llorando cuando se despidieron de él.

—Nunca pensé que diría esto —dijo entre hipidos—, pero echo de menos las carreras de los niños por el pasillo de su casa. Me quejé un millón de veces de que sus pies resonaban como los golpes de un tambor, y ahora daría cualquier cosa porque me interrumpieran de nuevo la siesta. Pobres angelitos —se lamentó—, qué habrá sido de ellos.

Vázquez y Torres ascendieron de nuevo las estrechas escaleras. Los agentes de la científica habían peinado cada escalón en busca de indicios, y los pasamanos, las paredes y el mármol de los rodapiés estaban impregnados de un sucio polvillo negro. En algunos lugares, los expertos habían marcado con tiza el lugar en el que habían recogido y embolsado algún residuo, después de fotografiarlo para su catalogación y análisis. El jefe del equipo científico charlaba con uno de sus agentes en el descansillo del cuarto piso, muy cerca de la puerta, ya cerrada, del domicilio de Raquel Gimeno. Vázquez se acercó hasta ellos y llamó su atención con un ligero toque en el brazo.

—Inspector —le saludó el hombre cubierto con el mono blanco—. Me alegro de verte. Muchos te creían ya un cadáver, pero me satisface comprobar que no les has dado el gusto de mudarte a otra comisaría.

—Me temo que van a tener que conformarse con ver desfilar otros fiambres. —Vázquez le tendió la mano, que el otro recibió con un firme apretón—. ¿Qué tenemos aquí?

—Muchos indicios, pero nada concreto. Hemos seguido el rastro de unas minúsculas gotas de sangre desde la calle, a dos metros escasos del portal, hasta el felpudo. Parece que el asesino llegó en un vehículo, aparcó junto al muro y descargó el cadáver. No hay duda de que transportaron a la víctima envuelta en algo, posiblemente una manta o una alfombra fina. El ascenso tuvo que ser complicado. A no ser que se trate de una persona muy fuerte, necesitó al menos diez minutos para completar el camino hasta aquí, parando un par de veces para recuperar el aliento.

—Es mucho tiempo —reflexionó Vázquez.

—No demasiado en un edificio como este, con gente muy mayor que nunca sale de casa después de anochecer.

Los dos hombres guardaron silencio mientras contemplaban el desastre que se extendía a su alrededor. La labor de los agentes de la policía científica se parecía mucho a la de los exploradores arqueológicos. Escarbaban entre los restos para separar la tierra de los tesoros, avanzando despacio, con sumo cuidado para no destruir las joyas ocultas, acumulando a su alrededor montones de lodo inservible que quedarían como testigos mudos de su paso.

—Avisad a los equipos de limpieza traumática en cuanto terminéis, que vengan hoy mismo —pidió Vázquez—, no quiero que esta gente tenga pesadillas el resto de su vida.

David se despidió de su colega y se disponía a regresar a casa de Raquel Gimeno cuando uno de los agentes de la científica, una mujer alta y robusta, llegó hasta él con paso rápido.

—¡Inspector! —lo llamó. David se detuvo y esperó hasta que llegó a su lado—. Hemos encontrado esto en el buzón de la familia. —Levantó la mano enguantada y le mostró un sobre blanco con visibles manchas de sangre—. Está dirigido a Raquel Gimeno y no lleva remitente.

—¿Lo han abierto? —David se había dado cuenta de que la lengüeta trasera estaba separada del resto del sobre.

—No, inspector. No estaba pegado. Hemos comprobado que no había ningún explosivo en el interior y hemos extraído un papel con lo que parece ser un poema escrito a máquina o impreso.

—¿Un poema?

Como toda respuesta, la agente le extendió una hoja de papel con salpicaduras y escurriduras de sangre sobre un texto pulcramente mecanografiado. Vázquez se colocó unos guantes de látex y cogió el folio blanco.

Arde, furor oculto,
ceniza que enloquece,
arde invisible, arde
como el mar impotente engendra nubes,
olas como el rencor y espumas pétreas.
Entre mis huesos delirantes, arde;
arde dentro del aire hueco,
horno invisible y puro;
arde como arde el tiempo,
como camina el tiempo entre la muerte,
con sus mismas pisadas y su aliento;
arde como la soledad que te devora,
arde en ti mismo, ardor sin llama,
soledad sin imagen, sed sin labios.
Para acabar con todo,
oh mundo seco,
para acabar con todo.

Aquellas palabras no le decían nada, y a juzgar por su expresión, tampoco a la agente que esperaba en silencio frente a él. Le pidió que sostuviera el papel un momento para que él pudiera hacerle una foto con su móvil; fotografió también el sobre y se marchó escaleras arriba.

Llamó con los nudillos y esperó hasta que Sofía Rivero le abrió la puerta. Le sorprendió el espeso silencio que reinaba en el interior. Nadie hablaba, ningún teléfono vibraba e incluso los electrodomésticos de la cocina parecían haberse desconectado para guardar un respetuoso mutismo. Las suelas de goma de sus botas resonaron como el eco en una cueva profunda, alertando a los presentes de que algo había cambiado a su alrededor.

Encontró a Raquel sentada en el sofá, con los hombros cubiertos por una manta, la cabeza inclinada sobre el pecho, las manos abandonadas en el regazo y la mirada perdida. No parecía prestar atención a las personas que iban y venían a su alrededor. Los dos sanitarios que la habían atendido simulaban desempeñar tareas útiles, aunque lo cierto era que poco más podían hacer allí. David se sentó en el otro extremo del sofá y esperó en silencio hasta que Raquel levantó la mirada hacia él. Tenía unas ojeras tan profundas y oscuras como si sus pupilas hubiesen decidido abandonar sus cuencas naturales y derramarse como la lava de un volcán, arrasando a su paso la suave piel del rostro. Ya no lloraba. El dolor y la resignación parecían haberse impuesto al resto de los sentimientos, hundiéndola en un pozo desolador del que no hacía nada por salir. Raquel lo observó sin hablar. Los ojos de David le dieron el pésame, que ella aceptó con un leve pestañeo.

—La han dejado en mi puerta... Mi madre... —Raquel cerró los ojos, como si negándole el paso a la luz pudiera sepultar en la oscuridad las terribles imágenes que quedarían para siempre grabadas en su retina—. ¿Cree que sufrió?

—Las heridas son profundas, seguramente todo fue muy rápido. —Esperó hasta que Raquel terminó de digerir sus palabras y continuó hablando—. ¿No oyó anoche nada fuera de lo normal?

Ella negó con la cabeza. David dirigió su atención hacia la agente Rivero, que esperaba de pie junto a la mesa a que alguien le indicara lo que debía hacer. Se acercó al sofá, siguiendo la señal del inspector, y bajó la mirada al suelo.

—Yo no oí nada. Es posible que me durmiera en algún momento. Todo estaba en silencio, a oscuras, y me dejé llevar por el sopor. Estuve despierta hasta al menos las dos de la madrugada, fue la última vez que consulté mi reloj. La noche se me estaba haciendo muy larga. Lo siento mucho, pequé de exceso de confianza.

—Cuando se está de servicio hay que permanecer alerta, no se puede bajar la guardia en ningún momento. —David habló con voz profunda, los ojos clavados en el rostro circunspecto de la agente—. Lo que ha ocurrido es muy grave.

—Lo siento, señor. —La voz de Rivero perdió todo el aplomo—. Pero debo decir que no estaba completamente dormida, solo traspuesta; me habría dado cuenta si algo hubiera golpeado la puerta. Lo lamento mucho, señor —añadió de nuevo con la cabeza baja—. Me mantendré alerta a partir de ahora.

David decidió ignorar las reiteradas disculpas de la agente, que no conducían a ningún sitio. Ya decidiría más adelante si hacía constar lo sucedido en un parte o lo dejaba pasar. Todo dependía de las consecuencias que acarreara su negligencia. Con el ceño todavía fruncido y los labios apretados, conteniendo su enfado, David sacó el móvil del bolsillo y le mostró a Raquel la fotografía del poema que habían encontrado en el buzón.

—¿Le dice algo esto? —preguntó. Amplió la imagen para que la mujer pudiera leer los versos ensangrentados.

Con una mano cubriéndole la boca, Raquel leyó despacio el poema completo. Después, sin decir una palabra, se levantó y se dirigió despacio a su habitación. No cerró la puerta y volvió a salir un par de minutos después con una caja metálica entre las manos, una de esas cajitas decoradas que tan populares se hicieron a mediados del siglo XX. Ocupó de nuevo su lugar en el sofá y abrió la caja con parsimonia. Lo que David vio en el interior parecía más propio de una adolescente que de una mujer adulta. Pensó que podía tratarse de recuerdos de su juventud, pero los sobres y los folios pulcramente doblados que guardaba eran demasiado nuevos como para tener más de veinte años.

Raquel le tendió uno a uno todos los mensajes. Cada papel, cada sobre, contenía un poema escrito con la misma pulcritud que el hallado en el buzón, con la salvedad de que ninguno de ellos estaba cubierto de sangre. Al contrario, juraría que algunas de esas misivas estaban ligeramente perfumadas.

David tardó casi quince minutos en leer los poemas que Raquel atesoraba en esa caja. Casi todos eran versos dedicados al amor, pero también los había referidos a la vida y a la muerte, a la espera y a la desesperación.

—¿Y esto? —preguntó David, con varias hojas desplegadas en la mano.

—Fernando.

—¿Fernando Aguilera? —insistió para asegurarse.

Raquel asintió en silencio.

—Me dejaba poemas en la taquilla del gimnasio, a veces dentro de un sobre, otras solo el papel, y luego me hablaba del poeta que lo había escrito, de lo que quería decir cuando lo compuso, del mensaje que lanzaba al mundo.

—¿No los escribía él mismo?

—¡No! —negó con énfasis, como si eso hubiera magnificado aún más su pecado—. Eran poesías de grandes autores. Lorca, Alberti, Machado, Neruda… No era nada, solo un juego —se justificó—. Yo…, bueno, a mí me gustaba pensar que Fernando se interesaba por mí, aunque ya le había dejado claro que nunca habría nada entre nosotros mientras estuviera casada.

«Mientras estuviera casada», pensó David. Quizá justo ahí estuviera la clave.

—No puede creer de verdad que Fernando… ¡Es un pacifista convencido, un hombre tierno y sensible!

—No cree que haya sido el señor Aguilera, no cree que haya sido su marido… ¿Qué cree en realidad, Raquel? ¿Qué piensa que ha ocurrido? ¿Qué me está ocultando?

Su voz sonó un poco más dura de lo que le habría gustado, pero el tiempo pasaba inmisericorde y ella siempre se oponía a todas sus teorías. O estaba ciega, o era una estúpida o sabía algo que no le estaba contando.

—Nada, de verdad —balbuceó entre lágrimas—. No puedo creer que Fernando, siempre tan dulce, siempre con una sonrisa en los labios, le haya hecho daño a mi familia. Él sabe que mis hijos lo son todo para mí, son mi vida, el aire que respiro. Íñigo es su padre. Tenemos nuestras desavenencias, pero son sus hijos. Y mi madre… Nunca le he oído hablar mal de ella. Yo… No sé…, no sé qué pensar, no entiendo nada, solo quiero volver a ver a mis niños.

Hundió la cara entre las manos y se rindió al llanto. Sus hombros se sacudían con violencia y pronto el volumen de sus gritos obligó a los sanitarios a intervenir de nuevo.

Cuando se calmó, David volvió a sentarse a su lado, listo para continuar.

—Raquel —la llamó, obligándola a levantar la cara y mirarlo de frente—, ¿sabía que su marido compró hace dos semanas una vieja furgoneta que no ha registrado en Tráfico?

—¿Una furgoneta? No, en absoluto, no tenía ni idea.

—Un testigo afirma que le compró dinero en mano una Nissan Vanette. Le dijo que la necesitaba porque tenía que hacer una mudanza.

—¡Imposible! Hace casi un mes que contratamos una empresa para eso. Como ya le expliqué, unas cosas se

214

han guardado en un trastero que hemos alquilado y otras, unas pocas cajas, las trajimos a casa la semana pasada. Lo poco que quedaba lo íbamos a trasladar el domingo. Quedaron los muebles justos para que la casa pudiera alquilarse amueblada, pero la vaciamos de objetos personales. No necesitábamos ninguna furgoneta. ¿Está seguro de que ese testigo no se confunde de persona?

—En la transacción —continuó Vázquez, ignorando la pregunta—, su marido estaba acompañado por un hombre que responde a la descripción de Fernando Aguilera. El testigo lo identificó por la foto que aparece en la web del gimnasio.

Incapaz de reaccionar, Raquel abrió y cerró varias veces la boca sin emitir ningún sonido. El zumbido del móvil del inspector acabó con ese momento de pasmo. Mientras David contestaba, Raquel recogió los poemas que habían quedado esparcidos sobre la mesa y volvió a meterlos en la caja. Se levantó después muy despacio, como si con cada movimiento tuviera que arrastrar un pesado lastre, y se dirigió a la cocina. Un instante después, el salón se llenó de un penetrante olor a humo. La agente Rivero llegó antes que él a la puerta de la cocina, desde donde vieron a Raquel Gimeno mirando fijamente cómo las hojas de la decorada caja se reducían a cenizas. Cuando no quedó nada, ella misma cogió los restos calientes, los arrojó en el fregadero y abrió el grifo para que el agua fría arrastrara los últimos despojos del amor de Fernando.

—No debería haber hecho eso —le recriminó David—. Era una prueba.

Ella se encogió de hombros y se dirigió a su dormitorio. Esta vez sí que cerró la puerta.

La llamada era del comisario, exigiendo información

sobre lo sucedido. La prensa se cernía sobre él y la presión política empezaba a ser un tanto incómoda. Ignoró la perorata de Tous y se centró en un nuevo zumbido que atronó el silencioso salón. Sobre la mesa, el móvil de Raquel Gimeno destellaba y se movía cadenciosamente. David se acercó y observó la pantalla. Al instante, cogió el aparato y corrió hacia la puerta cerrada del dormitorio.

—¡Raquel! —gritó mientras avanzaba por el pasillo.

La mujer abrió la puerta cuando el inspector estaba a punto de entrar sin llamar y le entregó el teléfono.

—Es Íñigo.

Raquel empalideció todavía más y pulsó la tecla verde. El zumbido se detuvo al instante. Las manos le temblaban con tanta violencia que David temió que se le cayera el móvil. Con suavidad, pero con firmeza, le quitó el teléfono de la mano, activó el altavoz y se lo acercó a la boca, animándola a hablar con un gesto de la cabeza.

—¿Íñigo?

No hubo respuesta. Al otro lado de la línea solo se oía el ruido lejano del tráfico y lo que parecía una respiración agitada.

—¿Íñigo? —repitió, esta vez con más aplomo.

—Raquel… —Una voz ronca, profunda, llenó la habitación—. Estás muerta.

Todos los sonidos desaparecieron. La respiración entrecortada, el rugido de los motores, la voz áspera, el batir de las alas de las palomas sobre el tejado, el cercano tañer de las campanas, el latido de sus corazones.

—¿Era Íñigo? —le preguntó David—. ¿Era su marido?

Raquel negó con la cabeza.

—¿Qué me dice de Fernando Aguilera? ¿Ha reconocido su voz?

La mujer pareció dudar un instante antes de negar una vez más en silencio.

—Raquel —dijo David en tono severo—, si cree reconocer esa voz, debe decírmelo. Piense en sus hijos.

—No estoy segura de que no sea Fernando. No parece su voz, pero había algo que, por un momento, me ha recordado su acento. Él pronuncia las eses de una forma un tanto peculiar, y me ha parecido…, por un segundo he pensado… Pero es imposible.

El móvil de Vázquez vibró en su bolsillo.

—Mierda —masculló. Le devolvió el aparato a Raquel, pidiéndole que le avisara de inmediato si volvía a sonar, y salió de la habitación para contestar su llamada. Era uno de los números de comisaría—. Inspector Vázquez —se identificó.

—Señor —saludó una voz masculina al otro lado de la línea—, el teléfono de la señora Gimeno acaba de recibir una llamada de uno de los números intervenidos.

—Lo sé —se exasperó David.

—La triangulación de la llamada nos indica que esta se ha efectuado en las proximidades de donde se encuentra la señora Gimeno, en la calle Recoletas.

—¿Cómo de cerca?

—No puedo darle un punto exacto, inspector, pero yo diría que quien llamaba se encontraba en un radio de cien metros como máximo.

—¡Buen trabajo! —gritó.

Mientras Sofía Rivero intentaba calmar el brote de histeria que amenazaba con apoderarse de nuevo de Raquel Gimeno, David corrió hasta el ventanal y lo abrió de par en par, franqueando el paso al viento helado. A sus pies, cuatro pisos más abajo, la quietud de la calle desierta se vio interrumpida por el rugido de un viejo motor diésel.

Unos metros más adelante, una furgoneta verde abandonó la hilera de coches aparcados y ocupó el centro de la calzada, alejándose a la máxima velocidad que le permitió su maltrecho mecanismo. David gritó desde la ventana, despertando de su letargo a los dos agentes que permanecían en el interior del portal. En pocos segundos, todos los policías que todavía quedaban en el edificio, incluidos los de la brigada científica, corrían como locos en ambos sentidos, intentando adivinar la dirección que había tomado la furgoneta al final de la calle.

Bajó las escaleras de tres en tres, con Torres pegado a sus talones, saltando de un descansillo a otro hasta abalanzarse sobre la puerta del portal. Mientras el subinspector corría hacia las amplias avenidas del barrio de San Juan, David se precipitó hacia la plaza de las Recoletas, lanzándose en una desesperada carrera cuesta abajo por la calle Taconera. En la rotonda, dudó un instante sobre qué dirección seguir, hasta que el eco de un viejo tubo de escape le hizo descender la empinada cuesta de Larraina. Se detuvo en la curva, desde donde la despejada orografía le permitía una amplia visión de la zona, y aguzó la vista en busca de la furgoneta verde, que parecía haberse esfumado.

Telefoneó al comisario mientras escrutaba los cuatro carriles de circulación. El corazón le golpeaba con fuerza contra el pecho, tanto por la acelerada carrera como por la excitación de la búsqueda. Reguló la respiración mientras esperaba que Tous respondiera a la llamada y le explicó la situación con voz ya calmada.

—¿Ha identificado al conductor? —preguntó el comisario tras escuchar atentamente el relato del inspector.

—No, y aunque no he podido distinguir con claridad la matrícula, el modelo y el color coinciden con los descritos por Francisco Gabarri.

—Bien —concluyó Tous—. Estableceremos los controles habituales de manera inmediata. ¿Y dice que ha amenazado a la señora Gimeno?

—La conversación ha sido muy breve —reconoció Vázquez—. Simplemente la ha llamado por su nombre y le ha dicho: «Estás muerta». Lo interpreto como una amenaza directa, señor, creo que sería buena idea aumentar la vigilancia de la señora Gimeno.

Mientras hablaba con el móvil pegado a la oreja, David comenzó a desandar el camino en dirección al domicilio de Raquel. Terminó de subir la empinada cuesta y cruzó al trote la carretera para acortar por los caminos peatonales del parque de la Taconera. Esquivó a un perro demasiado efusivo que no atendía a los llamamientos de su dueño y se despidió de Tous. Se aseguraría de que Raquel estaba bien y acudiría a comisaría. Hasta sus oídos llegaron los inconfundibles aullidos de las sirenas policiales intentando localizar la vieja furgoneta.

Bajo la tapia del club deportivo, varias decenas de vehículos habían encontrado acomodo durante unas horas. Los aparcamientos escaseaban en aquella zona de la ciudad, por lo que los dueños de esos coches podían estar satisfechos con el privilegio del que disfrutaban. David consultó una vez más su móvil, que permanecía en silencio. No le sobresaltaron los pasos acelerados que hicieron crujir la gravilla a su espalda, ni el ladrido del perro juguetón respondiendo a un nuevo grito de su amo. Concentrado en sus pensamientos, intentando encontrar las palabras con las que explicar a Raquel que el secuestrador de su familia había estado a veinte metros de su casa, no tuvo ocasión de defenderse cuando un golpe seco le alcanzó en la nuca. El mundo se desvaneció a su alrededor, fundido en una siniestra oscuridad. El móvil se deslizó entre sus dedos hasta chocar contra el suelo mientras un hombre maldecía en voz baja al tiempo que lo arrastraba rápidamente hasta la parte trasera de la furgoneta aparcada junto al enmohecido muro de piedra.

El dueño del perro vio unos pies que desaparecían en el interior del vehículo mientras un hombre cerraba el portón a toda prisa. La mujer que corría por el camino de grava, con los pensamientos perdidos en la cadencia de su respiración y en la música que le taladraba los tímpanos, observó a un varón que arrastraba a otro, que parecía inconsciente, hasta uno de los coches aparcados. Detuvo un instante su carrera y la reanudó de inmediato, dispuesta a comentar el incidente con el primer policía con el que se cruzara.

Desgraciadamente, la mujer llegó a su casa una hora después sin haber visto a un solo agente. Cuando se duchó y se preparó una bebida caliente decidió informar a la Policía Municipal de lo que había visto junto al muro del Club Larraina. El policía que la atendió tomó nota, le dio las gracias y comunicó el suceso a una patrulla. Treinta minutos más tarde, casi dos horas después de que un desconocido dejara sin sentido al inspector Vázquez, dos policías locales alargaron su ronda hasta el lugar indicado por la mujer. Al llegar solo encontraron a un adolescente que observaba extasiado un teléfono móvil. El joven se lo guardó en el bolsillo en cuanto los vio llegar y caminó con paso vivo hacia el cercano cruce. No había dado más que dos pasos cuando el móvil comenzó a vibrar en su bolsillo. Miró la pantalla y casi dejó de respirar cuando leyó el nombre de quien llamaba: comisario Tous. Cortó la comunicación, miró a su alrededor para comprobar que estaba solo y corrió hacia su casa. Seguro que su madre sabría qué hacer.

***

El telediario del mediodía llevaba más de diez minutos hablando del macabro asesinato de Leonor Górriz y del secuestro de sus nietos y su yerno, que continuaban desaparecidos. Encerrada en su pequeño apartamento, Irene Ochoa ni siquiera pestañeaba frente al televisor. Esperaba que la cámara le ofreciera una imagen de David, un esquivo paso junto al edificio que enfocaban sin descanso, quizá incluso su rostro serio durante una rueda de prensa. El periodista apostado en la plaza de las Recoletas había dicho que el inspector Vázquez se encontraba al frente de la investigación, y citó algunos de los casos en los que este había participado. Nombró el homicidio de Jorge Viamonte, el banquero asesinado cuando estaba a punto de descubrir uno de los desfalcos más importantes cometidos en la banca nacional, y se extendió en el recuerdo de los asesinatos de Roncesvalles, donde el inspector había estado a punto de perder la vida.

Irene recordó el cuerpo magullado de David, el suplicio que le causaba cualquier movimiento y el esfuerzo que hacía por no preocuparla. Extendía los brazos hacia ella, conteniendo una mueca de dolor, y la abrazaba con cuidado. Ella intentaba no rozar siquiera su pecho herido y se conformaba con aspirar su aroma, mezclado con el olor del yodo, las vendas y los apósitos que lo cubrían. Daría cualquier cosa por recuperar aquel tiempo. Todo lo que ocurrió, cada paso que dio desde la muerte de su marido, lo hizo para defender su vida juntos. Y ahora, separados por cientos de kilómetros, oculta en el corazón de Madrid, con un arma cargada en la mesita de noche y documentos falsos en la cartera, suspiraba por verle una fracción de segundo a través del televisor. Luchó con uñas y dientes para conservar a David en su vida, pero había perdido la batalla y ya no tenía a David, ni vida, ni futuro, ni esperanza. Solo unas imágenes en el telediario.

—¡Aquí!

El grito del agente uniformado resonó en los estrechos muros de la calle Recoletas. El policía sostenía un teléfono móvil entre sus dedos enguantados. Varios compañeros se acercaron con rapidez, seguidos de cerca por el subinspector Torres, que también había regresado después de la infructuosa persecución de la furgoneta.

—Estaba ahí tirado, debajo de uno de los coches aparcados —informó el ufano agente—. Está manchado de sangre —añadió, como si ese dato aumentara el valor del hallazgo.

—Vuelve a dejarlo donde estaba —le espetó Torres visiblemente enfadado—, fotografía el escenario y embólsalo correctamente si no quieres que nos tiren por tierra cualquier información útil que podamos sacar de él.

—Sí, señor —respondió, humillado, el policía.

—Zoquete… —masculló Torres mientras esperaba a que cumpliera sus instrucciones. Cuando lo tuvo en la mano, perfectamente protegido y etiquetado, se lo acercó a la cara para estudiarlo con detenimiento. El modelo y el color correspondían con la descripción que tenían del móvil de Íñigo Lizalde. Y, desde luego, las manchas que cubrían la pantalla y la carcasa tenían todo el aspecto de ser sangre reseca.

Torres, Machado y Ruiz llevaban más de media hora congregados alrededor del teléfono en el despacho vacío del inspector Vázquez. Ninguno de los tres se atrevió a ocupar el sillón de su jefe, que permanecía vacío y arrinconado junto a la pared para dejar espacio al resto de las sillas. Alicia Hidalgo, que acababa de ser relevada por otro agente en la centralita de llamadas, se había quedado de pie muy cerca de la puerta, sintiéndose una intrusa en aquella oficina, donde la inquietud aumentaba a cada tono sin contestar. El comisario se había acercado en dos ocasiones hasta allí para interesarse por el paradero de David, que llevaba más de cuatro horas sin dar señales de vida.

—Si le hubiera pasado algo malo ya nos habríamos enterado —aventuró Hidalgo en voz baja.

—Depende de a qué llames malo —respondió Machado sin volverse para mirarla—. El jefe nunca va a ningún sitio sin comunicarlo previamente. Si estuviera siguiendo alguna pista o hablando con alguien, nos lo habría dicho, habría llamado al menos a un miembro del equipo. Desaparecer así va contra las normas.

—Lo sé… —balbuceó la joven agente—. Lo único que digo es que si estuviera herido o… —no se atrevió a acabar la frase—, bueno, lo que sea, ya nos habríamos enterado por los servicios de emergencia.

—Tienes razón —concedió Torres sin mirarla—, y precisamente por eso estoy más preocupado si cabe.

Se giró hacia el teléfono que descansaba sobre la mesa y descolgó el auricular. Tecleó nueve números que conocía de memoria y activó el altavoz. La línea cobró vida al instante y lanzó su grave señal entre el denso silencio que de nuevo reinaba en el despacho. De pronto, la familiar melodía del móvil de Vázquez comenzó a sonar en el pasillo. Mientras la tonadilla se aproximaba, el alivio suavizó las facciones de los presentes, que enderezaron la espalda y se giraron hacia la puerta a la espera de que el inspector cruzara el umbral. Sin embargo, quien se materializó frente a ellos fue Matías, uno de los agentes de la recepción, que sostenía en alto un móvil que no dejaba de sonar. Lo miraron con la boca abierta y Mario cortó la comunicación, interrumpiendo abruptamente las agudas notas que brotaban del teléfono. Matías se detuvo junto a la puerta, consciente de la importancia de su presencia allí. Detrás de él, un joven de unos quince años intentaba parapetarse tras el grueso contorno de su madre, una mujer de aspecto severo que contradecía esa primera impresión asiendo con cariño la sudorosa mano de su hijo.

—¿De dónde lo has sacado? —preguntó Torres poniéndose en pie.

Matías alargó la mano y le entregó el móvil al subinspector.

—Lo han traído ellos —explicó, señalando con un gesto de la cabeza a la pareja que esperaba en el pasillo—. El chaval dice que lo ha encontrado en el límite del parque de la Taconera, detrás del Club Larraina.

Cuando la alta figura del subinspector se dirigió hacia la puerta, madre e hijo dieron un precavido paso atrás. Torres superaba con creces el metro ochenta y presumía de una corpulencia bien trabajada en el gimnasio. Conocedor de la aprensión que podía despertar en quien no le conocía, se esforzó por sonreír con cordialidad. Le tendió la mano a la mujer y palmeó amigablemente el hombro del chaval, que se acercó aún más a su madre.

—Pasen, por favor. —Estiró el brazo para señalar el interior del despacho. Machado y Ruiz se levantaron de las sillas que ocupaban y se las cedieron a los visitantes. Alicia intentó pegarse un poco más a la pared, pero temió derribar el delgado tabique si continuaba empujando hacia atrás, así que se conformó con alejarse unos centímetros más de los asientos en los que madre e hijo acababan de acomodarse.

Matías cerró la puerta sin hacer ruido y se dirigió al despacho del comisario para informarle de las últimas novedades. Cuando se trataba de Tous, siempre prefería llevarle en persona las noticias importantes en lugar de telefonearle. Nunca estaba de más que relacionara su nombre y su cara con los acontecimientos destacados que se producían.

Machado y Helen se colocaron detrás de la mesa de Vázquez, de nuevo sin tocar su sillón, permitiendo que Mario ocupara el único asiento que quedaba libre, una silla plegable que colocó frente a la pareja, con la espalda pegada a la mesa de madera.

—Soy el subinspector Torres —se presentó una vez que estuvieron todos acomodados.

—Alejandra Ramos —respondió la mujer—, y este es mi hijo Javier. Encontró el móvil en la Taconera. Lo trajo a casa porque no sabía qué hacer con él. Íbamos a llevarlo a la Oficina Municipal de Objetos Perdidos, pero al ver el nombre de las personas que llamaban pensamos que sería mejor traerlo aquí cuanto antes.

—Han hecho bien —le confirmó Torres con una nueva sonrisa. Giró levemente la cabeza para mirar de frente al chico, que parecía haberse relajado un poco—. Javier, ¿puedes contarme exactamente cuándo y dónde encontraste este móvil?

El chaval, sobresaltado al oír su nombre, enderezó la espalda, separándola del respaldo de la silla. Al instante, la mano tranquilizadora de su madre voló hasta su pierna y se quedó allí mientras el chico buscaba las palabras con las que explicar lo que había ocurrido sin que se dieran cuenta de que su intención inicial no era precisamente devolver un teléfono tan fantástico.

—Volvía a casa desde el instituto. Vivimos en la calle Monasterio de Iratxe, y cuando el suelo no está demasiado embarrado suelo atajar por la Taconera. Hoy he venido por el aparcamiento. Había un par de perros sueltos en el jardín y no me gusta que correteen a mi alrededor.

—Le dan un poco de miedo —aclaró su madre levantando las cejas.

Javier la miró con gesto malhumorado e intentó apartar la pierna, pero el brazo materno se alargó tanto como el movimiento de enfado y consiguió mantener el contacto a pesar del rechazo del chaval.

—No me dan miedo, pero paso de que me anden saltando encima. Esos perros y sus dueños se creen los amos del parque. —Aclarado el asunto y recuperada su autoestima, Javier volvió a centrarse en el relato de lo sucedido—. El móvil estaba sobre la gravilla. No había nadie alrededor, así que me he agachado y lo he cogido. Lo he llevado todo el rato en la mano, por si venía alguien corriendo a recuperarlo, que pudiera ver que lo tenía yo; no pensaba quedármelo.

—Nadie dice que pensaras hacerlo —le tranquilizó Torres—. De hecho, aquí estás, devolviéndolo y contando lo sucedido.

El joven sonrió y relajó la espalda, momento que aprovechó para retirar de nuevo la pierna. Su madre, cogida por sorpresa, se quedó con la mano en el aire, sin apoyo alguno.

Miró a su hijo y decidió que, por esta vez, lo trataría como el hombre en el que se estaba convirtiendo. Recogió las dos manos sobre su regazo y redibujó el rictus severo que la definía.

—¿No viste a nadie por allí cuando encontraste el móvil?

Javier meditó unos instantes antes de responder.

—Estaban los dueños de los perros. Los vi charlar cerca de los setos, bastante lejos de los animales, en mi opinión. Si alguno me hubiese atacado, no habrían podido detenerlo antes de que me mordiera.

—¿Alguien más?

—Dos municipales.

—¿Policías municipales?

—Sí, dos. Venían de la carretera y parecían estar buscando algo, porque pasaban despacio entre los coches y se agacharon varias veces para mirar por debajo de un par de ellos.

Torres le hizo un gesto a Hidalgo, que se aproximó a la mesa.

—Llama a los municipales; pregúntales qué hacían esos agentes en la trasera del Larraina este mediodía.

Hidalgo salió sin decir una palabra y Torres volvió a centrar su atención en la pareja que lo miraba con la boca abierta, dispuesto a ignorar el hecho de que Javier podía haber entregado el móvil a los agentes con los que se cruzó, lo que les habría ahorrado varias horas de incertidumbre y angustia.

—¿De quién es este teléfono? —se atrevió a preguntar finalmente la madre.

Torres vaciló unos instantes antes de responder.

—Es de uno de nuestros compañeros.

—A lo mejor no se ha dado cuenta de que lo ha perdido. A la gente mayor a veces le pasa —apuntó el joven mirando de reojo a su madre.

Torres asintió con la cabeza.

—A lo mejor —concedió.

Agradeció a Javier y a su madre que se hubieran desplazado hasta la comisaría para traer el teléfono y se despidió de ellos en la puerta del despacho. Mientras Machado los acompañaba hasta la salida, Hidalgo regresó a toda prisa con un cuaderno en la mano.

—Los dos agentes respondían a la llamada de una mujer que dijo haber visto a un hombre arrastrar a otro que parecía inconsciente. —Alicia habló a toda prisa, depositando sobre la mesa la libreta en que había anotado la conversación mantenida con los municipales—. La mujer estaba haciendo deporte cuando vio a un hombre que tiraba de otro, que se dejaba llevar sin oponer resistencia, como si estuviera desmayado. Retomó su carrera antes de comprobar hacia dónde iban, pero le pareció que se dirigían hacia una furgoneta aparcada junto al muro.

—¿Tienes el nombre? —preguntó Torres.

—Claro. Eugenia Lizaso. Ya la he llamado y vendrá en unos minutos. Le he ofrecido que una patrulla fuera a buscarla, pero prefiere venir en su propio coche. Tiene permiso para aparcar junto a la puerta, ya he avisado a Matías.

Quince minutos después, Eugenia Lizaso ocupaba una silla en el despacho de David Vázquez. Frente a Torres se acomodó una mujer que rondaba los cincuenta años. Conservaba una figura delgada y atlética que resaltaba con unos vaqueros ajustados, un jersey ceñido y unas botas altas. Lucía una abundante melena oscura en la que brillaban sin tapujos gruesas hebras blancas. Un discreto maquillaje disimulaba las arrugas que serpenteaban alrededor de sus ojos marrones. Miró a Torres directamente y esperó en silencio a que hablara. Estaban solos en el despacho, a excepción de Alicia Hidalgo, que había abandonado su lugar junto a la pared para sentarse en una de las sillas ahora libres. Armada con un cuaderno y un bolígrafo, fingía escribir mientras aguardaba el inicio de la conversación. Por su parte, Machado y Ruiz recorrían en esos momentos los alrededores del Club Larraina y el parque de la Taconera en busca de un rastro que les diera alguna pista sobre lo que había sucedido.

La llamada de la policía no sorprendió a Eugenia, que llevaba un rato dándole vueltas a la extraña escena que había presenciado.

El hecho de que un hombre acarreara a otro podía significar simplemente que el segundo se encontraba mal y tenía dificultades para moverse, pero una incómoda vocecilla interior le repetía una y otra vez que el hombre que colgaba de los hombros del otro estaba siendo arrastrado en contra de su voluntad.

Respondió con educación al saludo del subinspector Torres y se dispuso a ofrecer un relato pormenorizado de lo que había visto. Llevaba un buen rato escogiendo las palabras, así que no tuvo dificultades para comenzar a hablar.

—Salgo a correr cada mañana a la misma hora. —Miraba al subinspector directamente a los ojos; quería que el policía leyera en los suyos que todo lo que estaba diciendo era cierto y exacto—. Suelo alternar dos recorridos, en función del tiempo del que disponga y mi estado de ánimo. Esta mañana he corrido por el paseo fluvial, diez kilómetros en total, y ya estaba volviendo a casa cuando una situación bastante extraña me hizo detenerme. —Le gustaba ese agente que le sostenía la mirada casi sin pestañear, escuchando con atención cada una de sus palabras y sin interrumpir el hilo de sus explicaciones. Respiró hondo antes de continuar—. Un hombre de mediana estatura, vestido con un anorak oscuro, avanzaba como podía con otro colgado del hombro. El segundo hombre era más alto que el primero y arrastraba los pies, no caminaba por sí mismo.

Mientras hablaba, Eugenia gesticuló para mostrar cómo el brazo del hombre inerte cruzaba por detrás del cuello del primero, que le sujetaba por la cintura, quizá por la trabilla del pantalón, para mantenerlo erguido y arrastrarlo hacia la zona de aparcamiento.

—¿Pudo ver si el hombre al que arrastraban estaba herido?

—Desde donde yo estaba no aprecié ninguna herida ni me dio la impresión de que sangrara, aunque no me acerqué para comprobarlo.

—¿Hacia dónde lo llevaba? —preguntó Torres.

—No me quedé a ver cómo terminaba la escena —repitió Eugenia con un mohín enfurruñado en los labios—, y ahora me arrepiento de no haberlo hecho, pero creo que se dirigían hacia una furgoneta aparcada allí mismo. Tenía la puerta trasera abierta.

—¿Recuerda la matrícula del vehículo?

—No, lo siento. Mi vista no es muy buena de lejos.

—No se preocupe. —Intentó restarle importancia, aunque le decepcionó no poder confirmar en ese mismo momento las sospechas que crecían en su interior desde hacía un rato—. ¿Qué ocurrió después?

—No lo sé, ya no vi nada más. Reanudé la carrera y no me volví a mirar. Reconozco que me asusté un poco. Tengo una imaginación muy fértil y soy muy aficionada a las novelas policiacas, así que mi mente enseguida comenzó a fabricar escenas truculentas en las que el malo elimina al testigo incómodo. —Sonrió ante su ocurrencia, ocultando tras los labios cubiertos de carmín la vergüenza que sentía por no haber hecho nada más—. Quizá debí acercarme a preguntar si necesitaban ayuda —añadió en voz baja—. Lo que sí hice fue llamar a la policía.

—Ha hecho usted lo correcto —la tranquilizó Torres—. Si no estaba segura de lo que estaba sucediendo, lo más sensato es actuar con prudencia. ¿Había alguien más en la zona, alguna persona que pudiera haber visto lo que sucedía en el aparcamiento?

Eugenia dedicó unos segundos a recordar su paso por la Taconera.

—Claro, estaba el mismo hombre al que veo todas las mañanas. Tiene un perro grande, un *setter* blanco y negro muy inquieto que siempre está brincando de un lado a otro. No sé si vio algo o no, pero, cuando me marché, él seguía en el parque.

Torres despidió a Eugenia Lizaso agradeciéndole su colaboración y rogándole que le llamara en caso de que recordara cualquier detalle de lo que vio, por muy insignificante que pudiera parecerle. En la puerta, la mujer se giró para ofrecerle la mano.

—Esto se parece demasiado a la escena de una película de gánsteres. ¿Cree que ese hombre me habría hecho daño de haberse dado cuenta de que estaba mirando?

Por su mirada, brillante y encendida, Mario dedujo que le habría encantado saberse en peligro, pero decidió no avivar más las brasas de su imaginación. Aceptó la mano tendida y sonrió mientras negaba con la cabeza. En cuanto cruzó la puerta, aceleró el paso en busca del abrigo mientras telefoneaba a Machado.

—¿Tenéis algo? —preguntó.

—Hemos encontrado dos marcas paralelas en la gravilla. Se extienden unos seis metros, del centro de la calzada hasta el muro. Parecen marcas de arrastre, pero no tenemos forma de comprobarlo ni de saber el tiempo que llevan aquí. La zona en la que comienzan coincide con el lugar en el que el chaval dijo haber encontrado el móvil del inspector.

—Voy para allá. Dejaré a Hidalgo pendiente de la autopsia de Leonor Górriz y de los resultados que vayan llegando del laboratorio, sobre todo de la sangre del teléfono que hemos encontrado junto a la casa de Lizalde. Mientras, buscaremos al dueño de un *setter* blanco y negro. Tanto el chico como Eugenia Lizaso dicen haberlo visto en la zona. Es posible que sepa algo.

—Ahora mismo no hay nadie por aquí, ni con perro ni sin él —respondió Machado.

—Esperaremos. Es demasiado pronto para hablar de una desaparición, pero cada vez estoy más seguro de que ha ocurrido algo extraño.

La noche cayó como un mazo sobre Pamplona, condenando al anonimato a todo aquel que se atrevía a desafiar el viento invernal que recorría las calles y arrastrando a su paso cualquier vestigio de calor que hubiera quedado adherido a las paredes de los edificios, soleados hasta hacía unas pocas horas. Unas nubes densas hacían barruntar una noche de tormenta, pero en una ciudad acostumbrada a las inclemencias del tiempo nadie postergaba sus obligaciones por la lluvia, por muy intenso que fuera el aguacero.

Mario, Helen e Ismael regresaron a la comisaría pasadas las ocho de la tarde, después de más de tres horas dando vueltas alrededor del parque, el club deportivo y las calles aledañas. Mientras efectivos de uniforme revisaban cada rincón del aparcamiento y cada centímetro de terreno, tumbándose incluso en el suelo para revisar los bajos de los automóviles aparcados, ellos registraron las cuatro plantas del *parking* subterráneo de la Audiencia, removieron las ramas empapadas de los arbustos del parque, abrieron los portales de toda la avenida y permanecieron atentos a los controles de carretera establecidos en todas las salidas de la ciudad, pero hasta el momento ninguna de las furgonetas registradas ocultaba en su interior a un policía inconsciente.

Como si de un pacto tácito se tratara, el equipo se dirigió en silencio hacia el despacho de David. Si alguien esperaba encontrar al inspector sentado tras su mesa, se cuidó de no mostrar su desilusión al abrir la puerta y descubrir la oficina desierta. Varios de los agentes que terminaban su turno se acercaron hasta ellos para interesarse por el paradero de Vázquez y ofrecer su colaboración en la búsqueda. De pie junto a la puerta, Torres distinguió la escueta figura del inspector Redondo, que parecía dudar entre entrar o seguir su camino. Vestido ya con su abrigo marrón, tuvo que apartarse en varias ocasiones para dejar paso a los policías decididos a cruzar el umbral. Sus ojos de ave rapaz se posaron sobre los de Torres, que levantó despacio la cabeza, sin apartar la mirada ni un instante, hasta que sintió el cuello tenso y la barbilla varios centímetros por encima de su posición natural. Durante unos minutos eternos, Redondo pareció calibrar sus posibilidades. Era evidente que no sería bien recibido en el despacho de Vázquez, y que posiblemente nadie creería que su intención de ayudar y su preocupación eran sinceras. A buen seguro, el equipo del inspector, tan arrogante como el hombre que los dirigía, malinterpretaría su gesto solidario y podrían llegar a pensar que se alegraba con la desgracia ajena. En realidad, Redondo estaba seriamente alarmado por la suerte de Vázquez y ya había ofrecido al comisario sus servicios de manera desinteresada, dedicando su tiempo libre a la búsqueda del inspector. Como él, más de la mitad de los agentes, de todas las secciones y graduaciones, habían manifestado su deseo de participar en el operativo. Sin embargo, de pie junto al despacho, mirando los rostros cansados e inquietos del equipo de Vázquez, no le pareció buena idea dar un paso adelante y ofrecer su mejor cara. No le creerían. Así estaban las cosas, pensó, y nada podía hacer por cambiarlas, al menos de momento. Quizá cuando Vázquez regresara podrían hablar tranquilamente y zanjar sus diferencias de una vez por todas. Mientras tanto, seguiría husmeando el rastro de Irene Ochoa, tan débil que desde hacía semanas no tenía ni una sola pista que investigar. Se abrochó el abrigo y dio media vuelta en dirección a la salida.

Torres no se relajó hasta que perdió de vista la estrecha espalda de Redondo. De nuevo solos en el despacho del jefe, los rostros de los hombres y mujeres que le observaban en silencio eran el fiel reflejo de la angustia que los atenazaba. Miró de soslayo el sillón vacío al otro lado de la mesa y llenó de aire sus pulmones antes de empezar a hablar.

—Hay varias cosas que no podemos pasar por alto —dijo—. Por un lado, no estamos seguros de que le haya sucedido algo malo al jefe. No hemos encontrado rastros de sangre ni vestigios de lucha, nadie vio una pelea o un forcejeo entre los dos hombres que se metieron en la furgoneta y ni siquiera podemos afirmar que el sujeto inconsciente fuera Vázquez. Además —añadió—, David es un hombre de recursos, el mejor policía de la comisaría. Si está en un lío, confiemos en que encontrará la manera de salir de él o, al menos, de avisarnos de su situación. El dispositivo de búsqueda se va a mantener toda la noche. Si por la mañana seguimos sin noticias se pondrán en marcha los helicópteros de la Policía Foral para ampliar el radio que ahora cubren los nuestros.

Ismael, en un gesto desesperado, se llevó las manos a la cabeza y se alborotó aún más el pelo enmarañado. Estaba pálido, a excepción de las manchas violáceas que circundaban sus ojos. Llevaba al menos dos días sin afeitarse, lo que le daba un aspecto salvaje y desaseado.

—Lo único que sé —masculló— es que estamos aquí parados, como unos auténticos gilipollas inútiles, mientras todo indica que el tío más lunático con el que nos hemos cruzado en mucho tiempo ha secuestrado al jefe. Ya ha matado al menos una vez y lo ha hecho con saña. No sabemos qué ha sido de esa familia, y no quiero ni imaginar qué hará con el policía que intenta detenerle.

—No vamos a ponernos en lo peor. Seguiremos buscando hasta encontrarlo. Me juego la placa a que dentro de unas semanas nos reiremos del susto que ahora estamos pasando. —Ninguno respondió a la broma de Torres, que borró inmediatamente de su cara la mueca que quiso ser una sonrisa—. Marchaos a casa y descansad todo lo que podáis. Yo voy al centro de pantallas para ver qué tal van los controles de carretera y me iré dentro de un rato.

Nadie se movió de su sitio, ni siquiera Alicia Hidalgo, que acababa de incorporarse a la reunión.

—Llevamos retraso con el análisis de las pruebas de Leonor Górriz —comentó la joven agente mostrando la carpeta que tenía en la mano—. El forense me ha enviado el informe preliminar del cadáver y ya han llegado los resultados del laboratorio sobre la sangre del móvil. Se confirma que se trata del teléfono de Íñigo Lizalde y el grupo sanguíneo coincide con el suyo, pero las pruebas de ADN tardarán unos días en llegar. Alguien ha borrado casi toda la información del aparato y le han sacado la tarjeta SIM. Mientras el inspector Torres está en la sala de pantallas, los demás podríamos estudiar estos papeles.

Sin decir una palabra, Helen se acercó a la mesa y arrinconó en un extremo las hojas y carpetas que Vázquez había dejado encima. Después, acercó una de las sillas y esperó a que Hidalgo se acomodara a su lado. Ismael se aproximó a ellas, buscó un cuaderno entre el montón de papeles del inspector y se sentó en la tercera silla.

—¿Por qué no vas a ver a tus hijos antes de que se acuesten? —le preguntó Helen—. Nosotras vamos avanzando y ya te unirás cuando puedas. Aunque sería buena idea que te afeitaras y asearas un poco si no quieres que te confundan con el hombre del saco.

Ismael sonrió ante la ocurrencia de su compañera, pero negó con la cabeza mientras terminaba de sentarse y abría el cuaderno por la primera página en blanco.

—No te preocupes —respondió—. Ya estarán durmiendo.

Helen se encogió de hombros, abrió la carpeta que Hidalgo le tendía y repartió entre los tres los documentos que contenía.

—Llamadme si encontráis alguna pista relevante sobre el lugar en el que estuvo retenida la pobre mujer —pidió Torres desde la puerta—; yo haré lo mismo si salta la alarma en alguno de los controles.

Salió cerrando tras de sí. El suave clic los enclaustró en un despacho que no era suyo y cuyo dueño llevaba varias horas sin dar señales de vida. Se miraron brevemente uno a otro, respondieron con cortesía a la sonrisa forzada de Alicia y se enfrascaron con total dedicación en la lectura de los informes intentando traducir el enrevesado lenguaje forense para hallar una pista que los llevara hasta su jefe.

Muy despacio, Alicia paseó la vista por la oficina, intentando descubrir algún detalle sobre la vida o la personalidad del inspector Vázquez, pero, aparte de un par de condecoraciones enmarcadas y una orla universitaria en la que fue incapaz de distinguirlo entre las decenas de diminutas caras sonrientes que la miraban desde la pared, no encontró nada que le brindara un indicio sobre sus gustos, aficiones o debilidades. Ni siquiera una foto de su familia o un recuerdo de su lugar de nacimiento. No esperaba encontrar ninguna imagen de Irene Ochoa. Aunque había sido la última en incorporarse al equipo, conocía de sobra lo sucedido entre ambos. Desde el primer día estuvo atenta a las habladurías y chismorreos, intentando sin éxito separar el trigo de la paja, pero fue Mario quien le contó la historia al detalle. Desde entonces no podía quitárselo de la cabeza. No imaginaba nada peor para un policía que descubrir que la persona que amas, con la que compartes tu vida, es en realidad un monstruo homicida. Miró hacia la puerta por la que Torres había salido hacía solo unos instantes. El subinspector no había vuelto a hablar con ella desde su encuentro en el centro de llamadas. No se sentía avergonzada por su atrevimiento, pero sí arrepentida. Se había equivocado.

El crujido de una hoja de papel la devolvió a la realidad. Fijó la vista en el documento que le habían adjudicado y comenzó a leer. Tenían una larga noche por delante.

Salir de casa supuso para Irene una prueba mucho más dura de lo que esperaba. Ocultó los ojos tras unas gafas oscuras y caminó con naturalidad, poniendo todo su empeño en parecer una vecina más a pesar de sentirse completamente perdida en aquellas calles desconocidas. Tardó una eternidad en encontrar la tienda de segunda mano que había localizado a través del móvil, y más aún en decidirse a cruzar el umbral y esperar con paciencia a ser atendida. Un joven pelirrojo se situó demasiado cerca de ella, mirándola fijamente a la cara mientras sonreía sin enseñar los dientes.

—¿Puedo ayudarla en algo? —preguntó cuando terminó su examen.

—Necesito un ordenador portátil —dijo intentando sonreír—. No demasiado viejo, con buena conexión a Internet y capacidad de disco duro. —Irene habló como un autómata, repitiendo las palabras que horas antes había escrito en el buscador de la página web de esa tienda. Sabía que tenían varios modelos que podían servirle.

—¿Pantalla de quince o diecisiete pulgadas? —El joven se movió hacia el interior de la tienda. Irene lo siguió de cerca, confiando en terminar cuanto antes.

—Quince —respondió.

La mujer que paseaba entre los robots de cocina la miró por encima de sus gafas de cerca y la siguió con la vista mientras caminaba detrás del dependiente. Unos metros más adelante, otra mujer, mayor, morena, con el pelo escondido debajo de un gorro de lana, dejó lo que estaba haciendo para observarla. ¿Había salido su cara en los periódicos? ¿Sabían que era una prófuga de la justicia? ¿Correrían a la comisaría más cercana para denunciar su presencia en la zona? Cuando se giró, la primera mujer estudiaba de nuevo los robots de cocina, mientras la segunda zambullía las manos en un cesto lleno de material escolar.

Tardó menos de diez minutos en escoger uno de los seis portátiles que le mostró el joven pelirrojo, pagar con su nueva tarjeta de crédito y salir de allí. Como esperaba, el dependiente apenas echó una rápida mirada a su carné de identidad, limitándose a comprobar que los nombres de ambos documentos coincidían.

Su siguiente parada fue la galería comercial de un concurrido hipermercado del centro. Entró en una tienda de telefonía y compró un dispositivo de conexión móvil a Internet. Rechazó las ventajosas ofertas de las tarifas de contrato y se quedó con el USB de prepago que conectaría su portátil con el ciberespacio.

Volvió a casa fuera de sí, empapada en sudor y temblando de arriba abajo. Echó el pestillo a la puerta y giró dos veces la llave, que dejó puesta en la cerradura y levemente girada. Por el camino sintió en varias ocasiones la mirada de los peatones clavada en ella. Se supo observada, acechada, incluso perseguida. ¿Cuántas llamadas habría recibido la policía durante el tiempo que llevaba fuera de casa? Echó un rápido vistazo a la calle desde la ventana del salón y bajó la persiana, condenando la estancia a la oscuridad. Hizo lo mismo en todas las habitaciones, clausurando las vistas al exterior y encendiendo a cambio todas las lámparas que había en el piso.

Cuando consiguió serenarse, había tomado la única decisión que le parecía lógica en sus circunstancias: huir, esconderse, escapar lo más lejos posible.

Colocó el ordenador sobre la mesita del salón y esperó paciente mientras el obsoleto aparato se iniciaba. La instalación de los programas y actualizaciones necesarias para navegar por Internet estuvo a punto de sacarla de sus casillas, y tuvo que contenerse para no estrellar el portátil contra la pared. Seleccionó la opción de navegación privada y escribió su propio nombre en el buscador de Google. Más de medio millón de resultados sobre Irene Ochoa en menos de un segundo. Deslizó el cursor despacio, leyendo los titulares que la describían como una maníaca homicida que había conseguido burlar a la policía momentos antes de ser detenida. No había entradas recientes. Las últimas noticias tenían varias semanas de antigüedad y en ninguna de ellas se hacía referencia a su relación con David. Por suerte, su nombre se había mantenido alejado del escándalo, al menos de momento.

Colocó el cursor otra vez en el cuadro de búsqueda y escribió dos nuevas palabras. David Vázquez. La delgada línea parpadeaba al final de la última letra. ¿De verdad quería llenarse la cabeza con imágenes suyas, ver sus ojos, recrearse en sus labios inmóviles? Quería, sí, pero no una foto fija, lejana y pixelada. Quería a David, lo necesitaba a su lado, pero eso nunca sucedería.

Pulsó con fuerza la tecla de retroceso y realizó una nueva búsqueda: países sin tratado de extradición.

SEIS...

22 de enero, jueves

El dolor le atravesó el cráneo de lado a lado, perforándole el cerebro e instalándose detrás de los ojos en forma de lacerante latido. Tuvo que hacer un enorme esfuerzo para levantar el brazo y palparse la cabeza. David estaba convencido de que su mano encontraría una herida abierta, un surco de sangre o algún hueso roto, tal era la magnitud del dolor que le sacudía, pero todo parecía estar en orden. Todo, salvo que no sabía dónde estaba, cómo había llegado hasta allí ni cuánto tiempo llevaba inconsciente. Lo último que recordaba era el suelo de gravilla de la Taconera acercándose peligrosamente hacia su cara. Después evocó un aroma húmedo, algo blando bajo su cuerpo y un ligero pinchazo en el hombro.

Despegó la lengua del paladar y la pasó por sus labios agrietados. La angustiosa necesidad de beber sustituyó por un instante al dolor de cabeza, pero pronto ambos padecimientos se unieron, provocándole una nauseabunda sensación de mareo. Abrió despacio los ojos, temiendo el punzante azote de la luz, pero nada cambió cuando separó los párpados. Pestañeó un par de veces, hasta convencerse de que estaba rodeado de la más absoluta oscuridad. Giró la cabeza a ambos lados con cuidado, buscando alguna referencia, una pequeña sombra a la que agarrarse, que le garantizara que no estaba muerto, pero ni un solo átomo de luz acudió en su auxilio. Cerró de nuevo los ojos y aguzó el resto de sus sentidos.

La nariz se le llenó de humedad y moho. Le recordó el olor de las cuevas en las que solía esconderse con sus amigos cuando eran adolescentes en busca de un rincón aislado en el que fumar sin ser sorprendidos los pitillos que les habían robado a sus padres. Y al igual que en la cueva, el único sonido que logró distinguir fue el de un lejano chapoteo, el ruido que provoca una gota al caer sobre una superficie líquida. No era un sonido ágil, sino más bien el perezoso deslizarse del agua hasta encontrar su sitio natural.

El terreno sobre el que estaba sentado era de cemento u hormigón, una superficie lisa, basta y fría con guijarros sueltos. No estaba, pues, en una cueva, sino en algún lugar construido por el ser humano. Sintió en la espalda la misma frialdad que en las piernas. La superficie irregular de la pared era, sin embargo, algo más fina que la del suelo, como si se tratara de un muro encalado en el que se hubieran abierto grandes desconchones. Estiró despacio las piernas y extendió las manos sobre el suelo, moviéndolas con cuidado, intentando establecer los límites del lugar. Sus dedos tantearon el terreno con cautela, hasta que le sobresaltó una sensación inesperada. Palmeó el suelo y comprobó que a su izquierda había una superficie mojada, un pequeño charco lo bastante grande como para permitirle hundir la palma casi por completo. Agradeció el frescor que le proporcionó el agua estancada al pasarse la mano por la cara. La mojó de nuevo y se llevó los dedos a la boca, regalándoles a sus áridos labios una mínima hidratación. Luchó contra sus instintos, que le exigían abalanzarse sobre el charco y beber hasta saciarse, e impuso el pensamiento racional. Beber aquel líquido podía acarrearle serios problemas, más incluso de los que ya tenía, si las bacterias que proliferan en el agua estancada se confabulaban para destrozarle el estómago, así que tuvo que conformarse con asomar la punta de la lengua a los labios humedecidos antes de continuar.

El siguiente paso era ponerse en pie. Dobló las piernas y presionó la espalda contra la pared en busca de un apoyo fiable. Colocó las manos abiertas sobre el suelo, a ambos lados de su cuerpo, y se dispuso a levantarse, pero un nuevo latigazo de dolor le obligó a desistir. A la intensa jaqueca se unió una fuerte presión en el pecho y en la espalda que le dificultaba la respiración. Sintió un dolor nuevo, que nacía en el interior de su cuerpo y se extendía a través de los músculos y tendones por todo el tórax. Se dejó caer en el suelo, apoyó la espalda contra la pared e intentó respirar despacio, con inhalaciones superficiales que minimizaran el suplicio que estaba padeciendo.

Apoyó la cabeza en el muro y abrió los ojos. Ante él, mirándole con los brazos cruzados sobre el pecho, como abrazándose a sí misma, Irene le dedicaba una de sus sonrisas. Cerró los ojos de nuevo, luchando contra el escozor que le producían las lágrimas. Intentó escuchar la respiración de la mujer que amaba, el sonido de sus pies al moverse, pero lo único que percibió fueron sus propios suspiros desesperados. Cuando volvió a abrirlos, Irene estaba acuclillada a su lado, casi rozándole las piernas. Una extraña luz la iluminaba en medio de la oscuridad total.

Irene… No sabía si pronunció su nombre en voz alta o si solo lo produjo su mente, pero ella, como si respondiera a su llamada, le sonrió con ternura, retirándose un mechón de pelo de la cara en un gesto íntimo que David adoraba. Intentó incorporarse, alcanzarla, tocarla, encerrarla entre sus brazos para no volver a perderla, pero lo único que consiguió fue verse arrastrado al centro de un tornado en el que dio vueltas y vueltas hasta perder el sentido. Cuando abrió los ojos de nuevo, Irene había desaparecido.

Por lo demás, nada había cambiado a su alrededor, de modo que no pudo determinar si había estado inconsciente un minuto o varias horas. Al menos, el dolor de cabeza había disminuido hasta convertirse en un molesto runrún que, a pesar de todo, le permitía pensar con cierta claridad. Se palpó despacio el pecho. Aunque no podía verlo, intuyó que debajo del abrigo encontraría unos cuantos hematomas de buen tamaño, a juzgar por el dolor que le produjo la ligera presión ejercida con sus dedos.

Apoyó una vez más la espalda contra la pared, respirando despacio para controlar las agudas punzadas que nacían en sus costillas, que supuso rotas o fisuradas. Concentró todas sus fuerzas en las piernas flexionadas y comenzó a levantarse muy despacio, centímetro a centímetro, temeroso de que su cabeza chocase con un obstáculo inesperado. Se alzó con las manos pegadas al muro, palpando el tabique del que se desprendían diminutos fragmentos de lo que parecía cal, pintura o cemento envejecido. El frío de la pared le atravesó la ropa, provocándole un involuntario temblor. Se detuvo un instante, hasta ser de nuevo dueño de sus movimientos, y se estiró por completo. Su agitada respiración retumbaba como un trueno contra unos muros que intuía cercanos. Ponerse en pie tuvo un efecto balsámico sobre su mente. Controlaba su cuerpo y su cerebro, había conseguido no dejarse llevar por el pánico y se sentía capaz de ponerse en marcha y buscar una manera de salir de allí. Después llegaría el momento de pensar en lo sucedido, buscar al culpable y curarse las heridas.

Movió la cabeza a un lado y a otro con los ojos muy abiertos en busca de un atisbo de luz, husmeando como un sabueso tras la pista correcta, pero la oscuridad había extendido su manto opaco sobre él, envolviéndolo en las tinieblas. Una creciente inquietud se instaló en su estómago, retorciéndole las tripas y provocándole una breve arcada. Extendió los brazos en forma de cruz y comenzó a moverlos arriba y abajo. Buscaba una salida, una rendija a la que asomarse, una partícula de luz que utilizar como guía. Decidió avanzar hacia la izquierda, hacia el agua estancada. Con suerte, el líquido procedería de una abertura en el suelo o de algún paso subterráneo que pudiera guiarle hacia el exterior. Se movió con precaución, tanteando el suelo con el pie antes de apoyar el peso del cuerpo. A cada paso que daba se detenía brevemente y braceaba en círculos a su alrededor, esperando encontrar otra pared, un agujero, una escalera o, por qué no, una puerta. Luchaba para no dejarse vencer por la opresiva oscuridad que lo asfixiaba.

Intentó recordar las tácticas aprendidas a lo largo de los años para mantener la calma en situaciones extremas. Rememoró la mirada enfebrecida de Edward Thompson, un militar norteamericano especializado en lucha antiterrorista al que conoció durante unas jornadas en las que este era el ponente estrella, el hombre que les enseñaría a superar con éxito cualquier amenaza. Les habló del control de la mente, del rápido examen de la situación, de la necesidad de escuchar con atención y mirar más allá de lo que ven los ojos. Hizo hincapié en el análisis de la realidad y, sobre todo, en la paciencia. Cuando solo se tiene una posibilidad de sobrevivir, es especialmente importante saber escoger el único momento oportuno, el que nos llevará de vuelta a casa sanos y salvos. La precipitación solo conduce al fracaso, al igual que la duda. Decisión, mente fría, calma y atención son las claves del éxito.

Más tarde, en el bar del hotel en el que se celebró la conferencia, David descubrió a un hombre menos sosegado de lo que pretendía mostrar, un soldado al que las muchas batallas libradas habían pasado una dura factura, tanto física como espiritual. Thompson era un hombre roto que sobrevivía, burdamente remendado por el psicoanálisis y los medicamentos, narrando a los demás las situaciones extremas que le habían convertido en un héroe, el papel para el que creía haber nacido y para el que su padre, militar como él y muerto en combate, le había educado desde niño. Lucía con orgullo sus condecoraciones en la pechera de la guerrera, convencido de que los galones le situaban un escalón por encima de quienes le escuchaban. Se sentía orgulloso de sus heridas y nombraba con cariño a los compañeros que dejó por el camino, caídos en defensa de la libertad. Pero David sabía que, una vez apagadas las luces, despedidos los asistentes y cerrada a cal y canto la puerta del dormitorio, los fantasmas le rodearían sin piedad, le asaltarían tenebrosas pesadillas y se vería arrastrado a una oscuridad tan siniestra como la que le rodeaba a él en esos momentos.

Respiró hondo mientras se prometía a sí mismo telefonear al teniente norteamericano en cuanto saliera de allí para contarle lo útiles que le habían sido sus consejos. Vació su mente de cualquier otra sensación que no fuera la pared que sentía a su espalda, el suelo bajo sus pies, la gravilla suelta que crujía al ser aplastada por sus botas, el eco de la gota cayendo sobre el agua, que ahora percibía más nítida y cercana, y la áspera rugosidad que palpaba con sus manos. Cerró los ojos y dio vida a lo que estaba sintiendo. Su mente reprodujo un espacio amplio, vacío y húmedo. Presentía que el agua procedía de filtraciones, lo que le llevó a pensar que posiblemente se encontraba en un sótano. Necesitaba dar con el punto de acceso, el lugar por el que le habían llevado hasta allí. Aceleró un poco el paso, convencido de que no iba a toparse con obstáculos insalvables. Unos segundos después, su mano izquierda chocó con un nuevo muro, una pared que formaba un ángulo de noventa grados con la que tenía a su espalda. Apenas había dado cuatro pasos hasta llegar al rincón. Era un sótano pequeño, poco más que un trastero. Alzó las manos sobre su cabeza y estiró los brazos todo lo que pudo, pero sus dedos no encontraron el techo. Siguió avanzando con la misma cautela a lo largo del segundo muro. Encontró nuevas zonas húmedas, cubiertas por amplias capas de moho blando y frío. Recorrió la tercera pared con la misma suerte que las dos anteriores, sin hallar ninguna puerta, ventana o abertura de ningún tipo. Solo le quedaba una posibilidad, que debía de ser la buena.

Se detuvo en el tercer rincón y respiró hondo. Había conseguido ignorar la opresiva oscuridad y minimizar el dolor que le azotaba el pecho y el costado cada vez que respiraba. La salida tenía que estar cerca. Controló la ansiedad que lo invadía y dio el primer paso. Nada. Subió y bajó las manos con el cuerpo pegado a la pared para sentir cada rugosidad, cada marca, en busca de la bisagra que le sacaría de allí. Nada. Dio un nuevo paso, y luego otro más, repasando con la punta de los dedos cada centímetro de muro. Otra vez nada. Un fuerte pellizco en la boca del estómago le hurtó un par de inspiraciones. Movió los párpados para precisar si tenía los ojos abiertos o cerrados, respiró todo lo que le permitieron sus lesionadas costillas y siguió avanzando.

Nada.

Cuando su pie topó con la primera pared sintió que todo el dolor y el miedo contenidos hasta ese momento se abalanzaban sobre él como lobos hambrientos que permanecían al acecho, agazapados detrás de su simulado valor, esperando a que su víctima comprobara por sí misma que no tenía escapatoria, a que comprendiese que iba a morir allí.

La uniformada silueta del teniente Thompson se perfiló de nuevo en su mente durante unos instantes, pero el militar no podía ofrecerle ninguna respuesta válida. Que no hubiera encontrado una puerta no significaba que no existiera ninguna abertura, simplemente no había sido capaz de hallarla en la primera inspección. Deslizó despacio la espalda por la pared hasta sentarse. Revisaría el suelo palmo a palmo en busca de una trampilla o un hueco. Se negó a pensar en lo que pasaría si tampoco había una salida en el pavimento, porque entonces la única vía de escape estaría en el techo, y no tenía ni idea de cómo alcanzarlo. Se puso a cuatro patas y tanteó el suelo. La humedad era mayor que en las paredes. Encontró unos cuantos charcos a su alrededor, amplias zonas acuosas rodeadas de varios centímetros de moho.

Estaba dando su tercer paso cuando un sonido rompió la quietud del lugar. ¿Había sido un estornudo? El ruido le pilló desprevenido, pero el eco lo retuvo el tiempo suficiente como para captarlo sin ninguna duda. No estaba solo. Detuvo en seco su avance y esperó en silencio.

—¡Atchís!

Estaba claro que no había sido su imaginación jugándole una mala pasada. Había alguien más en aquel agujero.

—¡Calla!

—Lo siento…

¡Eran voces infantiles! Había al menos dos niños no muy lejos de donde él se encontraba.

—Hola —dijo en voz alta. Su voz sonó atronadora en medio de tanto silencio. Los niños no contestaron—. Hola —repitió—. Me llamo David, soy policía. ¿Quiénes sois?

—No hables.

La voz, poco más que un susurro en su origen, le llegó sin embargo alta y nítida gracias a la ausencia de cualquier otro sonido.

—¿Por qué no? —replicó la otra voz—. Pues enciende la luz.

—Vale, pero cállate. Nos han dicho que estemos callados.

—¡Eh! Conmigo podéis hablar. —David se esforzó por no transmitir el nerviosismo que sentía—. ¿Por qué no encendéis la luz? Esto está demasiado oscuro. Sois unos valientes por aguantar tanto rato en silencio y a oscuras.

Los niños parecieron dudar durante los segundos que permanecieron mudos. De pronto, un clic convirtió el negro en gris. David se levantó del suelo e inspeccionó rápidamente los escasos metros que se habían iluminado a su derecha, mientras que a su izquierda la pálida luz blanquecina no había sido capaz de darle ni un pequeño mordisco a las tinieblas. Giró sobre sí mismo, descubriendo horrorizado el lugar en el que se encontraba. Ni en la peor de sus pesadillas habría imaginado un sitio como aquel.

Desde luego, no era un sótano; le recordaba más bien

249

a un pozo, un hueco excavado en el suelo, una tumba a la espera de la tierra que la cubriera. La superficie apenas superaba los doce metros cuadrados, pero lo que realmente le preocupó fueron los altos muros, de al menos cinco metros, que le rodeaban. Las paredes, pintadas de blanco muchos años atrás, lucían sucias, arañadas por el tiempo y la humedad, que se extendía lenta e inexorable como un tumor bajo la piel. No alcanzó a distinguir ningún techo sobre su cabeza y, lo que era peor, tampoco descubrió puerta alguna, ni siquiera una pequeña ranura, aunque la zona que permanecía a oscuras era mucho más amplia que aquella en la que ahora clareaba una tenue luz artificial. Paseó la vista por el suelo de hormigón, salpicado, como los muros, por extensas humedades verdosas. No vio tubos ni desagües; tampoco trampillas salvadoras, aberturas ni cancelas, solo cemento sin pulir, agua estancada y pequeños guijarros sueltos.

—¿Estáis bien? —preguntó. Los niños permanecían de nuevo en silencio, aliviados sin duda por una iluminación que, aunque escasa, obligó a escapar a los numerosos fantasmas que moraban en la oscuridad.

—A Markel le duele la tripa.

David movió con fuerza la cabeza. Cómo podía haber sido tan estúpido. Markel. Pues claro. Markel y Maite. Los hijos de Íñigo y Raquel. Antes de que la mente se le llenara de nuevo de especulaciones e ideas, se acercó al muro más próximo al lugar del que procedían las voces.

—¿Le duele mucho?

—Dice que no —respondió la niña tras un breve silencio—. Pero los dos tenemos frío y un poco de hambre.

—¿Desde cuándo no coméis?

—Ayer un señor nos trajo una bolsa con cosas para comer, pero la tortilla lleva cebolla y Markel no la quiere ni probar. Me la he comido yo casi toda y a él le he dejado el pan y los quesitos.

—¿Os dijo ese señor cuándo volvería?

—Nos prometió que vendría pronto. Nos dijo que era un amigo de papá, que tenía que arreglar unas cosas con mamá y la abuela, pero está tardando muchísimo.

—Este sitio no me suena nada —comentó David—. ¿Sabéis dónde estamos?

Los dos niños permanecieron unos instantes en silencio. Después fue la voz pausada de Markel la que rompió la quietud del lugar.

—El amigo de papá nos contó que en este sitio hubo una guerra con muchos muertos, pero que hace ya muchos años que no hay nadie, así que no tenemos que tener miedo. Dijo que es un buen sitio porque aquí no podrán encontrarnos los que nos quieren hacer daño.

—¿Alguien os quiere lastimar?

—Él dice que sí, y que por eso es importante que le hagamos caso, que estemos tranquilos y que le esperemos. Vendrá enseguida y nos iremos a casa. Nos lo ha prometido.

—¿Conocíais a ese amigo de vuestro padre? ¿Le habíais visto antes?

Los niños parecieron dudar durante unos instantes.

—Es que no lo hemos visto bien —reconoció Maite finalmente—. Estábamos dormidos cuando nos dejó aquí, y cuando viene no le vemos, porque la luz que tiene nos hace daño en los ojos.

—¿Y la voz? ¿Qué me decís de su voz? ¿Os resulta familiar?

—¡A mí sí que me suena un poco! —Markel casi gritó, encantado de adelantarse a su hermana por una vez—. Pero no me acuerdo de quién puede ser.

251

Mientras hablaban, aprovechó la exigua luz para explorar de nuevo las cuatro paredes. Caminó despacio, palpando los muros con las manos abiertas, recorriendo con los dedos cada una de las grietas superpuestas en la cal húmeda, sinuosos caminos que no llevaban a ninguna parte. La débil iluminación le permitió descubrir sutiles cambios en la coloración de las paredes, divididas en franjas horizontales que iban desde el blanco de la parte más alta hasta el amarillo parduzco de la zona más cercana al suelo. Serpenteantes estelas de agua se deslizaban desde lo alto, formando charcos y alimentando el moho que crecía en el solado. No era un flujo continuo, pero le pareció que, en algún momento, tiempo atrás, lo había sido. El niño volvió a estornudar, devolviéndole a la realidad. Se dirigió al rincón de la derecha, a la zona más iluminada, y se esforzó por pensar con claridad.

—¿Cómo os bajaron hasta aquí? No encuentro ninguna puerta.

David intentó que su voz sonara tranquila y natural. No quería alarmar ni asustar a los niños, que ya tenían bastante con permanecer encerrados y a oscuras en aquel lugar.

—No lo sé, estábamos dormidos cuando vinimos —respondió Maite.

—Pero tú te caíste —añadió el pequeño—. El amigo de mi papá quiso poner una escalera, pero no le dio tiempo y ¡pum!, fuiste de golpe hasta el fondo.

Una caída desde varios metros explicaría el dolor que sentía en el pecho y el costado. Apostaba a que tenía al menos dos costillas rotas, a juzgar por el intenso sufrimiento que le causaba llenar los pulmones de aire.

—Como no hablabas —continuó en voz más baja—, pensamos que te habías muerto, pero al rato te oímos llamar a tu madre.

—¿A mi madre? —preguntó David extrañado.

—Decías: «Irene, Irene». Es tu madre, ¿no? Parecía que llorabas un poco cuando la llamabas. A veces nosotros llamamos Raquel a nuestra mamá. A ella no le gusta, pero se lo decimos para hacerla rabiar.

Recordó las vívidas imágenes de Irene arrodillada a su lado, sonriéndole mientras se retiraba el pelo de la cara, mirándole como si nada hubiera pasado. Casi pudo sentir su aliento sobre la cara y el calor de su mano al rozarle el brazo. Ahuyentó de su mente la visión de la mujer que le había arruinado la vida y se levantó el jersey para comprobar el estado de su tórax. Vislumbró una zona amoratada que no se atrevió a tocar, pero no encontró ninguna herida abierta. No había rastro de sangre, ni fresca ni seca, aunque le pareció que el hematoma se extendía ampliamente hacia su espalda. Volvió a cubrirse y se cerró el abrigo. Hacía mucho frío allí y la humedad no hacía sino contribuir a que la sensación térmica fuese todavía más baja. Se había mojado el pantalón al agacharse para explorar el suelo y ahora la tela se le pegaba a la pierna, provocándole involuntarias tiritonas y erizándole el vello de todo el cuerpo cada vez que le recorría un escalofrío. Los dientes provocaron un estrépito de hueso entrechocando que retumbó en el fondo de su cerebro, urgiéndole a buscar una salida.

—¿Cuándo volverá ese señor?

Consiguió solo a medias que sus muelas no repiquetearan mientras hablaba.

—Dijo que vendría pronto, pero ya ha pasado mucho rato.

—No hace falta que le digáis que hemos hablado, así no se enfadará con vosotros. Yo tampoco le diré nada, ¿de acuerdo?

—De acuerdo —respondieron ambos.

—Me pregunto si podríais acercar la luz a la pared de vuestra izquierda y levantarla un poco, así se iluminaría la parte más alta y podría ver mejor dónde estamos. ¿Qué os parece?

Los niños se movieron con rapidez, entusiasmados ante la posibilidad de hacer algo después de permanecer agazapados durante horas. Su nuevo e inesperado amigo parecía simpático, así que no dudaron a la hora de hacer lo que les pedía. Se pusieron en pie todo lo rápido que pudieron, sacudiendo las piernas entumecidas y recolocándose la ropa. David escuchó sus pasos cortos acercándose a la pared. No estaban encerrados en el foso anexo, sino que entre ambas celdas había varios metros de distancia, lo que disminuía considerablemente la eficacia de la iluminación. Sin embargo, cuando Maite, alegando su superioridad métrica, se hizo con la lamparita y la alzó sobre su cabeza, David pudo percibir con cierta claridad los detalles del lugar en el que se encontraba.

Confirmó la ausencia de vanos, huecos o ventanas en la parte media e inferior del foso. Paseó la vista alrededor y sintió que su ánimo decaía por momentos. Giró a la izquierda, hacia la zona en penumbra, y escudriñó la pared una vez más. Sobre su cabeza, a unos tres metros del suelo, creyó ver una franja vertical más oscura, un hueco de apenas cincuenta centímetros de anchura y cuyo límite superior se perdía en la negrura. Los acelerados latidos de su corazón retumbaron contra sus doloridas costillas, pero el descubrimiento supuso una inyección de adrenalina que le empujó a ignorar el dolor y estirarse todo lo largo que era para intentar alcanzar el borde del vano. Sumó la longitud de los brazos a sus ciento ochenta y seis centímetros de altura y rozó el alféizar con la punta de los dedos, pero no era suficiente como para apoyarse con fuerza y alzarse.

Un violento estruendo metálico los sobresaltó a todos. El rasgar del hierro y el crujido de unos goznes se apoderaron del silencio, que desapareció para dejar paso a un tumulto de susurros, carreras de pasos cortos y exclamaciones en voz baja.

—¡Ya viene! —Los niños bajaron la voz, atemorizados ante la presencia del hombre, y se apresuraron a apagar la luz y volver al rincón en el que llevaban horas acurrucados.

David, sumido de nuevo en la oscuridad, no pudo evitar que los dedos se le resbalaran del estrecho alféizar que había acariciado durante unos insuficientes instantes. Apenas tuvo tiempo de colocar los pies para evitar rodar por el suelo. Su cuerpo produjo un ruido sordo contra el cemento. El dolor le atravesó de nuevo, dejándole sin respiración y obligándole a incorporarse muy despacio. Temía que las costillas rotas terminaran por perforarle un pulmón, agravando aún más su precario estado.

Golpes secos de pasos. Alguien bajaba por una escalera. La claridad que se adivinaba sobre su cabeza crecía a cada segundo. ¿Cuántas zancadas había dado el visitante? No conseguía concentrarse. Veinte, quizá veintidós, o tal vez solo una docena… ¿Cómo de lejos estaba la puerta que había abierto? Poco a poco, todavía sentado y con las piernas recogidas cerca de su cuerpo, David se deslizó hasta encontrar la pared, que le ofreció un apoyo reparador.

El potente haz de luz tardó solo un minuto más en iluminarlos. Los niños comenzaron a gritar, pidiendo que los sacaran de allí. El pequeño Markel apenas conseguía controlar el hipo que le provocaban las lágrimas. Después de tanto tiempo siendo mayores, el alivio de saber cercano a alguien que decía ser amigo de su padre los convirtió de nuevo en dos niños asustados y ansiosos por abandonar aquella infame madriguera.

Antes de llegar hasta ellos, el foco se detuvo unos instantes sobre David. La linterna rastreó el suelo hasta dar con el inspector, que tuvo que cubrirse los ojos con la mano para protegerse de la cegadora luminosidad. Pocos segundos después, los pasos, que producían un curioso tintineo, se reanudaron en dirección a los niños. Mientras avanzaba, David descubrió a varios metros sobre su cabeza la estrecha pasarela metálica por la que acababa de pasar el desconocido. El puente no tendría más de medio metro de anchura y solo estaba protegido por un oxidado pasamanos metálico a la altura de las caderas. Todo el conjunto ofrecía un aspecto deplorable y descuidado. Mientras el secuestrador avanzaba, repasó mentalmente los edificios abandonados de Pamplona, pero no recordó ninguno que incluyera en su construcción pozos subterráneos, escaleras de hormigón y pasarelas metálicas.

—¡Hola! —La voz, oculta tras una bufanda o algún tipo de tela gruesa, sonó falsamente animada, como la de un hombre poco acostumbrado a las expresiones de alegría—. Os he traído zumos, unos bocadillos de atún con mayonesa y unas tabletas de chocolate. Os lo voy a bajar con la cuerda, como antes, ¿de acuerdo?

Los niños permanecieron en silencio. Acurrucados junto a la pared, abrazándose el uno al otro, intentaban fijar la vista en el hombre oculto tras la cegadora linterna.

—¿Necesitáis más mantas? —preguntó tras un instante de duda—. Tengo un par más arriba, aunque están un poco sucias, pero puedo traéroslas si tenéis frío.

—¿Cuándo vamos a ir con mamá y papá?

La voz de Maite, poco más que un susurro, llegó sin

embargo clara y nítida a los oídos de quien los observaba amparado por la oscuridad. El hombre sintió cómo se le tensaban los músculos de la espalda. Apretó los puños alrededor de la cuerda con la que bajaba la bolsa con la comida y la deslizó rápidamente hasta el suelo.

—Soltad el nudo —ordenó. Esperó unos segundos antes de repetir la orden en un tono mucho más tajante, haciendo una pequeña pausa entre cada una de las palabras—. He dicho que lo soltéis.

Maite se deshizo del abrazo de su hermano y corrió hasta la bolsa, que resplandecía bajo el foco de la linterna. Soltó el nudo con dedos ágiles y miró hacia arriba, esperando distinguir al hombre que los retenía, pero la cegadora luz lo mantenía oculto, convertido en una siniestra sombra que les hablaba en tono amenazador. Cogió el paquete y retrocedió hasta encontrar de nuevo a su hermano, que la miraba con los ojos muy abiertos.

—Saldréis muy pronto de aquí, os lo prometo. —El secuestrador suavizó su voz, convirtiéndola en un murmullo acariciador—. Todo será más fácil si os mantenéis tranquilos; no va a pasaros nada malo, de verdad.

—Queremos salir ya —insistió Maite. La niña se mordió la lengua para no preguntar una vez más por su madre. Temía la reacción del hombre, que se tensaba como un arco cada vez que la mencionaban.

—Ya no falta nada —les prometió una vez más—. Abrigaos bien y comed lo que os he traído. Y bebeos todo el zumo —añadió—, vuestro padre me ha dicho que es del que os gusta.

Recuperó la cuerda y la guardó en la pequeña mochila que llevaba a la espalda. Enfocó con la linterna a los niños, de nuevo acurrucados uno junto al otro en el húmedo foso, y se dispuso a marcharse.

—Volveré pronto. Ahora tengo que hablar un momento con el señor que está aquí al lado. Guardad silencio, ¿de acuerdo? Como los niños buenos que sois.

David, que había permanecido atento a la conversación, se concentró en el haz de luz que se aproximaba, intentando captar todos los detalles posibles del lugar en el que le mantenían secuestrado. La pasarela metálica era un enrejado sencillo al que podría agarrarse si consiguiera alcanzar el extremo superior del pozo, aunque no veía el modo de superar los cinco metros que le separaban del borde. La pared, completamente lisa, no mostraba más oquedad que el estrecho ventanuco a unos tres metros del suelo que ya había conseguido palpar, y ni siquiera estaba seguro de que condujera a alguna parte o de que su cuerpo pudiera colarse por el hueco. En lo alto, a la izquierda, continuando por el estrecho puente, distinguió el dintel superior de una puerta con forma de arco. Supuso que detrás encontraría unas escaleras que ascenderían hasta el exterior.

El foco de la linterna le golpeó directamente en la cara, cegándole y provocándole un intenso dolor de cabeza detrás de los ojos. Apretó los párpados, que apenas le protegieron del haz agresor, y esperó a que su captor se cansara de mirarle. La luz le caldeaba las mejillas y la frente. Cuando el calor comenzó a ser insoportable, bajó la cabeza y colocó la mano a modo de visera. El foco se movió entonces unos centímetros hacia arriba, lo que le permitió abrir los ojos y fijar la vista en el hombre que le observaba en silencio. El fuerte contraluz le cobijaba. Por su altura y complexión, podía ser cualquiera. Incluso Fernando Aguilera.

—¿Quién eres? —preguntó en voz alta.

No obtuvo respuesta. El hombre continuó estudiándolo

en silencio durante unos interminables segundos, en los que la quietud del lugar solo se veía interrumpida por los cada vez más esporádicos sollozos de los niños.

—Inspector Vázquez —dijo por fin—. Lamento haberle hecho daño. No lo tenía previsto, pero a veces las cosas suceden sin más, ocurre algo inesperado y se presenta ante ti una oportunidad que no puedes dejar pasar.

—Nada de lo que ha hecho hasta ahora parece casual. Al contrario, creo que lo tenía todo perfectamente planeado.

—Bueno, es posible que sí, no se lo voy a negar.

—¿Cree que librándose de su familia conseguirá conquistar a Raquel Gimeno? ¿Que podrá aparecer ante su puerta como un caballero andante, como su paño de lágrimas, y convertirse en alguien imprescindible en su vida? Permítame que le diga que eso solo pasa en las películas. En la vida real, la policía ya está tras su pista y no tardaremos mucho en detenerle.

El hombre no contestó. Parecía como si estuviera meditando sobre las palabras de Vázquez, pensando quizá en la posibilidad de que su plan no saliera bien. Con lo que no contaba David era con la sonora carcajada que escapó de su garganta, una risotada grave y hueca que retumbó durante largo rato en las paredes de aquel agujero.

—La policía, siempre elucubrando, imaginando conspiraciones, inventándose sospechosos y dando palos de ciego. ¿No le aburre su vida, inspector? Apuesto a que un poco sí. Aunque últimamente las cosas se le han puesto interesantes… He estado leyendo sobre usted.

David casi podía adivinar la sonrisa torcida que acompañaba a sus palabras.

—Señor Aguilera… Fernando, esto se le ha ido de las manos. Una cosa es enviarle poemas a una mujer casada y otra muy distinta es secuestrar y asesinar a su familia cuando le rechazan.

Unos segundos de silencio. David sabía que había dado en el clavo.

—¿Rechazo? No tiene ni idea de lo que está diciendo, ¡ni idea!

—Raquel me ha hablado de sus insinuaciones, me ha enseñado los poemas que le enviaba, y me ha asegurado que le rechazó con firmeza, aunque seguían trabajando juntos. No siente nada por usted, nada en absoluto. Está casada y no va a abandonar a su marido.

—Elucubraciones, invenciones, cavilaciones fútiles.

El hombre se separó de la barandilla, preparándose para marcharse. David tenía que jugar una última baza.

—Libere a los niños. Ellos no tienen la culpa de nada. Raquel jamás se recuperará de su pérdida, ni a su lado ni con nadie. Ya tiene a su marido, ha matado a su madre, ¿qué más quiere?

—Los niños están bien, y pronto estarán mejor. Los sacaré de aquí en cuanto ate un par de cabos que han quedado sueltos.

—Tiene que liberarlos ahora, hoy mismo. Van a enfermar en este agujero húmedo. Son muy pequeños, no puede mantenerlos encerrados y a oscuras ni un minuto más.

—Solo un poco más —respondió ásperamente.

David, ignorándole, continuó hablando en el mismo tono autoritario.

—Liberar a los niños puede ayudarle en el futuro; cuando le juzguen por secuestro y asesinato, el haber protegido a los pequeños puede ser un punto a su favor. Aunque, por supuesto, mantener retenido a un inspector de policía le va a complicar mucho las cosas.

De nuevo, silencio. Después habló en el mismo tono desenfadado que utilizarían dos amigos que comparten una cerveza en la barra de un bar.

—¿Ha visto a Raquel últimamente? ¿A usted también lo ha engatusado con su aspecto frágil, como de muñequita indefensa? No se deje engañar. A pesar de su apariencia, Raquel es una mujer muy fuerte. Es dura, resistente… Dígame —insistió—, ¿cómo está Raquel?

—¿Cómo cree que está? ¿Cómo espera que esté? —A pesar de sus esfuerzos por mantener un tono calmado, no pudo evitar que la furia tiñera las palabras que se deslizaron entre sus dientes.

—Con esa mujer nunca se sabe.

—Está conmocionada por la desaparición de sus hijos y su marido y destrozada por la muerte de su madre. Fue especialmente cruel dejar el cadáver en la puerta de su casa.

David cambió ligeramente de posición, buscando la manera de minimizar el dolor que le atravesaba el costado. Estiró las piernas e intentó enderezar despacio el torso, aliviando así la presión en la zona lumbar. La sombra muda sobre la pasarela le observaba.

—Suéltelos —insistió. Hacía un buen rato que no oía a los pequeños, pero sabía que seguían allí, acurrucados en el fondo de aquel pozo.

—Voy a lanzarle un paquete con agua y algo de comida —masculló a modo de respuesta.

David soltó un bufido airado que él ignoró, igual que sus peticiones. Una bolsa de plástico cruzó volando los cinco metros que los separaban hasta caer cerca de las piernas estiradas del policía. La alcanzó sin apenas esfuerzo y estudió su contenido. Dos pequeños botellines de agua y lo que parecían otros tantos trozos de pan envueltos en papel de aluminio. Abrió con avidez una de las botellas y bebió la mitad de su contenido de un solo trago. El agua le refrescó la garganta e hizo que se sintiera un poco mejor. Apoyó de nuevo la espalda en la húmeda pared e inclinó también la cabeza hasta sentir el cemento en la nuca. Cerró los ojos un instante mientras apuraba el resto del líquido. Cuando volvió a abrirlos, la sombra se había sentado en el borde de la pasarela, con los pies colgando hacia el interior del agujero. Calculó cuánto tendría que saltar para alcanzarle los pies, pero en su estado y sin poder agarrarse a ningún sitio no tenía ni la más mínima posibilidad de rozarle siquiera el zapato. Enfocó la mirada hacia donde suponía que estaban sus ojos y esperó.

El haz de luz se movió despacio sobre la superficie de su prisión, dándole la oportunidad de analizar el lugar con detalle. Sus esperanzas, aunque vagas, se desvanecieron rápidamente al comprobar lo que sus manos ya habían intuido. No había puertas, trampillas ni escaleras en aquel pozo. El techo se situaba a más de veinte metros sobre su cabeza, y ni siquiera ahí distinguió una salida. Solo había una forma de salir: alcanzar la pasarela y cruzar la puerta. Sin embargo, no tenía ni idea de lo que le esperaría al otro lado. Quizá otra puerta cerrada.

—¿Sabe qué lugar es este? —El hombre habló en voz baja, casi susurrante, pero la ausencia de cualquier otro sonido la llevó nítida hasta sus oídos. Vázquez se limitó a negar con la cabeza. No quería hablar con ese hombre, pero necesitaba tiempo—. Es el fuerte de San Cristóbal. ¿Le suena?

David conocía superficialmente la zona, un enclave militar abandonado, sin ningún uso actual pero frecuentado por paseantes, deportistas y republicanos de todas las edades que acudían al lugar a rendir homenaje a los miles de hombres que padecieron cautiverio entre aquellas paredes durante la Guerra Civil. En varias ocasiones ascendió con Mario Torres los empinados caminos, buscando rutas alternativas para correr. Era un ascenso duro y una bajada peligrosa, pero como ejercicio resultaba inmejorable. Nunca había cruzado la enorme puerta enrejada, siempre cerrada a cal y canto, que separaba la vida civil de aquel antiguo penal militar.

—¿Y esto qué era? —preguntó extendiendo los brazos—, ¿una celda de castigo?

La risa de su captor sonó extraña en medio de aquel tenebroso lugar. Fue una carcajada áspera, apenas dos golpes de garganta y un breve eco en la boca, con los labios apretados para que la alegría no llegara al exterior.

—Esto son los aljibes, unas enormes piscinas preparadas para recoger el agua de lluvia y almacenarla. En el exterior se dispusieron canalizaciones que conducían el agua hasta la parte superior de los aljibes, y desde allí se distribuía en los ocho depósitos. Esto garantizaría el suministro en caso de asedio. Nadie puede impedir que llueva…

David dedujo que las zonas decoloradas en las paredes eran en realidad las marcas de la altura que había alcanzado el agua al llenarse los aljibes, y comprobó que había señales oscuras muy por encima de su cabeza. Intentó recordar el número de días que, de media, llovía en Pamplona. El resultado era tan alto que le extrañaba no haberse ahogado todavía allí dentro.

—Hace muchos años que los conductos están rotos o atascados —añadió, como si hubiera escuchado sus pensamientos—. Todo el interior ha sido saqueado en varias ocasiones. Han arrancado las puertas y las verjas, se han llevado los azulejos y los inodoros, han derribado muros, infestado las paredes de sucios grafitis e incluso han robado las argollas en las que se ataban a los caballos. Solo quedan los clavos retorcidos y oxidados en los que los presos colgaban sus escasas pertenencias. ¿Había estado alguna vez aquí? —Lanzó la pregunta utilizando una vez más el tono desenfadado de un colega frente a unas cervezas. David, de nuevo, negó con la cabeza. El dolor del costado había disminuido durante los últimos minutos, pero sentía que un incómodo hormigueo ascendía lentamente por sus piernas—. Yo creo que todos los colegios deberían organizar excursiones a este lugar. Tiene un valor histórico y arquitectónico incalculable. Los niños aprenderían valiosas lecciones sobre el dolor y la superación, la capacidad del ser humano para mortificar a sus semejantes, el premio y el castigo, el enorme poder del compañerismo... Eso, sin olvidar el magnífico complejo en el que nos encontramos. Su historia es de lo más curiosa. ¿Le gustaría conocerla?

—Preferiría que me la contara en algún otro lugar, alrededor de una mesa, por ejemplo, en un lugar seco e iluminado. Y con los niños a salvo, por supuesto.

Él continuó hablando como si no le hubiera oído. Seguramente, pensó David, hacía rato que dialogaba consigo mismo.

—El fuerte se diseñó y comenzó a construirse en 1878. Pamplona era débil frente a la artillería utilizada durante las guerras carlistas y se decidió que una fortaleza en lo alto del monte serviría para desbaratar cualquier ataque. Literalmente arrancaron de cuajo la cima del monte, la dinamitaron y excavaron hasta construir tres niveles bajo el suelo y tres más en superficie. Además, construyeron un foso que detendría en seco el avance de la infantería enemiga. No me negará que es casi una obra faraónica. —El hombre detuvo un instante su perorata, esperando quizá la aprobación de su oyente forzado—. La orografía del terreno, lo precario de la maquinaria del siglo XIX y la ambición de los ingenieros hicieron que la obra se prolongase demasiado en el tiempo. Cuando el fuerte abrió sus puertas, en 1919, ya era un mastodonte obsoleto e inútil. La aparición de la aviación lo convirtió en un blanco fácil en caso de guerra. Paradójico, ¿no? Pero, claro, no podían mantener varada una construcción tan impresionante, así que no se les ocurrió nada mejor que utilizarla como penal militar.

»Los primeros desgraciados en pagar su delito entre estos muros fueron los sublevados asturianos y guipuzcoanos en 1934. Algunos murieron de hambre, frío y enfermedades que no se trataban porque el director del fuerte y el responsable del economato se quedaban con parte de la partida presupuestaria para medicamentos y productos de higiene. Pero lo peor llegó con la Guerra Civil. —David se esforzaba por escuchar, pero sus músculos estaban cada vez más lasos—. Miles de hombres, procedentes de todos los rincones de España, llenaron las celdas del fuerte y sobrevivieron a duras penas en las mazmorras subterráneas. No había forma de mantenerse secos. Con lluvia o sin ella, la humedad de las paredes les calaba hasta los huesos. Morían desnutridos, infestados de piojos y chinches, entre espasmos producidos por la fiebre. Cientos de personas perdieron la vida aquí, y muchos de ellos constan todavía como desaparecidos en los registros oficiales. Había tanta gente aquí dentro que era imposible mantener un listado riguroso y actualizado. Una vez me contaron que encontraron a dos hermanos de Burgos metidos en una celda diminuta. Nadie sabía cuándo habían llegado ni de cuánto era su condena, si es que habían tenido algún tipo de juicio, así que allí los dejaron hasta que alguien se apiadó de ellos y los dejó salir al patio. No constan sus nombres, ni su edad, ni si un día lograron salir de aquí.

Interrumpió un instante su discurso; paseó la linterna alrededor del aljibe y se detuvo de nuevo sobre David, que luchaba ferozmente por no dormirse. El inspector, consciente de que su captor había diluido alguna droga en el agua, intentó ponerse en pie, activar la circulación sanguínea y minimizar los efectos del somnífero, pero sus músculos se resistieron a acatar las órdenes de su cerebro, de modo que tuvo que conformarse con seguir allí sentado, escuchando la perorata de un loco que lo más seguro era que pretendiera acabar con su vida. Al menos su cabeza se mantenía más o menos lúcida y todavía era capaz de prestar atención a lo que le rodeaba.

—¿Eso es lo que piensa hacer? —Le sorprendió su propia voz, pastosa, lenta, casi alcoholizada—. ¿Dejarnos en este agujero y olvidarse de nosotros, también de los niños?

—Nadie sabe cuántos muertos hay enterrados en los alrededores del fuerte. —El hombre recuperó su discurso como si estuviera impartiendo clase ante un grupo de estudiantes—. El llamado cementerio de las botellas está perfectamente delimitado y los cuerpos que allí reposan tienen nombre y apellidos, pero las cunetas están llenas de cadáveres, poco más que unos huesos blanquecinos vestidos con andrajos comidos por los gusanos. En la guerra no se tiene consideración alguna con el enemigo. Se le pone en fila en una cuneta, preparados, listos, fuego, y a otra cosa. El siguiente grupo de condenados era el encargado de echar tierra sobre los cuerpos aún calientes, quizá todavía moribundos. Un horror... Yo no voy a hacerles eso a los niños —continuó con decisión—. Ni siquiera a usted, que en teoría es el enemigo. Seré un comandante justo y magnánimo.

—Ha dedicado mucho tiempo a planear el secuestro. Nunca he conocido a nadie como usted.

¿Cómo podían pesarle tanto los párpados? Sacudió la cabeza y miró hacia arriba, donde la sombra continuaba sentada, con los pies colgando hacia el interior del aljibe.

—Llevo meses calculando cada movimiento. Pensaba en ello mientras trabajaba, viendo la televisión, incluso en la cama. Todo lo que diseñé en mi mente se ha hecho realidad casi al milímetro. Fue sencillo.

Con un gruñido, el hombre se levantó despacio del suelo. Se sacudió el pantalón, abrochó los botones del abrigo con parsimonia y enfocó directamente a la cara de David, que no fue capaz de alzar la mano para protegerse los ojos.

—Fernando —logró balbucear con voz suplicante—, tiene que sacarnos de aquí.

—No piense, solo déjese llevar.

—Los niños no sobrevivirán mucho tiempo en estas condiciones.

Sin decir ni una sola palabra, la sombra sobre la pasarela avanzó unos metros hasta iluminar el pozo en el que mantenía a Maite y a Markel.

—Dormid, preciosos —musitó.

Un segundo después dio media vuelta y se dirigió con rapidez hacia la puerta. No prestó atención a Vázquez, que le vio pasar impotente, cada vez más sumido en las tinieblas. La pasarela repiqueteó y crujió y, por fin, un rotundo portazo le sumió en la oscuridad. Lo último que vio antes de hundirse en un profundo sueño fue el haz de luz de la linterna, cada vez más tenue, revoloteando sobre las paredes de su prisión. Después, nada.

***

—David… David… Despierta…

La voz que susurraba su nombre al oído le resultaba familiar. Dolorosamente familiar. Los músculos de su cuerpo se contrajeron en un espasmo provocado por el frío. Estaba tumbado sobre un costado, con la cabeza apoyada en el suelo húmedo y los afilados guijarros clavándosele en la piel.

—David —repitió la mujer—, tienes que despertar, no puedes quedarte aquí.

Resistiéndose a abrir los ojos, comenzó a moverse despacio, apoyando las manos en el suelo mientras se sentaba con la espalda contra la pared.

—David…

Sabía que era imposible, que Irene no podía estar allí y, sin embargo, aquella era su voz. Recordaba con claridad el timbre de sus palabras, la cadencia de sus frases, el aire siseando al cruzar sus labios. Abrió los ojos despacio. Irene, sentada en el suelo y rodeada por una extraña luz, le observaba sonriente.

—Por fin te has despertado. Estaba a punto de zarandearte un poco, pero veo que no será necesario.

—Hola —susurró David. Atrapó entre sus dedos la mano que ella le tendía y la besó despacio, con deleite. Al instante desaparecieron el frío, el dolor y el miedo.

—Me alegro de verte.

Paseó lentamente los ojos por la mujer que tenía delante. El pelo oscuro, brillante, los ojos negros, el cuello largo y pálido, la misma blusa azul que vestía la última vez que la vio, cuando se despidió de ella en la cocina de su casa y acordaron comer juntos unas horas después. Le llamaron la atención unas manchas oscuras sobre la tela de la camisa.

Parecían salpicaduras, unas gotas parduzcas que David reconoció de inmediato. Irene tenía la ropa manchada de sangre. Sus labios no llegaron a depositar el último beso dibujado. La mano quedó suspendida en el aire unos interminables segundos después de que él la soltara. Con la sonrisa congelada en la boca, Irene las apoyó en el regazo y le miró con tristeza.

—¿Qué haces aquí? —preguntó con amargura.

—Pensé que me necesitabas. —El susurro que surgió de sus labios le provocó un deseo irrefrenable de tocarlos. Extendió la mano y, una vez más, detuvo su avance tan cerca de ella que casi podía sentir el calor de su piel. Apretó los dedos en el puño y cerró los ojos.

—Es imposible que estés aquí.

—Estoy aquí —repuso ella simplemente.

Cuando volvió a abrir los ojos, Irene se había puesto en pie y caminaba hacia el fondo del aljibe. Las manchas de sangre se habían extendido sobre la tela de la camisa y el color pardo era ahora un rojo intenso y brillante. Ella no pareció fijarse en ese detalle y continuó su lento y silencioso paseo.

—Mataste a tu marido. —Irene se detuvo al oír las palabras de David. La ira vibró en su garganta, atropellándole la voz y dejándole sin respiración—. Asesinaste a Katia Roldán. ¿Y qué pasó con Marta Bilbao? ¿También tuviste algo que ver con su muerte?

—¿Tú también te has creído las patrañas del inspector Redondo? Pensé que me conocías, que confiabas en mí.

David la observó unos segundos. Unas pequeñas arrugas se dibujaron en la frente de la mujer que amaba, que deshizo rápidamente el camino andado hasta situarse de nuevo junto a él. Su camisa aparecía ahora impoluta.

—No sé qué creer —respondió con sinceridad—. Las pruebas son abrumadoras. Primero el incendio. Jugaste conmigo, me utilizaste para que no investigara a fondo. Y yo piqué como un novato. Imagino que Marta Bilbao sospechó de ti y por eso la quitaste de en medio. ¡Estaba contigo cuando te comunicaron su muerte! Y después, Katia Roldán. ¿Sabías que tenía una hija pequeña? No sé qué chanchullos os traíais entre las dos, por qué no te denunció cuando la atropellaste con tu coche, pero el final fue el mismo. He sido un auténtico estúpido. Cada vez que te miraba me quedaba ciego, era incapaz de ver más allá de tus ojos.

Tragó saliva y recordó aquellos largos silencios, su mirada ausente, los terrores nocturnos, señales de que algo extraño sucedía con Irene y que él decidió ignorar.

—¿Lo hiciste? —insistió.

Irene se acuclilló junto a sus piernas. Solo unos centímetros los separaban, pero ninguno hizo ademán de acabar con esa mínima distancia.

—La vida con Marcos era un infierno. Golpes, insultos, vejaciones… La lista es larga. Intentó matarme. Tenía que salir de allí.

—Pudiste irte, huir, denunciarle. Te habríamos protegido. Habría dado mi vida por ti.

Ella sonrió tristemente al escuchar las palabras de David.

—No habría ido muy lejos, y lo sabes. Tarde o temprano me habría encontrado. La apuesta era sencilla: su vida o la mía.

David se fundió en sus ojos oscuros durante el silencio que siguió. Escudriñó detrás de sus pupilas buscando a la mujer que amaba. La blusa azul comenzaba a teñirse de sangre una vez más.

—No nos habríamos conocido si Marcos no hubiera muerto —alegó ella con las palmas hacia arriba.

—Te habría encontrado —respondió él—. En un momento u otro, nuestros caminos se habrían cruzado. Debiste salir de aquella casa, divorciarte, pedir protección policial. Lo mataste... Como a mí...

—¿Quieres morir? —gritó Irene. David no respondió, se limitó a mirarla mientras luchaba por mantener los párpados abiertos—. ¡No puedes morir! Tienes que salir de aquí, tienes que salvar a esos niños. ¿No los oyes? ¡Están llorando! ¡David!

Irene se levantó de un salto y corrió hasta la pared opuesta.

Miró hacia el ventanuco y gritó de nuevo.

—¡David!

Su cerebro envió una orden a sus músculos, pero estos se negaron a obedecer. Sumido de nuevo en el pozo de la inconsciencia, lo último que vio fue la figura de Irene desvaneciéndose en la oscuridad.

A pesar de lo avanzado de la hora y de que muchos de los allí presentes habían comenzado su turno al amanecer, nadie hizo ademán de marcharse a su casa. La comisaría bullía de actividad. Los intercomunicadores zumbaban de manera incesante con los mensajes que las patrullas de carretera enviaban a cada momento. Los agentes iban de un lado a otro a la carrera, como si perder un segundo pudiera suponer la muerte del inspector Vázquez. Tampoco el comisario se había retirado a descansar en todo el día. Coordinó la búsqueda de la furgoneta de Francisco Gabarri y estuvo en permanente contacto con la Guardia Civil y la Policía Foral. Sin embargo, cuando el reloj estaba a punto de cruzar la frontera del nuevo día, las largas horas de investigación infructuosa empezaron a hacer mella en ellos.

El subinspector Torres, cansado y avejentado, permanecía atento a las noticias que llegaban, cada vez más escasas y distanciadas en el tiempo conforme la densidad del tráfico disminuía en las calles de la ciudad y en las carreteras de salida. Los controles se mantendrían a lo largo de toda la noche, aunque todos sabían que era improbable que el secuestrador se moviera en esos momentos. Como si leyera sus pensamientos, Ismael, que permanecía sentado en una silla a su lado, intentó avivar la llama de la esperanza.

—Es posible que el tipejo que se lo ha llevado haya permanecido escondido todo el día y decida salir ahora, confiando en que la vigilancia sea menos intensa y le ampare la oscuridad.

—Es posible —respondió Torres, en absoluto convencido.

—Si se mueve, las patrullas lo detendrán.

El subinspector miró a su compañero. Machado lucía una barba sucia y desaliñada, y era evidente que hacía varios días que no visitaba la ducha. Llevaba la camisa arrugada y la tela amarilleaba en torno a las axilas.

—Deberías irte a casa —le sugirió Torres—. Descansa un rato, come y aséate. Te espero aquí. Seguro que tu mujer te echa de menos.

—De eso nada —respondió al instante—. Aquí es donde debo estar. Mi mujer sabe que se casó con un policía. Puede protestar lo que quiera. Es lo que hay. De vez en cuando me amenaza con irse de casa, pero dónde va a ir que mejor esté. Yo pago las facturas. Bueno, y en el fondo nos queremos, claro. Al menos yo la quiero.

Torres no sabía qué contestar. Nunca había sido hábil en las relaciones sociales y se sentía especialmente incómodo ante las confidencias personales. Dudó entre apoyar la mano sobre el hombro de su compañero o pronunciar unas palabras de consuelo. Ismael acabó con sus cavilaciones con una sonrisa melancólica.

—La muy cabrona dice que nunca puede contar conmigo. ¿Y con quién cree que se casó? ¿Con un puto oficinista? Es una tramposa.

Torres no pudo por menos que sonreír.

—De verdad que puedo seguir solo un rato —le aseguró finalmente—. Seguro que el jefe no tardará nada en aparecer, es un tío con recursos. No me extrañaría que a estas alturas ya tenga a quienquiera que se lo ha llevado atado y amordazado. Es posible que esté esperando a que amanezca para volver. Vete a casa —insistió—. Mejor solo que mal acompañado. Descansa un rato y, cuando vuelvas, yo haré lo mismo, ¿de acuerdo?

Ismael se levantó despacio, consciente del dolor de cada uno de sus músculos y tendones después de tantas horas sentado delante de un ordenador. Cientos de estrellas brillantes le acompañaban allí donde mirase y sentía que los brazos pesaban tanto como dos enormes troncos de árbol.

—Descansaré un par de horas; me doy una ducha y vuelvo —prometió.

—Bien.

—Avísame de inmediato si hay novedades. —Machado blandió el móvil en la mano y se lo mostró a Torres, que asintió con la cabeza antes de propinarle una firme palmada en la espalda.

Junto a Machado, media docena más de agentes decidieron también hacer un alto en el camino y descansar durante unas pocas horas antes de caer redondos de agotamiento. Helen Ruiz y Alicia Hidalgo, que llevaban horas dando vueltas por Pamplona en un coche patrulla, husmeando en los rincones más oscuros de la ciudad en busca de algún rastro, aseguraron no estar cansadas en absoluto y que preferían continuar con el rastreo. Convencido de que no las haría cambiar de opinión, Torres se centró de nuevo en las intermitentes comunicaciones que llegaban hasta la sala de control, donde el calor y el olor a cuerpos sudorosos comenzaba a ser insoportable.

Y así, en una fracción de segundo, el jueves dio paso al viernes; la angustia, a la desesperación; el miedo, al terror. Las almas reunidas en la comisaría estaban a punto de zozobrar en un mar de desesperanza. Ni una pista, ni una llamada, ni un hilo del que tirar. El comisario ya los había advertido de que con las primeras luces del alba se pondrían en marcha los equipos subacuáticos de rescate, que rastrearían el río en busca del cadáver de Vázquez.

Un clic, y ya había llegado el nuevo día.

CINCO...

23 de enero, viernes

Habían transcurrido horas, o quizá minutos, desde la última vez que abrió los ojos. Tenía el cuerpo entumecido y un frío intenso le sacudía cada pocos segundos en dolorosos temblores. Intuía que algo intentaba colarse en su cerebro, pero la densa masa en la que se había convertido su materia gris era incapaz de procesar nada más allá del tormento que padecía. Los labios se negaban a separarse el uno del otro, pegados entre pellejos deshilachados y saliva seca. Tenía sed. Si al menos pudiera beber algo...

Una palabra se repite.

Movió los ojos desde detrás de los párpados en dirección al sonido. ¿Qué estaban diciendo? ¿Quién le hablaba? Pensó que era muy probable que estuviera muerto, y se sorprendió al descubrir la inesperada lucidez de las almas. Siempre pensó que todo se acababa tras la muerte. No más pensamientos, ni sensaciones... Absolutamente nada. Pero él podía pensar. Era consciente de su muerte. Esa voz... La misma palabra sonó de nuevo dentro de su dolorida cabeza. David... Su nombre. Alguien lo estaba llamando.

Esa voz…

—¡El tiempo se acaba! —Irene lo zarandeó suavemente con las dos manos sobre sus hombros. Si ella estaba allí, quizá no estuviera muerto. O precisamente eso confirmaba su muerte. Abrió despacio los ojos. La melena oscura de Irene se balanceaba a pocos centímetros de su cara, sin llegar a tocarle—. David, tienes que salir de aquí, queda poco tiempo. Tienes que rescatar a esos niños. Están llorando, ¿no los oyes?

—Me da igual. —Consiguió articular las palabras después de despegar la lengua del paladar, donde parecía haberse anclado como un pecio en el fondo del mar—. Tengo sed.

—El agua está envenenada, ¿recuerdas? Te han drogado, pero tienes que sobreponerte y escapar. Morirás pronto si no lo haces.

—Llevo mucho tiempo muerto. Pero tú eso no lo sabías, porque escapaste, te fuiste de mi lado. —La voz se le quebró en un quejido involuntario. Los dientes le arañaron la reseca lengua mientras esta se batía en retirada hacia su refugio bajo el paladar—. ¿Dónde está el agua?

—No es agua, lo sabes. Si bebes, morirás. Estás herido y hace muchas horas que no comes nada. Tienes que salir de aquí ahora, antes de que estés demasiado débil como para intentarlo siquiera.

Creyó percibir el rumor de la lluvia sobre su cabeza, un sonido reconfortante que le invitó a recostarse de nuevo contra la pared y dejarse llevar. Morir mecido por la lluvia no era una mala muerte. Irene respiraba muy cerca de él, percibía su aliento cálido sobre la mejilla. Sin embargo, había otro sonido que pugnaba por alcanzarle, uno más agudo y desagradable.

—Vamos, David. —Irene se había puesto de pie y lo

miraba desde el centro de la celda—. Los niños están llorando. Despierta, levántate y sal de aquí. Después podrás venir a buscarme.

La sombra en la que se estaba convirtiendo se llevó los dedos a los labios y le lanzó un breve beso. Cuando parpadeó de nuevo volvía a estar solo.

A su derecha, una leve franja gris mordía la oscuridad, permitiéndole tomar conciencia de dónde se encontraba. No estaba muerto, pero Irene tenía razón, lo estaría pronto si no se movía. Escuchó el llanto cercano de los niños. No era una alucinación, seguían presos en aquel agujero.

—Markel, Maite —llamó—, ¿estáis bien?

Los niños tardaron unos segundos en responder. Primero cesaron los llantos, que se convirtieron en un furioso sorber de mocos, y después llegaron las palabras.

—Queremos irnos —respondió la niña entre hipidos—. Tenemos mucho frío y a Markel le duele la tripa y la cabeza. A mí también me duele la cabeza, y los brazos, y el cuello.

—¿Con quién hablabas? —le preguntó Markel—. Pensábamos que te ibas a marchar sin nosotros. Ese señor se fue hace mucho rato y todavía no ha vuelto. Dijo que volvería pronto, pero no ha venido.

Justo entonces, sobre sus cabezas se desató un chirriante estruendo metálico, seguido por el retumbar de unos pasos acercándose. La luz de una linterna expuso una vez más ante sus ojos la lúgubre mazmorra en la que estaba atrapado. El hombre cruzó la pasarela sin detenerse a mirarle.

—¡Eh, para! —le gritó, pero él le ignoró por completo y se dirigió raudo hacia los apremiantes lloros de los niños—. Hijo de puta…

Las palabras fueron más un lamento que un insulto dedicado a los oídos de su captor, que había llegado ya al aljibe en el que mantenía cautivos a los pequeños.

Aplacó con suaves palabras las lágrimas de los niños. Le costó varios minutos acabar con el hipo y los gemidos, pero, finalmente, Maite y Markel esperaron en silencio las instrucciones del hombre que les prometía la libertad.

—¡Nos vamos! —anunció, como quien proclama una gran fiesta.

Si esperaba una salva de aplausos y una explosión de alegría debió de llevarse una enorme decepción. Los niños, cegados por la linterna y temerosos ante un hombre al que no parecían conocer, apenas eran ya capaces de sostenerse en pie sin marearse.

—¿Cuándo? —preguntó Maite, que sostenía con cuidado a su hermano, recostado a su lado hasta apoyar la cabeza en su hombro.

—Ahora, nos vamos ahora mismo. Voy a dejar caer una escalera y vosotros subiréis con mucho cuidado para no haceros daño, ¿de acuerdo?

Los dos asintieron con la cabeza y se pusieron de pie muy despacio.

—¿Quieres que recoja las mantas? —preguntó Maite.

—No es necesario, tengo mantas nuevas donde vamos.

—¿Estarán mamá y papá? —La voz de Markel apenas habría sido audible fuera de allí.

—Papá, sí. Mamá tardará un poco en venir, pero pronto se reunirá con nosotros.

—¿Y la abuela? —preguntó, envalentonado ante la ausencia de recriminaciones.

—No. La abuela no vendrá.

—¿Vamos a llevarnos al señor que está ahí al lado?

David se removió inquieto en el suelo, esperando la respuesta.

—Ahora, no, pero volveré luego a por él, ¿de acuerdo? Basta ya de preguntas.

El hombre extendió una escalerilla de mano que aterrizó suavemente sobre el suelo del aljibe. Ajustó los extremos metálicos en la endeble barandilla y tiró de ella para asegurarse de que sería capaz de soportar los escasos treinta kilos que pesarían cada uno de los niños.

—¿Eso es todo lo que va a contarles? —La voz de David cruzó el negro vacío entre los aljibes como un trueno—. ¿No les va a contar lo que ha hecho con su abuela? ¿O que su madre los está buscando desesperadamente?

—¡Cállate! —El hombre ladró su exigencia sin soltar la escalerilla, por la que ya subía el primero de los niños—. Markel —le urgió—, tienes que sujetarte bien a la cuerda, te harás mucho daño si te caes hacia atrás. Sube un pie, descansa un momento y sigue subiendo. Despacio.

En el suelo, Maite observaba el lento ascenso de su hermano mientras su cerebro procesaba las palabras que acababa de oír. Recordaba haberse quedado dormida en el coche. Cuando se despertó, estaba en la parte de atrás de una furgoneta, zarandeada de un lado a otro y envuelta en unas mantas apestosas. La abuela estaba a su lado, también tumbada y dormida, pero además tenía las manos atadas con una cuerda. Luego volvió a dormirse; la despertó el llanto de su hermano en aquel agujero.

—¿Le ha pasado algo a la abuela? —preguntó en voz baja.

—¿Eso quieres? —gritó la sombra desde lo alto de la pasarela—. ¿Asustar a los niños y ponerlos nerviosos? ¿Crees que va a cambiar algo el hecho de que sepan que su abuela era una zorra manipuladora? —Cogió a Markel por las axilas y lo izó hasta la pasarela. Se acuclilló a su lado y le habló muy cerca de la cara—. Hijo, tu abuela era mala, muy mala, y tu madre también. Me ha hecho mucho daño a mí, y os lo habría hecho a vosotros si no llego a evitarlo. ¿Contento? —gritó de nuevo, poniéndose de pie—. Ahora ya lo saben.

David no respondió. Su cerebro no conseguía conectar la información que recibía con los datos previos que tenía. Además, estaba concentrado en aprovechar la claridad que le ofrecía la cercana linterna para estudiar con detenimiento el lugar en el que estaba encerrado. Sin puertas ni trampillas en el suelo, su única salida parecía ser definitivamente el estrecho ventanuco que horadaba la pared a casi tres metros del suelo. Se levantó intentando no hacer ruido y se dirigió hacia allí. Estirándose por completo y poniéndose de puntillas apenas rozaba el alféizar, insuficiente para intentar siquiera alzarse hasta el hueco e intentar salir.

Escuchó a la niña ascender por la escalerilla hasta la pasarela metálica. El hombre tardó unos segundos en recoger la escala y guardarla en una bolsa de tela, tiempo suficiente para que David volviera a sentarse en uno de los pocos huecos que quedaban secos en el suelo. Habló con los niños en susurros inaudibles, palpó sus pequeños cuerpos para comprobar que estaban secos e ilesos y se dispuso a marcharse.

—Tenéis que caminar con mucho cuidado, la pasarela es estrecha. Iremos despacio e iluminaré bien el camino para que no resbaléis, ¿de acuerdo?

—¿A qué viene ahora tanta preocupación por su integridad? Los has tenido encerrados aquí abajo como a ratones, lanzándoles la comida en una bolsa, muertos de frío y de miedo. ¿Y ahora te preocupa que se caigan de la pasarela?

El hombre fingió no oírle y continuó su lento avance con los gemelos de la mano, Maite delante y Markel detrás, caminando despacio, casi arrastrando los pies para no perder el contacto con el suelo. Ascendieron la escalera y cruzaron la puerta. De pronto, David estaba completamente solo.

—¡Eh! —gritó—. ¡Vuelve!

Su voz resonó una y otra vez en las paredes vacías hasta perderse en la oscuridad. A través de la puerta abierta llegaba una luz tenue y mortecina. Gritó una vez más, desesperado, pero solo encontró silencio tras desvanecerse el eco. Apoyó la cabeza en la pared y se concentró en pensar. Aquello no podía ser su final, se negaba a morir en una tumba de hormigón.

El sonido de unos pasos acabó con sus cavilaciones. Esperó en tensión, preparado incluso para enfrentarse al cañón de un arma. Si su captor decidía acabar con su vida podría hacerlo con relativa facilidad. No había escondite posible en aquel agujero.

El hombre cruzó de nuevo el umbral un instante después. Se acercó al borde del aljibe y le mostró una bolsa de plástico.

—Tengo que irme, los niños me esperan en el coche.

—No puedes dejarme aquí —gruñó David entre dientes.

—Sí puedo. Vas a quedarte aquí para siempre. A pesar de lo estúpido que has sido, no quiero alargar tu agonía innecesariamente. En esta bolsa hay una botella de agua. La cantidad de somnífero que he diluido en ella será suficiente para procurarte una muerte plácida. Te dormirás y dejarás de respirar en pocos minutos. —Lanzó la bolsa, que aterrizó muy cerca de sus piernas—. No voy a volver, no me queda nada que hacer aquí. Cuando comprendas que nadie vendrá a ayudarte y decidas acortar lo inevitable, bebe.

—Toda la policía está buscándote, ¿de verdad crees que puedes salir impune de esta? Has secuestrado a una familia y asesinado salvajemente a una anciana. Eres un criminal cobarde y miserable. Saldré de aquí y te cogeré, te cazaré como a un conejo. Y si se te ocurre ponerles la mano encima a los niños, te despellejaré con mis propias manos, ¿me has oído, cabrón de mierda? ¿Me has oído? —El eco de sus gritos parecía tomar cuerpo entre tanto silencio—. Así que será más fácil para ti sacarme de aquí ahora, antes de que todo vaya mucho peor.

—No dices más que tonterías. En 1938 este fuerte fue testigo de la mayor fuga de prisioneros de guerra de la historia. Casi nadie ha oído hablar de ella, no se han hecho películas ni escrito libros, sino que se tapó y se silenció por completo, como se ocultaron tantas otras cosas. De los cerca de dos mil quinientos presos que había aquí ese día, casi ochocientos consiguieron escapar y corrieron monte abajo, sin saber muy bien hacia dónde iban, pero convencidos de que era mejor caer bajo las balas de sus perseguidores que permanecer un día más aquí dentro. Setecientos noventa y cinco presos descalzos y hambrientos. Robaron unos uniformes, esperaron a que fuera domingo y en la prisión solo quedara una guardia reducida y le abrieron la cabeza al corneta para que no diera la alarma. Pero un soldado escapó, corrió monte abajo y avisó al ejército. Solo tres consiguieron llegar a Francia. El resto fueron abatidos o apresados, y después juzgados y fusilados en su mayoría. Pero tú nunca saldrás de aquí, no tienes ninguna posibilidad. —El hombre se separó de la barandilla y se dirigió hacia la salida—. No olvides lo que te he dicho. Cuando comprendas que vas a morir, bebe. Será más fácil así.

—Loco hijo de puta… ¡Sácame de aquí!

La sombra dio la espalda a los gritos de David. Cruzó el umbral y ascendió las escaleras de piedra hasta el patio exterior. A pesar de las decenas de veces que había pisado las enormes losas de piedra, no podía evitar que un escalofrío le recorriera la columna vertebral cuando imaginaba a los miles de presos que pasaron allí los peores días de su vida; en algunos casos, los últimos. Muchos de los que cruzaron el enorme portón no volvieron a bajar jamás de aquel monte. Los evocaba en una tarde como esa, fría y ventosa, con una niebla húmeda calándoles hasta los huesos, vestidos solo con lo que llevaran puesto en el momento de su detención. Los imaginaba apoyados contra los gruesos muros, arracimados en los rincones soleados, compartiendo los pitillos de tabaco picado que algún afortunado habría podido comprar en el economato o recibido durante una de las escasas visitas familiares. Las visitas… Se sorprendió cuando supo que la zona de encuentro entre presos y familias se había diseñado de tal manera que, además de estar separados por un pasillo de un metro y dos rejas metálicas, la luz del exterior provocaba un fuerte contraluz que dejaba a oscuras el rostro y la figura del visitante, de modo que el interno apenas podía vislumbrar los rasgos de quien se había atrevido a bajar al infierno para llevarle un momento de consuelo.

Apresuró el paso al pasar junto a las cocinas, las caballerizas y las dependencias de los oficiales, reventadas y desvalijadas por los vándalos que habían saqueado el fuerte a lo largo de décadas de abandono. Había aparcado la furgoneta en el refugio perfecto que ofrecían dos de los lienzos de la muralla, un ángulo de noventa grados invisible desde el camino. De todas formas, era casi imposible que alguien se acercara hasta aquel inhóspito lugar una

283

mañana de enero. El camino, precariamente asfaltado, moría unos metros más adelante, junto a unas enormes antenas de televisión. El acceso al fuerte era solo peatonal, y todo el mundo sabía que la verja de entrada estaba cerrada a cal y canto. A pesar de eso, no era imposible acceder al interior de la fortaleza. Eran muchos los huecos horadados en las tapias y en los fosos que el ejército tapaba en cuanto los descubría, pero que casi siempre eran vueltos a abrir antes incluso de que se secara el cemento.

Su plan marchaba a las mil maravillas. Los niños disfrutaban del calor de la calefacción, que había dejado encendida con el motor al ralentí, y sonrieron al verlo llegar. Comenzaba la siguiente fase. Quedaba muy poco para conseguir su objetivo.

David no se lo pensó ni un segundo. Antes de que la puerta se cerrara por completo, condenándole de nuevo a la oscuridad, corrió hasta situarse debajo del ventanuco. Con los brazos completamente estirados conseguía rozar el alféizar, pero no era suficiente para lograr la sujeción que necesitaba. Dio un paso atrás, intentando no perder la referencia del lugar, y se quitó el abrigo y las botas. Envolvió el calzado dentro del abrigo e hizo una bola compacta que colocó en el suelo, bien pegado a la pared. Con eso debería bastar. Rechazó las oraciones que llegaban a su cabeza. Necesitaba toda la claridad de su mente para salir de allí. Apelmazó el bolo de ropa y calzado para que no se deshiciese con el peso y se subió encima. Se izó sobre las puntas de los pies y estiró los brazos hasta sentir los tendones tirantes y los músculos al máximo de sus posibilidades. El dolor del costado era atroz, pero apretó los dientes y se obligó a desdeñar los agudos pinchazos. El alféizar del ventanuco no tenía más de diez centímetros de ancho, lo que le permitió, desde su nueva posición más elevada, apoyar las palmas de las manos sobre la rugosa superficie y palpar con los dedos el otro extremo del hueco. No encontró ningún obstáculo, ni verjas, ni madera, ni más hormigón. Dedujo que, tratándose de un aljibe y situándose el ventanuco a esa altura, seguramente se trataría de un desagüe para el caso de que las lluvias anegasen las piscinas. El exceso de agua se deslizaría por esa abertura hasta desaguar en el exterior. Sencillo. Solo necesitaba cruzar al otro lado, herido, desorientado y en completa oscuridad.

Bajó los brazos y relajó los hombros. Inclinó la cabeza hacia delante hasta que su frente topó con la húmeda pared, cerró los ojos y realizó varias inspiraciones profundas. Ignoró el dolor de las costillas, las laceraciones de las piernas y el frío que le calaba hasta los huesos. Llenó de oxígeno su organismo y se dispuso a salir de allí. «No tengo nada que perder —pensó—. Si no me mato saltando al otro lado, moriré aquí demasiado despacio».

No le asustaba la muerte, pero sí el modo de llegar al final. No quería agonizar durante meses, atado a unas máquinas y con su sangre sustituida por sueros y medicamentos. Odiaba el dolor, le exasperaba no poder controlar su cuerpo, permanecer despierto y consciente mientras sus órganos dejaban de funcionar, contemplar impotente la degeneración de sus músculos y tendones. No quería morir despacio, aspirando con ansia cada bocanada de aire, esperando un milagro que le devolviera la vida. Le angustiaba el dolor, el suyo y el de los demás, y agradecía sinceramente los avances de la medicina, que ponían a su alcance los analgésicos necesarios para anular cualquier padecimiento. Nunca hasta entonces le había dolido el alma, pero encontraría fármacos que paliarían el clamor de esas heridas.

Estiró los brazos, flexionó las piernas y saltó. Chocó contra la pared, provocándole un latigazo de dolor en el tórax que le dejó sin respiración. A punto estuvo de soltar las manos del alféizar para poder doblarse sobre sí mismo y apaciguar el tormento que le sacudía, pero no podía ceder. Respiró someramente unas cuantas veces y llenó su cabeza de palabras animosas. Una nueva descarga de adrenalina le permitió flexionar poco a poco los brazos, con las manos bien asidas al ventanuco, y comenzar a levantar el cuerpo. Clavó las rodillas y los pies descalzos en la pared para ayudarse en la ascensión. Poco a poco, centímetro a centímetro, sus brazos avanzaban en el interior de la ventana, tanteando lo desconocido, buscando nuevos asideros y encontrando solo aire.

Pasó la cabeza sin demasiadas dificultades por el ancho del desagüe, de unos cincuenta centímetros, pero tuvo que girar dolorosamente el cuerpo hasta alcanzar la diagonal que le permitió cruzar los hombros.

Con medio cuerpo a un lado del ventanuco y el otro medio colgando dentro del aljibe, David se esforzó por distinguir alguna luz, una pista que le indicara hacia dónde dirigirse. El pozo en el que estaba a punto de meterse era tan oscuro como el que iba a dejar atrás. Estiró un brazo y palmeó a un lado y a otro. Delante de él, a no más de un metro de distancia, encontró un nuevo muro, posiblemente la pared de otro aljibe. Dedujo que estaba a punto de meterse en el circuito de agua del fuerte, un recorrido que podría llevarle hasta el exterior o hasta un nuevo pozo en el que caer y romperse la crisma. Había oído que el monte Ezkaba estaba surcado de riachuelos subterráneos que alimentaban los ríos y manantiales de la comarca de Pamplona, así que ese conducto bien podía terminar en uno de esos arroyos.

No había forma de sentarse en el alféizar del que estaba colgado para intentar caer de pie, ni ningún sitio al que agarrarse para asegurar el descenso. Su única posibilidad era lanzarse de cabeza y rezar para que el suelo no estuviera demasiado lejos.

Uno, dos, tres... Cerró los ojos, estiró los brazos y encogió las piernas para impulsarse hasta el otro lado. La caída fue breve, pero dolorosa. Dos metros más abajo lo recibió una balsa de agua helada, al menos un metro de líquido fangoso en el que flotaban hojas muertas, ramas y cuerpos extraños que no fue capaz de identificar. Mientras caía intentó doblar la espalda y protegerse la cabeza con los brazos. Aun así, el golpe fue formidable, a pesar de que el agua amortiguó considerablemente la fuerza del impacto. Empapado de los pies a la cabeza, embutido en un canal de menos de un metro de ancho en el que a duras penas le cabían los hombros, tanteó la pared tratando de orientarse. Había conseguido salir del aljibe, pero todavía no era libre. Dedujo que, si sobre su cabeza estaban las escaleras por las que su secuestrador se había marchado, y a su izquierda la celda en la que permanecieron secuestrados los niños, la salida más lógica debía de estar hacia la derecha. Encaró hacia ese lado y se dispuso a avanzar. Puso una mano en cada pared y extendió los dedos, utilizándolos como antenas que sustituyeran a sus ojos. El canal era lo bastante alto como para permitirle permanecer erguido. Bajo el agua, sus pies chocaron con cascotes de aristas afiladas que se le clavaron en los talones. Avanzó despacio, removiendo el agua maloliente y esperando a cada instante que un nuevo muro acabara con su suerte. En pocos minutos, los dientes comenzaron un baile enloquecido en el interior de su boca, entrechocando como dementes sin que David pudiera hacer nada por evitarlo. Le dolían las manos y apenas tenía sensibilidad en los pies. Violentos escalofríos le sacudían constantemente, agudizando el dolor del costado. Las fracturadas costillas se estremecían y arañaban sin piedad la carne que las rodeaba, hasta que le obligaron a detenerse y tomar aire.

Conocía los síntomas de la hipotermia. Pronto los espasmos se reducirían, pero eso solo significaría que su cuerpo estaba perdiendo la batalla contra el frío, incapaz de conseguir ni un ápice más de calor. Empalidecería rápidamente, sus labios se volverían azules, le costaría tener pensamientos lúcidos y su respiración y los latidos del corazón se ralentizarían poco a poco, hasta detenerse por completo. Ignoraba de cuánto tiempo disponía, pero sabía que no podía pararse ni un segundo más. Se golpeó los brazos con las manos y dobló las rodillas, buscando sangre caliente que le templara las extremidades. Estaba agotado tras solo unos segundos de ejercicio.

Adelantó de nuevo una pierna, sin ser casi consciente de hacerlo, y palmeó las paredes para asegurarse un paso diáfano. El muro parecía no tener fin. Con los ojos cerrados, consciente de que no habría diferencia entre subir o bajar los párpados, apoyó un hombro contra la pared e inclinó la cabeza hasta que sintió el moho en la sien.

—No puedes rendirte ahora. Has conseguido salir del agujero, solo necesitas avanzar un poco más.

La voz de Irene le rozó la piel y se coló en su cerebro.

—Déjame en paz —susurró sin mirarla. Irene estaba a solo unos pasos de distancia, con las piernas hundidas en el agua y vestida como cuando la vio en la celda que acababa de abandonar, con una camisa cubierta de sangre—. Déjame en paz —repitió en voz alta.

Irene le sostuvo la mirada en silencio. Tras unos segundos eternos, le tendió una mano tan roja como su camisa. Gruesas gotas de sangre chorreaban de sus dedos y caían al agua sin hacer ruido ni provocar el más mínimo chapoteo.

—¿Estás muerta? —preguntó finalmente.

—¿Preferirías que lo estuviera? —dijo ella con sus pupilas oscuras clavadas en él.

David no respondió. ¿Sería más sencillo que ella solo fuera un frío cadáver? Entonces no importaría lo que dijera Redondo. Nunca podrían detenerla ni juzgarla. Nunca se sabría la verdad. Y siempre sería una asesina a los ojos del resto del mundo.

—Necesito que me digas la verdad, si es cierto o no que has asesinado a esas tres personas, que planeaste sus muertes con cuidado, que te esforzaste por cubrir tus huellas, y que me utilizaste para salir impune de todo esto. —Le costaba mover los labios y articular las palabras, pero se esforzó por seguir hablando. Irguió la cabeza, separó el hombro de la pared, abrió los ojos y avanzó de nuevo. Irene se alejaba de él al mismo ritmo lento de sus pasos—. Podías haberme contado lo de tu marido. Lo habríamos superado juntos. La condena habría sido menor y yo te habría esperado, te visitaría a diario. Lo habría hecho porque te quiero. Te quería… Pero mataste a Marta, y después a Katia. No voy a preguntarte por qué lo hiciste. No me importa, no quiero saberlo.

Paso a paso, David comprobó que la oscuridad se tornaba grisácea y distinguió los difusos contornos de la pared. El agua de pronto fue verde y los muros, pardos. Irene se llevó dos dedos a los labios, dibujó un beso y desapareció. Sobre su cabeza se expandía una claridad mate, sucia, cargada de extrañas partículas en suspensión. El canal dibujaba una suave curva hacia la derecha. Sin separar las manos de las paredes, que ahora distinguía con nitidez, David avanzó unos metros más, empujando el agua helada a su paso.

Cuando, a una decena de pasos de distancia, encontró una escalerilla metálica, creyó que su mente le estaba jugando de nuevo una mala pasada. Arrastró la mano por la pared hasta que el polvo de la cal se convirtió en óxido bajo las ateridas yemas de sus dedos. Cerró la mano alrededor de la barra y sonrió. Reunió las últimas fuerzas que le quedaban para levantar la pierna y apoyar un pie en el primer peldaño. El dolor fue tan intenso que sintió que se le humedecían los ojos, pero clavó la planta sobre la herrumbrosa escalera y trepó hacia la luz.

Afortunadamente, hacía muchos años que alguien había robado la tapa que cubría la alcantarilla. Una niebla densa lo envolvió en cuanto estuvo fuera del agujero. La temperatura apenas era un par de grados superior a la del canal subterráneo, pero fue suficiente para que su cerebro comenzara de nuevo a enviar órdenes al resto de su cuerpo. Decidió darse unos minutos para orientarse y buscar la mejor forma de salir de allí. A su espalda se extendía un largo corredor semicubierto, con las paredes enmohecidas y pintarrajeadas con desvaídos grafitis y el suelo salpicado de cascotes. Al fondo distinguió unas escaleras que ascendían en curva y varias puertas cerradas con planchas de acero y gruesos candados.

Le dolían terriblemente las piernas, que pugnaban por desentumecerse después de tanto tiempo sumergidas en agua helada. El hecho de haber dejado atrás los zapatos y el abrigo no le ayudaba demasiado, así que se esforzó por ignorar los pinchazos de sus músculos y se dirigió hacia las escaleras.

Lo que vio tras subir el último escalón le dejó sin respiración. Ante él se abría una amplia explanada de hierba alta, húmeda y mate bajo la niebla, que se perdía monte abajo como un tobogán. A la derecha, la oscura boca de un túnel, con dovelas de piedra toscamente labradas, indicaba un nuevo acceso a la fortificación. Un poco más arriba, una alambrada metálica impedía el paso a la zona superior, desde donde una caída sin duda se traduciría en una muerte segura. La estrecha pasarela de piedra que le separaba del exterior estaba cubierta por una generosa capa de musgo. A punto estuvo de caerse en cuanto puso un pie encima. El dolor que le recorrió como un relámpago cuando pugnó por mantener el equilibrio mitigó en parte el miedo a caer al vacío. Se arrodilló despacio y cruzó apoyándose en las manos los escasos tres metros que le separaban del prado más verde, brillante y mullido que había visto en su vida.

Tuvo que bordear el fortín para llegar hasta la entrada principal, desde donde partía la carretera que le devolvería a la civilización. Siguió los estrechos caminos trazados en la maleza por los senderistas y se esforzó por distinguir entre las nubes los lugares en los que el suelo desaparecía. Tardó casi una hora en llegar a la zona empedrada.

Sentado en una de las grandes piedras que separaban el estrecho aparcamiento frente al portón de entrada del barranco que caía hasta la ciudad, un ciclista reponía fuerzas después del ascenso hasta el pico del monte.

—Soy el inspector David Vázquez, de la Policía Nacional —se presentó después de llegar hasta él por su espalda—. Necesito ayuda. Llame al 112, por favor. —El joven tardó unos instantes en salir de su estupor y buscar su móvil en la pequeña bolsita que llevaba colgada del costado—. ¿Le queda algo de agua? —suplicó mientras se sentaba en el mismo banco mojado.

La ambulancia tardó veinte minutos en llegar, cinco más que las patrullas de policía y siete más que un coche sin distintivos del que se bajaron atropelladamente Mario Torres e Ismael Machado. Los sanitarios tuvieron que insistir para que los agentes les permitieran acercarse al herido y hacer su trabajo. El ciclista, mientras tanto, observaba atónito el despliegue de personas y esperaba a que alguien le devolviera la chaqueta con la que había abrigado al desconocido, que no podía dejar de temblar.

—El secuestrador se ha marchado hace menos de dos horas —consiguió decir cuando el suero caliente que le estaban inyectando le templó los músculos. Le habían quitado la ropa mojada y envuelto en mantas, pero se negó a subir a la ambulancia hasta que el dispositivo de búsqueda de Maite y Markel estuviera en marcha—. Los niños han estado encerrados aquí varios días, no sé cuántos, pero ya estaban en el agujero cuando me secuestró y me tiró ahí dentro.

—Hijo de puta —masculló Machado.

—Hay que encontrarlos. Desconozco sus intenciones, pero ya ha matado una vez y ha demostrado una crueldad desmedida en sus actos. Le creo capaz de cualquier cosa.

—¿Reconociste al tipo? —le preguntó Torres.

—No le vi la cara en ningún momento, pero los niños me dijeron que era un amigo de su padre. Apuesto a que era Fernando Aguilera. ¿Habéis dado con él?

—Negativo —intervino Machado—. Nadie lo ha visto desde hace varios días, no se ha presentado al trabajo y en su casa tampoco hay movimiento.

—Pedid una orden —les indicó—. Tenemos que entrar en esa casa.

Recordó con nitidez las agudas voces de Maite y Markel animándose el uno al otro, arropándose bajo mantas húmedas y bebiendo con ansia un zumo que les robaba la consciencia. Tenía miedo por ellos, un temor razonado y mensurable, pero también sentía en las tripas un miedo visceral e irracional que le hacía apretar los dientes y entrecerrar los ojos, intentando adivinar cuál podía ser el siguiente paso de ese loco delirante.

—Los grupos especiales ya están de camino —informó Torres—. Nos mandan lo mejorcito del cuerpo para poner patas arriba este lugar y encontrar pistas que nos lleven hasta ellos. El Ejército de Tierra va a traernos mapas y efectivos. No va a quedar ni una piedra sin remover, te lo aseguro, pero ahora tienes que ir al hospital. No nos servirás de nada si te mueres de una pulmonía.

—Me preocupa más lo que el muy cabrón me hizo beber. Perdí el conocimiento durante bastante tiempo, a juzgar por lo que dijeron los niños, y todavía me siento confuso y mareado.

—Es posible que se trate de algún hipnótico —apuntó el médico de la ambulancia, que comprobaba en silencio cómo la temperatura corporal del inspector ascendía lentamente—. Es un somnífero y anestésico muy potente. Disminuye la actividad del cerebro y del sistema nervioso. Son más eficaces inyectados, así que supongo que lo mezclaría con alguna otra sustancia, como diazepam o clorazepato de dipotasio, los componentes del Valium y el Tranxilium, entre otros. Haremos análisis para salir de dudas.

Sin decir ni una palabra más, el doctor interpuso su cuerpo entre Vázquez y los dos policías, que se vieron obligados a dar un paso atrás para permitir que los otros dos sanitarios empujaran la camilla con su jefe hasta el interior de la ambulancia.

—Por favor —suplicó Vázquez mirando a Torres.

—Los encontraremos —afirmó el subinspector—. La ciudad está cercada y tenemos controles en todas las carreteras importantes. Los medios de comunicación se han volcado con el caso, hay helicópteros sobrevolando la provincia y grupos de voluntarios esperando que les digamos dónde rastrear. Los encontraremos —repitió—. Tranquilo.

De camino al hospital sintió que el estómago se le revolvía en cada bache de la tortuosa carretera que bajaba desde el fuerte.

—Estoy mareado... —Su voz, como un susurro, provocó una instantánea alerta entre los sanitarios que le acompañaban. Otros cables se sumaron a los que ya coloreaban su pecho, añadiendo nuevos bips a la canción que le taladraba la cabeza.

—¿Sufrió algún tipo de alucinación mientras estuvo secuestrado?

David cerró los ojos. Incluso así podía ver a Irene sentada junto a él en la ambulancia, hermosa como siempre, con la blusa impecable y una beatífica sonrisa dibujada en la cara.

—No —mintió—, nada de alucinaciones.

Irene extendió la mano hacia él. No llegó a tocarle, pero David sintió claramente el aroma de su piel, el calor de su cuerpo, la caricia de su aliento.

Las noticias sobre el secuestro del inspector David Vázquez, presumiblemente a manos de la misma persona que había raptado a una familia y asesinado a una anciana, y su reciente liberación estaban en todos los informativos. Los enviados especiales al fuerte de San Cristóbal se deleitaban con los macabros detalles de lo que allí ocurrió durante la Guerra Civil, pero apenas hicieron una breve mención al estado de salud de David, que había sido trasladado en ambulancia al hospital.

Irene daba vueltas y más vueltas en el pequeño salón de su apartamento, retorciéndose las manos, con la respiración agitada y el corazón golpeándole con fuerza. Apretó con rabia el botón del mando a distancia del televisor, buscando una cadena en la que ofrecieran nuevas noticias, pero los programas habituales habían sustituido a los boletines informativos en todas las emisoras. No quería escuchar chismorreos, ni resolver preguntas, ni analizar la actualidad. Quería saber si David estaba vivo o muerto.

Antes de que la razón se impusiera, se lanzó sobre el móvil que descansaba sobre la mesa y marcó el número que se sabía de memoria. Cerró los ojos y evocó la sonrisa de David. No se le pasó por la cabeza ni por un momento lo que podría suceder a continuación.

El teléfono lanzó un tono, luego otro y otro más. Iba a colgar cuando la voz de David se materializó al otro lado de la línea. Un escalofrío la sacudió como una descarga eléctrica y a punto estuvo de dejar caer el móvil al suelo. Apretó el aparato e intentó controlar su respiración entrecortada. David repitió el saludo.

—Hola, ¿hay alguien ahí?

—Soy yo —consiguió decir por fin.

El silencio se extendió como una gruesa capa de niebla, espeso, profundo, impenetrable. Como ruido de fondo, Irene podía oír un rítmico pitido. David seguía en el hospital.

—He visto las noticias. —Empezó a hablar a toda velocidad, tragándose las lágrimas, el dolor y la vergüenza. Tampoco quería darle la oportunidad de colgar el teléfono si seguía callada—. Solo quería saber..., necesito saber..., ¿estás bien?

El sonido de la máquina, quizá un poco más acelerado que un minuto antes, fue toda la respuesta que obtuvo. Soltó el aire que había guardado en los pulmones y se preparó para despedirse, esta vez para siempre.

—Lo siento —susurró.

Iba a colgar cuando el ruido del monitor médico desapareció, sustituido por otro sonido. La ansiada voz de David le llegó dura, cavernosa, dolorida, sin un ápice de ternura.

—Estoy bien —dijo simplemente. Esperó un segundo y luego continuó en un tono mucho más íntimo, casi un susurro—. No cuelgues.

—No lo haré —le prometió ella.

Un nuevo silencio se extendió entre ellos, pero ya no era un mutismo denso e insondable, sino la breve espera de dos amigos que están haciendo acopio de recuerdos antes de empezar a hablar.

—Estuviste allí, conmigo. —La voz de David le llegó suave, como el rumor del viento junto al mar—. Me exigiste que siguiera viviendo. Yo quería morir.

—No puedes morir. Tienes tanto que hacer... Tu vida vale mucho, eres un buen hombre, una persona íntegra con mucho que ofrecer. Yo, en cambio...

Dejó la frase en suspenso. No era necesario continuar.

—¿Lo hiciste? —preguntó David simplemente.

Irene suspiró y respondió.

—Sí.

De nuevo el pitido de las máquinas llenó el espacio y el tiempo.

—Debiste confiar en mí, contármelo todo.

—No había salida —murmuró ella—. Eran ellos o yo. Y tú. Te habría perdido, no habrías soportado tocarme, ni siquiera mirarme, si hubieras sabido que yo provoqué el incendio que mató a Marcos.

—No sabes lo que estás diciendo, no me conoces tan bien como piensas.

—David… ¿De verdad crees que me habrías puesto a mí por delante de tu deber como policía? Yo nunca dudé de que no lo harías, por eso no quise ponerte en el brete de tener que elegir. Para no perder.

—No… No…

—Mírame, David.

Él obedeció. Cerró los ojos y la imagen de Irene se dibujó nítida en su mente. Allí estaba de nuevo, sonriente, pícara, con los brazos alrededor de su cuello. Se alejó un paso y la vio cubierta de sangre, como en sus alucinaciones en el fuerte.

—¿Dónde estás? —le preguntó.

Irene supo que la conversación había acabado.

—Lo siento, David. Lo siento de veras. Siento haberte hecho daño, haberte perjudicado.

—Me has matado —masculló él con los dientes apretados—. Por favor, dime dónde estás. Iré a buscarte y te traeré yo mismo a Pamplona. No dejaré que Redondo te ponga una mano encima. No merece la pena seguir huyendo.

—Adiós, mi vida. Por favor, cuídate.

—¡No cuelgues!

Sus palabras quedaron suspendidas en el aire. Irene ya no llegó a oírlas. Tiró el móvil sobre el sofá e intentó concentrarse en lo que tenía que hacer a continuación, pero su mente se empeñaba en volver una y otra vez hasta esa habitación de hospital, donde lo imaginaba magullado, dolorido y solo, y deseó poder volar a su lado y quedarse allí para siempre.

Respiró profundamente un par de veces y recuperó el teléfono del cojín sobre el que había caído. Lo apagó, lo abrió y extrajo la tarjeta SIM, que hizo pedazos con la ayuda de unas tijeras. Después le quitó la batería al móvil y se lo guardó en el bolsillo de la chaqueta. Diez minutos después, el teléfono descansaba en el fondo de un contenedor de basura a más de un kilómetro de su casa. La suerte le sonreía. Al fondo de la calle vislumbró el camión de recogida, que muy pronto se llevaría su rastro muy lejos de allí.

David descansó la cabeza sobre la almohada. Seguía aferrando el móvil con fuerza. Era su voz lo que había oído. Sus palabras. Había visto la sangre en sus manos. Y ella no lo había negado. La habría creído si se hubiera declarado inocente, si le hubiera jurado que no tenía nada que ver con las muertes que se le imputaban. Pero había dicho sí, y le estaba profundamente agradecido por ello.

Encendió el móvil y buscó el número de Torres. Marcó y esperó el tono. Tenía la mente en blanco, la mandíbula apretada, la mirada fija en la pared de enfrente. Todos sus músculos estaban tensos, pero no sentía dolor, solo un profundo alivio, como quien se rinde y se deja llevar por la muerte después de una larga agonía.

—Jefe, ¿todo bien?

—Te necesito en el hospital, es urgente.

—¿Qué ocurre?

—Irene Ochoa acaba de llamarme. Necesito que recojas mi móvil y se lo lleves a los técnicos para que intenten localizar la llamada.

Colgó sin esperar la respuesta del subinspector. Se recostó de nuevo en la almohada, cerró los ojos y esperó, sin dejar de aferrar el teléfono con la mano, rodeando con los dedos el último nexo que le unía a Irene.

Tic. Tac. Cadencioso, inexorable, inmisericorde. Las largas agujas del reloj de la pared vibraban con cada movimiento, con cada segundo que destruían para siempre. No estaba seguro de que le quedara un camino por recorrer.

CUATRO...

24 de enero, sábado

La luz del día no hacía menos tenebroso el fuerte de San Cristóbal. Los muros grises salpicados de moho y musgo, los ventanucos enrejados a ras de suelo, puertas y ventanas abiertas de par en par, como ojos huecos, sin vida, dando paso a un interior aún más miserable.

La policía científica llevaba toda la noche inspeccionando el lugar. Los potentes focos y las conversaciones cruzadas en voz más alta de lo normal servían para ahuyentar los fantasmas de las decenas de hombres que alimentaban la tierra que los rodeaba, pero ni la luz ni el espíritu curtido de los agentes era capaz de acallar la inquietud y el escalofrío que les producía aquel lugar.

Vázquez, que había pedido el alta voluntaria a primera hora de la mañana, tuvo que esperar a que se agotara la última de las incontables bolsas de suero y medicación que le ayudaron a eliminar de su cuerpo los restos de la droga que le habían suministrado. Un vendaje compresivo minimizaba el dolor de las dos costillas fracturadas, pero nada podía hacerse con los hematomas que teñían su torso de lado a lado. Tampoco había remedio para la frustración y la rabia, los sentimientos que le habían llevado a exigir a gritos que le liberaran de las agujas y los cables y le permitieran salir de allí lo antes posible. Mario Torres, mudo e inmóvil junto a la cama desde la que su jefe vociferaba a los médicos, contempló cómo este se vestía en silencio, con los labios apretados y el rictus asaltado por un dolor que se negaba a reconocer. Salió de la habitación arrastrando los cordones de las botas, incapaz de agacharse para anudarlos, y la frente brillante de sudor.

Su móvil ya estaba en manos de los técnicos, que lo único que le habían dicho hasta el momento era que la llamada se había efectuado desde territorio nacional. Rastrearían el número hasta el proveedor de telefonía que se lo había vendido e intentarían seguirle la pista hasta dar con ella. Parecía sencillo, pero David sabía que no lo era en absoluto. Expulsó a Irene de sus pensamientos y se concentró en lo más urgente: encontrar a los niños y a Lizalde. Esperaba ansioso la orden para entrar en el piso de Aguilera, pero la jueza Capdevila, como le había prometido, leía con lupa cada requerimiento firmado por Vázquez o su equipo. El descenso hasta los aljibes, precedido por uno de los soldados del Ejército de Tierra desplazados hasta el lugar, le permitió reconocer algunos de los lugares que su secuestrador le describió durante su cautiverio. Atravesaron un grueso portón de acero tachonado por rudimentarios clavos oscuros y horadado en el centro por una estrecha mirilla enrejada que permitiría al guardia comprobar la identidad de quien pretendiera cruzar el umbral. Ninguno de los huecos que un día fueron celdas conservaba las puertas, arrancadas años atrás por chatarreros en busca de beneficios. Aun así, David se estremeció cuando el soldado iluminó las mazmorras con su linterna. Por encima de sus cabezas, en la pared del fondo de la celda, descubrió un pequeño ventanuco enrejado en forma de medio arco, sin cristales ni nada que guareciese a los prisioneros de las inclemencias del tiempo. El muro, de casi un metro de grosor, se inclinaba hacia el interior desde la ventana, pintando de verde moho la cal que en otro tiempo fue blanca.

El soldado iluminó las palabras escritas en la pared, nombres y fechas de otro siglo que descubrieron por las malas y en carne propia la crueldad del ser humano. *Francisco, 1 de marzo de 1940*; *Arturo Porres, 23 de abril de 1938*; *Jorge Castillo, 1881938 – 191941*. Desconocía si los presos realizaron esas inscripciones el día que llegaron, el de su liberación, cuando les comunicaron su condena o simplemente un día en el que decidieron dejar constancia de su paso por aquel infierno. ¿Habrían vivido para contar a sus familias dónde habían transcurrido esos meses de sus vidas, o continuarían allí arriba, pudriéndose en una tumba sin nombre?

Según avanzaban, el silencio que los rodeaba se rompía de cuando en cuando con las voces, todavía ininteligibles, de los agentes que inspeccionaban el lugar. Palabras sueltas, huecas por efecto del eco, pisadas contundentes sobre las losas de piedra y un repiqueteo metálico que le produjo un inmediato estremecimiento. Atravesaron una nueva puerta abovedada y comenzaron el descenso hacia su propio averno.

—Cuidado, inspector —le advirtió uno de los policías—. La pasarela es muy precaria y la tenemos atestada de material.

—Descuide —respondió Vázquez con los ojos fijos en el enorme agujero que se abría bajo sus pies.

El aljibe, una piscina de unos veinte metros cuadrados, estaba cubierto de agua encharcada y moho. Por las paredes resbalaban sinuosos regueros, como serpientes en busca de su madriguera. El olor dulzón de la humedad reprodujo en su mente las horas pasadas allí abajo, en completa oscuridad, sin más sonido que su respiración anhelante. Y la voz de Irene. Recordó su rostro, la blusa cubierta de sangre, el pelo oscuro tapándole media cara. Cerró los ojos e intentó no aspirar el olor que le llenaba la nariz. Ya no era humedad lo que percibía, sino su aroma.

—¡Jefe! Cómo me alegro de verte. —La voz de Machado le rodeó tras rebotar en los muros de hormigón. Ismael le miraba con los brazos en jarras desde el fondo del aljibe—. Tengo tus zapatos y el abrigo, pero están hechos una pena.

—Te los puedes quedar si quieres —Vázquez sonrió, agradecido por la excusa que acababa de brindarle para abandonar la zona oscura de su mente—, aunque no creo que sean de tu talla.

—Aún tengo que dar el estirón —respondió entre risas mientras le mostraba la bolsa de papel que contenía las prendas del inspector—. De momento se lo quedan estos —señaló con la cabeza a los agentes de la científica que le miraban desde el fondo del aljibe—, ya les he dicho que te extiendan un recibo. El abrigo está nuevo...

—¿Qué tenéis? —preguntó mientras inspeccionaba el lugar a la luz de los focos. No descubrió nada que no hubiera visto mientras el secuestrador le iluminaba con su linterna, pero tenía que reconocer que los brillantes reflectores restaban dramatismo al lugar, convirtiéndolo en una piscina sucia y vieja.

—Poca cosa, aparte de tu ropa y el botellín de agua. Helen está en el aljibe en el que permanecieron retenidos los niños. Allí han llenado varias bolsas. Pobres criaturas, tuvieron que pasar un miedo atroz.

Vázquez no respondió. Recordó las finas voces de Maite y Markel, susurrando unas veces, llorando otras. La urgencia por encontrarlos se apoderó de su voluntad y recorrió con rápidas zancadas los veinte pasos que le separaban del siguiente pozo iluminado. Como Machado le había adelantado, la agente Helen Ruiz acompañaba a los dos técnicos que analizaban cada centímetro del aljibe. En el suelo, apoyadas contra una de las paredes, media docena de bolsas de papel marrón guardaban los objetos que los niños habían dejado tras de sí: varias mantas, una mochila de Dora la Exploradora, restos de comida y bebida, una lamparita, un puñado de pañuelos de papel arrugados y un par de bolsas de plástico vacías. Donde el secuestrador debió de instalar la escala por la que subieron los niños, la policía había desplegado una de aluminio, mucho más segura y estable.

El lugar apestaba a orín y heces. Arrugó la nariz y escudriñó en busca del origen del mal olor. En un rincón del aljibe, los niños habían utilizado unos papeles de periódico extendidos para hacer sus necesidades. Apenas había tres o cuatro deposiciones sólidas, el resto eran grandes charcos de orina.

Saludó brevemente a los policías y avanzó despacio sobre la pasarela. El soldado que le acompañaba le adelantó con cuidado en el estrecho puente. Sin decir una palabra, enfocó toda la potencia de su linterna hacia delante y abrió camino en la oscuridad hacia las tripas de aquel lugar. A ambos lados, los enormes aljibes se sucedían simétricamente alineados. Todos ofrecían el mismo aspecto: vacíos, húmedos, con las paredes recorridas por sinuosas correnteras de agua. En el fondo de uno de ellos descubrió una especie de barra metálica, seguramente un trozo de tubería arrancado de alguna instalación cercana y que el azar o la torpeza de quien se lo llevaba hizo que terminara allí abajo.

Inspeccionaron rápidamente el resto de los aljibes, sin encontrar en ninguno señal de presencia humana, al menos no en los últimos días.

—Salgamos de aquí —le dijo al soldado.

Este apenas cambió la expresión de su cara cuando dio media vuelta y alumbró el camino inverso. Vázquez se despidió de los agentes con un gesto de la mano y no se entretuvo en volver a mirar el agujero en el que había estado prisionero. De hecho, giró la cabeza hacia la derecha cuando llegaron al primero de los aljibes. ¿Qué esperaba encontrar? ¿El trozo de alma que le habían arrancado? ¿La blusa ensangrentada de Irene?

Acababa de poner los dos pies en la superficie cuando uno de sus agentes se acercó hasta él a toda velocidad, dando deslavazados saltos para esquivar las altas hierbas y las baldosas sueltas.

—Inspector. —Saludó con la mano en la visera de la gorra—. Reclaman su presencia en uno de los edificios de la fortificación.

El agente se aseguró de que Vázquez le seguía y se dirigió hacia la zona más próxima al portón de entrada, donde se levantaban las dependencias de los oficiales. Junto a la puerta de lo que un día fueron las caballerizas, dos policías y otros tantos militares custodiaban la entrada. Una vez dentro, solo tuvo que seguir las voces para encontrar a quienes le buscaban. Las espaldas de media docena de personas, la mayoría con el reglamentario buzo blanco de la policía científica, le impedían ver desde su posición lo que atraía su interés.

El soldado que lo acompañaba pronunció un sonoro «¡Señor!», que hizo que todos los cuerpos se incorporaran y se giraran hacia ellos. Más allá de los trajes blancos, de los maletines negros esparcidos por el suelo, del olor a humedad que se le había grabado a fuego en la mente, más allá de los pies cubiertos por calzas de plástico y de las palabras susurradas entre dientes para no molestar a los muertos, Vázquez distinguió una enorme mancha de sangre oscura, sucia de tierra y polvo, salpicada de gravilla e insectos que se habían quedado pegados en la masa viscosa. Sin decir una palabra, los efectivos allí presentes se apartaron para franquear el paso al inspector, que avanzó despacio, atento a todos los detalles que la escena le ofrecía.

Alguien había pisado la sangre en reiteradas ocasiones, a juzgar por las numerosas huellas esparcidas y etiquetadas en varios metros a la redonda de la mancha principal. Las salpicaduras decoraban profusamente la pared del fondo, con alargadas marcas que se extendían hasta los muros laterales. A media altura, Vázquez distinguió unas argollas metálicas en las que originariamente se ataba a los caballos. De una de ellas colgaban dos trozos de cuerda sintética. Los chillones colores verdes y amarillos de la soga, similar a la utilizada por los escaladores y montañeros en sus excursiones, desentonaba con el resto del lugar, convertido en uno de los escenarios más siniestros que había encontrado jamás.

El inspector jefe de la brigada científica se acercó hasta Vázquez con sigilo, intentando no distraerle de sus pensamientos. Se detuvo a su lado y siguió el hilo de su mirada hasta un rincón de la estancia en el que varios conos numerados señalaban el lugar en el que se había realizado un hallazgo que, sin embargo, ya no estaba allí.

—Inspector —murmuró. Vázquez le devolvió el saludo con un escueto movimiento de cabeza—. Hace un rato que se han llevado dos manos humanas y lo que quedaba de dos globos oculares. Los insectos y los ratones han hecho desaparecer parte de los restos, pero, aun así, había trozos de carne esparcidos por casi todo el suelo.

—Vi el cadáver —respondió David—. El ensañamiento fue brutal, junto con un absoluto desconocimiento de anatomía. Le destrozó el rostro hasta que consiguió sacarle los ojos. ¿Qué más han encontrado?

—Una bolsa grande, de plástico, con material de lo más diverso, como cuerdas y escalas de montaña, cuchillos de caza, un hacha de pequeño tamaño, un buen número de envases de medicamentos, casi todos vacíos, y lo que parecen ser las armas utilizadas en el asesinato y descuartizamiento de Leonor Górriz, dos cuchillos de gran tamaño y una sierra de carpintero.

—Todo ese material puede comprarse en cualquier ferretería o tienda de bricolaje —reflexionó Vázquez. Dio media vuelta y se encaminó hacia la salida—. Manténgame informado de cualquier descubrimiento. No importa qué hora sea, llámeme en el acto si descubren algo.

Un latigazo de dolor le obligó a aflojar el paso cuando estuvo de nuevo en el patio. Cada bocanada de oxígeno era una aguja clavada en el costado, y la presión de la carne tumefacta contra el apretado vendaje le producía un dolor sordo y constante que amenazaba con volverle loco. Sacó del bolsillo del abrigo dos de los comprimidos que le habían entregado en urgencias y se los tragó sin necesidad de agua. Suspiraba por detenerse, tumbarse en cualquier sitio y esperar. No podía dar ni un paso más. Además de las costillas rotas y los hematomas que adornaban su piel, tenía los pies magullados, cubiertos de heridas abiertas e infectadas después de su huida descalzo por las alcantarillas del fuerte. Su piel se había abierto sobre bacterias centenarias y su cuerpo luchaba con ahínco contra la invasión.

Tenía que controlarse o el comisario le prohibiría ir a trabajar. Confiaba en que las pastillas que acababa de tomar le bajaran también la incipiente fiebre que le calentaba el cuerpo. Su cerebro, pesado y cargado de nubes, se negaba a trabajar a la velocidad exigida, pero David no estaba dispuesto a darse por vencido. Había que encontrar a los niños. Maite y Markel estaban en algún lugar, solos y perdidos, a merced de un hombre que no dudaría en matarlos si eso formaba parte de su perturbado plan. Giró despacio sobre sí mismo, observando con atención cada rincón de aquel paraje desolador, esperando encontrarla de un momento a otro, pero no había ni rastro de Irene.

Torres lo esperaba junto al coche.

—¿Habías estado alguna vez en este sitio? —preguntó el subinspector.

—No hasta ahora, y espero no volver jamás.

—Lo siento, no pretendía molestarte... Es solo que cada rincón de este lugar me pone la piel de gallina. Ahí abajo —añadió, señalando los enormes repetidores de televisión que se elevaban muy por encima de sus cabezas—, siguiendo un camino estrecho, hay un cementerio. No existe ninguna señalización, ni cruces, ni lápidas, ni tierra removida, pero hasta ahora ya han identificado al menos ciento treinta cadáveres, todos con una botella de cristal entre las piernas con su nombre, procedencia y fecha de la muerte. En algunos papeles incluso pone la causa del fallecimiento: paro cardiaco, tuberculosis, pulmonía... Y ahí siguen, casi ochenta años después del final de la guerra.

—No son solo ellos, hay cientos más en los alrededores. El secuestrador los mencionó.

—Qué hijo de puta...

—Tenía mucho interés en que conociera las miserias

de este lugar, quizá porque estaba convencido de que nunca saldría de aquí.

Sacudió la cabeza, alejando de su mente los fantasmas que le acompañaban, y marcó el número de Alicia Hidalgo. La agente era la única que permanecía en jefatura, controlando la centralita de llamadas, cada vez más escasas, estudiando los resultados forenses y en permanente contacto con Raquel Gimeno. La jueza por fin había firmado la orden que los autorizaba a tirar abajo la puerta de Fernando Aguilera.

—Vamos —le urgió a Torres—. Tengo ganas de leerle un poema a ese cabrón.

No tardaron mucho en llegar a la calle Mayor. El aullido de las sirenas les franqueó el paso por unas avenidas atestadas un sábado por la tarde. No importaba el frío, bastaba con que no lloviera para que la calle, las plazas y los bares se llenasen de gente charlando en animados corrillos, bebiendo vino y cerveza o simplemente paseando por las ancestrales arterias del casco viejo.

Vázquez y Torres llegaron casi al mismo tiempo que los dos equipos que participarían en el dispositivo, el suyo y un grupo de agentes designado por el comisario. Saludó con un gesto a Machado y Helen Ruiz, que venían en el coche justo detrás del suyo, e indicó al grupo lo que tenían que hacer.

—Llamamos, nos identificamos y un segundo después entramos dentro. ¿Está claro?

Todos asintieron con la cabeza y esperaron a que los dos agentes responsables del ariete encabezaran la marcha. Uno de ellos sacudió la puerta con contundencia al tiempo que gritaba: «¡Policía!». Tres fuertes y certeros golpes bastaron para que la madera de la puerta crujiera y cediera ante su empuje. Los policías que manejaban el ariete se hicieron a un lado y dejaron paso libre al resto del equipo, que se dispersó por la amplia vivienda en cuestión de segundos.

El piso parecía vacío, aunque desde el primer momento percibieron algo extraño en el ambiente, una mezcla de olor nauseabundo y un penetrante perfume floral.

—Huele como las cartas que le enviaba a Raquel Gimeno —musitó el inspector en voz baja.

Uno de los primeros agentes en entrar abrió la puerta de una de las habitaciones y, al iluminarla con su linterna, no pudo evitar lanzar un breve grito y dar un paso atrás.

El olor nauseabundo y putrefacto se impuso definitivamente al perfume de flores.

—¡Inspector! —gritó el policía—. Aquí hay un cadáver.

Otro de los agentes no pudo contener una arcada ante la intensa peste que se distribuyó por toda la vivienda. Vázquez se aproximó deprisa, con cuidado de no tocar ni mover nada a su paso, y entró en la habitación. Era un espacio amplio y diáfano, presidido por una enorme cama cubierta por una colcha blanca, el mismo color del que estaban pintadas las paredes y lacados los pocos muebles que componían la decoración de la estancia. Un armario de madera envejecida, una cómoda con tiradores de cobre en los cajones, dos mesitas sobre las que descansaban un par de lamparitas de noche cromadas y una gruesa alfombra, también alba, a los pies de la cama. Visillos casi transparentes en los enormes ventanales y, en el techo, papel pintado recreando el firmamento oscuro plagado de estrellas y constelaciones.

La belleza y tranquilidad de lo que parecía ser el

dormitorio principal tenía como contrapunto el maltrecho cadáver que alguien había colocado sobre la cama. Fernando Aguilera reposaba tumbado sobre la espalda, completamente estirado, con los ojos cerrados, una mueca serena y los brazos cruzados sobre el pecho. La presentación, sin embargo, no tenía nada de sosegada, ya que el cuerpo yacente estaba cubierto de sangre de los pies a la cabeza y desde la puerta podían ver un enorme boquete en su pecho desnudo.

—Hay sangre en el suelo, pero no en las paredes —comentó Vázquez—. No lo mataron aquí.

—Hay un reguero de sangre aquí fuera —los informó Helen—. Algunos lo han pisado sin darse cuenta al entrar.

—Estaba muy oscuro —se defendió uno de los agentes.

David levantó una mano para acallar los comentarios y siguió el rastro rojizo por el pasillo hasta otra de las puertas cerradas. La abrió con cuidado y empujó la hoja hacia dentro. Lo que vieron allí explicaba la relativa escasez de sangre en el escenario principal. Los azulejos, la bañera, el lavabo y el suelo estaban cubiertos casi por completo de manchas oscuras y pegajosas. Había salpicaduras en el techo y en la puerta, en la grifería y en las toallas que colgaban pulcramente de los apliques junto al lavabo.

—De alguna manera, vivo, muerto o inconsciente, el asesino lo trajo hasta aquí, lo acuchilló hasta hartarse, le hizo un agujero en el pecho, quién sabe con qué objetivo, y luego, casi desangrado, lo trasladó hasta el dormitorio y preparó el escenario para nosotros.

El inspector Vázquez dio un paso atrás y cerró de nuevo la puerta del baño para evitar que la escena se contaminara. Contaba con Aguilera como culpable de todos los delitos, no como una víctima más. La partida se estaba complicando por momentos.

—Avisa a jefatura y al juzgado. Que vengan los de la científica, el forense y el juez instructor que esté de guardia. Aquí hay tajo para rato.

Bajó las escaleras en silencio. Un grupo de agentes se encargaría de custodiar la vivienda, pero los miembros de su equipo le acompañaron a la calle.

—Cada uno a lo suyo —dijo simplemente—, la misma rutina de siempre. Buscad cámaras en la zona, hablad con los vecinos, interrogad a amigos, familiares y compañeros de trabajo. Quién lo vio por última vez y dónde. Enemigos, vicios, relaciones inconvenientes, problemas económicos...

Los tres policías le miraban sin decir una palabra. Para todos estaba clara cuál era la «relación inconveniente» que le había acarreado la muerte.

Asintieron y se pusieron en marcha. Él prefirió esperar a que llegara el forense y conocer de primera mano sus impresiones iniciales. Lo último que le apetecía era regresar a casa de Raquel Gimeno para comunicarle esta nueva pérdida.

Paseó por la amplia calle Mayor. Los húmedos adoquines, nivelados y suavizados por el paso de millones de pies a lo largo de los años, devolvían el repiqueteo de las rápidas zancadas de los viandantes que, ajenos a lo que ocurría a solo unos metros, se dirigían raudos a sus quehaceres cotidianos. La sucia luz del mediodía nublado era perfecta para su estado de ánimo. Se sentía pesado y desconcertado, además de un tanto sorprendido por el desarrollo de los acontecimientos.

La discreta presencia a su lado del doctor Alcalde le sacó de su ensimismamiento.

—Nos estamos encontrando mucho últimamente —dijo a modo de saludo—. No me cae usted tan bien como para querer verle tan a menudo.

—Lo mismo digo —respondió Vázquez estrechándole la mano—. Si me permite, subiré con usted. No sabemos de cuánto tiempo disponemos antes de que...

Dejó la frase en el aire. La imagen sonriente de los pequeños gemelos se materializó en la mente de los dos hombres. El forense asintió y se encaminó hacia el portal.

—Seré tan rápido como pueda —le aseguró.

—No me cabe duda.

El doctor entró con precaución en el piso y siguió el rastro de sangre hasta el dormitorio principal. Se detuvo un instante en el umbral para hacerse una idea general de la escena y después se adentró decidido hasta situarse junto al cadáver.

—Es curioso —murmuró. Vázquez se acercó para escuchar lo que tenía que decir—. Así, de entrada, puedo decirle que a pesar de la profusión de sangre que tuvo que producirse, a juzgar por las... —paseó el dedo índice derecho un palmo por encima del torso del cadáver— seis incisiones que veo a simple vista, que pueden ser más cuando lo examine con detenimiento, este hombre tiene la cara y las manos limpias, al menos la parte que podemos ver. Seguramente encontrarán una esponja ensangrentada en algún sitio. Creo que lo lavaron cuando ya estaba tumbado en la cama, colocado en posición decúbito dorsal y con las manos cruzadas en el pecho, como los cuerpos que se exhiben en los velatorios.

—Tiene un agujero en el pecho —le indicó Vázquez.

—Lo he visto, inspector. Ahora vamos.

El forense se acercó un poco más y se asomó a la profunda incisión irregular y amoratada. Después abrió el maletín que había dejado en el suelo y extrajo unas largas pinzas metálicas que introdujo muy despacio en el orificio.

—Veamos qué tenemos aquí —dijo. En la punta de las pinzas, lo que parecía un trozo de papel envuelto en plástico goteaba sangre espesa sobre el torso del cadáver. La cuartilla blanca contrastaba violentamente con el envoltorio encarnado y brillante.

—¿Puede sacar el papel? —le urgió David.

—Un momento, por favor. —El doctor depositó el descubrimiento sobre el boquete del pecho, pero sin permitir que volviera a perderse en su interior, y sacó una pequeña cámara digital del maletín. Fotografió la escena desde varios puntos de vista y, cuando estuvo satisfecho, alargó la mano para entregársela al inspector—. Póngase unos guantes limpios —le pidió—. Necesito que me ayude.

Vázquez tardó unos segundos en deshacerse de los guantes que llevaba desde que llegó y ponerse los que el doctor le ofrecía. Luego cogió la cámara, enfocó hacia las manos de Alcalde y esperó mientras el forense extraía muy despacio el papel de la bolsa y lo desplegaba sin permitir que tocara ninguna superficie.

—Hay algo escrito —anunció—. Parece un poema o algo similar.

David fotografió el folio y su contenido meticulosamente. Después le pidió que aguantara un momento más y repitió la operación con su teléfono móvil.

—¿Le han abierto un boquete en el pecho para meterle dentro un poema? —preguntó David.

—No —respondió el forense—. Le han abierto un boquete en el pecho para extraerle el corazón y, después, han metido un poema dentro.

***

La imagen del cadáver sin corazón, del asesino arrancándoselo con saña, le persiguió durante los largos minutos que tardó en llegar al domicilio de Raquel Gimeno. La encontró como la había dejado casi dos días antes, hundida en el sofá, con la cara escondida entre las manos y un lamento constante en su garganta. Lo miró nerviosa cuando David entró en el salón y la saludó.

—¿Está bien? Oí en las noticias que lo habían secuestrado.

—Escapé —respondió sin más.

De momento no quería ni podía contarle que había compartido cautiverio con sus hijos. Sacó el móvil del bolsillo y buscó la última foto que había hecho, hacía solo unos instantes. Con voz profunda y grave, recitó los versos recuperados del pecho de Fernando Aguilera.

Hay cementerios solos,
tumbas llenas de huesos sin sonido,
el corazón pasando un túnel
oscuro, oscuro, oscuro,
como un naufragio hacia adentro nos morimos,
como ahogarnos en el corazón,
como irnos cayendo desde la piel del alma.

Hay cadáveres,
hay pies de pegajosa losa fría,
hay la muerte en los huesos,
como un sonido puro,
como un ladrido de perro,
saliendo de ciertas campanas, de ciertas tumbas,
creciendo en la humedad como el llanto o la lluvia.

Yo veo, solo, a veces,
ataúdes a vela
zarpar con difuntos pálidos, con mujeres de trenzas
                                                    [muertas,
con panaderos blancos como ángeles,
con niñas pensativas casadas con notarios,
ataúdes subiendo el río vertical de los muertos,
el río morado,
hacia arriba, con las velas hinchadas por el sonido
                                            [de la muerte,
hinchadas por el sonido silencioso de la muerte.

Mientras leía, sintió que la mirada de Raquel Gimeno se agrandaba, igual que el contorno de su boca, que pronto dibujó un grito mudo. Cuando terminó, se guardó el móvil en el bolsillo y la observó unos instantes.

—¿Dónde…? ¿Quién…?

La pregunta que flotaba en el aire era demasiado dolorosa como para formularla en voz alta. David asumió la totalidad del interrogante y contestó sin rodeos.

—Hemos encontrado el cadáver del señor Aguilera. Este poema estaba… con él.

Decidió en el último momento que no era necesario que ella conociera los detalles más escabrosos de lo ocurrido.

Le bastaba con saber que su amigo, su amante, su pretendiente, o lo que quisiera que fuese, había muerto de forma violenta.

—¿Reconoce este poema?

Ella negó con la cabeza.

—¿Él…? —se atrevió a preguntar por fin.

—Ha sido asesinado. Alguien lo ha matado en su casa.

—Raquel permanecía muda, atónita, incrédula ante los

hechos que le describían—. Señora Gimeno, ¿cuándo vio al señor Aguilera por última vez?

Raquel cerró la boca despacio y tragó saliva con esfuerzo antes de responder.

—Anteayer, cuando vino a verme. Se lo conté, ¿recuerda?

David asintió.

—¿La ha llamado o visitado desde entonces?

Ella negó con la cabeza, pero luego le tendió el teléfono que descansaba sobre la mesa.

—Me llamó ese mismo día por la noche, pero no contesté. Vi que era él, vi su número en la pantalla, pero no tenía ganas de hablar, así que lo dejé sonar hasta que colgó.

—¿Dejó algún mensaje?

—No tengo buzón de voz.

—¿Y mensaje de texto o WhatsApp?

Raquel volvió a negar.

—¿Cómo…? —Se detuvo y tragó saliva de nuevo—. ¿Cómo ha muerto?

David calibró la cantidad de información que podía darle sin acabar con la poca coherencia mental que todavía conservaba.

—Acuchillado —respondió simplemente.

—Como mi madre… ¿Y ese poema?

—Lo habían dejado junto a una de las heridas.

Raquel se dejó caer hacia atrás en el sofá, cerró los ojos y se masajeó las sienes con los dedos. Permaneció en silencio, dejando que las lágrimas se deslizaran de nuevo por sus cuarteadas mejillas hasta que un zumbido lejano interrumpió el hilo de sus pensamientos. Se levantó despacio y buscó a su alrededor hasta localizar el origen del sonido.

317

—Es Íñigo —anunció con una mano sobre la boca.

El pesado ambiente que se había instalado en el salón se disipó en un instante. David corrió hasta donde Raquel contemplaba atónita el teléfono.

—Tranquila. Coja la llamada y conecte el altavoz.

Colocó una mano sobre su hombro para infundirle valor y, con la otra, empujó suavemente el móvil hacia ella. La mano trémula de Raquel logró a duras penas hacer lo que le pedían. Dejó el teléfono sobre la mesa y acercó la cara al aparato. Los segundos corrían en el brillante reloj de la pantalla, pero nadie parecía dispuesto a pronunciar la primera palabra. David temió que quien llamaba se cansara de esperar y colgara, así que empujó de nuevo a Raquel con suavidad, sacándola del mudo asombro en el que estaba sumida.

—¿Íñigo? —preguntó.

Su voz sonó aguda, casi infantil, cargada de miedo y ansiedad. Confiaba, casi deseaba, que no fuera su marido quien estaba al otro lado de la línea. Sin embargo, la voz que respondió a su pregunta le era tan familiar como la suya propia.

—Hola, Raquel.

Las palabras de Íñigo Lizalde les llegaron claras y diáfanas, sin ruido de fondo, como si estuviera hablándoles desde la habitación de al lado.

—¿Dónde estás? ¿Qué ha pasado? ¿Dónde están Markel y Maite? Mi madre… y también Fernando…

Fue incapaz de concluir la frase, pero se esforzó por sorber su dolor y concentrarse en las palabras que bullían en su cabeza y que se negaban a ordenarse de camino a sus labios.

—Tienes que decirle a quien os ha secuestrado que le daré lo que me pida, haré lo que haga falta para que volváis a casa —añadió, con los ojos esperanzados clavados en el inspector Vázquez, que la animaba a seguir hablando, asintiendo con la cabeza—. ¿Has visto a los niños? ¿Están contigo? ¿Están bien? Dime, por favor…

Nadie contestó a sus preguntas. La línea se había quedado muda, Íñigo había desaparecido de nuevo, y, con él, sus esperanzas de saber qué había ocurrido. Vázquez utilizó su nuevo teléfono para comunicarse con los técnicos en jefatura y pedirles que localizaran de inmediato el origen de la llamada. El agente que atendió al teléfono le aseguró que se pondrían manos a la obra enseguida y que le avisarían lo antes posible, aunque ya le adelantaba que la escasa duración de la comunicación iba a dificultar un poco las cosas.

—¿Qué me dice del móvil que encontramos hace dos días? El que estaba cubierto de sangre.

—Las huellas de la carcasa coinciden con las del señor Lizalde, pero le habían extraído la tarjeta SIM. Si dice que quien llama lo hace con su número, simplemente la habrán insertado en otro terminal.

Raquel se levantó del sofá y corrió hasta el baño, donde la oyeron vomitar hasta casi ahogarse. Volvió al salón pocos minutos después, más pálida aún si cabe, con las piernas flojas, los brazos inertes, la espalda encorvada y la boca abierta en una mueca de tristeza e impotencia. David la ayudó a sentarse de nuevo en el sofá y le ofreció una manta con la que cubrirse, que ella rechazó con un leve movimiento del brazo, incapaz de ordenar a sus músculos realizar una acción más larga, potente o prolongada.

—Cálmese —le pidió David, acuclillado a su lado—, esta llamada ha sido muy importante. Sabemos que su marido está vivo y que tiene, o al menos ha tenido en una ocasión, acceso a su móvil. Los técnicos localizarán la llamada —le aseguró, obviando las dudas y prevenciones que acababan de mencionarle y las tenaces sospechas que llevaban un buen rato tomando forma en su mente.

No pudo seguir hablando. El teléfono vibró por segunda vez. De nuevo, el número de Íñigo Lizalde apareció blanco sobre azul en la pantalla del aparato. En esta ocasión, Raquel Gimeno no dudó ni un instante y se abalanzó sobre el móvil, moviendo rauda el dedo de un lado al otro sobre el icono verde para dar paso a la llamada.

—¡Íñigo! —gritó.

—Tienes que calmarte —respondió su marido al otro lado de la línea, la voz sosegada, el tono neutro, las palabras pronunciadas sin prisa—, si solo hablas y hablas no hay forma de mantener una conversación.

—Tengo que saber cómo están mis hijos.

—Eso lo entiendo. Están bien.

—¿Qué tengo que hacer para que volváis? ¿Puedo hablar con quien os retiene?

Un silencio espeso se extendió por el salón. Por un momento, David temió que la comunicación hubiera vuelto a cortarse. No fue así.

—No hay nadie más —dijo Lizalde en tono seco.

Su voz glacial acuchilló a Raquel tantas veces como antes un puñal había herido a su madre y a Fernando Aguilera.

—¡Son mis hijos! —gritó fuera de sí—. Tienes que traérmelos, por favor, ¡devuélvemelos!

Raquel chilló desesperada, estrellando sus palabras contra el móvil, iluminado a solo unos centímetros de su boca. Unas gotas de saliva escaparon de entre sus labios y salieron disparadas hacia la mesa.

Íñigo no respondió de inmediato, pero le oía respirar pausadamente. Su aparente calma le rodeó la garganta como el collar de hierro de un garrote vil. Cuando su marido volvió a hablar se sentía al borde de la asfixia.

—Es bueno que los niños pasen tiempo con su padre —respondió con tranquilidad—. Me he dado cuenta de que apenas nos conocemos. Estoy solucionándolo.

La imagen de sus hijos se formó con nitidez detrás de los párpados cerrados de Raquel. Vio sus grandes ojos marrones, su pelo oscuro, los pícaros hoyuelos que se formaban en las mejillas de Markel cuando sonreía, los protectores brazos de Maite rodeando los estrechos hombros de su hermano, garantizándole con un gesto que nada malo le iba a pasar.

—Venid los tres a casa —suplicó—, estaremos juntos. También necesitan a su madre...

Un nuevo silencio cruzó el salón. La respiración de Íñigo sonaba ahora entrecortada.

—Disfrutaremos un poco más de nuestra mutua compañía. Ya te he dicho que nos estamos conociendo mejor.

—¿Al menos puedo hablar con ellos?

—Lo siento, no están aquí. Aunque no creo que fuera buena idea que hablaras con ellos. Están aprendiendo que hay un mundo fuera de tus redes. Dentro de poco ni siquiera pensarán en ti. Ni en tu madre —añadió en voz más baja—. Os olvidarán, solo seréis un nombre que surja de vez en cuando en la conversación.

—Mi madre, Íñigo... ¡Está muerta!

—Lo sé —respondió.

—¿Has sido tú? ¿Tú le has hecho eso a mi madre? ¡No tenía ojos! —La fotografía del cadáver mutilado de Leonor se materializó una vez más en su mente—. ¿Y Fernando? —siguió en un susurro—, ¿qué le has hecho a Fernando?

Íñigo esperó unos segundos eternos antes de seguir hablando.

Su voz parecía tan cercana y calmada como al principio.

—¿No querías su corazón? Pues ya te lo ha dado. —Raquel miró a David, sin terminar de comprender las palabras de su marido. El inspector se esforzó por mantener una expresión neutra. No quería alarmarla más de lo que ya estaba—. Esos bonitos poemas, esas llamadas que contestabas en voz baja, convencida de que no te escuchaba... ¿Estás sola en casa? —preguntó de pronto, ignorando los sollozos de su mujer. Ella se separó unos centímetros del teléfono y respiró profundamente antes de continuar.

—No.

—Imagino que la policía te acompaña. Eso está bien. No es bueno que estés sola en estos momentos. Ya te acostumbrarás a la soledad poco a poco. ¿Cómo se llama el policía que está contigo?

Raquel miró a David, que permanecía de pie junto a la mesa. La agente Rivero se había colocado junto a la mujer, casi rozándole la espalda.

—Es el inspector David Vázquez —respondió Raquel finalmente.

—Vázquez... —repitió Íñigo—. Será gallego, o algo así.

—No lo sé.

—En realidad no tiene importancia. Me gustaría saludarle, si es posible.

—¿Al inspector? —La sorpresa hizo que la voz de Raquel sonara demasiado aguda en medio del silencio de la habitación.

—Claro. No tengo nada más que decirte. Charlaremos en otro momento. ¿Puedo hablar con el inspector? Por una vez en tu vida, haz lo que te pido.

—Los niños, Íñigo...

—Haz lo que te pido, Raquel.

David posó una mano sobre su hombro antes de sentarse junto a ella en el sofá. Se inclinó hacia el teléfono y se esforzó por que su voz sonara calmada y autoritaria.

—Señor Lizalde, soy el inspector David Vázquez, del Cuerpo Nacional de Policía. Aunque creo que ya nos conocemos.

—¿Es usted el mismo Vázquez que…? —dejó la pregunta en suspenso antes de estallar en una estridente carcajada—. ¡Lo ha conseguido! ¡Ha logrado salir de allí! No le voy a negar que me siento un poco decepcionado, pero al mismo tiempo me quito el sombrero ante su audacia y resistencia. Es usted un adversario temible, inspector Vázquez. Mi más sincera enhorabuena. Le confieso que, a estas alturas, estaba convencido de que ya habría decidido beberse el contenido de la botella.

—Eso no pasó ni un instante por mi cabeza —masculló David—. Darle caza y recuperar a los niños eran una motivación más poderosa que mi propio dolor.

—Fue muy divertido dejarle pensar que yo era Fernando Aguilera. Pobre hombre, no entendía nada de lo que estaba pasando, y para cuando quiso reaccionar, ya era demasiado tarde. Llamé al gimnasio, le dije que era el marido de Raquel, que mi mujer me había dicho que era un entendido en motores y que necesitaba asesoramiento para comprar un vehículo de segunda mano. Aceptó al instante, pero noté la duda en su voz. Yo solo quería verle de cerca, mirarlo a los ojos. Conocer a mi enemigo. Al final, no era para tanto…

David habría jurado que Lizalde dejó escapar una risita maliciosa.

Se estaba hartando de ese chiflado.

—Entiendo por lo que dice que los niños están en su poder —le cortó.

—No están en mi poder —contestó Lizalde con tranquilidad—. Están conmigo. Es distinto.

—Esto no es bueno para ellos. Los niños necesitan a su madre, su casa, ir al colegio cada día. No creo que quiera hacerles más daño, aunque después de ver cómo los trata, no estoy tan seguro.

—¡No les he hecho daño! —Al salir, las palabras de Íñigo arañaron con sus aristas las dos hileras de dientes apretados.

—Quiero verlos.

David sintió que Raquel se tensaba a su lado. La remota posibilidad de que su marido accediera electrizó todo su cuerpo. Íñigo pareció dudar un instante, pero finalmente la esperanza se desvaneció como un fantasma.

—Eso no va a ser posible. Tendrá que confiar en mi palabra.

En el sofá, la mujer se dobló sobre sí misma, curvando la espalda e inclinando la cabeza hasta apoyar la frente en las rodillas. Recogió los brazos sobre el estómago y comenzó a llorar quedamente, intentando que los sollozos no llegasen a oídos de su marido. La agente Rivero se arrodilló a su lado y trató de tranquilizarla acariciándole el pelo, pero el dolor de Raquel no entendía de otro consuelo que el de volver a escuchar la voz de sus hijos.

—No ponga las cosas más difíciles de lo que ya están. Entréguenos a los niños.

—No voy a hacer tal cosa —replicó secamente—. Soy su padre, y ellos no tienen ni idea de lo que eso supone. Yo quería a mi padre; le quería y lo respetaba a partes iguales. Mis hijos me toman por un invitado en mi propia casa. Quiero transmitirles los mismos valores que yo aprendí de su abuelo, y eso no se consigue en un día. Necesitamos tiempo.

—¿Dónde está? Podemos seguir discutiendo esto cara a cara.

—¿Otra vez? No, señor, usted y yo ya hemos hablado bastante.

—¡Íñigo, por favor! —El grito de Raquel los sobresaltó a todos. La desesperada mujer agarró el móvil con las dos manos y se lo acercó a la boca para que su súplica llegara sin interferencias hasta los oídos del hombre que hasta hacía unos días dormía a su lado—. Por favor... Dame a mis hijos, por favor, por favor...

—Vete a la mierda, Raquel.

La comunicación se cortó en seco tras las últimas palabras de Íñigo Lizalde.

David no quería darle a Raquel la oportunidad de hacerle preguntas que no tendría más remedio que contestar. Salió del piso a toda velocidad y bajó las escaleras hasta la calle, donde recibió como una caricia la bofetada de aire helado.

Torres y Machado llegaron unos minutos después. Lo encontraron dando vueltas sobre la estrecha calzada, caminando furioso con las manos hundidas en los bolsillos y la cabeza agachada, ajeno a todo lo que le rodeaba excepto al fuerte dolor que le golpeaba el costado.

—Acabo de hablar con Lizalde —les dijo cuando por fin reparó en su presencia.

—Lo sabemos. Nos han avisado de jefatura —respondió Torres—. Están siguiendo la señal, pronto nos dirán algo.

El subinspector se sacó del bolsillo el móvil de Vázquez y se lo alargó. David lo cogió y lo miró a los ojos sin decir nada.

—Se han quedado con la tarjeta —le explicó—, tendrás que comprarte una nueva, pero puedes utilizar el aparato.

—Me han dado uno en jefatura, me apañaré de momento. ¿Se sabe algo? —preguntó.

—No, nada hasta ahora. Me han dicho que Redondo se subía por las paredes esta mañana, exige poder interrogarte de inmediato.

—Le he dicho al comisario que hoy haré una declaración completa por escrito y que se la presentaré a él directamente. No obviaré ningún detalle.

—Eso le ha respondido a Redondo, pero no se ha dado por satisfecho. Se ha largado maldiciendo a grito pelado.

David se encogió de hombros y volvió a centrarse en lo más urgente.

—Quiero a Esther López de Aguerri sentada en mi despacho lo antes posible. Ponte en contacto con los compañeros de Vitoria, que la busquen en su casa o en la farmacia, y si se niega a venir, que la detengan acusándola de colaboradora necesaria en la comisión de un delito.

—¿Qué delito? —preguntó Torres.

—Secuestro y tentativa de homicidio. El arsenal farmacológico del que dispone Lizalde no se consigue fácilmente. Alguien ha tenido que ayudarle. Quizá la amante ya no se contentaba con ser la extra de la película y exigía un papel protagonista.

—Vaya mierda de matrimonio —masculló Machado—. Él liado con una desde hace años, ella recibiendo poemas de un compañero de trabajo... Y luego me quejo yo de mi mujer porque me riñe cuando llego tarde del curro. Si al final voy a tener suerte y todo.

Vázquez dio media vuelta y se marchó sin responder. En cuanto a relaciones se refería, él podía considerarse el campeón de la ceguera y la estupidez.

Llegó hasta su coche y puso rumbo a la comisaría. Redactaría el informe sobre su conversación con Irene mientras esperaba la llegada de la amante de Lizalde. El tiempo le asfixiaba casi tanto como sus maltrechos pulmones, lacerados por las esquirlas de sus costillas. Apretó los dientes e intentó no quejarse mientras el coche rebotaba en cada pequeño bache del asfalto. Tanteó con los dedos las pastillas que guardaba en el bolsillo del abrigo.

¿Cuánto tiempo había pasado desde que se tomó la dosis anterior? No lo suficiente, pero no podría continuar mucho más si el dolor no se apaciguaba, aunque solo fuera un poco.

—¿Esto es todo? —El comisario Tous sacudió en el aire los dos folios mecanografiados que Vázquez le había entregado.

—Sí, señor —respondió—, es todo.

—¿Ni una sola mención al lugar en el que se encuentra o a cuáles son sus intenciones?

—No, señor.

—Ni usted se lo preguntó.

David guardó silencio. No quería hablarle a su superior de todo lo que sucedió en su interior cuando la voz de Irene llenó su cuerpo, su mente y su alma. No quiso pensar en el alivio y el miedo, en el atisbo de esperanza que asomó a su corazón cuando le preguntó si realmente era culpable, y el doloroso fango en el que se hundió cuando ella simplemente dijo que sí.

—Ella reconoció los hechos y yo la insté a entregarse, señor.

—Es cierto —reconoció Tous—, y no puedo pasar por alto el hecho de que estaba usted bajo los efectos de un fuerte trauma y que todavía quedaban drogas en su organismo. —Echó un rápido vistazo de nuevo a los dos papeles y los dejó sobre la mesa. Juntó las manos, cruzó los dedos y miró fijamente a David, que permanecía de pie frente al escritorio—. Le he prohibido al inspector Redondo que se acerque a usted de momento. Le entregaré su declaración y le exigiré que cualquier duda que tenga la canalice a través de mí. Yo se la haré llegar a usted, que contestará de inmediato. Espero que sepa apreciar este trato de favor que le dispenso y que corresponda como es debido. Puede retirarse.

David cabeceó brevemente a modo de despedida y salió del despacho del comisario en dirección al suyo. Agradeció no cruzarse con Redondo por el camino. No estaba de humor para miradas furiosas ni para comentarios mascullados entre dientes. Hizo un alto para entrar en los servicios y se dirigió directamente al lavabo. Sacó los dos comprimidos que llevaba un rato toqueteando en el bolsillo de la chaqueta, los liberó de su blíster de plástico y los lanzó al interior de su boca. Se agachó sobre el lavabo, abrió el grifo y los empujó por la garganta, preguntándose cuánto tardarían en hacer efecto.

Esther López de Aguerri no opuso resistencia cuando una patrulla acudió a buscarla a la farmacia que regentaba. Pidió unos minutos para recoger sus cosas, cerró la botica y subió mansamente al coche policial. Ni siquiera preguntó adónde la llevaban, y solo lo supo cuando uno de los agentes la informó de que otro coche la traería de vuelta cuando el inspector Vázquez lo decidiera.

David la encontró en una pequeña sala de la comisaría de Pamplona, sentada con la cabeza gacha, los ojos cerrados y las manos lasas sobre el regazo. No quedaba nada en ella de la mujer orgullosa y combativa que había conocido en Vitoria unos días antes. Le miró con desgana cuando se sentó frente a ella, sin mostrar sorpresa o preocupación. Parecía ajena a todo, resignada a su suerte, como un condenado a muerte que cuenta uno a uno los últimos latidos de su corazón, consciente de que el teléfono no sonará en el último minuto.

—Buenas tardes, señora López —saludó David. No hubo respuesta por su parte. A lo sumo, un mínimo movimiento de hombros, un ligero pestañeo para indicar que le había oído. Decidió ir al grano—. Nos mintió cuando hablamos en la asociación de historiadores.

Esther levantó la cabeza despacio.

—¿Les mentí? —preguntó. Sus ojos dibujaron un interrogante—. No le entiendo…

—Suministró sedantes y somníferos a Íñigo Lizalde, drogas que utilizó para secuestrar a su familia y que usó también contra mí. ¿Para qué le dijo que los quería? —Ella guardó silencio, los ojos de nuevo fijos en algún punto de la mesa—. No estamos hablando de dos o tres pastillas, sino de medicamentos suficientes como para dejar fuera de combate a varias personas. Incluso para matarlas.

David la observó con detenimiento. Las profundas ojeras azuladas que lucía revelaban varios días sin dormir.

—¿Qué le contó Lizalde? —insistió.

—Nada —murmuró en voz baja, sin levantar la vista de la mesa—. Simplemente los cogió. Me robó.

—¿Le robó? ¿Y no lo denunció? —David se echó hacia atrás en su silla, sin dar crédito a lo que estaba oyendo—. Son drogas muy potentes, seguro que lleva un registro riguroso de ese tipo de fármacos. —Avanzó el cuerpo hacia delante, empujando la mesa hasta casi rozar el pecho de la mujer—. Narcotizó a toda su familia para llevárselos del coche, mantiene a sus hijos drogados la mayor parte del día e intentó matarme a mí. Si prefirió mantenerlo en secreto cuando descubrió el robo, ¿no se le ocurrió denunciarlo al conocer los hechos?

Una gruesa lágrima se deslizaba por la mejilla tumefacta de la mujer, que luchaba por sofocar el temblor de sus hombros.

—Al principio no noté nada extraño. —La voz de Esther se deslizó mansamente, como el agua por el borde de un vaso—. Me sorprendió que se presentara en la farmacia cuando estaba a punto de cerrar e insistiera en que nos quedáramos en la rebotica. Pensé que era pasión, que me deseaba, que incluso me amaba. Me volvía loca. —Guardó silencio unos instantes, quizá rememorando esos momentos, quizá buscando las palabras para justificar el engaño—. Debió de robarme mientras iba al baño. Se quedaba solo durante unos diez minutos, lo que me costaba asearme y volver a vestirme.

—Tiempo de sobra para hacerse con los medicamentos que necesitaba —apuntó David.

—Supongo que sí —reconoció ella—. Los armarios no están cerrados con llave, solo yo tengo acceso a la rebotica, ni siquiera los repartidores ponen un pie al otro lado del mostrador. Fui una ingenua…

—¿Cuándo se dio cuenta de que le faltaban los somníferos?

—No hace mucho. Íñigo había dejado de venir por la farmacia y de nuevo nos citábamos en mi casa. Los encuentros volvieron a ser como al principio, pausados, serenos…, aburridos. Un cliente trajo una receta de Noctamid y descubrí que solo me quedaba una caja. Revisé las ventas en el ordenador por si se había producido algún fallo informático o por si la memoria me engañaba, pero no me equivocaba. Tenía que haber cinco cajas en el armario, pero solo había una. Revisé el inventario de somníferos y estupefacientes y lo cotejé con el registro de ventas. Me faltaban varios envases de Valium, Lorazepan y Noctamid, además de unos inyectables de Propofol.

—¿No hay posibilidad de que otra persona le haya sustraído esas sustancias? —Esther negó con la cabeza, sin levantar la vista de la mesa. Había dejado de llorar, pero mantenía una posición sumisa, derrotada, con los hombros hundidos y las manos perdidas en el regazo—. ¿Por qué no lo denunció?

—No lo sé —reconoció finalmente—. Primero intenté convencerme de que era imposible que Íñigo hiciera algo así. Me devané los sesos buscando otras explicaciones, incluso llegué a sospechar de la señora de la limpieza, pero cuando Íñigo desapareció junto con toda su familia y su mujer explicó que se había quedado profundamente dormida en el coche y no recordaba nada, comprendí lo que había pasado.

—Pero no llamó a la policía. Ha pasado casi una semana...

Esther movió de nuevo la cabeza de lado a lado.

—Pensé que quizá estuviera haciendo todo esto para estar conmigo. Esperaba que me llamara, que me enviara un mensaje. Salgo a la calle mirando a mi alrededor, confiando en encontrarlo agazapado en alguna esquina, esperándome. Pero nada de eso ha sucedido y a cada hora que pasa parezco más culpable. Nadie creerá que me robó, todo el mundo pensará que le estaba ayudando a deshacerse de su familia para poder estar juntos sin obstáculos. Es todo tan absurdo...

David salió de la habitación, dejándola sola con sus pensamientos. En unas horas prestaría declaración ante un juez y era muy posible que tuviera que dormir en prisión, pero, francamente, en esos momentos le importaba muy poco la suerte de esa mujer.

En la sala de pantallas la actividad era frenética. Cada vehículo sospechoso que aparecía era congelado al instante en los monitores y rastreado después, hasta que el cotejo de la matrícula lo descartaba. Furgoneta tras furgoneta, los agentes analizaban su paso bajo las discretas cámaras de tráfico, esperando a cada momento que la siguiente fuera la buena. A pesar de las horas transcurridas desde el inicio del dispositivo, el desánimo todavía no se había adueñado de ellos. A sus pies, la papelera estaba a rebosar de vasos arrugados de café y latas vacías de Coca-Cola.

Permaneció unos segundos hipnotizado por el constante ir y venir de vehículos, retrasando el momento de enfrentarse de nuevo a Raquel Gimeno. Sabía que tenía que volver. Ella conocía las circunstancias de su secuestro y seguramente le estaba esperando para asaltarle con más preguntas. Pero ¿cómo explicarle la situación en la que habían estado sus hijos, encerrados en un lugar siniestro, solos, drogados, pasando miedo y frío? ¿Cómo relatarle las breves conversaciones que mantuvieron, el golpe que Markel se había dado en la espinilla, su dolor de tripa o su insistencia en que Maite no apagara la luz? ¿Cómo decirle que se habían ido, que los había perdido, que no había sido capaz de salvarlos a pesar de tenerlos tan cerca? ¿Cómo confesar que, una vez más, sus hijos estaban perdidos, ocultos en algún lugar, quizá de nuevo drogados, cada vez más cerca de la muerte?

La morena figura de Helen Ruiz acudió en su ayuda, diluyendo el dilema sobre si visitar o no a Raquel Gimeno. La agente se detuvo frente a él, tendiéndole una delgada carpeta amarilla.

—Es la autopsia de Leonor Górriz —le informó

escuetamente—. Nada que no hubiéramos deducido ya después de ver el cadáver. Múltiples puñaladas en la parte superior del tronco que le causaron una rápida muerte por exanguinación. El arma utilizada parece ser un cuchillo corto y ancho, del tipo de los usados por los cazadores para rematar a sus presas una vez abatidas. Hay marcas de la empuñadura en todas las heridas, lo que indica que asestó las puñaladas con fuerza.

—O con rabia —matizó David.

—Con mucha rabia —corroboró Helen—. Todas las mutilaciones se produjeron *post mortem*. El análisis de las manos encontradas hoy, junto con el realizado previamente al cadáver, indica que la víctima permaneció atada por las muñecas durante bastante tiempo, a juzgar por los morados y las raspaduras en la piel. El cuerpo no presenta más signos de violencia que los que le causaron la muerte.

David asentía mientras avanzaba por el pasillo en dirección a su despacho, seguido de cerca por Helen, que continuaba desgranando los pormenores del informe forense.

—¿Qué hay del análisis toxicológico? —preguntó, a punto de abrir la puerta de su oficina. Cruzó el umbral y se dirigió a la silla tras su escritorio, indicándole a Ruiz que ocupara uno de los asientos libres.

—Han encontrado restos de algunos narcóticos en su organismo. Valium y Noctamid principalmente.

—¿Algo más?

—Poca cosa —reconoció—. La gravilla que recogimos en el descansillo de la vivienda y entre la ropa de la víctima coincide plenamente con la de las celdas del fuerte.

—No hay misterio en esta muerte —reflexionó Vázquez en voz alta—. Sabemos quién la ha matado, dónde, cómo y cuándo. El porqué también lo tengo más o menos claro, pero no consigo adivinar cuál será su siguiente paso. Si no lo detenemos pronto, no habrá nada que le impida acabar con la vida de sus hijos.

Enterró la cara entre las manos, esforzándose por evocar cada una de las palabras que Íñigo Lizalde pronunció durante su cautiverio. Las drogas que le había suministrado y su afán por aprovechar la luz de la linterna para buscar una escapatoria hicieron que se perdiera muchos de sus comentarios, pero esperaba que algo de lo que captó le diera una pista sobre qué camino seguir. Sin embargo, su mente se negaba a ir más allá de la blusa ensangrentada de Irene y de las voces llorosas de los niños. Veía los pies de Lizalde colgando a varios metros de altura cuando se sentó en la pasarela metálica; sintió de nuevo la lengua estropajosa, pegada al paladar, seca y arenosa; recordó las historias que aquel hombre, entonces misterioso, le contó sobre aquel lugar, los muertos rodeándole por todas partes como el musgo húmedo de las paredes. «¡Cuánto dolor han visto estos muros!». Eso es lo que dijo. Habló del dolor, de los muros, de las celdas, del cementerio. Conocía aquel lugar como la palma de la mano.

—¿Dónde están las fotografías del terreno en el que apareció el coche? —preguntó.

—En una de las salas, no creo que nadie las haya recogido.

David se levantó y se dirigió hacia la sala de reuniones. Como Helen había dicho, sobre la mesa y en la pizarra metálica se encontraban perfectamente alineadas y ordenadas cronológicamente decenas de fotografías del lugar en el que Lizalde abandonó a su mujer. La agente lo observaba desde el quicio de la puerta, sin decidirse a entrar. No sabía si su presencia sería bien recibida. El inspector no era el mismo desde hacía un tiempo y casi nunca sabía cómo actuar en su presencia, especialmente cuando no había nadie más tras el que parapetarse en caso de un estallido de mal humor.

—Jefe… —murmuró por fin——, si me dices qué hay que buscar, me pondré a ello ahora mismo.

David no se volvió. Continuó estudiando las fotografías con la nariz a un palmo del papel satinado.

—Puedes irte a casa —respondió sin mirarla siquiera——. Ha sido un día largo para todos y mañana lo será aún más.

Helen dudó un instante. Eran casi las diez de la noche y llevaba en pie desde muy temprano, pero no le parecía bien dejar al inspector allí solo.

—¿Has comido algo? —preguntó nerviosa——. Puedo traerte un bocadillo.

—No hace falta, he cenado hace poco —mintió.

Observó con detenimiento las marcas de rodadas sobre el sembrado. En la imagen, el potente *flash* de la cámara hacía brillar las gotas de lluvia sobre la hierba como pequeñas esmeraldas colocadas distraídamente sobre un manto verde. Los brotes aplastados por las ruedas de la furgoneta le marcaban el camino igual que a Dorothy las baldosas amarillas.

Al fondo de la imagen, sumidas en la luz grisácea del exterior del foco, las gruesas piedras de un murete esperaban su turno para hablar. Avanzó en las imágenes hasta encontrar las que reflejaban los restos pétreos tras los que Lizalde había ocultado el vehículo. ¿Qué dijeron que era ese sitio? Rebuscó entre la documentación apilada sobre la mesa, lanzando los papeles a un lado con rapidez hasta encontrar lo que buscaba. Se abalanzó sobre su objetivo demasiado deprisa para su maltrecho cuerpo y tuvo que apretar los dientes para no lanzar un alarido cuando sus costillas acuchillaron un centenar de terminaciones nerviosas.

—Mierda… —masculló.

Intentó respirar despacio y pegó los codos al cuerpo para minimizar los movimientos del tórax. Allí estaba, entre otros muchos papeles, el informe enviado por el ayuntamiento de Izko sobre la titularidad de los terrenos y la propiedad de esa construcción en concreto. Eludió la prosa burocrática y retorcida del secretario municipal y deslizó la vista hasta el párrafo que le interesaba.

Según consta en el registro de la propiedad de este ayuntamiento, el actual propietario y responsable de las ruinas ubicadas en el linde del terreno propiedad de don Vicente Abínzano es el Ministerio de Defensa, al tratarse de los restos de un almacén militar levantado en el siglo XVIII y utilizado por las tropas francesas durante la ocupación como depósito de armas. A pesar de estar catalogado en el registro de edificios militares, su escaso interés histórico ha limitado las intervenciones realizadas en el mismo para su conservación y restauración.

Un edificio militar. Otro edificio militar.

Repasó mentalmente la habitación de Lizalde en su casa. Libros sobre estrategia militar, mapas antiguos, escritos sobre construcciones castrenses… Una vida dedicada a la investigación, a escribir artículos en revistas para eruditos, a rastrear viejas ruinas y recrear la tragedia que se desarrolló entre esos muros.

—Qué hijo de puta… —El exabrupto escapó de entre sus labios mientras corría hacia la puerta. Encontró a Helen poniéndose el abrigo, lista para marcharse—.

336

Necesito que te pases por el domicilio de Raquel Gimeno y me traigas todo lo que encuentres sobre construcciones e instalaciones militares. Libros, revistas, cuadernos, notas, fotografías, películas... Cualquier cosa en la que aparezcan enclaves castrenses de cualquier tipo y época.

—Claro, jefe, ahora mismo voy.

—Helen —añadió—, es urgente.

La agente salió disparada de comisaría y se lanzó sobre su coche. Mientras la veía alejarse, David dudó sobre cuál debía ser su siguiente paso. Necesitaba ayuda para desenmarañar el hilo, pero no sabía bien dónde acudir. Volvió sobre sus pasos y rebuscó de nuevo entre los papeles hasta encontrar lo que buscaba. Descolgó el teléfono y marcó el número que encontró en sus notas. Eran más de las diez y media de la noche, pero esperaba que su interlocutor no se hubiera acostado todavía.

El teléfono sonó cuatro veces antes de que una voz masculina contestara al otro lado de la línea.

—¿Sí? —No parecía disgustado, aunque seguramente le habría sorprendido oír la melodía de su móvil a esas horas.

—Buenas noches —saludó David—, ¿hablo con César Muñoz?

—El mismo —corroboró el hombre.

—Soy el inspector David Vázquez, de la policía de Pamplona.

—Le recuerdo, por supuesto. ¿Puedo ayudarle en algo?

—Usted mismo comentó durante nuestra entrevista en Vitoria que Íñigo Lizalde es un apasionado de la historia militar, incluyendo batallas, estrategia y construcciones.

—Cierto —corroboró Muñoz—, seguramente es una de las personas que más sabe de la historia castrense de este país. Sus artículos eran sumamente apreciados, incluso en varias universidades europeas.

—Creo que se está sirviendo de esos conocimientos para mantener ocultos a sus hijos.

Un espeso silencio se extendió a lo largo de la línea telefónica. Vázquez se imaginó la incredulidad en los ojos de Muñoz, los engranajes de su cerebro dando vueltas a toda velocidad.

—¿Está seguro de lo que dice? —preguntó finalmente.

—No estoy seguro de nada, pero necesito su colaboración para intentar comprender la mente de Lizalde.

—Lamento decírselo, pero yo soy un ignorante casi total en los temas que apasionaban a Íñigo, y apenas conozco las construcciones a las que se refiere. Mi campo de investigación se va al otro lado del mundo, a las culturas orientales. No sé nada de militares españoles, lo siento.

—Necesito el nombre de alguien que compartiera las aficiones de Íñigo Lizalde.

—Déjeme que piense un minuto…

—Esto es muy urgente —repitió David por segunda vez en pocos minutos—, y por supuesto, confidencial.

—Claro, claro… —Muñoz guardó silencio unos instantes. Cuando habló, la duda se reflejaba en cada una de sus palabras, pronunciadas despacio, con cautela, como si cualquiera de ellas pudiera costarle la vida—. Hay un profesor en Pamplona, un historiador muy reputado, gran aficionado a la cronología militar. Quizá acceda a ayudarlos.

—Llámele ahora mismo —instó David—. Por favor —añadió.

—Lo haré. Deme unos minutos para buscar su número. Le avisaré en cuanto haya hablado con él.

Los diez minutos que tardó César Muñoz en devolverle la llamada se le antojaron eternos. En momentos como ese echaba de menos un cigarrillo. No fumaba desde que era un adolescente. Siempre le pareció un vicio caro y maloliente, pero en ocasiones se había sorprendido a sí mismo mirando con envidia la cara de placer de algunos fumadores cuando exhalaban la primera bocanada de humo. Además, fumar le daría una excusa para salir a la calle durante unos minutos de vez en cuando y permanecer solo y en silencio, parado sobre la acera sin nada que hacer ni nadie con quien hablar, simplemente mirando la fachada del edificio de enfrente, con la mente en blanco, mientras el humo le ocultaba de las miradas ajenas.

La vibración del teléfono acabó con sus absurdas cavilaciones. El historiador fue directo al grano, sin molestarse siquiera en saludar de nuevo.

—He hablado con el profesor que le mencioné. Se llama Germán Labra. No le emociona demasiado la idea de colaborar con la policía, pero le he explicado la situación y ha accedido al menos a hablar con usted. Llámele. Es un buen tipo, poco locuaz, lo que llamaríamos un ratón de biblioteca, pero si alguien puede ayudarle, ese es Germán.

Un minuto después, David marcaba el número que le había facilitado Muñoz. El teléfono no dio ni un tono completo. Casi de inmediato, un hombre descolgó el teléfono en algún lugar de la ciudad. Una voz vibrante por los nervios, un poco más aguda de como sonaría en circunstancias normales, si no fuera la policía quien estuviera llamando a su puerta, le saludó con timidez.

—Señor Labra —empezó David sin más preámbulos—, César Muñoz me ha asegurado que es usted un experto en todo lo referente a la historia militar.

—No soy exactamente un experto —le corrigió el hombre con voz trémula—. Solo un aficionado. He leído mucho al respecto, pero no soy un entendido en la materia.

—¿Conoce las construcciones militares de Navarra? Edificios de cualquier época, enclaves que sirvieran para objetivos diversos, no me refiero solo a cuarteles o fortalezas.

—Poca gente sabe que la provincia está plagada de lo que usted llama enclaves militares, desde grandes fuertes y castillos hasta murallas o simples agujeros que se utilizaban como refugios o para tender una trampa al enemigo.

—Usted conoce esos lugares. —No era una pregunta.

—Bueno... —Germán Labra dudó unos segundos—, supongo que sí, conozco bastantes sitios de ese estilo. Todos los que están catalogados, de hecho, y alguno que todavía no aparece en los mapas modernos por su insignificancia o porque ha sido reutilizado con fines civiles.

—Necesito que venga a comisaría. Un coche le recogerá en su domicilio.

—Eso no es tan sencillo. —Germán se revolvió, inquieto. David notó el miedo en su voz—. Tengo cosas que hacer, alumnos que atender en la universidad, exámenes que corregir...

—Señor Labra —le cortó David—, dos niños han sido secuestrados por su padre, un hombre que ya ha matado dos veces de una manera brutal, despiadada e inhumana. No sé qué planes tiene Lizalde para sus hijos, pero le garantizo que no tardará mucho en ponerlos en práctica. Ocultó un vehículo en un antiguo arsenal francés y utilizó el fuerte de San Cristóbal para asesinar a su suegra y mantener escondidos a sus pequeños. —Obvió la muerte de Fernando Aguilera, que todavía no se había hecho pública. Aunque no lo había matado en un lugar como los que estaba describiendo, no le cabía duda de que le había tendido una emboscada y atrapado como si fuera el enemigo—. Yo mismo permanecí casi dos días en un aljibe de esa fortaleza, y le garantizo que sus intenciones eran también acabar con mi vida. No puede dudar, Germán. Solo dígame dónde le envío el coche.

—Calle Tajonar catorce —respondió simplemente.

Germán Labra y Helen Ruiz llegaron casi al mismo tiempo.

El primero entró en la sala en la que Vázquez seguía mirando las fotografías de la pared acompañado por un agente. La segunda llegó arrastrando un carrito metálico sobre el que un buen número de libros, cuadernos y papeles guardaban un precario equilibrio.

—Creo que no me he dejado nada —dijo a modo de saludo. Se detuvo al descubrir a Germán, que se había situado junto a Vázquez y estudiaba también la hierba aplastada, las piedras amontonadas y la entrada franca en la parte trasera de la ruinosa construcción.

—Navarra está llena de construcciones de este tipo —repitió sin quitar la vista de las fotos—, cuatro piedras mal apiladas que un día fueron un pequeño almacén, una caseta para resguardar las mulas o para aprovisionarse durante el camino. Muchas de esas piedras fueron utilizadas años después para levantar otros edificios, sobre todo caseríos y grandes casonas en los pueblos, pero también sirvieron para delimitar fincas, cercar los pastos o marcar los caminos.

David le escuchaba en silencio, aunque notaba que la impaciencia comenzaba a retorcerle las tripas. Nada de lo que estaba diciendo le servía para localizar a los niños. No tenían tiempo para divagaciones históricas. Dio media vuelta y observó el material que Helen había llevado.

—Esto es todo lo que Íñigo Lizalde guardaba en su casa. Son libros, revistas, fotos y apuntes. Es posible que entre todo esto haya una pista que nos diga dónde está. Tenemos que encontrarla. Ya.

Sin decir ni una palabra, visiblemente intimidado por la urgencia del inspector, Germán se giró torpemente hacia la mesa, chocando con una pila de libros que cayó al suelo a pesar de sus intentos por pescarlos al vuelo. Murmuró una disculpa y se arrodilló junto a los libros. Los cerró con cuidado, comprobó que no había ninguna página doblada y volvió a levantar la pila original. Escondió las manos en los bolsillos del pantalón vaquero y estudió lo que había sobre la mesa.

—Creo que lo mejor será que empecemos por organizar el material. Lo separaremos por temática, así será más fácil analizarlo después.

A pesar de sus esfuerzos por aparentar calma, la voz de Germán tembló levemente al terminar la frase. Estaba acostumbrado a hablar ante decenas de estudiantes cada día, pero encontrarse encerrado en una sala de la comisaría le ponía más nervioso de lo que nunca llegó a sospechar. Se repitió mentalmente, como un mantra sedante, que solo estaba allí para ayudar. Respiró hondo un par de veces y se acercó a la mesa.

—Pondremos los libros sobre construcciones en este lado —explicó—, los que tratan sobre batallas y estrategia militar, en este otro. Colocaremos las revistas sobre la silla para ir viéndolas una a una, y los documentos sueltos…

—giró sobre sí mismo, estudiando el sitio del que disponían—, en el suelo, debajo de la pizarra. Si les parece bien, claro...

David se acercó a la mesa y cogió el primer libro de la pila. Leyó el título y la sinopsis antes de colocarlo a un lado de la mesa y continuó con el siguiente. Helen se dedicó a ordenar las revistas por título y orden cronológico mientras Germán intentaba descubrir dónde estaban hechas las decenas de fotografías que Lizalde guardaba en su ordenador portátil.

La tarea de clasificar todo el material no les llevó más de media hora. Después, David y Helen se quedaron mirando al historiador, a la espera de nuevas instrucciones. Sobresaltado por la presencia silenciosa de los policías, Germán no sabía qué decir.

—Por mí pueden irse a casa —dijo finalmente—. Tengo que estudiar todo el material para ver si encuentro algo recurrente, algún lugar o alguna idea que se repita varias veces. Eso será señal de que se estaba documentando a conciencia. De hecho —añadió—, aquí tengo catalogadas al menos diez fotografías del fuerte de San Cristóbal, y en las revistas me ha parecido distinguir como mínimo dos dedicadas a la construcción del lugar, con mapas, testimonios e imágenes del interior.

—Helen —respondió Vázquez—, ¿te importa pedir que nos traigan algo para cenar? Yo me quedo. Cotejaré la información con las bases de datos de los cuerpos de seguridad, la situaré en los mapas y llamaré al ejército si es necesario. Tenemos línea directa con el general del acuartelamiento de Aizoáin. Luego puedes irte a casa. Díselo a los demás. Os espero mañana a primera hora.

Helen intentó protestar, pero el gesto severo del inspector la disuadió de cualquier comentario. Salió de la sala, dejando dentro a los dos hombres, y se dirigió hacia el centro de pantallas, donde Ismael Machado se frotaba los ojos enrojecidos.

—El jefe dice que les pidamos un par de bocadillos y nos vayamos a casa —dijo desde la puerta.

El aludido se incorporó despacio. El crujido de sus huesos anquilosados resonó en la pequeña estancia, envuelta por lo demás en un silencio solo roto por los esporádicos comentarios de quienes vigilaban el tráfico. Cansados y somnolientos, los agentes confiaban en que el relevo no tardara demasiado en llegar.

—Os veo en un rato —se despidió Machado.

—Aquí estaremos —respondió uno de ellos. El resto se limitó a levantar una mano o mover levemente la cabeza, sin despegar la vista de las carreteras. Aunque estaban convencidos de que Íñigo Lizalde hacía mucho tiempo que habría llegado a su destino, cualquiera que este fuera, siempre cabía la posibilidad de que escogiera la noche para moverse, y allí estarían ellos, atentos como halcones al acecho de su presa.

Los ronquidos del vecino de al lado le llegaban con tanta claridad a través de la pared como si lo tuviera durmiendo en su propia cama. Sentada frente al televisor apagado, Irene acababa de escuchar en el informativo las últimas noticias sobre el caso en el que David estaba inmerso. La periodista no había podido dar demasiados detalles, pero avanzó que el inspector había sido rescatado *in extremis* y que esa misma tarde se había encontrado el cadáver de una nueva víctima, un hombre al que se relacionaba con Raquel Gimeno. En algunos programas habían comenzado a hablar de triángulos amorosos, engaños y paternidades dudosas. Los buitres habían olido la carnaza y se habían lanzado de cabeza a por ella.

La muerte le rondaba demasiado cerca. Ella misma llevaba su marca grabada a fuego. Después de haber hablado con él, la necesidad de volver a verle se estaba volviendo imperiosa, y sabía que eso los mataría a los dos. Tenía que alejarse definitivamente. Extendió sobre la mesa un mapa de Europa y anotó en un papel los países a los que podía viajar libremente. El espacio Schengen había eliminado las fronteras en la práctica totalidad del continente. Hungría, Austria, Alemania o Suiza eran territorios que no exigían identificación a sus socios europeos, y también podía circular por Francia sin ninguna preocupación. Una mujer caucásica de pelo oscuro llamaría menos la atención en un país mediterráneo.

París presentaba además una ventaja importante: un aeropuerto internacional con tráfico intenso donde poder comprar un billete a Chile o Costa Rica. Un funcionario francés en plena hora punta tendría más dificultades para identificar un pasaporte falsificado.

Tenía prácticamente empaquetadas sus escasas pertenencias. Sacó la pistola y la munición que escondía en la mesita de noche y lo guardó todo en un pequeño neceser negro que ocultó después entre la ropa que ya había metido en la maleta.

Encendió el ordenador portátil que descansaba sobre la mesa y localizó la página de una conocida empresa de alquiler de coches. Formalizó la reserva de un Volkswagen Golf y pagó una semana de alquiler por adelantado con su nueva tarjeta de crédito. Concertó la recogida en el aeropuerto de Barajas para dentro de tres horas. Así podría fingir ser una viajera que acababa de bajarse de un avión. A partir de ese momento, su vida volvería a comenzar de cero.

Una vez más.

Repartió el dinero en efectivo que le quedaba en varios sobres y los escondió en el bolso, el neceser y la maleta. No quería quedarse sin blanca en mitad del viaje. Era casi medianoche, pero sabía que Imelda estaba despierta, podía oír el murmullo de su televisor a través de la pared del salón. Terminó de recoger la ropa y sus enseres y cerró la maleta, colocando encima el abrigo, el gorro de lana y la bufanda. Apagó también el ordenador, lo metió en la bolsa de viaje y la colgó del respaldo de una silla.

Fue a la cocina y eligió un cuchillo del cajón. No era el más grande, pero su filo era igual de amenazador que el que blandió contra Katia Roldán. Asió el mango con fuerza y escondió la hoja con cuidado en la palma de la mano para hacerlo invisible a la vista. La punta le rozaba el antebrazo.

Salió al descansillo y llamó despacio a la puerta de Imelda. Tuvo que esperar un par de minutos hasta que la prudente mujer se aseguró a través de la mirilla de que no había ningún peligro sobre el felpudo.

—Hola —susurró—, ¿todo bien?

—No demasiado —respondió Irene, o Eva, como la conocía su vecina—. Tengo que marcharme ahora mismo y necesito que me hagas un último favor.

—¿Tu marido te ha encontrado?

—No. No hay ningún marido. El peligro soy yo misma, soy yo quien amenaza mi vida.

La sorpresa que se dibujó en la cara de Imelda se convirtió en terror casi de inmediato, el tiempo que tardó en descubrir el cuchillo que oscilaba ante sus ojos.

—Necesito tu pasaporte y todo el dinero que guardes en casa.

—Por favor…

—No te haré daño si haces lo que te digo. Solo dame los documentos y el dinero y me marcharé.

Siguió a Imelda en su eterno camino hasta el dormitorio y la vigiló mientras abría uno de los cajones de la cómoda. Quizá ella no fuera la única en guardar una pistola en casa, y no podía olvidar que era precisamente su primo quien se la había proporcionado.

—Osvaldo se va a enfadar mucho —dijo, como si le hubiera leído el pensamiento.

Por encima del hombro de la pequeña mujer vio que no tenía un pasaporte, sino dos, el legal y la falsificación que, como a ella, le había conseguido Osvaldo.

—Dame los dos —ordenó—, y el dinero.

—Apenas tengo nada... —se quejó Imelda.

Irene no respondió. Tendió la mano para que le entregara los pasaportes y volvió a enseñarle el largo cuchillo. No quería que olvidara que podía hacerle daño. La mujer se lanzó como un resorte sobre su bolso y sacó la cartera. Rebuscó en todos los compartimentos y le ofreció un puñado de billetes con mano temblorosa. A simple vista no le pareció que hubiera más de doscientos euros. Sin embargo, no pensaba desdeñarlo, aunque su mayor botín serían los documentos. Ambas eran de la misma edad y tenían el pelo oscuro y la piel clara. Una vez en Sudamérica le sería más sencillo moverse con un pasaporte dominicano que con uno europeo.

—Vamos al salón —le ordenó después de guardarse los documentos en el bolsillo del pantalón.

—Por favor, Eva, por favor... —suplicó Imelda—. No hagas esto, las dos estamos en el mismo barco. No me hagas daño, por favor...

Irene caminaba a pocos pasos de su espalda. Casi habían llegado al salón cuando Imelda se revolvió en el estrecho pasillo y se abalanzó sobre ella. La acción la pilló por sorpresa y soltó el cuchillo que llevaba en la mano. El repiqueteo metálico de la hoja sobre las baldosas le indicó el lugar en el que había caído y se lanzó sobre él al mismo tiempo que Imelda, que se movió con la agilidad de un felino. La joven dominicana se puso a cuatro patas y se deslizó por el suelo hasta casi alcanzar el arma. Irene saltó hacia ella y aterrizó con fuerza sobre su espalda. Imelda se golpeó en la frente al ser aplastada contra las baldosas. Aturdida, no fue capaz de salvar los escasos centímetros que la separaban del mango negro. Desde su posición de superioridad, Irene le clavó una rodilla en la espalda, le atenazó la cabeza contra el suelo con una mano y, con la otra, recuperó el cuchillo.

No lo dudó ni un instante. No pensaba, no sentía. En su mente no había ningún pensamiento racional. Simplemente, levantó el cuchillo y lo volvió a bajar con decisión. Imelda se revolvió, pero la hoja entró limpiamente cerca de su axila izquierda. Aprisionada contra el suelo, la joven apenas pudo emitir un grito ahogado.

Corrió al salón y regresó al pasillo con dos cables que había arrancado de la televisión y del ordenador. Imelda no se había movido, aunque podía ver que su espalda subía y bajaba con regularidad, al ritmo de su acelerada respiración. Había mucha sangre en el suelo. Se pegó a la pared para no pisarla y la ató de pies y manos. Imelda se quejó en voz baja, pero no se movió.

Buscó después las llaves del piso en el bolso de la joven dominicana. Cuando las encontró, echó un último vistazo al pasillo y se marchó, cerrando la puerta con cuidado tras de sí. Dio dos vueltas a la llave en la cerradura y se las guardó en el bolsillo. Con cuidado de no hacer ruido, regresó a su apartamento y pegó la cara a la pared del recibidor. No oyó ningún ruido en el piso de al lado. Corrió hasta el dormitorio, se puso el abrigo, cogió la maleta, la mochila y su bolso y abandonó su escondite para siempre. Cerró también con llave y, una vez en la calle, arrojó los dos juegos a la primera papelera que encontró de camino al metro. Tardaría menos de media hora en llegar al aeropuerto y otro tanto en hacerse con el coche que la sacaría del país. Tenía tres pasaportes con otras tantas identidades distintas y suficiente dinero como para llegar bastante lejos, aunque tendría que ser cuidadosa con sus gastos.

El traqueteo del metro, casi desierto a esas horas de la noche, actuó como un bálsamo para su cuerpo, que se fue relajando según las agujas del reloj se acercaban a la medianoche. Lejos, cada vez más lejos. A salvo. Apoyó la cabeza contra el cristal de la ventanilla y respiró.

TRES...

25 de enero, domingo

El cansancio era su principal enemigo. El cansancio y el sueño. Desde que dejó a su mujer dentro del coche en aquel sembrado, Íñigo Lizalde apenas había dormido un par de horas seguidas, y no más de veinte en los días que habían pasado desde entonces.

Como un buen soldado, llevaba horas apostado en la tronera de su nuevo refugio, vigilando el avance del enemigo, pero no percibía movimientos amenazadores. Un par de animalillos nocturnos en busca de alimento y el ulular de una lechuza parada sobre alguna rama cercana fueron todos los sonidos que consiguió captar. Ni pasos sigilosos, ni el crujido de los *walkies* militares, ni las sirenas azules de los coches patrulla. Solo la leve respiración de sus hijos, acurrucados uno junto al otro a pocos metros de distancia de donde él se encontraba.

No fue fácil llegar hasta el punto escogido para esta fase del plan. Las ruedas de la furgoneta estaban en peor estado de lo que pensaba y patinaron varias veces en el camino embarrado. Avanzó a trompicones entre la maleza cada vez más cerrada hasta que, finalmente, uno de los neumáticos se atascó en un enorme bache lleno de agua y lodo. No le importó demasiado. Su destino no se encontraba lejos.

Ató de pies y manos a los dos niños, asegurándose de que la cuerda no les apretara demasiado, y cogió a Markel, dejando a Maite en la parte trasera de la furgoneta, bien tapada con una manta. El efecto de los somníferos no duraría mucho más. Tenía que darse prisa. Markel era ligero como un pajarillo. Lo cargó sobre su hombro izquierdo, dejando el brazo derecho libre para ayudarse en la breve ascensión. Todavía faltaban varias horas para que amaneciera y la luna solo era un arañazo en el cielo, pero no le hacía falta más luz. Conocía el camino de memoria. Durante semanas estudió los mapas topográficos del lugar y las fantásticas imágenes de satélite que consiguió a través de Internet. Cuando decidió que aquel era el lugar perfecto, fue hasta en tres ocasiones para asegurarse de que estaba completamente desierto y abandonado, y ni siquiera los cazadores furtivos conocían su existencia. Nada podía salir mal.

Tardó cuarenta y cinco minutos en llegar. Sudaba debajo del abrigo y las piernas le dolían terriblemente por el esfuerzo. Se agachó despacio y recorrió el estrecho pasillo subterráneo hasta llegar a la cámara que sería su hogar durante los próximos días. En la última de sus visitas preparatorias tuvo la precaución de llevar una colchoneta, que dejó hinchada, y tres sacos de dormir, además de un par de bidones de agua y latas de conserva. Tenían lo suficiente para sobrevivir allí durante al menos una semana.

Depositó a Markel con cuidado sobre la colchoneta y estiró uno de los sacos de dormir. El niño se removió inquieto, pero no llegó a despertarse. Le metió las piernas en el saco y subió la tela acolchada hasta que lo cubrió por completo. Cerró la cremallera y lo movió un poco hacia un lado. Se sentó en el hueco que había quedado libre. Necesitaba recuperar el aliento antes de bajar a por su hija. Estaba agotado, completamente exhausto, pero no podía detenerse ahora, cuando faltaba tan poco para culminar su plan.

Un par de minutos después se lanzó colina abajo, de regreso a la furgoneta. Encontró a Maite en la misma posición en la que la había dejado. Respiró hondo antes de cargar con ella y repetir el ascenso una vez más. Maite era más alta que su hermano, y también más robusta. Íñigo jadeaba a cada paso, resollando sin aliento, hasta que se vio obligado a detenerse y descansar apoyado en el tronco de un árbol. Las piernas le temblaban con violencia, extenuadas, y las rodillas amenazaban con doblarse de un momento a otro. Se obligó a tranquilizarse, a respirar hondo. Nadie le seguía, los niños estaban dormidos, podía descansar un minuto más. Con la niña todavía colgada de su hombro, Íñigo Lizalde echó la cabeza hacia atrás y apoyó la nuca en la corteza del haya. Un batallón de estrellas vigilaba sus actos en una noche inesperadamente clara. Agradeció el momento de paz, tan escasa en su vida últimamente.

Sus pensamientos viajaron hasta Raquel. ¿Qué estaría haciendo su mujer en esos momentos? ¿Permanecería, igual que él, insomne frente a la ventana, contando las estrellas y suplicando a Dios que le devolviera a sus hijos? ¿Pensaría en él? ¿Estaría lo bastante arrepentida de haberlo tratado peor que a un perro? Había intentado odiarla, puso todo su empeño en despreciarla, pero lo único que consiguió fue sentirse todavía más desgraciado. Necesitaba encontrar la manera de hacerle ver que estaba a su lado, que para él no había nada más importante que ella, que era su vida, su corazón, su alma. Nada ni nadie debería interponerse entre ellos. Nada ni nadie. Y si no lo conseguía entender, entonces ella también merecía morir. ¿Habría muerto ya? Quizá sus ojos ya no miraban las estrellas, sino que eran una de ellas. Observó los lejanos astros, pero no percibió ninguna señal, nada que le indicara si Raquel estaba viva o muerta. «Espero que siga viva —decidió—, le queda mucho por ver».

Recuperado el aliento, enfiló el tramo final hasta el refugio. Depositó a Maite sobre la colchoneta, la metió dentro del segundo saco y se aseguró de que ambos seguían profundamente dormidos. Tenía que volver a salir. Echó una rápida mirada a sus hijos y recorrió el camino de regreso a la furgoneta lo más rápido que sus agotadas piernas le permitieron. Tenía que sacarla del camino forestal y ocultarla de la vista de cualquiera que se aventurara por allí.

Colocó unas ramas largas bajo la rueda atascada y avanzó despacio marcha atrás. Como le enseñaron los zapadores del ejército, la rueda se deslizó mansamente sobre las ramas, que crujieron bajo el paso del vehículo, pero aguantaron hasta que estuvo de nuevo en tierra firme. Después, solo tuvo que enderezar la dirección y esquivar el bache. Recorrió aproximadamente un kilómetro hasta encontrar el pequeño claro a la orilla del camino que había elegido para ocultar la vieja Nissan. Las ramas y los helechos que había dejado preparados seguían apilados entre dos árboles. Los dispuso con cuidado sobre el techo y el lateral de la furgoneta. El hecho de que fuera de color verde hacía más efectivo el camuflaje. Satisfecho, buscó el camino que le llevaría de vuelta con sus hijos. Todo iba según lo planeado.

Las campanas que antes la acompañaban ahora le parecen amenazadoras alarmas, señales sonoras del tiempo que pasa y pone de manifiesto cada quince minutos que todo sigue igual, que está sola junto a la ventana, viendo cómo en la ciudad amanece un nuevo día mientras ella se consume en la inacción, esperando, anhelando, segundo tras segundo, que el ruido del badajo golpeando el cobre se extinga y deje paso a las voces cantarinas de sus hijos.

La noche había sido muy larga para Raquel. En vela sobre la cama, revivió una y otra vez las últimas horas pasadas junto a su familia. Recreó en su memoria cada palabra de su marido, cada gesto, buscando una pista, un indicio que pusiera de manifiesto sus retorcidas intenciones, pero estaba tan concentrada en ignorarle que fue incapaz de ver más allá de su propia indignación, un despecho que crecía cada segundo que pasaba junto a Íñigo. No podía evitarlo. Su marido la molestaba. Esa mirada blanda, con la cabeza gacha, esos silencios prolongados...

Le deseó la muerte con todas sus fuerzas. «Ojalá te mueras», rezó una y otra vez mirando al cielo. Cerró los ojos y volvió a abrirlos al instante. Cada vez que sus párpados apagaban la luz, su mente reproducía la imagen de su madre, muerta sobre el felpudo. Veía sus ojos vacíos, los brazos sin manos, la sangre empapándolo todo. Muerta, las violentas puñaladas dibujando un mapa imposible sobre su cuerpo. «Muérete —repitió como un mantra—, muérete antes de ponerles una mano encima a mis hijos».

El inspector Vázquez le había asegurado que los niños estaban vivos, que su padre los alimentaba y abrigaba. Intuía que había algo que no le contaba, pero, por mucho que insistió, solo consiguió que le prometiera que los dos estaban todo lo bien que se podía estar en esas circunstancias. Vázquez le juró que todos los efectivos disponibles de todos los cuerpos de seguridad estaban buscándolos. De hecho, desde poco antes del amanecer llegaba hasta sus oídos el ruido del rotor del helicóptero de la Policía Foral rastreando montes y carreteras. Si al menos pudiera hacer algo, subirse a ese helicóptero y buscar con sus propios ojos...

Se anudó la bata a la cintura y salió de la habitación. La agente que había pasado la noche en su casa no tenía mejor cara que ella. Pronto llamarían a la puerta y un nuevo policía se instalaría allí, dándole el reglamentario relevo. Ella, sin embargo, no tenía con quién compartir su sufrimiento. La mujer la miró desde la silla del comedor en la que estaba sentada. Tenía un libro entre las manos y unas gafas de lectura que se balanceaban en la estrecha punta de su nariz. Levantó la cabeza y la saludó con cordialidad. Era evidente que sentía lástima por ella y que intentaba animarla, pero por su profesión debería saber que era inútil tratar de reconfortar a alguien que lleva tantas horas como ella esperando un milagro.

—Buenos días —saludó—, espero que haya podido dormir un poco.

—No demasiado, la verdad, pero tampoco esperaba otra cosa.

—Si le parece bien, prepararé un café. Nos vendrá bien a las dos.

La agente se levantó de la mesa después de colocar cuidadosamente el marcapáginas en el libro y se dirigió a la cocina. La repentina soledad de la habitación le provocó un escalofrío. Volvió sobre sus pasos y entró en el baño. Se desvistió rápidamente y se metió bajo el chorro de agua caliente. Se enjabonó con eficacia, se aclaró y salió de la ducha en menos de cinco minutos. Le preocupaba no oír el teléfono si sonaba. Envuelta en el albornoz y con el pelo recogido en una toalla, frotó con la mano el espejo hasta descubrir su pálido rostro al otro lado del vaho. No se entretuvo tampoco en ponerse cremas ni arreglarse las cejas, rutinas que hasta entonces realizaba a diario.

Retorció sin éxito el exiguo tubo de pasta de dientes. Lo tiró a la papelera y buscó un nuevo envase en el cajón del mueble de baño. Desenroscó el tapón, arrancó el protector plateado y puso una generosa ración de dentífrico sobre el cepillo. Solo llevaba unos segundos cepillándose los dientes cuando sintió que su garganta comenzaba a cerrarse, negando el paso a la saliva y al oxígeno. Observó aterrada sus rasgos en el espejo, las facciones deformándose a toda velocidad ante sus ojos, los párpados y los labios hinchándose más allá de lo posible. Contempló en el espejo cómo se le amorataba la piel y cómo el cuello casi duplicaba su tamaño. Unas manos invisibles que le apretaban implacablemente la garganta le impedían gritar. Iba a morir.

Un último movimiento desesperado le permitió arrancar de cuajo el cajón, el mismo en el que estaba el tubo de pasta, desparramando su contenido por el suelo del baño. Sus dedos, gordos como salchichas, eran incapaces de sujetar el cajón, que cayó al suelo en medio de un estruendo.

—Raquel —oyó a la agente llamarla desde el pasillo—, ¿se encuentra bien?

Concentró el último aliento que le quedaba en abrir la puerta. Cuando lo hizo, sus ojos no eran más que una línea oscura en medio de un rostro amoratado, lo que le impidió ver el horror reflejado en la cara de la policía. Se desplomó en el pasillo y luchó una vez más por respirar.

—¡Raquel! ¡Madre santa!

La agente se inclinó sobre ella e intentó tomarle el pulso, pero era tal la hinchazón del cuerpo que fue incapaz de localizar el latido del corazón. Descolgó la radio del cinturón y pidió ayuda mientras buscaba entre los objetos que cubrían el suelo el causante de aquel desastre.

Muy cerca de la puerta, destacando por su color y tamaño del resto de los artículos desparramados, descubrió lo que parecía una jeringuilla alargada, gruesa y oscura, perfectamente envuelta en un plástico transparente con una cruz roja dibujada en uno de sus lados. Sabía perfectamente qué era eso; en la academia los preparaban para administrar los primeros auxilios, y los equipos de emergencia solían incluir autoinyectables de epinefrina como el que ya tenía entre las manos.

Miró a Raquel, que había perdido el conocimiento y se deslizaba a toda velocidad hacia una muerte segura. Sin pensárselo dos veces, abrió el estuche, separó el albornoz y le hundió la pequeña aguja en el muslo. Presionó con fuerza el émbolo naranja y lo mantuvo clavado en el músculo durante quince segundos. Extrajo después la aguja y masajeó la zona con fuerza, confiando en que la adrenalina no llegara demasiado tarde. Raquel no daba muestras de volver en sí, pero la hinchazón de la cara comenzó a disminuir poco a poco. El color morado del rostro dejó paso a un tono más rosado y lentamente los párpados y los labios recobraron su tamaño habitual. A su espalda, los servicios de emergencia aporreaban la puerta, exigiendo que los dejaran entrar.

Tras los médicos llegaron más agentes de policía, pero ella sabía que había una llamada que tenía que hacer.

El inspector Vázquez cruzó el umbral veinte minutos más tarde. Raquel Gimeno se recuperaba recostada en el sofá mientras el equipo médico le suministraba generosas dosis de antihistamínicos y corticoides. Respiraba desde detrás de una máscara de oxígeno y permanecía con los ojos cerrados, aparentemente ajena al trajín que se desarrollaba a su alrededor.

La agente que le había salvado la vida lo esperaba en

el salón, junto a la mesa y el libro que estaba leyendo y que ahora estaba rodeado de gasas estériles empapadas en alcohol, capuchones de jeringuillas y viales vacíos.

—¿Qué ha ocurrido? —Vázquez observó el trabajo médico sobre el cuerpo inmóvil de Raquel. Un sanitario sostenía en alto la bolsa de líquido transparente que se deslizaba a través de un tubo hasta sus venas mientras el médico estudiaba las gráficas recién salidas del electro portátil. Los cables rojos y negros seguían unidos a su pecho, que se asomaba indiscreto a través de la abertura del albornoz. Ella, sin embargo, no parecía ser consciente de su desnudez.

—Todo apunta a una reacción alérgica —respondió la policía—. Una reacción muy violenta.

—¿Has hablado con ella?

—Apenas unas palabras, los sanitarios no me han permitido acercarme.

Vázquez se aproximó al sofá y se inclinó sobre la mujer. Respiraba agitadamente y los párpados cerrados denotaban una frenética actividad de los ojos en la oscura cavidad. Le tocó suavemente el brazo y la llamó por su nombre.

—Raquel —susurró, inclinándose sobre ella—, soy David Vázquez, ¿puede oírme?

La agitación tras los párpados se detuvo al instante, como si todas las conexiones neuronales hubieran vuelto a conectarse en ese momento y se hubiera restaurado la cordura en su cerebro. Abrió los ojos muy despacio. Le dolía mucho la cabeza, tenía la garganta seca y un doloroso escuadrón de hormigas pululaba arriba y abajo por sus músculos, que intentaban recuperar su tamaño y posición normal con la ayuda de los fármacos que recorrían su organismo. Despegó los labios e intentó hablar, pero Vázquez fue incapaz de comprender los sonidos que salieron por su boca. Cerró los ojos y luchó por concentrarse y recuperar el control de su cuerpo.

—Íñigo ha intentado matarme —farfulló por fin. Miraba fijamente al inspector, buscando indicios de incredulidad o sorpresa, pero Vázquez la observaba muy serio y asintió cuando terminó de hablar.

—¿Qué ha ocurrido?

—No estoy segura. Me estaba cepillando los dientes cuando todo pasó. Empecé a sentirme mal, a hincharme…, no podía respirar.

—La agente que la custodiaba me ha dicho que parece una reacción alérgica.

—Solo soy alérgica a la penicilina, y tengo mucho cuidado con los medicamentos que tomo.

Vázquez tuvo que dar un paso atrás para permitir que los sanitarios continuaran con su trabajo. Uno de ellos le anudó el albornoz y le cerró las solapas, abrigando su pecho desnudo.

—Vamos a trasladarla al hospital —le comunicó el médico—, el *shock* anafiláctico ha sido muy fuerte y necesitamos tenerla en observación durante un tiempo, hasta que esté completamente libre de lo que sea que le ha causado semejante reacción.

—¿Es posible que esto lo haya provocado la penicilina? —preguntó Vázquez.

—Desde luego, una alergia medicamentosa es la posibilidad más factible, pero tendremos que analizar su sangre para determinarlo con absoluta certeza. Ya le hemos extraído las muestras que necesitamos y en unas horas tendremos los resultados.

Permitió a los sanitarios continuar con su trabajo y se dirigió al baño. Observó el caos de objetos esparcidos por el suelo. Cepillos, gomas para el pelo, tiritas, frascos de crema, un jaboncillo... Una dispar colección de cosas de todos los tamaños, formas y colores desparramada en cinco metros cuadrados de baldosas blancas. Sobre el lavabo, guardando un precario equilibrio en el borde de cerámica, descubrió un tubo de pasta dentífrica. Buscó el cepillo con la mirada, sin atreverse todavía a poner un pie en el interior del baño. Lo encontró en el suelo, mezclado con el resto de los utensilios variopintos, con la espuma todavía fresca y un pequeño reguero de agua y saliva alrededor.

La agente acudió a su lado en cuanto la llamó.

—Necesito unos guantes y bolsas para pruebas. Mientras tanto, que no entre nadie aquí.

Sacó el móvil del bolsillo y comenzó a fotografiar todo lo que había en el baño, aun a sabiendas de que la científica repetiría la operación, incluso con más minuciosidad que él. Una toalla húmeda, botes de gel y champú, cuatro esponjas de diferentes colores, brochas y pinceles de maquillaje, un pequeño estuche de manicura, un par de barras de labios, unas tijeras, horquillas y pasadores del pelo, una maquinilla de afeitar eléctrica, tiras de cera fría, jaboncillos aromáticos... Nada que llamara la atención, todo tan anodino y cotidiano que lo único desparejado en aquella casa era la mujer que había estado a punto de morir.

Se ajustó unos guantes de látex y se agachó para recoger el cepillo de dientes, que guardó en una de las bolsas. Se estiró después desde la puerta hasta alcanzar el tubo de dentífrico. Estaba prácticamente intacto, a excepción de la leve presión a ambos lados ejercida por Raquel para extraer la cantidad que depositó sobre las cerdas del cepillo. Lo giró despacio, sin descubrir nada que le llamara la atención. El tubo estaba abierto y una pequeña cantidad de crema se había deslizado por los bordes, manchando la zona en la que debería estar el tapón. Se acercó de nuevo a la puerta y oteó el interior en busca del tapón. Lo localizó en el lavabo, junto al grifo. A su lado, un pequeño círculo plateado reflejaba la luz blanca de las bombillas del espejo. En el centro, prácticamente invisible a la vista, David descubrió un diminuto orificio, similar al que causaría una aguja hipodérmica.

En el salón, Raquel Gimeno estaba ya acomodada sobre una camilla. Levantó el brazo para detener el avance de los sanitarios y se acercó a ella en dos zancadas.

—¿Hace cuánto tiempo que abrió la pasta de dientes que ha utilizado hoy?

—Esta misma mañana —respondió Raquel sin poder disimular su sorpresa—. Tiré el tubo vacío a la papelera que está junto al lavabo y saqué uno nuevo del cajón. ¿Por qué? ¿Qué ocurre?

—Todavía no estoy seguro de nada. Ahora, tranquilícese, iré a verla dentro de un rato.

—Va a matar a mis hijos. —La voz se le rompió al terminar la frase, envuelta en un profundo sollozo—. Ha matado a mi madre y a Fernando, y casi me mata a mí. Está loco, completamente fuera de sí. No piense en mí; por favor, encuentre a mis hijos.

Raquel Gimeno desapareció tras la puerta. Sus palabras contribuyeron a incrementar el desasosiego que lo atenazaba desde que consiguió escapar del fuerte, una sensación de urgencia que le impedía comer o dormir. Incluso cuando se detenía a pensar le acuciaba la idea de estar perdiendo el tiempo. No había dormido ni un minuto desde que salió de aquel agujero, comía de pie y se mantenía a base de cafeína y analgésicos. Suponía que acabaría pagando todos esos excesos, pero lo cierto era que en ese momento no le preocupaba en absoluto.

Telefoneó a comisaría y pidió la presencia en el piso de un equipo de la policía científica.

—De algún modo —explicó—, Íñigo Lizalde ha estado a punto de matar a su mujer. He recogido un tubo de pasta de dientes y un cepillo, lo llevo yo mismo al laboratorio, pero necesito que inspeccionéis toda la vivienda, por si antes de desaparecer el muy cabrón colocó alguna trampa mortal más.

Dejó a la agente esperando a la brigada científica y salió raudo de la casa. Esquivó las miradas y las preguntas ansiosas de los vecinos que esperaban noticias en el descansillo y corrió hasta su coche con las bolsas de papel bien cogidas. Recorrió a toda velocidad la distancia que le separaba del laboratorio policial, en las instalaciones de Beloso Alto, y cumplimentó lo más rápido que pudo todos los formularios que le pusieron delante. No se marchó hasta que consiguió arrancarle al inspector de turno la promesa de que le llamaría en menos de dos horas con los resultados de los análisis.

En comisaría, encontró a Germán Labra en el mismo lugar en el que lo había dejado, inclinado sobre un libro y tomando furiosos apuntes en un cuaderno.

—Estoy buscando referencias bibliográficas de los lugares históricos escogidos por Lizalde para actuar —explicó el profesor—. No me quedan muchos libros por repasar y de momento tenemos un claro ganador.

Le mostró un grueso volumen con una sobrecubierta de papel satinado ilustrada con una fotografía que reconoció al instante y que le puso la piel de gallina. Las altas rejas del portón del fuerte de San Cristóbal se erigían ante sus ojos como los dientes afilados de Richard Kiel en *Moonraker*. No podía apartar la mirada de la fotografía que Germán sostenía a la altura de sus ojos. Por un momento sintió de nuevo el aliento cálido de Irene en la mejilla, el murmullo de sus pasos sobre el hormigón, la increíble luz de su presencia. Inmediatamente después, el frío húmedo de aquella cueva comenzó a trepar por sus piernas, le congeló el estómago y exhaló su fétido vaho sobre sus pulmones, que retuvieron el aire en su interior como si fuera el último hálito de su vida.

Se obligó a mirar hacia otra parte y concentrarse de nuevo en el historiador. Germán no parecía haberse dado cuenta de la momentánea turbación del inspector y parloteaba sobre sus deducciones.

—Empiece de nuevo, por favor —le pidió Vázquez—. Más despacio.

—Perdón —se excusó—, cuando me embalo ni yo mismo me entiendo. En este libro aparecen las dos construcciones utilizadas por Lizalde, tanto el pequeño armero como la fortificación del monte San Cristóbal. Además —añadió, visiblemente satisfecho—, es el único que hace referencia al polvorín de Izko.

—¿Qué más sale en ese libro?

Vázquez se lo quitó de las manos y comenzó a hojearlo despacio. Las páginas estaban repletas de fotografías de envarados militares, mapas y reproducciones de antiguas batallas.

—Para nuestra desgracia, la lista es muy extensa. Es un libro muy bueno y exhaustivo. Repasa la mayoría de las construcciones defensivas de Navarra, así que estamos hablando de cientos de referencias.

—Descartaremos las que carezcan de techumbre y las que estén cerca de vías transitadas.

—Eso apenas reduce el número —se lamentó Labra—. Casi todas las construcciones están en parajes aislados, sobre todo en zonas boscosas y montañosas. Así

363

eliminamos algunos castillos y murallas de pueblos como Marcilla, Artajona o Estella, pero nos quedan muchísimos lugares.

—Elimine también los lugares de fácil acceso o a los que sea sencillo entrar. —David cerró los ojos y recordó el lugar en el que estuvo a punto de perder la vida. Recreó el húmedo aljibe, la oscuridad que le rodeó durante aquellas horas eternas, la seguridad de que habría muerto si..., ¿si qué? ¿Si Irene no hubiera estado allí? ¡No estaba allí! El apremio que le retorcía el estómago le recordó una vez más que la tarea que tenía entre manos era lo más urgente a lo que se había enfrentado jamás—. Descartaremos también Pamplona —añadió, y confió en que Germán no se hubiera dado cuenta del leve temblor que estremeció su voz.

—¿Está seguro de eso? La ciudad está llena de pasadizos subterráneos que casi nadie conoce, catacumbas, viejas bodegas soterradas, fortines romanos y medievales, pozos desecados...

David negó despacio con la cabeza.

—No creo que se haya atrevido a trasladar a los niños dentro de Pamplona. Es demasiado fácil cruzarse con alguien que le reconozca, eso por no hablar de que hay decenas de policías buscándole a él y a su vehículo, una furgoneta que no le sería sencillo camuflar.

—Es cierto, pero se me ocurren tantos buenos lugares en los que esconderse sin salir de la ciudad que no puedo dejar de insistir.

Le incomodaba la mirada penetrante del historiador. Aunque la lógica policial le decía que Lizalde estaría lo más lejos posible de allí, era inevitable escuchar las reflexiones del experto. Al fin y al cabo, para eso le habían pedido que viniera.

—De acuerdo —claudicó—; enviaré un par de patrullas a los escondrijos de Pamplona que aparecen en ese libro. Anótelos en un cuaderno. Si se le ocurre alguno más, apúntelo también.

Germán prácticamente botó sobre sus propios pies. Alcanzó una hoja de papel y comenzó a garabatear una lista que, al terminar, ocupaba más de medio folio. Torres y Helen Ruiz respondieron a la llamada del inspector y se encargaron de explicar a la patrulla el objetivo de la búsqueda.

—Avisad por radio al menor indicio de la presencia de Lizalde o de los niños. Si creéis haberlos encontrado, no los pongáis en peligro —les ordenó Torres—, e informad constantemente de vuestros movimientos; queremos saber dónde estáis en todo momento.

Los agentes asintieron con vehemencia y corrieron hasta los coches, que pocos segundos después comenzaban su búsqueda. Helen y Mario regresaron a la sala y se reunieron con Vázquez y Labra para estudiar los lugares que el historiador iba señalando como posibles escondites de Lizalde. Desplegaron mapas topográficos y ordenadores sobre la mesa y comenzaron a escarbar en la información que proporcionaban los libros y anotaciones de Íñigo Lizalde.

La lista de posibles escondrijos era interminable. A lo largo de los siglos, el ser humano había dedicado ingentes recursos a atacar y defenderse, ideando construcciones cada vez más sofisticadas con las que evitar ofensivas y armas cada vez más mortíferas.

—¿Cómo van los controles de carreteras? —preguntó Vázquez, rompiendo un espeso silencio solo cruzado de vez en cuando por el rasgueo de un bolígrafo sobre el papel.

—Sin resultados —respondió Torres—. Machado está a punto de quedarse bizco.

—Dile que descanse, que se dedique a otras cosas o que se vaya a casa.

—No quiere ni oír hablar de descansar. Está raro —añadió el subinspector—, más gruñón de lo habitual.

—Todos estamos raros estos días, este caso nos está sacando de quicio. —Vázquez respondió sin levantar la vista de uno de los mapas.

Mario asintió y telefoneó a Machado. Unos instantes después volvió a guardarse el móvil en el bolsillo.

—Me ha mandado a la mierda y me ha dicho que me ocupe de mis propios asuntos —dijo—. Este hombre está peor que nunca.

Dos sonidos inesperados se sucedieron rápidamente. Primero, el zumbido urgente del teléfono de Vázquez sobre la mesa de madera. Casi al mismo tiempo, una serie de golpes en la puerta y el chasquido de la manilla al abrirse. Descolgó mientras permitía el paso del oficial uniformado que apareció en el umbral. El agente esperó paciente a que el inspector concluyera su breve conversación y, a continuación, le anunció que Raquel Gimeno le esperaba en su despacho. Le sorprendió la visita. Después de lo ocurrido esa misma mañana, pensaba que la mujer pasaría el resto del día en el hospital.

Encontró a Raquel sentada en una silla frente a su mesa, con las manos hundidas en los bolsillos de un abrigo del que no se había desprendido a pesar del calor que hacía en el despacho. Cerró la puerta y se sentó a su lado.

—¿Cómo se encuentra? Pensaba pasar a verla más tarde, no creí que le dieran el alta tan pronto.

Ella le miró con sus ojos vidriosos, demasiado grandes y violáceos en medio de un rostro demacrado y pálido. El pelo lacio le enmarcaba las facciones, dándole el aire de una niña desvalida.

—Estoy bien —respondió—. Los médicos querían que me quedara, pero no tenía ningún sentido. La agente que me salvó la vida se ofreció a recogerme y le pedí que me trajera aquí antes de ir a casa.

—¿Sabe lo que le ocurrió? —preguntó.

—Sí —afirmó ella.

—Acaban de llamarme del laboratorio. Han encontrado penicilina en el dentífrico que utilizó esta mañana. De algún modo, seguramente a través del precinto de protección, inyectaron el medicamento en el interior del tubo. Solo había que esperar a que usted lo utilizara.

—¿Inyectaron? —Raquel se irguió en la silla, con las mejillas encendidas y los ojos brillantes—. No sea neutro con las palabras. Fue Íñigo. Él sabe que soy alérgica a la penicilina, que puedo morir con una dosis minúscula. Cuando nuestros hijos eran pequeños y enfermaban, unas gotas de su saliva con restos de ese antibiótico me producían una urticaria solo con rozarme la piel. Lo sabe. Quiere verme muerta. ¡Dios mío! —sollozó—, ¡mis hijos!

—Sus hijos están vivos —insistió David—. Se está tomando muchas molestias para mantenerlos ocultos. Ha podido deshacerse de ellos y no lo ha hecho. Los alimenta y los abriga. Daremos con ellos antes de que piense siquiera en hacerles más daño.

Guardaron silencio durante unos segundos eternos, ella con la mirada perdida en el suelo y los ojos empapados en lágrimas; él, con el estómago de nuevo retorcido por la urgencia. Había evitado hablarle a Raquel del llanto aterrorizado de sus hijos, de las horas sumidos en la oscuridad, de las drogas que los amodorraban y las súplicas a su padre para que los sacara de allí, aunque entonces todavía desconocían la identidad de aquel hombre que se amparaba en la oscuridad. Su madre ignoraba los detalles, no necesitaba saberlos, pero él era consciente de que, después de intentar acabar con ella, la cuenta atrás para los niños se había acelerado.

—¿Cuánto tiempo hace que compró ese tubo de pasta de dientes?

La pregunta consiguió que Raquel se enderezara y recobrara cierta compostura, aunque el dolor y el miedo seguían curvando su espalda.

—Unas dos semanas —respondió después de pensarlo durante unos instantes—. Siempre tengo dos, uno en uso y otro de reserva en el cajón. Compro cuando el primero se acaba.

Ambos fueron conscientes de golpe del tiempo que Íñigo Lizalde llevaba planeando sus actos. No solo había dedicado muchas horas a buscar una furgoneta y esconderla en un lugar alejado de la vista de cualquiera, sino que durante días, incluso semanas, planeó hasta el mínimo detalle el secuestro de su familia y el asesinato de las dos mujeres. No había dejado nada al azar, todo estaba perfectamente planificado y calculado. «Como un buen militar», pensó David.

—Tengo que volver al trabajo —anunció mientras se ponía de pie. Raquel no se movió.

—¿No hay nada que yo pueda hacer? No me pida que me quede en casa, sentada de brazos cruzados. Por favor...

David la miró un instante. No podía permitir que se quedara allí, pero comprendía y compartía su sufrimiento.

—Necesito sus recuerdos —accedió finalmente—. Estamos repasando los libros y cuadernos de Íñigo en busca de anotaciones que nos indiquen dónde ha podido trasladar a sus hijos. Es posible que en algún momento, durante los últimos días, mencionara algún lugar en concreto, construcciones o batallas que citara de manera recurrente. Piense, y si algo acude a su memoria, cualquier cosa, llámeme.

Raquel se levantó pesadamente y se dirigió a la puerta que Vázquez ya había abierto. Al otro lado, la agente que la había traído esperaba para acompañarla de vuelta a casa. Se despidieron con la promesa de permanecer en contacto y regresó a la sala de reuniones.

Ismael Machado se había unido al rastreo y pasaba despacio las hojas de una de las revistas del Ministerio de Defensa. Vázquez tuvo que reconocer que el agente tenía mal aspecto. Una barba de varios días le cubría la piel macilenta, más oscura bajo los ojos y descolgada a ambos lados de los labios. Llevaba dos días sin cambiarse de ropa y desde la puerta percibió el tufo acre del sudor que impregnaba su camisa. Estuvo tentado de enviarlo directamente a casa, pero decidió que su ayuda les sería muy útil. Además, su propio aspecto no era mucho mejor que el de Machado.

—He tenido una idea —exclamó Germán en cuanto lo vio entrar—. Vamos a ordenar las publicaciones por orden cronológico en función de la fecha de compra, quizá así veamos la evolución de sus intereses. He visto libros generalistas y otros dedicados a temas muy concretos, pero no sé qué leyó primero y qué después. ¿Qué le parece?

—Una idea excelente. —Vázquez era sincero en su felicitación.

—Sin saberlo —continuó Labra, animado—, Lizalde nos ha facilitado mucho la tarea. —Levantó uno de los libros y abrió la portada. En la primera página, escrito con bolígrafo azul, apareció el nombre de su propietario y una fecha—. Como buen amante de lo militar, el orden es casi una obsesión, así que etiqueta cada volumen que compra.

Ya he anotado todos los lugares que aparecen y que podrían servir como escondite. Si los cotejamos con esta segunda lista, quizá obtengamos algún dato interesante.

Sin decir una palabra más, los cuatro comenzaron a ordenar los libros y las revistas, primero apilando juntos los del mismo año y, después, secuenciándolos por meses.

Trabajaban en silencio, dejando pasar la hora de comer y sin levantar la vista salvo para rebuscar en algún otro montón de documentos o consultar información en el ordenador. Germán Labra clasificaba los posibles escondrijos que iban surgiendo y los situaba en el mapa con chinchetas de colores. Rojas para las construcciones de gran volumen, verde para los subterráneos, negro para las que presentaban un estado ruinoso, azul para las que habían sido objeto de actos vandálicos, amarillo para las que no aparecían en guías turísticas ni catálogos históricos y blancas para señalar aquellos enclaves de los que carecían de cualquier información sobre su estado actual. El enorme plano clavado a la pared se iba convirtiendo poco a poco en un arcoíris inconexo en el que, a veces, las chinchetas se superponían unas a otras para definir con dos o más colores la misma ubicación.

A media tarde, un agente entró sigilosamente con varias bolsas de comida que depositó en el único hueco libre que encontró en la mesa.

—Me manda el comisario —informó mientras salía con la misma discreción con la que había entrado.

Todos detuvieron su actividad y contemplaron las bolsas sobre la mesa. Sin poder evitarlo, el estómago de Machado emitió un sonoro gruñido que, lejos de avergonzarle, le arrancó la primera carcajada en muchos días.

—Ya podéis espabilar —les dijo mientras amontonaba los papeles al otro extremo del tablero para hacer sitio a la comida—. Con el hambre que tengo, o voláis, o me lo como todo. ¡Tonto el último!

Ocho manos hambrientas se abalanzaron sobre los bocadillos, las patatas fritas y los aros de cebolla, todo envuelto en el grasiento papel de un conocido restaurante de comida rápida. Desde luego, Tous no se había devanado los sesos a la hora de encargarles el sustento. Helen salió a la máquina de refrescos del pasillo y volvió con cuatro latas de Coca-Cola que los ayudaron a pasar la masa de pan con carne indefinida.

Cuando se sentó, Vázquez sintió que sus costillas le pellizcaban una vez más los pulmones, robándole el aliento y provocándole un intenso dolor. Dos pastillas blancas volaron discretamente del bolsillo de su pantalón a la boca, de donde desaparecieron empujadas por un largo trago de refresco. Calculó que los analgésicos tardarían unos veinte minutos en hacer efecto. Intentaría moverse despacio durante ese tiempo. Le ardía el pecho por el dolor y el calor le subía por el cuello, enrojeciéndole la cara. Se acercó la lata fría a la frente y la hizo rodar despacio, mezclando las gotas de agua condensada con las de su propio sudor. Cogió varias de las revistas que había en el suelo y simuló leerlas mientras se esforzaba por controlar la acuciante sensación de mareo. Inclinó la cabeza para ocultar su rostro a la vista de los demás, aunque estaban demasiado ocupados dando buena cuenta de su comida como para prestarle atención. Le costó unos minutos volver a respirar con cierta normalidad. La presión en el pecho disminuyó poco a poco, hasta convertirse en un dolor sordo, tolerable, que podía ignorar sin demasiado esfuerzo siempre que no realizara movimientos bruscos.

Las heridas de los pies habían mejorado ostensiblemente gracias a los antibióticos y las curas con pomadas cicatrizantes, aunque de vez en cuando los talones le castigaban con afiladas punzadas que le obligaban a detener el paso durante unos instantes. Por lo demás, había aprendido a ignorar la pulsación constante de las plantas.

Eran casi las diez de la noche cuando terminaron de ordenar y cotejar todos los libros, revistas y apuntes. David miró a su alrededor. Encontró una colección de rostros exhaustos y demacrados que le miraban ansiosos a la espera de las siguientes instrucciones. Se imaginó con el mismo aspecto desastrado que sus compañeros. Además, los latigazos de dolor habían reaparecido. Aunque todavía tolerables, amenazaban con aumentar de intensidad si no descansaba pronto.

—Nos vamos todos a casa —ordenó. Nadie protestó; incluso le pareció percibir algún suspiro de alivio—. Escanearé el listado que hemos preparado y se lo pasaré a nuestras patrullas y a las de la Policía Foral y la Guardia Civil. Donde sea posible, pueden acercarse esta noche a echar un vistazo. Mañana organizaremos las batidas por todos los puntos que aparecen en el mapa. Germán —el aludido dio un respingo en la silla en la que se había dejado caer—, necesito que piense en probabilidades. Si usted fuera Lizalde, ¿dónde se habría escondido? Recuerde las circunstancias: debe trasladar a dos niños pequeños, débiles y asustados, además de todo el pertrecho necesario. Estudie el mapa y mañana hablamos.

El historiador asintió a cámara lenta. Su cuerpo, sus neuronas y su cerebro se habían ralentizado después de tantas horas de extenuante actividad. Necesitaba aire fresco, comida caliente y una ducha.

—Le acercaré a casa —se ofreció Torres—, y a vosotros también —añadió, dirigiéndose a Helen y Machado—. Jefe, ¿has traído el coche?

—Lo tengo en la puerta, aunque creo que iré dando un paseo. Necesito airearme.

—Yo no puedo dar ni un paso —se quejó Helen—, prefiero que me lleven.

Una vez solo, tardó unos pocos minutos en escanear el listado y enviar un correo electrónico tanto a sus superiores como a sus contactos en la Benemérita y la Policía Foral. No se quedó a esperar la respuesta. Cruzó despacio la puerta de la comisaría, con la agobiante sensación de estar abandonando a Maite y Markel.

El asfalto mojado reflejaba la vacilante luz de las farolas, que bailoteaban sin gracia al ritmo que les marcaba el viento. Se abrigó como pudo y comenzó a caminar sin rumbo. Necesitaba dejar de pensar, liberar su cabeza de ideas, poner la mente en blanco y empezar de nuevo. Esquivó a los escasos peatones que todavía rondaban por la calle a esas horas, seguramente procedentes de bares donde los camareros contaban los minutos para bajar la persiana y echar el cierre. Caminó concentrado en la punta de sus zapatos, sin mirar alrededor, sin pensar en nada.

Cuando levantó la vista, después de infinitos minutos perdido en su propia neblina, encontró ante sus ojos el recio portón del palacio de los Navarro Tafalla.

—Mierda —masculló.

Despacio, levantó la vista hacia las ventanas del tercer piso. Todo estaba a oscuras, sin aspecto de haber cambiado desde la última vez que estuvo allí mismo, parado en la calle, espiando el despacho de Irene.

—¿Acaso esperabas otra cosa? —se preguntó en voz baja—, ¿creías que ella estaría arriba, esperándote en el sofá cama? Mierda —repitió.

Giró sobre sus talones con decisión, pero sus pasos se frenaron en seco al descubrir la figura femenina que le sonreía desde la esquina. Avanzó despacio hacia ella, vigilándola con atención para que no desapareciera entre las sombras. A su espalda, el chirrido del portón del palacio abriéndose le hizo volver la cabeza. Un joven sostenía la puerta mientras cruzaba el umbral cargado con una bicicleta. El portón se cerró despacio, ocultando tras de sí el suelo empedrado, las grandes escaleras y la lustrosa barandilla de hierro forjado.

Irene ya no estaba cuando miró de nuevo. Decidió que estaba demasiado cansado para callejear y enfiló sus pasos hacia su casa. Media hora más tarde, el agua caliente le lamía las heridas del alma. De las físicas se ocuparon los analgésicos que tomó inmediatamente después, junto con el trago largo de vodka que le ayudó a pasar los comprimidos.

Luchó durante horas contra los recuerdos, las manos ensangrentadas de Irene y el llanto de los niños. Se esforzó por visualizar las olas del mar rompiendo contra la playa, por ver un plácido amanecer, pero todo lo que consiguió fue desquiciarse aún más. Necesitaba tener la cabeza despejada al día siguiente, demasiadas cosas dependían de eso. Alargó la mano y abrió uno de los envases que le había dado el médico de urgencias el día anterior. El Orfidal tardó unos minutos en hacer efecto en un cuerpo poco acostumbrado a los relajantes musculares, hundiéndolo en un sueño mudo y sin imágenes.

Los niños llevaban horas suplicándole a su padre que los dejara salir de allí. Tenían frío y hambre, querían volver a casa y ver a su madre. Sus vocecillas chillonas empezaban a taladrarle el cerebro. Un grito más, pensaba Íñigo Lizalde, un solo grito más y…

Llegados a este punto, sabía que las cartas estaban sobre la mesa. Faltaba poco para concluir la misión. Las semanas de preparativos habían merecido la pena. Todo había salido según lo planeado.

—Vamos a hacer un trato —les propuso a sus hijos lo más calmado que pudo—. Ahora es de noche y afuera está lloviendo, así que no podemos ir a ningún sitio. Dormiremos aquí y mañana volveremos a casa, os lo prometo.

Markel y Maite le miraron en silencio, sin terminar de creer las palabras de su padre. Estaban metidos en el saco de dormir, vestidos, calzados y con el abrigo puesto. Les había colocado también un gorro de lana para protegerles de la humedad del lugar y mantenía siempre encendida la linterna. Al menos no estaban a oscuras como antes, y eso les hacía sentir una extraña gratitud hacia su padre.

—¿Tenéis hambre? Me quedan unos sándwiches de jamón y queso y dos zumos de melocotón.

Ambos sonrieron al mismo tiempo. Estaban hambrientos. No habían comido nada desde que su padre les ofreció unas galletas, y entonces todavía no se había escondido el sol.

Íñigo los miró mientras comían y bebían. Sintió un retortijón extraño en el corazón, una especie de angustia inesperada mientras los veía devorar el pan y las bebidas.

—Cuando seáis mayores, os acordaréis de estos días que hemos estado de acampada los tres solos —les aseguró—. No todos los niños tienen la suerte de que su padre les dedique todo su tiempo.

—¿Otro día invitarás a mamá? —preguntó Maite, animada por la inesperada conversación de su padre.

—Claro, podemos traerla la próxima vez, seguro que le gusta mucho.

—Yo quiero irme a casa —susurró Markel—. Tengo sueño y no me gusta dormir en el suelo. Prefiero mi cama.

Íñigo le acarició la mejilla y le ayudó a acostarse. Los somníferos actuaban rápidamente en unos niños tan pequeños. Apretó el saco de dormir alrededor de sus cuerpecitos para evitar los resquicios por los que se colaría el frío de la noche y esperó unos minutos más, hasta asegurarse de que los dos estaban profundamente dormidos.

Sus respiraciones eran tan tenues que apenas perturbaban el silencio de la noche. Sentado en el suelo, se apoyó en la pared y contempló a sus hijos. Si todo salía según lo planeado, aquella sería la última vez que los vería. Y si los plazos se habían cumplido como esperaba, su mujer ya estaría muerta a esas alturas. No tenía forma de saberlo. En el monte, su móvil carecía de conexión y no podía bajar al pueblo para comprar la prensa. Tendría que confiar en que la suerte siguiera de su parte, como hasta ahora.

Realmente le dolía recrear en su mente la imagen de Raquel sin vida. La imaginaba lánguida y pálida, envuelta en un sudario blanco, dentro de un ataúd de madera. No habría nadie a su alrededor, nadie llorando ni dejando flores sobre su tumba. Estaría sola, como él había dispuesto. Sola para siempre. Ni siquiera tendría la oportunidad de vengarse de él o escupirle a la cara por lo que había hecho.

Arropó una vez más a sus hijos y abandonó su refugio. La noche sin luna ni estrellas sería de nuevo su aliada. Cualquier persona se perdería en medio de una oscuridad tan densa, pero él conocía el camino a la perfección y le bastaba con apoyarse en la rugosa corteza de los árboles para saber que seguía la ruta correcta.

Avanzaba despacio para no resbalar en los helechos empapados y caer sin control por la empinada pendiente. El olor a tierra mojada le apaciguó el espíritu. Se detuvo un momento, sin separarse del tronco que le servía de guía, y levantó la cara hacia el cielo. Con los ojos cerrados, se empapó de los sonidos de la noche. Las ramas agitadas por el viento, el ulular de las aves nocturnas, el rápido movimiento de los animalillos que corrían a ocultarse para salvar la vida. Arañó con fuerza la corteza del árbol, mojándose las yemas de los dedos con la savia que manaba por las heridas abiertas.

No había tiempo para más. El pueblo estaba a unos ocho kilómetros monte a través y le llevaría más de tres horas cubrir esa distancia. Durante el día oyó en varias ocasiones un helicóptero sobrevolando la zona. Sabía que le estaban buscando y desconocía hasta qué punto intuían, más que sabían, el lugar en el que se escondía, pero, de cualquier manera, iban a llegar tarde. Su refugio era perfecto, indetectable desde el aire y prácticamente invisible por tierra. Incluso deteniéndose frente a él, era muy probable que pasara desapercibido. Los vecinos de los pueblos cercanos no solían aventurarse hasta esa cota del monte, y mucho menos en invierno, con la nieve y el hielo agazapados a pocos metros sobre sus cabezas.

Se llenó los pulmones del vivificante aire de la montaña y continuó el descenso. Faltaba poco para la medianoche y había cosas que tenían que resolverse cuanto antes.

Sabía que el pueblo estaría desierto a esas horas, pero aun así decidió ser cauteloso y avanzó a través de las callejuelas traseras y los campos de labor. Las pequeñas farolas eran ahora sus aliadas, pero también podían delatar su presencia y echarlo todo a perder. Caminó pegado a la fachada de las viviendas, intentando recordar los detalles del callejero que había memorizado. La niebla, más densa por momentos, desdibujaba los edificios, haciéndole errar un par de veces en su recorrido. Finalmente, después de una vuelta innecesaria a una estrecha calle, encontró su objetivo justo donde tenía que estar.

El buzón de Correos era perfectamente visible en mitad de la noche. La pintura amarilla brillaba por la humedad, desafiando el velo de la niebla. Miró a derecha e izquierda. Como esperaba, no había nadie a la vista, ni gente en la calle, ni ventanas iluminadas, ni bares abiertos.

Llegó al buzón y se parapetó entre este y la pared del edificio, tan pegado uno al otro que Íñigo apenas cabía de costado. La cremallera del abrigo produjo un pequeño escándalo en el silencio de la noche al deslizarse hacia abajo. Muy despacio, siempre atento a su alrededor, extrajo un sobre del bolsillo interior. Había pegado sellos suficientes para garantizar que llegara a su destino. Comprobó que la lengüeta seguía perfectamente cerrada, recontó los céntimos de los sellos y lo introdujo en la ranura. Una vez más, misión cumplida.

Le habría gustado que la noche fuera clara para poder disfrutar de las estrellas, descubrir las constelaciones que guiaban a los antiguos ejércitos y recorrer con un dedo los cráteres de la luna. Pero las cosas son como son. Habría querido que su mujer le quisiera más que a su madre, más que a sus hijos, más que a ella misma, pero siempre había alguien por delante. La quería tanto, que su amor se había transformado sin darse cuenta en un odio furioso. Recordaba las veces que clavó los dedos en el sofá para no hundirlos en su cuello mientras miraba la tele, ignorando su presencia, sin preguntarle qué tal el día, cómo se portaban sus alumnos o si tenía muchos exámenes para corregir. La veía entrar y salir de casa sin explicarle adónde iba o de dónde venía. Como si no existiera. ¿Qué hacer para recuperarla? Pensó que cuando descubriera la existencia de Esther le vería con otros ojos, volvería a pensar en él como en un hombre, no como en el sustento de sus antojos. Pero nada de eso sucedió, sino que ella le apartó aún más de su lado al enterarse de que tenía una amante. Y luego apareció Fernando, el estirado profesor de yoga y sus poemas. Tan cursis, tan ridículos, apestando a perfume varonil. Aquella fue la gota que colmó el vaso; y el desprecio de sus ojos, la chispa que encendió la llama de su venganza.

Terminó de abrir la cremallera del abrigo. Ya no le preocupaba que el rasgueo de la prenda llamara la atención de alguien. Metió la mano en el bolsillo y volvió a sacarla de inmediato con una pistola entre los dedos. Era su pequeña joya, un capricho que adquirió hacía varios años en una feria de coleccionistas. Le costó bastante tiempo arreglar el percutor, inutilizado para su venta entre particulares, y fabricar una sola bala a partir de algunas reliquias que encontró entre los muchos restos de la Guerra Civil que vendían en los mercadillos, pero desde que Raquel lo apartó de las maquetas tenía mucho tiempo libre. Estaba convencido de que funcionaría a la perfección, como todo lo que hacía. Sin duda, era un buen soldado.

No tenía prisa, pero tampoco nada por lo que mereciera la pena esperar, así que, sin molestarse en mirar a su alrededor, apoyó la pistola contra su sien y apretó el gatillo.

El cuerpo sin vida de Íñigo Lizalde se desplomó sobre la acera. No había cielo estrellado para despedirle, pero su sangre dibujó sobre la pared una galaxia entera.

DOS...

26 de enero, lunes

La noticia del hallazgo del cadáver de Íñigo Lizalde lo sacó de la cama cuando apenas llevaba dos horas durmiendo y el amanecer quedaba todavía muy lejos. Necesitó que el agente al otro lado del teléfono le repitiera dos veces la información. Sentía la cabeza pesada y espesa y le estaba costando abandonar la niebla en la que lo habían envuelto los somníferos.

El subinspector Torres, sin embargo, parecía completamente despierto y despejado cuando le llamó. Antes de que terminara el primer tono, ya había saludado a su superior.

—¿Sabes dónde está Zilbeti? —le preguntó Vázquez—. Necesito que pases a recogerme, anoche dejé el coche en comisaría.

—Sin problema, en quince minutos estoy allí.

—Que sean diez —respondió antes de colgar.

Se vistió con la misma ropa que se había quitado pocas horas antes y que encontró hecha un guiñapo a los pies de la cama, pero no tenía tiempo de rebuscar en las cajas y maletas que todavía no había terminado de deshacer desde que regresó a su casa. Se puso el abrigo mientras esperaba el ascensor y salió a la calle al mismo tiempo que el coche de Torres frenaba con un fuerte chirriar de neumáticos.

—Diez minutos —dijo el subinspector—, clavados.

—¿Qué es lo que ha ocurrido exactamente? El agente que me ha llamado estaba tan alterado que no he entendido ni la mitad de lo que me ha dicho. —La afirmación no era del todo cierta, pero no estaba dispuesto a reconocer que las pastillas estaban en pleno apogeo en su organismo mientras hablaba por teléfono.

—Un vecino oyó un disparo en la calle. Se asomó a la ventana y no vio nada extraño, pero como le preocupaba que alguien se liara a tiros con el ganado, decidió salir a echar un vistazo. Al dar la vuelta a la plaza descubrió el cadáver de un hombre con un balazo en la cabeza. La Guardia Civil lo ha identificado como Íñigo Lizalde. No lleva ninguna documentación encima, pero no dudan de que se trata de él.

—¿Y los niños? —Miró a Torres mientras conducía. La esperanza competía con el miedo mientras aguardaba la respuesta.

—Ni rastro de ellos. Han recorrido todas las calles del pueblo, las huertas cercanas, la iglesia y han llamado a todos los timbres, pero nadie los ha visto ni han aparecido en ningún sitio. Pueden estar en cualquier parte.

—Alrededor de Zilbeti se extiende un bosque enorme.

—Miles de hectáreas de hayas y robles, además de una cantera, un río bastante caudaloso en esta época del año, bordas, refugios de pastores y un sinfín de caminos que se adentran en el monte y se extienden hasta Francia, la mitad de ellos sin señalizar en los mapas.

La carretera a Zilbeti transcurría en medio de un

impresionante paisaje, oculto a esas horas de la madrugada tras el manto de la noche y apenas insinuado a su paso por los pequeños pueblos que atravesaron a toda velocidad. El río Arga rugía a su derecha y en ocasiones la nariz se les inundaba con el olor de la crecida. Tierra anegada, raíces podridas y sembrados embebidos. En el último tramo antes de llegar a su destino, las pronunciadas curvas los obligaron a levantar el pie del acelerador. Torres zigzagueó por el sinuoso trazado, revolucionando el motor al reducir las marchas bruscamente para atacar los giros de ciento ochenta grados en la empinada carretera. A punto estuvieron de dejar atrás el desvío hacia el pueblo. Las ruedas chirriaron y enfilaron los últimos kilómetros de una carretera cada vez más estrecha, de un solo carril y sin arcenes, con pronunciados barrancos a un lado, oscuros como la boca del infierno, y amenazantes árboles asomándose sobre el asfalto.

Al entrar en el pueblo encontraron aperos de labranza y tractores aparcados casi de cualquier manera. Poco acostumbrados a las visitas, los vecinos de Zilbeti ejercían de dueños de las calles. Si a alguien le molestaba la trilladora, bastaba con pitar un par de veces y alguien bajaría a quitarla. La Guardia Civil se había encargado ya de esa labor y el camino hasta el cadáver de Íñigo Lizalde estaba perfectamente despejado. La práctica totalidad de los habitantes del lugar esperaban a un lado de la calle, a una distancia prudencial del cuerpo y de los agentes de la Benemérita que lo custodiaban.

Atravesaron el cordón de seguridad después de identificarse y se acercaron al lugar que centraba la atención de todos los presentes. Nadie había tocado nada. Ni el juez de guardia ni los agentes de la científica habían hecho todavía acto de presencia, por lo que todo seguía igual que cuando el vecino lo descubrió. Tampoco a ellos les cupo duda de que se trataba de Íñigo Lizalde. Su rostro, con los ojos cerrados y la boca ligeramente abierta, emanaba una extraña y engañosa tranquilidad. Un pequeño boquete oscuro en la sien derecha les permitió hacerse una idea de la causa de la muerte. Junto al cadáver, prácticamente tocando sus dedos, una pistola plateada con el mango nacarado brillaba bajo los potentes focos de la policía. El extenso charco de sangre la había alcanzado al deslizarse calle abajo, convirtiéndola en una isla blanquecina en medio de un mar carmesí.

—¿Has visto el arma? —preguntó Torres.

—Parece una Walther PPK de nueve milímetros —respondió Vázquez—. Es la primera vez que veo una de cerca. La usaban los agentes secretos durante la guerra fría porque era muy fácil de esconder. ¿De dónde la habrá sacado Lizalde?

—Su mujer no mencionó en ningún momento que tuviera una pistola. Nos lo habría dicho.

—Despierta a Alicia Hidalgo —ordenó—. Seguramente los de balística nos facilitarán información valiosa, pero, mientras tanto, que busque lugares en los que puede conseguirse un arma de este tipo. Llama también a Helen. Alguien tiene que ir a hablar con Raquel Gimeno.

—Me alegro de no ser yo —dijo Torres sinceramente—. No sé si la pobre mujer podrá soportar una mala noticia más.

Mientras el subinspector cumplía con sus indicaciones, Vázquez avanzó hacia la izquierda, rodeando el cadáver y el buzón de Correos. Las salpicaduras de sangre, hueso y masa encefálica cubrían buena parte del metal amarillo y de la pared del edificio colindante, además del espeso charco sanguinolento del suelo. A pesar de que la herida de entrada era pequeña, seguramente los forenses descubrirían un boquete considerable en la parte trasera de la cabeza.

—Vamos a tener que abrir ese buzón —le dijo a Torres cuando regresó—. El único motivo que se me ocurre para que Lizalde se haya pegado un tiro aquí es que antes haya enviado una carta.

—No hay forma de meter la mano ahí sin una orden judicial —le recordó el subinspector.

—Lo sé, pero no podemos esperar eternamente a que el juez de guardia se digne a presentarse. Llama a Tous y cuéntale lo que tenemos. Que mueva todos los hilos, que llame al delegado si es necesario, pero necesitamos este buzón abierto cuanto antes. Si ha hecho lo que pienso y ha escrito sus últimas voluntades, un poema, una carta de disculpa o cualquier otra mierda, es posible que haya dejado alguna pista sobre el paradero de los niños.

Vázquez percibió una sombra que se aproximaba por su espalda. Se giró para descubrir la severa presencia del sargento López, de la Guardia Civil, con quien compartió penalidades mientras perseguían al asesino de los peregrinos del Camino de Santiago. Apenas habían transcurrido seis meses desde entonces y ya estaban de nuevo inmersos en un caso especialmente complicado.

—Sargento López —saludó, tendiéndole la mano—. No voy a decir que sea un placer verle, dadas las circunstancias.

—Lo mismo digo, inspector. Tenemos que dejar de encontrarnos rodeados de cadáveres. —Una breve mueca que quiso ser una sonrisa le torció la punta del bigote hacia arriba. Vázquez le devolvió la escueta muestra de afecto con un firme apretón—. ¿Qué opina?

—Me preocupan los niños —reconoció—. Me temo

que los haya matado antes de acabar con su propia vida. Ha demostrado una crueldad inusitada durante los últimos días. ¿Qué tienen ustedes?

—El despliegue habitual. Equipos de rastreo en la carretera y a lo largo y ancho del pueblo, sin resultados de momento.

—Hay miles de hectáreas de bosque alrededor...

—El círculo se irá ampliando cuando amanezca. Enviaremos las Yamahas por los caminos y los cortafuegos, a ver qué encuentran.

—No estaría de más contar con la unidad canina —reflexionó Vázquez—. En Izko hicieron un buen trabajo. ¿Este pueblo tiene ayuntamiento?

—No, forma parte del Valle de Erro.

—Necesito un lugar en el que instalar el puesto de control. Vamos a llenar esto de efectivos, sargento, no me marcharé sin esos críos.

—Hay una sociedad recreativa cerca de aquí. Preguntaré a los vecinos quién tiene las llaves.

Se despidió con un taconeo marcial, más por costumbre que por necesidad, y se alejó dejando a Vázquez solo de nuevo. Observó el cuerpo una vez más. Las piernas habían quedado atrapadas entre el buzón y la pared, un estrecho paso de apenas medio metro. Supuso que Lizalde estaba allí de pie cuando se descerrajó el tiro en la sien. Rodeó la escena, acercándose cuanto pudo sin pisar la sangre, y estudió detenidamente el cadáver. Las botas estaban mojadas y cubiertas de barro fresco, al igual que los pantalones, donde además descubrió multitud de pequeñas púas de pino adheridas a la tela.

—Este hombre ha bajado del monte —le dijo a Torres cuando se reunieron.

—¿De cuál exactamente? ¿Has mirado a tu alrededor?

La sucia luz del amanecer manchaba ya las viviendas y las calles, y sombreaba la redondeada silueta de los montes cercanos. Mirara hacia donde mirara, tenía ante sí una pendiente, una cima, un bosque cerrado. Llevaba un rato esforzándose por visualizar los lugares que habían marcado con chinchetas en el mapa y no recordaba ninguna construcción militar en Zilbeti o en los alrededores.

—Necesito a Labra —afirmó mientras pasaba furiosamente los números de la agenda del móvil hasta dar con el que buscaba. El profesor tardó casi nueve tonos en descolgar el teléfono. Vázquez escuchó una voz áspera y ronca, inmersa todavía en las bondades del sueño—. Germán, soy el inspector Vázquez. Tenemos a Lizalde —soltó a bocajarro.

—¿A quién? —Las conexiones cerebrales del historiador se esforzaban por comprender lo que le estaban diciendo.

—Escuche —repitió David—. Lizalde ha muerto. Su cadáver ha aparecido en Zilbeti. Le necesito aquí, con sus libros y sus planos, para intentar averiguar dónde están los niños. No hay ni rastro de ellos.

—¿Zilbeti?

—Un coche le recogerá en su casa en quince minutos —le cortó—. Pase por comisaría, coja lo que necesite y venga lo más rápido que pueda.

El sargento López esperaba a dos metros de distancia a que concluyera la conversación. Cuando le vio guardar el móvil, se acercó con un manojo de llaves en la mano.

—Podemos utilizar la sociedad recreativa como puesto de control —le informó—. Hay varios vecinos en la puerta, esperando para hablar con usted.

Justo en ese instante, varios coches patrulla de la Policía Nacional ocuparon todo el ancho de la calle. Poco después, la jueza Capdevila se apeaba de un salto de un enorme Range Rover oscuro que conducía ella misma. Por la otra portezuela apareció el secretario del juzgado, un hombretón de pelo entrecano que combatía las bajas temperaturas de la madrugada bajo una abultada capa de ropa. El último en bajar del coche fue el doctor Gárate, uno de los facultativos del Instituto Anatómico Forense de Navarra. Ninguno de los dos tenía buena cara. Seguramente los habían arrancado de sus camas a golpe de teléfono y arrojado sin contemplaciones al frío de la noche. La única que tenía un aspecto impecable, como siempre, era la jueza.

—Señoría —saludó Vázquez.

—Sin formalismos, inspector —respondió ella mirándole directamente a los ojos. Mechones de pelo rubio escapaban del gorro oscuro que adornaba, más que calentaba, su cabeza. El viento los hacía girar hacia su cara, lo que la obligaba a dar continuos manotazos para quitárselos de delante de los ojos—. ¿Es Lizalde?

—Eso parece. No lleva documentación, pero las características físicas coinciden con las de Íñigo Lizalde. Una de mis agentes está de camino al domicilio de Raquel Gimeno y le mostrará una foto del cadáver. Espero que lo identifique sin lugar a dudas.

—Así lo espero yo también. Voy a dar paso a los de la científica, me parece que aquí hay poco que certificar por mi parte. Si no le importa, firmaremos los documentos en el coche, aquí fuera hace un frío de mil demonios.

—Hemos establecido un puesto de mando en la sociedad recreativa del pueblo, está muy cerca. Si quiere, puede acomodarse allí para cumplir con los trámites.

La jueza asintió e hizo otro gesto con la cabeza para llamar la atención de los dos hombres que la acompañaban.

El forense y el secretario aparecieron a su lado en un instante y, mientras el primero se dirigía hacia el buzón y se preparaba para el trabajo, el funcionario y la magistrada se encaminaron hacia el centro cívico, cuyas ventanas ya brillaban al otro lado de la calle.

Vázquez siguió al trío a unos metros de distancia. Tal y como le había advertido el sargento López, junto a la puerta del local esperaba un grupo de seis parroquianos. El agente que custodiaba la entrada les indicó que la persona que se aproximaba era la que buscaban y todos, como un solo hombre, se enderezaron al unísono, separando sus espaldas de la pared que les servía de apoyo. El inspector se detuvo frente a ellos y los saludó con un escueto «buenas noches».

—Somos vecinos del pueblo de toda la vida —empezó uno de ellos, erigiéndose en portavoz del grupo—. Nos hemos enterado de la historia de ese malnacido y de que hay dos niños desaparecidos. Conocemos estos montes como la palma de nuestra mano, así que, si nos necesita para hacer una batida, guiar a la gente o lo que sea, solo tiene que decirlo.

David supuso que no les habría sido fácil tomar la decisión de acercarse a hablar con él. Seguramente, en otras circunstancias, esas personas le habrían ignorado por completo, encerrándose en su casa y negándose a hablar con la policía, pero la certeza de que dos niños corrían un serio peligro había derrumbado el muro invisible que los separaba de una autoridad en absoluto bienvenida. A lo que se negaron, sin embargo, fue a entrar en la sociedad, donde los policías de la brigada científica se preparaban para procesar el escenario mientras varios agentes de la Benemérita recolocaban mesas y sillas organizando el puesto de mando.

—Estamos bien aquí —respondieron simplemente.

David asintió y hundió las manos en el abrigo, emulando la postura de los seis hombres.

—El fallecido viajaba en una vieja Nissan Vanette de color verde con las ventanillas tapadas con papel adhesivo oscuro. Es posible que alguien la haya visto por el pueblo o por los alrededores.

—¡Hostia! El otro día llevé una de esas pegada al culo todo el camino, desde el cruce hasta aquí. Tuvo que ser el sábado. Venía con el tractor grande para guardarlo en la finca ahora que ya no lo necesito en el campo y una Vanette verde entró justo detrás. No pudo adelantarme porque la carretera es muy estrecha, y además cerca del pueblo hay muretes de piedra a los dos lados, así que se tuvo que joder y tragar humo un buen rato.

—¿Le vio la cara al conductor? —preguntó Vázquez.

—¡Qué va! Ni le miré. Antes solía mirar y muchas veces los veía resoplando o insultándome, así que ahora paso de ellos. ¡Joder! ¡Mierda! ¿Irían los chiquillos dentro?

—Si se trata del mismo vehículo, es probable, pero no puedo asegurarlo.

—¡Mierda! —repitió el hombre, visiblemente afectado.

—Tranquilo, Tomás, no se puede hacer nada. ¿Cómo ibas a saber tú que el tipo que iba en el coche de atrás era el desgraciado ese?

—¿Qué camino siguió? —continuó el inspector. Tomás meditó unos segundos antes de contestar.

—Se fue recto; en esta carretera no hay otra posibilidad más que seguir recto, pero pasado el pueblo hay varias bifurcaciones, y no tengo ni idea de por dónde tiró. Pudo seguir hacia el monte desde aquí mismo, o girar por el camino de Urepel. Hay varias bordas por ese lado. Así, a bote pronto, ya le digo que siguiendo por ahí pudo coger al menos cinco veredas diferentes. La mayoría son vías sin asfaltar, pistas forestales como caminos de cabras, pero no creo que la furgoneta tuviera ningún problema para subir, al menos un buen trecho.

—La vegetación es cada vez más densa según se va ascendiendo —terció otro hombre—. En cuanto llega a la linde de los campos de labor empiezan los árboles y los matorrales. Ha podido ir hacia el barranco Lizartzu.

—O hacia el de Urruztegi —añadió Tomás—. El monte Adi tiene un montón de regatas y pistas de senderismo.

Los hombres entablaron una acalorada discusión sobre caminos, sendas y barrancos, elucubrando sobre las posibilidades que tendría Lizalde de llegar con un coche tan viejo.

—Y dos chiquillos en la trasera —recordó uno de ellos.

Casi sin darse cuenta, el día se había hecho una realidad. Una claridad difusa dibujó los contornos de un pueblo habitualmente tranquilo que amanecía con las calles tomadas por la policía y sus vecinos en estado de alerta. David pensó que era muy probable que no quedara nadie dentro de su casa, a juzgar por el número de civiles que deambulaban por los alrededores de la sociedad recreativa o charlaban en voz baja en los corrillos formados a una distancia prudencial de la Guardia Civil.

El primer portavoz del grupo se impuso al resto de los hombres.

—En Quinto Real hay una piscifactoría abandonada —anunció—. Nadie va por allí en esta época del año, pero todavía quedan casetas en pie con el tejado más o menos entero.

390

—¿A qué distancia está esa piscifactoría de aquí?

—Monte a través serán unos diez kilómetros.

Vázquez entró rápidamente en la sala en busca de los efectivos que estaban preparando la operación de rastreo. El subinspector Torres estudiaba un mapa hombro con hombro con el sargento López mientras ambos escuchaban atentos las explicaciones de un segundo policía. Junto a ellos, un hombre de unos sesenta años asentía en silencio, sin perder de vista el trazo que el dedo índice del agente dibujaba en el mapa. Los cuatro fijaron la vista en él cuando se acercó a la mesa.

—Hay una piscifactoría a unos diez kilómetros de aquí —dijo.

—Se lo iba a mencionar ahora mismo. —El civil se agachó sobre el mapa para señalar un punto oscuro cerca de una carretera. Un sinuoso camino se deslizaba también hasta allí desde las afueras de Zilbeti.

—Es Martín Villanueva —explicó Torres—, presidente de la asociación de cazadores de Valle de Erro. Vive aquí.

—Envía una patrulla ahora mismo —ordenó Vázquez.

—Los acompaño. —Villanueva sacó un gorro de lana del bolsillo del abrigo y se lo caló hasta las cejas—. Cuando quieran.

El subinspector y el cazador abandonaron el local en busca de los coches que los llevarían hasta la piscifactoría abandonada. Un repentino golpe de adrenalina pareció sacudir a todos los presentes, que comenzaron a ir y venir de un lado a otro, cogiendo y dejando mapas y fotografías, hablando por teléfono y estudiando datos en las pantallas de sus portátiles.

—Todo está preparado —le informó el sargento

López—. Mis agentes se pondrán en marcha ahora mismo, ya hay luz suficiente para transitar por las pistas forestales. Tienen orden de entrar en todas las cabañas y bordas que encuentren e informar inmediatamente para señalizarlas en el mapa y seguir adelante.

La jueza Capdevila se acercó a ellos con un vibrante taconeo de sus botas.

—Nosotros nos vamos —anunció, manteniendo de nuevo los ojos fijos en Vázquez—. Los de la brigada científica continuarán con su trabajo en cuanto retiren el cadáver. Ya he dado orden de proceder al levantamiento. Manténgame informada en todo momento, inspector. Tendré el móvil en la mano todo el día.

—Respecto al buzón… —sugirió Vázquez.

—Eso está por encima de mis competencias —terció ella.

Le pareció que la magistrada le sostuvo la mirada un segundo más de lo que sería adecuado entre dos personas unidas exclusivamente por un vínculo laboral. Lo que no supo discernir es si por la mente de la jueza se cruzaba un interés personal o solo estaba intrigada por el policía que había pasado meses durmiendo con una asesina. Apretó los dientes y se despidió con un cortés movimiento de cabeza.

El Range Rover de la jueza salió justo a tiempo para dejar paso al vehículo que traía a Germán Labra. El aspecto del historiador era desastroso, con la ropa arrugada, el pelo alborotado y el cordón de una de sus botas arrastrando por el suelo. Hicieron falta dos personas para trasladar hasta el puesto de mando todos los libros, fotografías y apuntes de Labra. Los seis vecinos permanecían de pie frente a la puerta, indecisos entre marcharse o seguir esperando. Vázquez los saludó con un breve cabeceo y precedió a Labra hacia el interior del salón. El profesor buscó una mesa libre y dejó caer los pesados fardos que sujetaba entre los brazos. Del maletín que colgaba de su hombro emergieron un ordenador portátil, un par de cuadernos y un montón de papeles amontonados de cualquier manera.

—No he tenido tiempo de organizarlo —se excusó—. Los dos polis que envió a buscarme no hacían más que azuzarme en lugar de colaborar. Esto me va a costar una úlcera.

Levantó la vista y la fijó en el inspector, que ayudaba al agente a repartir sobre la mesa el resto de la documentación de Labra.

—¿Qué ha ocurrido exactamente? —preguntó.

—Lizalde se ha pegado un tiro aquí al lado, en la calle, junto a un buzón de Correos.

—¡Jesús! —La exclamación le salió del alma, y a punto estuvo de santiguarse como hacía su madre varias veces al día, una costumbre que no practicaba desde hacía más de treinta años. Aunque temía la respuesta, se decidió a formular la pregunta que le rondaba por la cabeza desde que salió de su casa—. ¿Y los niños?

—No hay ni rastro de ellos.

—Pero dejaría una nota, alguna pista… Todos los suicidas dan razón de sus motivos, ¿no?

—Casi todos, sí, pero me temo que Lizalde metió su nota en el buzón, y no podemos abrirlo sin una orden judicial.

—Tiene que ser una broma… La vida de dos niños está en juego. —Labra no salía de su asombro—. ¿Van a poner la legalidad y la burocracia por delante de la posibilidad de salvar a los dos pequeños?

—No es ninguna broma. —David movió la cabeza

de lado a lado, despacio—. Suponemos que envió una carta, pero no lo sabemos con certeza. De todas formas, estoy convencido de que el comisario conseguirá la orden en cuestión de poco tiempo.

—Eso espero…

—Yo también, pero, mientras tanto, tenemos que poner el cerebro a funcionar. Germán —el aludido salió de su aturdimiento y miró al inspector—, Lizalde siempre ha utilizado construcciones militares para esconderse y actuar, tiene que haber algo en esta zona que haya llamado su atención. Hay una patrulla inspeccionando una antigua piscifactoría a pocos kilómetros de aquí. Aunque sería un buen lugar para ocultarse, no encaja con sus movimientos anteriores.

—Estoy de acuerdo. —Labra extendió encima de la mesa el enorme mapa sobre el que trabajaba en comisaría. Las chinchetas de colores habían desaparecido, pero ahora solo les interesaba centrarse en una zona muy concreta de la geografía navarra. Estudió el plano con detenimiento, acariciando el papel satinado con la yema del dedo—. No veo nada que me llame la atención… —Siguió avanzando hasta que la mano rozó territorio francés—. Ya le dije que no soy experto en fortificaciones militares…

—Espere un momento. —Vázquez salió a la calle en dos zancadas y escudriñó los alrededores hasta localizar a los seis vecinos. Habían buscado refugio en un estrecho triángulo bañado por el débil sol matinal y fumaban en silencio, con una mano hundida en el bolsillo del abrigo y la otra sosteniendo el pitillo humeante—. Señores, creo que pueden ser ustedes de gran ayuda. Si me acompañan…

Los hombres tiraron los cigarrillos al suelo, pero no hicieron ademán de moverse. Observaron al policía y la puerta del local alternativamente, sin decidirse a hacer lo que les pedían. Vázquez suspiró pesadamente e insistió.

—Necesitamos saber si en los alrededores hay algún tipo de construcción militar. No importa que sea grande o pequeña, soterrada o al aire libre, ni siquiera que esté en ruinas. ¿Conocen algún lugar así?

—¿Construcciones militares? —Los seis sonreían abiertamente mientras su portavoz hablaba—. ¡Hay cientos ahí arriba!

—¿Cientos? —Vázquez no daba crédito a sus palabras.

—Eres un exagerado —exhortó Tomas.

—Bueno ––reconoció el interpelado—, igual cientos no, pero más de cien, seguro.

—Eso sí.

El resto de los hombres asintieron al unísono.

—Explíquense, por favor.

—El monte Adi, el Alduide y Quinto Real están llenos de búnkeres construidos por Franco después de la guerra. Algunos no son más que un agujero en la tierra rodeado de bloques de hormigón, pero otros son enormes, de más de un kilómetro de longitud, que atraviesan el monte de lado a lado bajo tierra.

—Búnkeres… —Vázquez no se lo podía creer. Un búnker era el lugar perfecto para esconderse—. Tienen que entrar y situar en el mapa los que conozcan.

Su tono de voz no dejó lugar a la duda. Los seis hombres entraron de uno en uno al salón en el que habitualmente se reunían para charlar y jugar a las cartas y que hoy ocupaban guardias civiles y policías. Vázquez los guio hasta la mesa en la que Labra se dejaba los ojos escrutando el mapa.

—Búnkeres —dijo simplemente—. El monte está plagado de búnkeres.

Germán parpadeó un par de veces y se pasó la palma de la mano por el pelo.

—¡Jesús! —repitió una vez más—, cómo no he caído antes. ¡Pues claro! ¡La Línea P! Franco ideó una línea defensiva que unía el Baztán con Quinto Real, justo donde estamos, compuesta por unos quinientos puntos de resistencia. Temía que, si los aliados ganaban la Segunda Guerra Mundial, estos decidieran atacar España para liberarla de los fascistas. El proyecto no llegó a concluirse, pero primero los prisioneros y después los reclutas de cada quinta se partieron la espalda excavando cientos de abrigos subterráneos, nidos de ametralladoras, barracones y búnkeres, sobre todo muchos búnkeres.

Mientras hablaba, Germán escarbó entre los libros y revistas que atestaban la mesa, arrojando al suelo sin contemplaciones los que no necesitaba. Hurgó hasta encontrar lo que buscaba, un número de la revista *Ares* dedicada a la historia y la actividad militar. En su portada, varias fotos y un gran titular hacían referencia al sesenta y cinco aniversario del proceso de Núremberg. Labra pasó las páginas con rapidez hasta llegar a la número catorce. Mostró exultante el título del reportaje: «La fortificación de los Pirineos Occidentales tras la Guerra Civil». Sus autores detallaban a lo largo de nueve páginas los planes de Franco para proteger la frontera con Francia. El dedo de Germán se deslizó rápidamente por los párrafos hasta detenerse en mitad de una página, golpeando con fuerza el papel.

—Aquí está todo. La Línea P. No se sabe si la «p» es de Pirineos o por el apellido del responsable, el general Juan Petrirena. Pero qué tonto he sido. —Cabeceó varias veces, recriminándose a sí mismo la lentitud de su cerebro.

—No se torture —le consoló Vázquez—, ahora hay que situarlos en el mapa y comenzar la búsqueda.

Se giró hacia los seis hombres, que esperaban su turno algo azorados, sabiéndose el centro de todas las miradas. La práctica totalidad de los agentes de todos los cuerpos apiñados en el puesto de mando habían detenido su actividad ante las exclamaciones del historiador y esperaban ansiosos el desenlace de la historia.

—No sé si sabremos situarlos exactamente en el plano —se excusó Tomás.

—Comiencen por aquellos de los que estén seguros y sigan con las aproximaciones. Piensen que han de ser construcciones cubiertas, a ser posible soterradas, apartadas de edificaciones y carreteras y en un estado de conservación al menos aceptable.

Labra se inclinó sobre el mapa junto a los seis hombres, estudiando al mismo tiempo la información que aparecía en la revista. Los vecinos discutían entre ellos la situación y el estado de las construcciones militares que iban recordando.

Una vez ubicada en el plano, un agente trasladaba las coordenadas al ordenador y a un GPS que los guiaría a través del monte hasta el lugar elegido.

—Lizalde tuvo que esconder la furgoneta —reflexionó Vázquez en voz alta—. Busquemos un lugar no demasiado alejado de un camino o una pista forestal. Dos niños de ocho años que se han pasado la mitad de la última semana encerrados y drogados no pueden recorrer demasiado terreno a pie, y si los trasladó en brazos tuvo que hacer dos viajes, y no era precisamente un deportista.

Con las nuevas indicaciones, los hombres volvieron a volcarse sobre el mapa y a discutir la precisión de sus indicaciones.

El teléfono de Vázquez vibró en su bolsillo. Tras una breve conversación, alzó la voz para hacerse oír por todos los presentes.

—Llegan refuerzos —anunció—. El ejército nos manda una unidad de montaña con planos más precisos y un helicóptero de los nuestros está de camino para comenzar el rastreo desde el aire.

—Joder —masculló uno de los hombres en un susurro que solo los más cercanos alcanzaron a oír—. Lo que nos faltaba. El ejército. Éramos pocos...

En la calle, el sol se había escondido detrás de unas nubes blanquecinas que, aunque no parecían amenazar lluvia, refrescaron considerablemente el ambiente. Poco a poco, las patrullas se dispusieron a comenzar el rastreo de los montes cercanos.

Sobre sus cabezas, miles de hectáreas de bosque, no siempre accesible, y decenas de pistas y caminos serpenteantes, embarrados y muy peligrosos. Cargados con un completo equipo de rescate y bien pertrechados, una veintena de hombres y mujeres abandonaron el puesto de mando, dejando casi solos a los seis vecinos, Germán Labra y el propio Vázquez. Las unidades militares de montaña no tardarían en sumarse a la búsqueda, aunque la iniciarían desde el otro lado del monte, el más cercano a Quinto Real.

—Si no le importa —comentó uno de los hombres—, a nosotros también nos gustaría echarnos al monte, por si vemos algo. Es posible que haya cosas que no están donde deberían y a ustedes se les pasen por alto.

David observó a aquellos hombres, agricultores y ganaderos ya entrados en años, algunos jubilados, firmemente decididos a participar en la batida que acababa de comenzar.

—Por mí no hay inconveniente —respondió—, siempre que no entorpezcan la labor de los efectivos policiales.

—Mientras no nos entorpezcan ellos a nosotros... —masculló el de más edad—. Avísenos si se caen por alguna sima, ya iremos a sacarlos. No te jode, entorpecer...

Vázquez sonrió para sus adentros y se despidió de ellos con un firme apretón de manos. Se volvió hacia Labra y se disponía a hablar cuando la puerta se abrió una vez más. En el umbral, el subinspector Torres no traía buena cara. Se hizo a un lado para dejar pasar la delgada figura de Raquel Gimeno. Torres dibujó un «no he podido evitarlo» con las cejas y siguió a la mujer hasta el interior.

Raquel avanzó hasta situarse frente a Vázquez. No le saludó ni hizo ademán de tocarle. Lo miró a los ojos desde los suyos, dos pupilas oscuras hundidas en sus cuencas, en las que apenas quedaba una brizna de esperanza.

—¿Dónde están mis hijos? —preguntó simplemente. La voz se le rompió antes de terminar de pronunciar la última palabra. Comenzó a temblar y a llorar sacudiendo los hombros, pero sin dejar de mirar a David ni un instante.

—Los estamos buscando. Tenemos efectivos en tierra y un helicóptero dando vueltas sin cesar.

Raquel se calmó lo suficiente como para seguir hablando. Se limpió la cara con la manga del abrigo y se pasó la mano por el pelo, retirándoselo de la frente.

—¿Y mi marido? ¿Dónde está Íñigo?

Vázquez miró a Torres, quien le confirmó con un gesto que ella ya sabía que su esposo había muerto.

—Se lo han llevado —respondió—. La jueza ordenó el levantamiento del cadáver hace un rato.

La mujer movió la cabeza afirmativamente y dirigió

la mirada hacia una de las ventanas. Al otro lado, un par de policías custodiaban el buzón de Correos, rodeado además con una cinta azul y blanca que se balanceaba arriba y abajo movida por el viento.

—¿Fue allí? —preguntó, sacudiendo la cabeza en esa dirección.

—Sí.

—¿Qué hizo?

—Se disparó un tiro en la sien con una pistola pequeña. ¿Sabía que su marido tenía un arma?

Raquel negó con la cabeza antes de contestar.

—No tenía ni idea, pero yo nunca registraba sus cosas ni sus cajones, podría haberla guardado en la mesita de noche y no me habría enterado de no habérmela enseñado él mismo.

—¿Nunca vio un pago extraordinario en su cuenta corriente? Imagino que un arma así tuvo que costarle al menos trescientos euros.

—Nunca he prestado demasiada atención a los movimientos bancarios —reconoció—. Además, a Íñigo le gustaba llevar dinero de sobra en la cartera, a veces hasta doscientos o trescientos euros, así que bien pudo pagarla en efectivo si cuesta lo que dice. —Raquel enderezó la espalda y volvió a fijar la vista en la ventana—. Quiero verlo —dijo, señalando el buzón con la barbilla.

—Allí no hay nada que ver, solo unas manchas ya difusas y un buzón de Correos.

—¿No dejó una nota? —preguntó.

—No, que nosotros sepamos. —David no quiso decirle que seguían esperando la orden para registrar el contenido del buzón. Consultó la pantalla del móvil, por si había recibido algún mensaje que se le hubiera pasado inadvertido, pero lo único que encontró fueron los grandes números del reloj que había sustituido como fondo de pantalla a la foto de Irene. Las once y cuarto de la mañana. Estaban perdiendo el tiempo allí parados. Las patrullas tenían menos de seis horas antes de verse obligadas a regresar por la falta de luz—. Raquel, tiene que volver a casa. Aquí solo conseguirá ponerse enferma.

—¡De ninguna manera! —exclamó. Un tenue rubor le pintó las mejillas. Su cuerpo ya no tenía fuerzas ni para encolerizarse.

—Pues tendrá que esperar aquí, con los agentes que se quedan en el control. Nosotros nos vamos.

—Los acompaño —respondió decidida.

—Lo siento, pero no puede ser. —Trató de ser cortés y educado, comprensivo con la mujer que llevaba más de una semana esperando que sus hijos volvieran a casa, pero lo estaba reteniendo innecesariamente—. El monte no es un lugar adecuado para alguien que lleva días sin dormir y que, además, acaba de sufrir un severo *shock* anafiláctico. Nos retrasará, enfermará y nos obligará a volver. No puedo consentirlo.

—No le queda más remedio.

David escuchó la firmeza de su voz y a punto estuvo de gritar. Sin embargo, decidió practicar la diplomacia, un arte que tenía bastante olvidado últimamente, e intentar satisfacer los deseos de la mujer para poder comenzar su propia búsqueda lo antes posible.

—¡Romero! —gritó, dirigiéndose a uno de los agentes que quedaban en el local. El joven agente, recién salido de la academia y todavía en período de prácticas, corrió hasta su superior y se cuadró tras detenerse en seco frente a él—. Coja un coche y lleve a la señora Gimeno al monte. Patrullarán por las carreteras y las pistas asfaltadas, nada de salir a los caminos ni mucho menos adentrarse en el bosque. Llame de inmediato si descubren algo. ¿Entendido?

—Perfectamente, señor. Señora —Romero se volvió hacia Raquel y la saludó con una leve inclinación de cabeza—, cuando esté lista podemos irnos.

Los dos abandonaron el local casi a la carrera y un minuto después oyeron desde el puesto de control el motor del coche patrulla al otro lado de las ventanas.

—Nosotros también nos vamos —le dijo a Germán—. Puedes esperar aquí o volver a Pamplona, lo que prefieras.

—¿Esperar o volver? —Labra no daba crédito a lo que estaba escuchando—. O sea, que deja subir a la madre de los niños, que está hecha polvo, ¿y pretende dejarme a mí aquí? Que sepa que voy al monte casi todas las semanas, que soy un senderista experimentado y que seguramente les haré un favor acompañándolos. Siempre que no haga falta una placa para ascender, claro.

Torres y Vázquez sonrieron por primera vez en muchas horas. Estudiaron en el mapa los lugares a los que se habían dirigido las diferentes patrullas y escogieron una zona, a unos cuatro kilómetros de distancia, en la que los vecinos de Zilbeti situaban al menos tres búnkeres de grandes dimensiones separados unos doscientos metros uno de otro. Se hicieron con una mochila cargada con lo necesario para una operación de rescate, incluida una cuerda larga y resistente, y salieron a la calle. Eran casi las doce del mediodía. La mañana los recibió tibia y soleada, aunque la niebla que los rodeaba de madrugada esperaba agazapada en los cercanos montes a que la temperatura descendiera lo suficiente para volver a asentarse sobre el pueblo.

Se detuvieron un instante sobre la calzada, habituándose

de nuevo a la claridad del sol y al aire frío que les refrescaba la cara. Germán Labra había doblado cuidadosamente el mapa hasta situar en el centro de un cuadro casi perfecto, de no más de un palmo de ancho, el área que pensaban explorar.

—Desde aquí atrás sale un camino por el que podemos subir directamente a esa zona. Si cogemos el coche tendremos que seguir la carretera, luego una pista y ascender a pie el último tramo.

—Lo que sea más rápido —respondió Vázquez.

—Vamos andando. —Labra ni lo dudó—. Lo más fácil es que un coche sin tracción en las cuatro ruedas se quede tirado en el primer bache embarrado.

Enfilaron el camino con paso decidido. En el pueblo, los vecinos que no participaban en la búsqueda habían vuelto a sus casas. Sin cadáver que observar ni policía rondando, el día había perdido toda su emoción.

Por la radio encendida de Torres les llegaban noticias de los avances de las diferentes patrullas. Hasta el momento solo habían encontrado dos construcciones militares, poco más que unos nidos de ametralladoras sin acceso a estancias soterradas. Los agentes del puesto de mando colocarían un punto rojo en el lugar exacto que les señalaba el GPS y les indicarían el objetivo más cercano a su posición. La presencia de los vecinos de Zilbeti estaba siendo especialmente valiosa, ya que su conocimiento del monte y de sus intrincados caminos les permitía avanzar por accesos que no aparecían en los mapas, además de saber la posición, exacta o aproximada, de un buen número de búnkeres.

Llevaban recorridos unos dos kilómetros de penosa ascensión cuando la radio emitió un grito inesperado.

—¡Tenemos el vehículo! —exclamó un agente desde algún lugar del monte—. Hemos encontrado una Nissan

Vanette de color verde camuflada en una pista forestal. La habían cubierto de ramas y helechos.

David prácticamente le arrancó a Mario la radio de la mano.

—¡Quiero su situación exacta!

El exultante agente le dictó las coordenadas del hallazgo, que Germán situó en el mapa. El punto oscuro que dibujó no estaba demasiado lejos del lugar en el que se encontraban.

—Reúna en ese punto a las patrullas de la zona y dividan el monte en cuadrículas en un kilómetro a la redonda. Ampliaremos el radio si no encontramos nada en esa área.

—Recibido —se oyó simplemente antes de que la radio enmudeciese de nuevo. Un instante después, un aluvión de órdenes cruzó las ondas hasta los transmisores de todas las patrullas. Vázquez comprobó satisfecho que sus órdenes se estaban cumpliendo y se volvió hacia Labra.

—Vamos hacia allá —dijo.

—El camino es bastante malo —respondió el aludido mientras estudiaba el plano—. Si llevó a los críos a esa zona, escogió lo más intrincado y espeso del monte Adi. Nos va a llevar un buen rato llegar hasta allí. Otra opción es regresar al pueblo y subir en coche hasta donde sea posible y luego seguir a pie, pero entre una cosa y otra…

—No perdamos el tiempo, entonces.

Tuvieron que desandar un buen tramo del camino recorrido antes de encontrar el sendero correcto. Desde allí, Germán calculó que tendrían que ascender unos tres kilómetros hasta el punto en el que habían encontrado el vehículo.

—Si subimos por aquí —propuso, siguiendo una delgada línea blanca apenas esbozada en el mapa—, saldremos a un claro unos metros por encima de la pista donde está el coche.

—No me interesa el coche, quiero encontrar a los niños. Los agentes que lo registren nos avisarán si descubren información relevante.

La niebla se iba haciendo cada vez más densa conforme ascendían, aunque por el momento no les impedía seguir el camino correcto. Se detuvieron un par de veces para recuperar el aliento y echar un trago de las bebidas isotónicas que incluía el equipo de supervivencia de la mochila.

Las noticias de los hallazgos de pequeñas casamatas y varios búnkeres se sucedían a través de la radio, aunque las inspecciones posteriores no permitían ampliar las buenas noticias. Las patrullas avanzaban más despacio que las horas, y el sol empezaba a ser poco más que una línea anaranjada al otro lado de las montañas.

Torres y Vázquez inspeccionaron dos refugios de pastores que encontraron por el camino. Ninguno tenía aspecto de haber sido ocupado en varias semanas. El polvo y las hojas secas que se amontonaban en el suelo crujieron bajo sus botas, deshaciéndose en mil partículas diminutas. Salieron de nuevo, sin poder disimular su decepción, y continuaron el ascenso.

El contenido de las mochilas les suministró también suficientes barritas de cereales para calmar su apetito por el momento. Se detuvieron en un pequeño claro y se acomodaron como pudieron sobre las piedras cubiertas de musgo.

—Mi madre decía que el verdín no se limpia con nada —murmuró Labra en voz baja.

—Pásale a la delegación del Gobierno una factura por unos pantalones nuevos —le sugirió Torres, riendo de buena gana—. Seguro que el delegado la firma encantado.

—Eso será si hay algo que celebrar —cortó Vázquez poniéndose de nuevo en pie—. Seguimos.

Torres se levantó de inmediato, pero Germán pareció dudar.

—Apenas queda una hora de luz —comentó— y tardaremos por lo menos dos en volver al pueblo.

—Tenemos linternas —replicó el inspector.

—Aun así, conforme ascendemos la cosa se complica cada vez más. Hay zonas escarpadas y muy próximas a un barranco. Puede verlo en el mapa si quiere...

Por su izquierda, como salidos de la nada, media docena de luces oscilantes se dirigían hacia ellos. Unos minutos después, los cuerpos embarrados de cuatro policías y dos de los vecinos del pueblo se dejaron caer en las piedras de las que acababan de levantarse.

—¿Y bien? —preguntó Vázquez sin dejarles apenas respirar.

—Nada nuevo en nuestro cuadrante. Descendemos para que no nos pille la noche aquí arriba, el monte está lleno de agujeros y a lo peor nos tienen que venir a buscar a nosotros también.

—Jefe —murmuró Torres—, deberíamos bajar.

—Mañana se espera un día claro —añadió uno de los agentes—, es posible que podamos empezar a subir antes de las seis de la mañana.

Sin decir ni una palabra a nadie, David giró sobre sus talones, enfilando demasiado deprisa la escurridiza senda y resbalando con los dos pies. Consiguió mantener una precaria verticalidad y continuó bajando a buen ritmo, seguido de cerca por el resto de los hombres.

En las casi dos horas que duró el descenso nadie se

atrevió a decir ni una sola palabra. Policías y civiles apenas cruzaron algunas miradas furtivas a espaldas del inspector, conscientes de que cualquiera que se atreviera a interrumpir el hilo de sus divagaciones podría convertirse en la diana de su furia.

Vázquez descendía a trompicones, apoyándose en los árboles y arrancando grandes trozos de helechos que arrojaba a un lado sin contemplaciones. Bufaba y resoplaba mientras sentía que sus magulladas costillas le castigaban a cada paso que daba. La presión en las sienes comenzaba a ser intolerable, y solo la ira y la frustración que llenaban cada centímetro de su cuerpo le daban el fuste necesario para regresar al pueblo.

Supieron que estaban llegando desde al menos dos kilómetros de distancia. Zilbeti brillaba como una supernova en medio de la oscuridad de la noche, que ya se había instalado por completo. Coches patrulla de todos los cuerpos policiales, vehículos de bomberos y ambulancias compartían las estrechas calles de la localidad con los automóviles particulares de los periodistas que, alertados seguramente por los propios vecinos, se habían desplazado hasta allí y no tenían intención de marcharse sin una buena crónica.

Los vecinos del pueblo zigzagueaban entre uniformes azules, verdes y rojos, paseando con el aire de suficiencia de quien se sabe dueño del lugar y dominador de la situación. Los periodistas, muchos de ellos con la cámara y el micrófono en ristre, los asaltaban en mitad de la calle para hacerles las mismas preguntas una y otra vez: ¿Conocían a Íñigo Lizalde? ¿Solía venir por aquí? ¿Tenía casa por la zona? ¿Han visto el cadáver? ¿Qué ocurrió exactamente la pasada noche? ¿Dónde pueden estar los niños? Los entrevistados se dejaban querer, agasajados por las sonrisas de los reporteros y atrapados por el poder de los focos, que les prometían el minuto de gloria al que todo ser humano cree tener derecho.

El hecho de que las calles estuvieran repletas de gente a pesar del viento helado se debía fundamentalmente a que el único bar del pueblo era el de la sociedad recreativa, convertida en puesto de control de los equipos que participaban en las tareas de búsqueda, por lo que no tenían ningún lugar a cubierto en el que reunirse. Los militares del Ejército de Tierra, que habían llegado hacía un par de horas, ultimaban la instalación de una cocina y un comedor de campaña en las afueras, sobre el terreno llano de unos pastizales.

Nadie parecía dispuesto a abandonar el lugar. A los efectivos llegados por la mañana, tras el descubrimiento del cadáver, se habían ido sumando paulatinamente nuevos reemplazos que no tuvieron a quién sustituir, ya que ningún agente se marchó de Zilbeti. «El pueblo lleno y el monte vacío», pensó Vázquez. Vacío, salvo por Maite y Markel, que estaban solos allí arriba. Por un momento deseó que los pequeños permanecieran drogados y dormidos hasta que los encontraran. Así al menos se ahorrarían el terror de pasar otra noche en el monte.

El teléfono móvil le vibró en el bolsillo del pantalón. Mientras escuchaba atento las palabras del comisario Tous, David irguió poco a poco la espalda y se dirigió hacia el buzón todo lo rápido que le permitió el lacerante dolor que le recorría el tórax. Un solo agente hacía guardia junto al buzón, que seguía rodeado por la cinta azul y blanca de la policía. En el suelo, la sangre de Lizalde era una mancha borrosa y oscura, salpicada de pequeños lunares dispersos que trepaban por la pared hasta perderse en la zona no iluminada por las farolas. Se despidió de su superior y buscó con la mirada al subinspector Torres. Lo localizó muy cerca de allí, aunque en realidad el pueblo era tan pequeño que no había forma de alejarse sin salir del casco urbano. Levantó el brazo por encima de su cabeza y agitó la mano hasta que llamó su atención. No podía volver sobre sus pasos, el dolor le obligaba ya a realizar inspiraciones breves y cada zancada, cada golpe del pie sobre el suelo, retumbaba contra sus costillas como un tambor de Calanda. Mario llegó a la carrera, con las manos perdidas en los bolsillos del abrigo y un gorro de lana protegiéndole la cabeza despoblada.

—Tenemos la orden para abrir el buzón —anunció simplemente—. Buscaremos un envío remitido por Íñigo Lizalde y respetaremos el resto. Si ninguna carta lleva su nombre tendremos que convencer al juez para que nos deje abrirlas todas. Tráeme algo para reventar la portezuela trasera.

Torres tardó menos de cinco minutos en ir y volver. Regresó seguido de dos jóvenes militares que acarreaban una enorme sierra radial para cortar metales.

—Zapadores —explicó el subinspector—; tienen de todo.

Con la agilidad y la precisión de quien ha ejecutado la misma maniobra cientos de veces, los soldados tardaron un par de minutos en agacharse, producir una lluvia de chispas y volver a levantarse, mostrando orgullosos el acceso diáfano al interior del buzón. Dentro, apenas una decena de sobres de diverso tamaño esperaban el paso del cartero.

David se puso los guantes de látex y recogió uno a uno los sobres, leyendo el remitente y el destinatario conforme los sacaba del buzón. Letras de estilo gótico, con trazos retorcidos y temblorosos, dejaban adivinar unas manos ancianas deslizándose trémulas sobre el papel. Sacó después un par de sobres con el logotipo de una empresa ganadera y un pequeño sobre blanco con una cruz oscura grabada a un lado, en cuyo interior seguramente se informaba del fallecimiento de algún familiar. Justo después apareció el envío más abultado de todos, un sobre de color marfil, de trama gruesa y escrito a mano. En el frente, la dirección del Palacio de Justicia de Navarra. En la trasera, escrito con amplias letras mayúsculas, el nombre de Íñigo Lizalde. Sin dirección, localidad ni nada más que su apelativo para identificarse, convencido de que en un juzgado no se necesitarían más datos para reconocer al remitente y entregarlo a la persona adecuada.

Terminó de inspeccionar el resto del correo, por si Lizalde hubiera introducido algo más, y pidió a Torres que avisara a los de la científica para que examinaran el interior del buzón. Con el sobre entre los dedos, asido como si fuera una quebradiza reliquia, se dirigió al centro de mando. El papel le ardía en la mano, pero era consciente de que debía cumplir una serie de trámites para que el procedimiento fuera completamente legal.

Permitió que sus compañeros fotografiaran el envío desde todos los ángulos posibles y esperó hasta que un escáner portátil descartó la presencia en su interior de cualquier artefacto explosivo. Mientras los técnicos analizaban las imágenes en la pantalla del ordenador, David se retiró a un extremo de la mesa y se hizo con un botellín de agua de una de las cajas de suministros. Se giró despacio, dando la espalda a quienes aguardaban los resultados del análisis, y se lanzó al interior de la boca un par de analgésicos. El dolor le nublaba la mente y necesitaba estar despejado y activo. Sacudió varios de los termos que horas antes humeaban llenos de café caliente, pero todos

410

estaban vacíos. Se acercó al escáner y esperó junto a los demás. El aparato tardó unos segundos más en concluir su análisis.

—Todo suyo, inspector —le comunicó el oficial—. Estamos a sus órdenes.

Vázquez pidió a un agente de la científica que abriera el sobre. El punzante filo de un escalpelo se paseó por el papel sin hacer apenas ruido. Observó cómo el sobre se abría limpiamente, mostrando lo que ocultaba en su interior. Extendió con cuidado un único folio escrito a mano que le entregó el policía y se dejó caer en una silla antes de comenzar a leer. Admiró la cuidada caligrafía de Lizalde, el exacto interlineado, los márgenes puntillosos. El papel solo estaba manchado por la tinta de las palabras. Ni un tachón, ni una sombra fuera de las líneas perfectas. Empezó a leer despacio, intentando descubrir cualquier mensaje oculto entre las palabras.

Dos veces vence el que en la victoria se vence a sí mismo. Séneca me ha iluminado muchas veces con su pensamiento, y ahora lo hace de nuevo. Sé que he ganado, pero morir será mi victoria postrera. Nadie podrá castigarme, ni perseguirme hasta la extenuación. Nunca seré derrotado, porque me marcho como vencedor.

No ha sido esta una batalla breve ni sencilla. Han sido meses de planificación estratégica, de minucioso estudio del enemigo, de pequeñas conquistas que pasaban casi inadvertidas. Mi querida Esther sabrá perdonarme. Ella sabe, igual que yo, que todo en la vida tiene un precio. El amor, la felicidad, el placer. Ella pagará con remordimientos, pero no debe culparse. La táctica fue perfecta, era imposible que alguien

411

como ella se diera cuenta de las maniobras que se desarrollaban a su alrededor. Fue como un pajarillo atrapado en mis redes, pero es justo reconocer que, en ocasiones, fui feliz a su lado.

La guerra no iba con ella. Era algo entre Raquel y yo. Durante años, mi esposa me sitió, me rodeó, me atacó sin piedad con todas las armas a su alcance. Fui un extraño en mi propia casa, un extranjero en mi patria. Excavó la tierra bajo mis pies y a punto estuvo de hacerme caer. Fue entonces cuando decidí pasar a la acción.

El arte de la guerra está basado en el engaño. Ataqué cuando me creyó incapaz, usé mis fuerzas mientras aparentaba permanecer inactivo; estaba cerca cuando me creía lejos; fingí confusión y lástima, y jugué a irritarla. Dejé crecer su arrogancia y, cuando estuve listo, ataqué sin darle tregua, una ofensiva tras otra, sin descanso, haciéndole desear la muerte, hasta que decidí concederle su deseo.

Pero el motivo de esta misiva no es hablar de mi victoria ni alardear de mis conquistas, sino solicitar una sepultura digna para mis hijos, las últimas víctimas de esta contienda. Diré en mi defensa que no han sufrido, que creyeron dormirse para despertar en casa, sin dolor, ni frío, ni miedo. Dormidos, mis pequeños soldados. No les será fácil llegar hasta ellos. Me aseguré, una vez más, de resultar indetectable. He señalado a pie de página las coordenadas exactas de su situación. Pueden enterrarlos junto a su madre, si gustan; en cualquier caso, sé que yo, una vez más, quedaré al margen. No espero nada diferente. Lo que los antiguos llamaban un luchador inteligente es aquel que no solo gana las peleas, sino que lo hace con facilidad,

porque su preparación y su destreza han sido tales que
las batallas casi parecen un juego de niños. Por tanto,
sus victorias no les reportaron reputación, crédito ni
reconocimiento alguno.
Nada más tengo que decir.

David se estremeció. Bajo la ampulosa firma de Lizalde, una serie de números indicaban el lugar en el que encontrarían los cadáveres de los niños.

—¿Quién sabe situar esto en un mapa? —gritó. Levantó la mano con la carta entre los dedos, esforzándose por no romperla en mil pedazos. Le ardían los ojos, y un enorme nudo le impedía tragar saliva. Una leve presión sobre el brazo le hizo darse la vuelta. A su lado, Raquel Gimeno lo miraba con la esperanza reflejada en las pupilas enrojecidas—. Raquel..., yo...

—¿Sabe ya dónde están mis hijos? ¿Lo sabe ya? Vamos, por favor, ahora...

David cerró los ojos y ella entendió lo que le estaba diciendo sin palabras. Intentó cogerla por los hombros, pero Raquel se dobló sobre sí misma, aullando como un animal herido, lanzando al aire todo el miedo retenido en el pecho durante tantas horas. Cayó de rodillas en el suelo y continuó gritando hasta quedarse sin aire. Entonces, su lamento se convirtió en un llanto agudo y entrecortado. Se cubrió la cara con las manos y dejó que las lágrimas cruzaran la barrera de sus dedos. Las sentía calientes, casi abrasadoras. Rechazó violentamente el consuelo que le ofrecía Helen Ruiz y retomó sus gemidos largos y profundos. Los sanitarios de una de las ambulancias esperaron unos instantes antes de arrodillarse junto a ella. Raquel, desesperada, se tiraba del pelo e intentaba arrancarse el jersey que cubría su maltrecho cuerpo.

—Nos vamos, ¡ya!

Vázquez apretó las mandíbulas para no gritar. Ya no sentía dolor ni cansancio, solo la acuciante necesidad de actuar.

—Inspector. —A su lado se materializó un militar con traje de campaña y pelo cano que le miraba con cara circunspecta—. Si esos niños ya están muertos, sería preferible esperar a que amanezca.

David ignoró al hombre y se giró hacia la puerta, donde su equipo y varios agentes de la Guardia Civil se preparaban para salir. Junto a la policía, destacando por su altura, corpulencia y su desgarbada figura, Germán Labra terminaba de abrocharse el abrigo.

—Será mejor que espere aquí —le dijo—. Los caminos son peligrosos incluso para los profesionales.

—Llevo dos días aguantándoles a todos ustedes, dejándome la vista y el cerebro para encontrar a esos niños. Yo voy.

Labra recompuso su porte, lo que lo hizo al instante unos diez centímetros más alto, y plantó los pies en el suelo. Vázquez se limitó a encogerse de hombros. Finalmente, ante la inutilidad de sus consejos, los militares decidieron unirse al numeroso destacamento que se preparaba para afrontar el ascenso hasta las coordenadas facilitadas por Lizalde. Abrirían la comitiva varios efectivos pertrechados con potentes linternas. Ellos serían los encargados de elegir y asegurar el camino hacia su destino. Analizaron las imágenes que los satélites les ofrecían del punto concreto señalizado en el mapa, pero lo único que distinguían era una densa arboleda rodeando un minúsculo peñasco rocoso.

—Lo más probable es que el búnker cuente con una entrada en una de las caras de la roca y que se adentre varios metros bajo tierra. Quizá exista otra salida entre los árboles, era muy frecuente construir una vía de escape más discreta para las tropas allí emboscadas.

—¿Cuánto calcula que tardaremos en llegar hasta allí?

—No menos de dos horas, quizá tres, y eso sin saber cómo están los caminos en esa zona.

—No son los peores —intervino uno de los vecinos—. La senda es transitable a pie, aunque no con vehículos desde la pista en la que encontraron el coche del muerto. Desde allí, la cosa se complica, pero se puede llegar.

A Vázquez le bastaba con esa afirmación. Habían estado tan cerca... Como si le leyera la mente, el lugareño añadió:

—Cien metros en estos montes son como diez kilómetros en cualquier otra montaña. Es una zona de vegetación tupida y cerrada, no se suelen hacer entresacas y a veces la maleza se adueña de los caminos, cuando los hay. De hecho, me temo que el último tramo hasta el punto señalado habrá que ascenderlo a pulso, que yo sepa por allí no hay senderos abiertos, ni un minúsculo cortafuegos, nada de nada.

El sargento López, perfectamente pertrechado para afrontar el frío de la noche, se le acercó cuando estaba a punto de salir por la puerta.

—Mi comandante me ha confirmado que en la comandancia de Zubiri hay un helicóptero preparado para recoger y trasladar a los niños cuando demos con ellos.

Vázquez se limitó a asentir con la cabeza y salió a la calle. La temperatura había descendido hasta rondar los cero grados y prometía seguir bajando, azuzada por el viento del norte que había comenzado a soplar.

Militares, policías y civiles se repartieron en los

vehículos todoterreno del ejército y recorrieron a toda velocidad los escasos kilómetros accesibles. Apagaron los motores cuando la pista desapareció ante sus ojos y echaron pie a tierra. A partir de ahí, la senda no era más que un estrecho camino por el que tendrían que avanzar en fila de a uno.

—Mala noche para una excursión... —El militar apareció de nuevo junto a Vázquez, frotándose las manos enguantadas para hacerlas entrar en calor.

Los cuatrocientos lúmenes de potencia de las linternas le robaron la noche al monte, que brillaba como una pequeña Las Vegas. Sin responder, Vázquez se colocó junto a los primeros soldados, abriendo la comitiva. A su lado, Torres y Labra avanzaban en silencio. Tras ellos, un grupo de unas veinte personas se alineaba poco a poco para ocupar el estrecho camino que se perdía en el monte. Nadie se preocupó por evitar los charcos o los pequeños desniveles. El objetivo era avanzar lo más rápido posible.

Vázquez solo desvió la mirada del camino una fracción de segundo, para comprobar la hora en su reloj de pulsera. Faltaba poco para la medianoche. «Demasiado tarde —pensó—, llegamos demasiado tarde».

Irene Ochoa llevaba más de cinco horas conduciendo, pero había conseguido cruzar la frontera sin contratiempos. Como esperaba, no tuvo ningún problema para recoger su coche de alquiler en el aeropuerto de Barajas. El dependiente que la atendió comprobó que el pago se había efectuado por adelantado y que la mujer tras el mostrador ya había cumplimentado todos los formularios a través de Internet. Fotocopió su carné de conducir sin percatarse en ningún momento de su falsedad, le hizo firmar un par de documentos y le entregó las llaves del vehículo aparcado a unos metros de distancia.

Tuvo que hacer un gran esfuerzo para no pisar el acelerador a fondo. Lo último que necesitaba era hacer saltar un radar o que la detuviese la policía. Llenó el depósito, introdujo en el GPS la dirección del paso fronterizo de Irún y se concentró en el denso tráfico de la circunvalación de Madrid.

Los kilómetros que dejaba atrás no sirvieron para deshacer el nudo de su estómago. Era una mujer sin nombre ni identidad, una sombra entre los millones de personas que se movían a su alrededor, ignorantes de que estaban compartiendo espacio con una asesina fugitiva. Pensó en Imelda. La recordó, pequeña y muy quieta, tumbada en el pasillo de su casa, rodeada por un enorme charco de sangre. No se detuvo a comprobar si estaba viva o muerta. Intentó sentir empatía por aquella desdichada mujer, compadecerse de su mala suerte, pero lo único que consiguió fue sonreír al recordar los dos pasaportes extra que llevaba escondidos en la maleta.

Paró en un área de servicio de la autopista a las afueras de San Sebastián, cuando ya llevaba casi cuatro horas al volante. Pidió un café y un pequeño bocadillo y pagó la cifra astronómica que le exigieron por aquel ridículo tentempié. Sentada a una mesa de cara al televisor, mordisqueó sin ganas el pan gomoso y recortó con los dedos las partes más rancias de la lechuga que asomaba entre las rebanadas. En la pantalla sin sonido, un reportero narraba las últimas noticias desde algún lugar oscuro y frío, a juzgar por toda la ropa que llevaba encima. En el pie de la noticia, junto con el nombre del periodista, una localización: Zilbeti, Navarra. Unas luces oscilantes llamaron la atención del narrador, que se giró rápidamente e hizo un perceptible gesto al cámara para dirigirse juntos hacia el origen de la inesperada iluminación.

Detuvo en el aire el bocado que se disponía a dar. En la imagen temblorosa, agitada por la carrera del cámara hacia el centro de la noticia, David avanzaba rodeado por una decena de personas, la mayoría de uniforme. No miró al periodista en ningún momento, pero Irene sabía que era él. Renqueaba levemente y le pareció que encorvaba la espalda, pero pronto la imagen cambió para centrarse de nuevo en el reportero, que seguía hablando bajo los focos. Recorrió la barra con la mirada en busca de alguien que pudiera subir el volumen del televisor, pero los camareros estaban ocupados sirviendo a los clientes y no consiguió llamar su atención.

Dejó con cuidado el resto del bocadillo sobre el plato. Tenía el pulso agitado y las lágrimas le nublaban la vista. Bajó la cabeza, escondió las manos en su regazo, debajo de la mesa, y se esforzó por respirar hondo. No quería verle. Le dolía tanto… Recordaba con nitidez el olor de su piel, el tacto de sus dedos, el suave vello de sus antebrazos. La lengua arrancó del paladar los vestigios de su sabor y los tragó con avaricia. Llamarle había sido un error que solo había servido para precipitar su huida. Distancia, tiempo, olvido. Ese sería su mantra a partir de ahora.

Recogió su bolso y salió de allí a la carrera, resistiendo la tentación de echar un último vistazo al televisor. Las ruedas del coche chirriaron en el aparcamiento y pocos minutos después se mezclaba con el denso tráfico de la tarde.

Llegó al puesto fronterizo cuando la tarde extinguía sus últimas luces. Disminuyó la velocidad y cruzó sin problemas la inexistente barrera, sin mirar siquiera hacia los agentes que custodiaban el paso. A su derecha, una larga fila de camiones esperaba su turno para pasar, pero los coches avanzaban sin detenerse, adentrándose sin obstáculos en territorio francés. Soltó el aire que retenía en los pulmones y siguió en dirección a San Juan de Luz. Un kilómetro más, y luego otro, y otro. David estaba cada vez más lejos, en un pueblo sin apenas farolas, cruzando renqueante la calle, buscando, persiguiendo, quizá pensando en ella. Quizá odiándola. Distancia, tiempo, olvido. Eso era todo lo que necesitaba.

Pisó el acelerador y condujo sin pensar hasta que distinguió las luces de Bayona. Decidió detenerse en la ciudad y descansar unas horas en algún hotel de carretera. No quería seguir hasta que el cansancio fuera insoportable y dormirse al volante.

Encontró un hotel discreto en un polígono industrial cerca del río, un edificio de diez alturas moderno y anodino en el que cada día cientos de viajeros de todas las nacionalidades hacían una breve parada de pocas horas. Pagó en efectivo la única noche que pensaba quedarse, sonrió al recepcionista mientras le mostraba su documentación y fingió no entender lo que le estaba diciendo para cortar de raíz cualquier conato de conversación. Cerró la puerta por dentro, encendió el ordenador y se conectó a Internet. Pasó los siguientes minutos leyendo las noticias sobre los niños desaparecidos y su desesperada búsqueda. Contempló extasiada varias imágenes en las que David aparecía de refilón, sin mirar nunca al objetivo, concentrado en sus pensamientos. La madrugada la sorprendió perdida en su perfil, en el dibujo de su nariz, en sus largas piernas congeladas en medio de una zancada. En su corazón no había lugar para el olvido, así que tendría que aprender a vivir con el dolor y la ausencia.

Los fantasmas que siempre la acompañaban le dieron

un pequeño respiro. El largo viaje, la ducha caliente y el Orfidal le permitieron dormir casi cuatro horas seguidas. Un nuevo día, una vida diferente. Al día siguiente pondría rumbo a París y, desde allí, empezaría de cero en otro continente. Irene no había cruzado la frontera, era Eva la que seguía adelante, dejándolo todo atrás. También a David.

UNO...

27 de enero, martes

El ascenso estaba siendo lento y complicado. Los soldados solo avanzaban después de estudiar todo el perímetro bajo el foco de sus linternas. Cuando estaban seguros de que al frente no había ningún peligro, caminaban cuatro o cinco metros y volvían a detenerse para repetir la operación. Demasiado despacio para David, que se sentía tentado a cada paso de empujarlos a un lado y avanzar por su cuenta. Sin embargo, era consciente de que sufrir un accidente solo retrasaría más las cosas, así que esperaba paciente, mordiéndose las uñas y contando los segundos.

Sobre su cabeza, un océano de estrellas contemplaba su desesperación. Su padre conocía el nombre de muchos de esos astros y era capaz de recitar de carrerilla, de izquierda a derecha, las constelaciones que brillaban sobre los montes leoneses. Ojalá pudiera volver allí otra vez; ojalá pudiera ser de nuevo un niño y reírse de su padre cuando se equivocaba al nombrar alguna de las estrellas que él también conocía, a fuerza de repetir sus nombres noche tras noche. «Lo he hecho aposta —le decía su padre—, para comprobar que estás atento y no pensando en las musarañas».

Quizá volviera. Regresaría a su casa, junto a su madre, y se acurrucaría en el desvencijado sofá hasta que el dolor desapareciera por completo. Quizá se quedara allí para siempre. ¿Podría vivir como sus padres, en una aldea perdida en medio de ninguna parte, impotente ante el libre albedrío de los elementos, solo con sus pensamientos y su corazón arañado? No; sabía que sería imposible, que en pocos días comenzaría a dar vueltas por la casa como un león enjaulado, bufaría y gruñiría hasta que nadie osara acercarse a él. Sabía que su sitio estaba allí, pero en el fondo de su corazón lo único que quería era esconderse en un rincón apartado, sentarse en el suelo con las piernas estiradas, a oscuras, con las estrellas sobre su cabeza, y dejar que el tiempo hiciera su trabajo.

Un grito agudo procedente de la cabecera de la fila lo sacó de su ensimismamiento. Mientras el hombre aullaba de dolor, el resto de los militares corrían de un lado para otro, ladrando órdenes pero sin saber muy bien qué hacer o hacia dónde ir. Las luces de las linternas iban y venían en un balanceo alocado, iluminando en un momento el abismo de su derecha y, al instante siguiente, las altas copas de los árboles que les cerraban el paso por la izquierda.

David avanzó lo más rápido que pudo hasta alcanzar el origen de los gritos. Media docena de soldados uniformados iluminaban a un joven, también militar, que se retorcía de dolor en el suelo embarrado. Mantenía en alto el pie derecho, sujetándolo con ambas manos para intentar atajar el constante flujo de sangre que manaba directamente de la bota. Cuando lo descalzaron dejó a la vista una serie de horribles agujeros que le horadaban la planta del pie. Nadie parecía entender cómo podía haberse infligido semejantes lesiones.

—¡Mi teniente! —gritó uno de los soldados—. ¡Tiene que ver esto!

Vázquez avanzó hasta situarse junto al joven militar, que sostenía con sumo cuidado entre sus manos lo que parecía una estaca de madera con varios enormes clavos insertados a lo largo, con la afilada punta hacia arriba.

—¿De dónde ha salido? —preguntó David.

—Es lo que se ha clavado en el pie, estaba semienterrado en el camino.

—¿Puede ser una trampa de cazadores? —insistió el inspector.

—Por aquí no hay cazadores. —Germán Labra se había situado a su lado y observaba en silencio, con el ceño fruncido, el terrorífico objeto que el soldado intentaba mantener alejado de su cuerpo—. Y eso no es una trampa para animales. ¿Puedo verla más de cerca? —pidió el historiador.

El soldado dudó un instante, pero el firme cabeceo de su superior le hizo por fin acercarse con prudencia hasta ellos. La madera, toscamente pulida y cubierta de sangre, era una estaca de aproximadamente un metro de longitud y unos cinco centímetros de grosor en los que alguien había insertado al menos veinte clavos largos, gruesos y de punta afilada.

—Esto no es un palo con un clavo que alguien haya podido dejar olvidado por error. ¿Estaba enterrado o sobre el suelo? —preguntó Labra.

—Estaba semienterrado, señor —respondió el soldado que sostenía la mortífera estaca—, con los clavos expuestos.

—Es imposible que lo viéramos en medio de la oscuridad —meditó Vázquez—. Nos concentramos en no caernos por el barranco, no en comprobar el camino.

—Y aunque barriéramos el sendero con las linternas

423

—añadió el soldado—, con las púas cubiertas de polvo y hojas secas es poco probable que lo hubiéramos visto.

Contemplaron en silencio la estaca. Como el militar había apuntado, los clavos que no estaban bañados en sangre aparecían mates por el polvo blanco del camino.

—¿Es posible que algún ganadero de la zona utilice esto para que las reses no se acerquen al pueblo?

Vázquez intentaba encontrar una explicación plausible a lo que estaba viendo y apuntó un motivo peregrino que justificara la presencia de esa trampa en el camino principal. Todos los que le rodeaban negaron al unísono con la cabeza. Dos de los vecinos de Zilbeti que acompañaban a la expedición observaron boquiabiertos la estaca y negaron igualmente conocer su procedencia.

—Por aquí no hay lobos ni alimañas que nos amenacen, y aunque así fuera, le garantizo que no bajarían por el camino. Tampoco hay cazadores —dijo, ratificando las palabras de Labra—. Como mucho, alguno sube a la cima en temporada a tirar a la paloma, pero en tierra, nada de nada.

—Inspector —le llamó Germán—, creo tener una idea aproximada de lo que es esto.

David lo miró con asombro e impaciencia.

—Varios de los libros que trajeron del domicilio de Lizalde trataban sobre estrategia militar asiática. Si no me equivoco, estamos ante una de las trampas que los guerrilleros del Vietcong colocaban en la selva para diezmar a las tropas norteamericanas. Los soldados estadounidenses tenían más miedo de estas trampas que de los propios vietnamitas, que muchas veces luchaban prácticamente desarmados. Este tipo de encerronas tuvieron mucho que ver con el hecho de que decidieran retirarse del país: minaban la moral de la tropa y no había forma de combatir a un enemigo invisible.

—Lizalde nos ha tendido una trampa. —Vázquez no vaciló cuando realizó esa afirmación en voz alta—. El muy hijo de puta nos ha dado las coordenadas del lugar en el que supuestamente están sus hijos y ha sembrado el camino de trampas mortales. Pero qué hijo de puta... ¡Teniente! —gritó.

El militar tardó unos segundos en llegar a su lado. Tenía el rictus serio y una profunda arruga de preocupación marcada de lado a lado en la frente.

—¿Sabe lo que es esto? —le preguntó.

—Por supuesto —confirmó el militar.

—Podría haber más.

—Yo no lo descartaría. Vamos a reorganizar la cabecera de la marcha. Aseguraremos el perímetro antes de dar un solo paso.

—Eso nos va a ralentizar mucho —se quejó David.

—Es la única manera. Avance de combate, extremando las precauciones. Dos de mis hombres se quedarán aquí con el soldado herido; ya hemos llamado para pedir ayuda. El resto encabezará la comitiva. El camino termina ahí adelante, después solo hay monte y maleza.

El teniente le echó un vistazo a Labra, que escuchaba en silencio.

—Creo que los civiles deberían quedarse aquí y regresar al pueblo con el vehículo de evacuación.

Germán ignoró al militar y se dirigió a David.

—Inspector, no pueden obligarme a volver, yo no acato órdenes del ejército, hasta ahí podíamos llegar...

—El señor Labra se queda, teniente. Nos está siendo de gran ayuda y estoy convencido de que sabe cuidar de sí mismo.

—Bajo su responsabilidad, inspector.

—Por supuesto.

Se despidieron con un brusco movimiento de cabeza y cada uno ocupó de nuevo su lugar.

La noche seguía siendo un manto oscuro que los rodeaba por completo, pero ya nada allí arriba inspiraba calma o sosiego. A su alrededor, una algarabía de órdenes, gritadas de garganta en garganta, desde el teniente hasta el último soldado pasando por todo el escalafón militar, hizo enmudecer a los animales nocturnos.

—Gracias —susurró Labra cuando el teniente se hubo alejado lo suficiente—. No soporto a los militares, siempre dando órdenes y esperando que todo se haga como ellos dicen.

—Cumplen con su trabajo —respondió Vázquez—. Nos vendrá bien pensar como uno de ellos para intentar comprender a Lizalde.

—Si ha puesto una trampa aquí, tan cerca del lugar en el que escondió el coche, ha podido llenar el terreno de ellas. Ha tenido tiempo de sobra.

David le dio la razón. Todo aquel monte podía estar plagado de trampas, pero no había otra opción posible que seguir adelante, al menos no para él. Maite y Markel seguían allí arriba y tenía que encontrarlos. Se lo había prometido.

Cuando los militares arrancaron, tuvo la sensación de estar dando un extraño paseo. Caminaba casi a cámara lenta, siguiendo las huellas de los soldados y atento a la franja de terreno que iluminaba su propia linterna. Germán Labra era el único civil que permanecía en el monte. Los vecinos de Zilbeti se quedaron junto al herido y descenderían con la patrulla de salvamento. El historiador ya no tenía uñas que comerse y había convertido sus dedos en pequeños muñones ensangrentados después de arrancarse todas las pieles. Llevaba tiritas en al menos cuatro dedos, aunque lo cierto era que debería haberse vendado los diez. Vázquez sentía la misma desesperación, la misma necesidad de actuar que reconcomía a Labra.

Durante los siguientes minutos caminaron en un silencio roto solamente por el crepitar de los guijarros bajo las botas militares. No habían recorrido ni cien metros cuando un grito interrumpió de nuevo su lento avance.

—¡Alto! ¡Zapadores!

El soldado de cabeza reclamó la presencia de sus compañeros, que rápidamente desenterraron una trampa similar a la que había lesionado al joven militar. Exhibieron en alto su hallazgo, esta vez limpio de sangre, y lo depositaron a un lado del camino, con los clavos bien hundidos en la tierra para que nadie pudiera lesionarse por accidente si tropezaba con él. Señalizaron el lugar para poder localizarlo sin problemas a su regreso y reanudaron su lenta marcha.

—Esto es una gilipollez —susurró Labra—. Llegaríamos antes por allí.

Señaló hacia el lugar donde debería estar el monte, pero que en esos momentos no era más que una enorme e indefinida mancha negra. Vázquez se detuvo y se hizo a un lado. Los soldados pasaron a su lado sin mirarlos, concentrados en los peligros que los acechaban.

—¿Qué dices? —preguntó David en voz baja.

—Según mi GPS, ahora estamos situados exactamente en línea recta con el búnker al que nos dirigimos. El camino sigue al menos dos kilómetros más, ascendiendo suavemente alrededor del monte, y luego quedarían esos quinientos metros finales. Desde aquí, calculo que nos separan unos mil metros a lo sumo.

Mario Torres, que se había quedado rezagado, se detuvo junto a ellos y los miró extrañado.

—¿Pasa algo? —preguntó.

—Estamos sopesando otras posibilidades de avance —le dijo un enigmático Vázquez—. Labra cree que llegaríamos antes en línea recta.

—Está loco…

Torres musitó su respuesta sin mirar al historiador, como si este solo fuera una sombra que pasaba por allí.

—A mí no me parece una idea tan descabellada.

El subinspector observó atónito a Vázquez, que le mantuvo la mirada sin pestañear. Estaba hablando en serio.

—¡Estáis locos los dos! —Su grito no fue más que un susurro airado—. Subir ese monte en plena noche es un suicidio. ¿Y quién os dice que Lizalde no lo ha llenado también de trampas?

—No creo —le cortó Labra—. Imagino que se habrá limitado a ponerlas en el sendero.

—No creo…, ¿eso es todo? ¿No creo? ¿Y si te equivocas? ¿Quién nos va a sacar de donde sea que nos caigamos muertos o malheridos? ¿Os habéis asegurado al menos de que tenemos cobertura en los móviles? ¡A lo mejor os parece más emocionante subir en plan Rambo!

—¿Has terminado? —Vázquez, que le había escuchado en silencio, respondió en tono calmado—. No estoy dispuesto a morir en el monte, pero creo que vamos demasiado despacio. Si esos niños están vivos, pueden quedarles solo unos minutos de vida, y nos los vamos a pasar caminando a paso de tortuga detrás de los militares.

Torres volvió a mirar el monte. Apenas se distinguían los árboles de la segunda fila, y los más cercanos a ellos eran visibles solo gracias a las potentes linternas que llevaban.

—No estoy loco —continuó el inspector—. Comunicaré al teniente mis intenciones y nos mantendremos en contacto en todo momento. Si en algún punto el camino es completamente inaccesible o nos vemos en peligro, daremos marcha atrás. Germán lleva el GPS —añadió—. Cree que estamos a un kilómetro del búnker. Podemos intentarlo.

Labra les explicó brevemente lo que podían encontrarse allí arriba.

—Los primeros metros serán complicados, pero luego encontraremos una extensión libre de vegetación que nos permitirá avanzar más rápido, aunque el camino siga siendo bastante empinado. Después volveremos a internarnos en otra arboleda hasta llegar al búnker. Hay dos o tres en esa zona, un par de ellos bastante juntos, pero las indicaciones de Lizalde señalan a uno en concreto y no deberíamos tener problemas para encontrarlo.

Torres movió la cabeza de un lado a otro, resignándose a la cabezonería de los dos hombres, y finalmente accedió a sumarse a lo que consideraba que era una aventura idiota y alocada.

—Hablaré con el teniente —anunció David— y nos pondremos en marcha al instante.

Le costó varios minutos convencer al militar de que nada podía hacer para que cambiara de opinión. Le recordó que no tenía autoridad sobre ellos y le agradeció que, cuando por fin cedió, le entregara una de las radios de onda corta que llevaban los soldados.

—No la apague ni cambie de canal. Estaremos en contacto permanente. Usted sabe mejor que nadie con quién nos la estamos jugando. No querría tener que subir a sacarlos de un agujero o encontrarlos ensartados en un juego de clavos.

—No pasará nada de eso —le garantizó David—. Queremos encontrar a los niños, no convertirnos en héroes muertos.

—Avanzaremos lo más rápido que podamos y nos veremos arriba.

Se despidieron con un apretón de manos y el teniente aceleró el paso para retomar su puesto en la cabeza de la marcha.

Consultó su reloj cuando se reunió de nuevo con Labra y Torres. Eran las dos de la madrugada, faltaban muchas horas para que amaneciera y el sol se convirtiera en su aliado. Tendrían que subir sin su ayuda.

Esperaron hasta que Labra terminó de meterse los bajos de los pantalones dentro de los calcetines, lo que le dio un aspecto entre cómico y agreste que les arrancó una sonrisa.

—Así evitaré que las agujas de los pinos se me metan por dentro de los pantalones. Son afiladas como cuchillas, pueden hacer mucho daño. Os acordaréis de mí si no lo hacéis.

—Paso —dijo Torres—, yo llevo botas.

—También yo —añadió Vázquez—. Voy delante.

Los tres hombres encendieron sus linternas y abandonaron el camino para adentrarse en el bosque. El suelo estaba blando, cubierto de hojas de helecho, agujas de pino y tierra mojada, por lo que sus pasos sonaban como un susurro seguido de un largo crujido. Vázquez ascendía un tramo y se detenía en un lugar más o menos cómodo y seguro, casi siempre apoyado en el tronco de un árbol. Desde allí iluminaba el camino a sus compañeros, que en ocasiones tenían que guardar las linternas en el bolsillo para poder agarrarse con las manos a las raíces de los árboles e hincar las rodillas en el suelo. Cuando llegaban junto al inspector, eran ellos los que iluminaban el camino a lo largo de los siguientes diez o doce metros.

David tanteaba el terreno antes de apoyar el pie, temeroso de encontrar una nueva trampa de Lizalde. Seguía sin comprender del todo sus motivaciones. Incluso al final, cuando ya estaba decidido a pegarse un tiro, había actuado como un loco. Sus acciones no tenían justificación alguna. Los celos, el fracaso, el adulterio, el engaño continuado... Todos eran dardos dolorosos, reveses de los que es difícil recuperarse. Él mejor que nadie sabía cuánto podía llegar a doler una traición. Pero el estado desquiciado de Lizalde carecía de toda lógica. Había asesinado a su suegra y al pretendiente de su mujer, lo había intentado con su propia esposa y seguramente a esas horas ya habría acabado con la vida de sus hijos. Tenían que darse prisa.

Concentró de nuevo todos sus esfuerzos en ascender lo más rápido posible, esquivando los agujeros del terreno, las raíces elevadas y los enormes árboles que aparecían ante sus ojos como gigantes al acecho. Cuando la luz de las linternas apenas arañaba la oscuridad que le rodeaba, se detenía y buscaba un sitio seguro al que asirse mientras sus compañeros iniciaban la ascensión. Le parecía que Torres y Labra eran extremadamente lentos, pero decidió morderse la lengua y no soltar ninguna de las imprecaciones que le llenaban la boca. Cuando llegaron a su lado después de un nuevo tramo de ascenso, Labra lo detuvo antes de que pudiera reiniciar la marcha.

—Espera un minuto —suplicó—. No es solo por descansar, aunque no negaré que me vendría bien un respiro; tengo que comprobar que vamos por buen camino. Si nos desviamos, aunque sea un poco, podemos acabar muy lejos del búnker.

Vázquez rezongó entre dientes, dándole la razón de mala gana, e iluminó el GPS con su linterna. El aparato lanzó un destello verdoso al ser activado. Labra pulsó un par de teclas, se movió despacio a izquierda y derecha y, por fin, se detuvo en el mismo sitio en el que estaba.

—Vamos bien —dijo simplemente.

—¿Y para eso hacía falta tanta tontería y tantas luces?

La ansiedad volvió a darle un mordisco en la boca del estómago, estrangulándole el diafragma e impidiendo que la siguiente bocanada de aire le llegara a los pulmones. Amparado en las sombras, abrió la boca, cerró los ojos e inspiró, esforzándose para que el oxígeno limpiara también su mente.

—Sigo —anunció.

Vázquez esperó a que las linternas de Torres y Labra enfocasen de nuevo la empinada ladera de la montaña y retomó el ascenso. Tupidos arbustos y afiladas zarzas le dificultaban el paso en ese tramo, el último antes de alcanzar el collado despejado que había mencionado Labra. El pantalón se le enganchó varias veces en los arbustos llenos de púas y tuvo que tirar de él hasta que la tela se rasgó con un siseo lastimero. Subía al máximo de sus posibilidades físicas, con los músculos y los tendones temblorosos, los dedos de las manos doloridos por aferrarse con desesperación a las raíces, las ramas y los helechos y un punzante dolor de cabeza que nacía en el triángulo formado por los ojos y la nariz y le atravesaba el cráneo de lado a lado como una perforadora.

La maleza y el bosque clarearon durante el último tramo iluminado. Se apoyó en una enorme roca caliza y encendió su linterna. Oteó brevemente el camino frente a él. En efecto, los árboles desaparecían unos metros más adelante para dejar paso a un despejado altozano de anchura y longitud todavía indeterminadas. Movió la linterna hacia delante e indicó a sus compañeros que podían ascender. Aprovechó el tiempo que le brindaban para sacudir los tensos músculos de sus piernas, que desde hacía rato parecían estar siendo asaeteadas por miles de diminutas

432

y afiladas agujas. Además, comenzaba a dolerle de verdad el costado. Respiraba despacio, intentando no llenar demasiado los pulmones para que no le presionaran el tórax. Tenía la ropa y el pelo empapados, pero no sentía frío, solo una constante urgencia por continuar y el devastador presentimiento de que era demasiado tarde.

Labra y Torres llegaron a su lado resollando, igual de sudorosos, maltrechos y empapados que él. Se dejaron caer sobre la roca e intentaron recuperar el aliento con el cuerpo inclinado hacia delante y las manos apoyadas sobre las rodillas.

—Ahora viene lo fácil. —Germán apenas podía hablar, pero estaba decidido a continuar hasta el final—. Desde aquí no deberíamos tardar mucho en llegar a la zona fortificada. Que no haya luz nos retrasará, de día podríamos hacerlo mucho más rápido. ¿Cómo van los militares?

—Eso es lo que me dispongo a averiguar en este momento.

Vázquez había bajado el volumen de la radio hasta convertirla en una serie de chasquidos ininteligibles. Recuperó el aparato de su bolsillo y giró el interruptor para que las voces metálicas fueran de nuevo audibles. Los militares intercambiaban comentarios sobre el estado del camino, la disposición de los efectivos y la situación del objetivo, cada vez más cercano también para ellos. Pulsó dos veces el intercomunicador y se dispuso a hablar.

—Soy el inspector Vázquez. Hemos alcanzado el collado en la cima del monte y vamos a seguir avanzando. Sin novedad.

La radio crepitó unos instantes antes de dar paso a una entrecortada voz masculina.

—Aquí el sargento Muelas. Nuestra expedición también sin novedad. Seguimos avanzando.

—¿A qué distancia están del objetivo?

La radio se quedó muda durante unos interminables minutos. Cuando Vázquez comenzaba a temer que se hubieran agotado las baterías, el altavoz vibró de nuevo.

—Al menos una hora en las condiciones actuales. La senda se complica desde donde estamos. No queremos caer en ninguna trampa.

—De acuerdo, sargento. Nos vemos arriba. Corto.

Balanceó levemente la linterna para consultar la hora en su reloj de pulsera. Todavía faltaban muchas horas para que amaneciera, pero entonces todo sería distinto. La luz suele tamizar las desilusiones y los miedos, ahuyenta las pesadillas, aclara las ideas y aleja las ganas de morir. La luz obliga a seguir adelante, al menos un día más. Avanzaría esa noche, y lo haría también mientras durara el día. Después… Después, quién sabe.

Ascendieron a la vez los últimos metros de la escarpada montaña y suspiraron aliviados cuando los árboles dejaron paso a un amplio claro, de unos cien metros de anchura, con el suelo cubierto de hierba empapada, rocas de diverso tamaño, arbustos y pequeñas flores que crecían arracimadas, como si juntas pudieran protegerse las unas a las otras.

Pasearon las linternas a lo largo y ancho del collado, buscando el mejor paso para atravesarlo. Según el GPS de Labra, al otro lado los esperaba un nuevo y pronunciado ascenso hasta su objetivo final.

—Deberíamos descansar un momento y recuperar fuerzas.

Germán aminoró el paso, esperando que los otros dos se detuvieran. El inspector Vázquez se paró en seco y se giró hasta situarse a medio metro de distancia del historiador. Podía oler su aliento.

—¿Tienes idea de lo que nos estamos jugando? Dime —insistió, ante el silencio atónito de Germán—, ¿recuerdas por qué estamos aquí, por qué corremos, por qué tú mismo has buscado un camino más corto?

—Los niños —susurró Labra.

—Los niños —repitió Vázquez—. No sabemos si están vivos o muertos, o cuánto tiempo les queda de vida, pero no voy a consentir que mueran mientras recuperamos fuerzas. Quédate si quieres, sabrás bajar cuando amanezca o enviaremos a alguien a buscarte. Nosotros seguimos.

—Yo no necesito descansar, lo decía por vosotros; lleváis todo el día en Zilbeti, sin dormir ni apenas comer. Ahora tenemos un tramo sencillo, pero después la cosa vuelve a complicarse.

—Yo estoy bien, ¿y tú, Torres?

—Perfectamente —respondió el aludido.

—Entonces, si nadie quiere un refrigerio, nos vamos.

El dolor del costado, que hasta ese momento se había comportado como un molesto compañero, le golpeó sin previo aviso en el centro de la línea de flotación, obligándole a doblarse sobre sí mismo y flexionar las rodillas hasta casi sentarse en el suelo. Sintió un calor lacerante que se abría paso desde el interior de su carne hacia las costillas. Labra y Torres, que le seguían, se detuvieron a su lado.

—¿Estás bien?

Torres se agachó junto a él y le iluminó con la linterna.

—Las heridas me dan guerra de vez en cuando. Un analgésico y un poco de agua y estaré bien.

Hurgó en sus bolsillos hasta encontrar lo que buscaba. El envase de medicamentos, que debía durarle hasta la semana siguiente, estaba a punto de acabarse. Sacó los dos últimos comprimidos de un blíster y comprobó que en el otro solo quedaban tres pastillas. «Tendrá que ser suficiente hasta que lleguemos a Pamplona», pensó. Se metió las píldoras en la boca, aceptó la botella que Labra le tendía y se las tragó junto con una buena cantidad de agua.

—Vamos.

Se levantó despacio, intentando no estirar demasiado los músculos del costado y respirar con comedimiento. Con suerte, los analgésicos estarían a pleno rendimiento al llegar al último tramo del ascenso. Después, cuando encontraran a los niños, todo daría igual. Se concentró en cada paso que daba, en cada piedra cubierta de moho en la que podrían resbalar; enfocaba cada pocos segundos hacia delante, buscando el final de la vereda, el inicio del monte, la recta final hacia el lugar en el que Lizalde decía haber dejado a sus hijos.

Una parte de su mente le repetía una y otra vez que Lizalde no se habría quitado la vida sin antes haber acabado con la de sus hijos. Su experiencia como policía le decía que lo más probable era que se hubiera sentado a verlos morir y, solo entonces, habría emprendido el descenso hasta el pueblo. Pero siempre quedaba una remota posibilidad, la aguja en el pajar, la última esperanza… Tenía que seguir avanzando, y hacerlo lo más rápido que pudiera.

—Estas pastillas son asombrosas, te quitan el dolor en cuestión de minutos —mintió.

—A mí los analgésicos me dan un poco de miedo —comentó Labra mientras caminaba a su lado—, conozco a uno que se ha quedado colgado de las pastillas después de un tiempo tomándolas y ahora las necesita aunque ya se ha recuperado de sus lesiones. Él dice que le duele mucho, pero nosotros sabemos que no es verdad, que está enganchado. —Observó al inspector, que caminaba cabizbajo y en silencio, con los ojos entrecerrados y los labios apretados, seguramente conteniendo el dolor—. Claro que lo tuyo no es lo mismo —se apresuró a decir—. Tú llevas poco tiempo tomándolos; bastante haces con estar aquí cuando deberías estar descansando.

Vázquez siguió adelante sin contestar y Torres le puso una mano en el hombro a Germán, que se sentía torpe y estúpido por haber metido la pata de semejante manera, para que lo dejara estar. Alcanzaron el otro lado del collado. Antes de comenzar la ascensión contactaron de nuevo con los militares, que continuaban con su lento progreso a pesar de que no habían aparecido más trampas.

Germán se detuvo un instante antes de adentrarse en el bosque. Encendió el GPS y buscó el camino correcto.

—Nos hemos desviado unos diez metros de la línea recta, pero no es una distancia insalvable. Nos dirigiremos hacia la izquierda y luego seguiremos recto el último tramo. Deberíamos llegar en unos quince minutos más o menos, aunque como nunca he estado por aquí, no sé cómo está el terreno, si es muy empinado, hay piedras sueltas o madrigueras en las que meter el pie y rompernos el tobillo.

—¿Eres siempre igual de optimista? —le preguntó Torres.

—Mi padre me enseñó a ser precavido —se defendió—, que no es lo mismo.

—¿En qué ángulo subimos? —Vázquez, decidido a ignorarlos, intentaba ver más allá de los primeros árboles, unos enormes ejemplares de haya con la corteza cubierta de musgo. La oscuridad le impedía distinguir su copa, pero la intuía lejana, como las de otras muchas hayas que había visto en los montes navarros.

Labra giró con el GPS en la mano hasta detenerse en lo que él creía que era el camino correcto.

—Llevaré el aparato en la mano para no apartarnos

de la ruta. En cuanto alcancemos el punto indicado, torceremos a la derecha para seguir recto hacia arriba.

Germán y David subieron juntos, auxiliados por la linterna de Torres, que caminaba unos pasos por detrás. Poco a poco, las hayas fueron estrechando el camino y se toparon con troncos caídos, gruesas raíces y enormes rocas cubiertas de musgo que les dificultaban el paso. Sin embargo, la pendiente no era tan pronunciada como la primera, lo que les permitía dosificar las fuerzas y el aliento.

Después de unos cincuenta metros, Labra decidió que en ese punto lo correcto sería reconducir sus pasos hacia la derecha, de modo que avanzarían directos hasta el objetivo. Giró su corpachón y, cuando todavía no había dado un paso completo en esa dirección, un silbido rasgó el silencio. Al instante escucharon el sonido de una rama al romperse y, acto seguido, Germán comenzó a gritar. Lanzaba gritos cortos y agudos mientras miraba con ojos desorbitados la estaca que le atravesaba el hombro derecho. Por instinto, Vázquez y Torres se agacharon y sacaron sus pistolas, buscando entre las tinieblas al autor del lanzamiento.

—¡Una trampa! —gritó Labra—. ¡Ha sido una trampa! ¡Sacádmelo, por favor!

Se acercaron despacio al herido, alumbrando con las linternas el suelo y los árboles que los rodeaban. Germán parecía a punto de desmayarse. Estaba pálido y gimoteaba en voz baja mientras se sujetaba la estaca con la mano izquierda. La lanza que le había atravesado el hombro tenía unos tres centímetros de diámetro y en su origen fue una simple rama, convenientemente afilada y enderezada para convertirla en un arma mortal. Supusieron que Lizalde la colocó entre las apiñadas hayas, tensa en una especie de tirachinas que se liberaría al cortar un hilo o cuerda.

Mientras Torres estudiaba el estado de Labra, Vázquez recorrió con el haz de su linterna los árboles más cercanos. No tuvo que buscar demasiado. A unos tres metros encontró unas tiras de tela elástica anudadas a los troncos de dos hayas. Una de ellas estaba además atada a una delgada cuerda, invisible en plena noche, que se deslizaba como una serpiente hasta esconderse, casi a ras de suelo, en la estrecha senda que acababan de tomar.

—Hay que sacarlo de aquí —le urgió Torres—. La estaca tapona la herida y no está perdiendo demasiada sangre, pero la infección puede ser irremediable si no lo atienden cuanto antes.

Vázquez se comunicó con los militares para explicarles lo sucedido. Luego rebuscó su móvil en los bolsillos, lo encendió y comprobó que las líneas eran azules. Marcó el número de Helen Ruiz y esperó. La agente respondió al segundo tono y le pidió que organizara de inmediato la evacuación del herido cuando llegara al pueblo.

—¿Puedes andar? —preguntó, girándose hacia Labra. Este negó con la cabeza. Las fuerzas le habían abandonado casi por completo. Volvió a hablar con Helen—. Torres le ayudará a bajar al collado, son apenas cincuenta metros. Esperarán allí la ayuda. Germán tiene GPS, activará la señal del satélite para que puedan localizarlos sin problemas. Ya he avisado a los militares, pueden encontrarse con más trampas cuando comiencen el ascenso. Es lo que nos faltaba…

Cortó la comunicación y centró su atención en el herido.

Germán respiraba con dificultad.

—Vamos a bajarlo —le indicó a Torres—. Germán, tienes que aguantar un poco. El operativo ya está en marcha, pero tenemos que llevarte hasta el collado para que puedan sacarte de aquí, ¿de acuerdo? Así que ni se te ocurra desmayarte, ni entre los dos podríamos contigo.

Labra sacudió levemente la cabeza. Seguía pálido y muy asustado, pero la escasa pérdida de sangre le ayudaba a permanecer consciente a pesar del palpitante dolor.

—Agarra bien la estaca e intenta que no se mueva. Apenas sobresale por la espalda, así que no chocará con nada. —Clavó los ojos en los de Germán. Sudaba a mares y apretaba los dientes con furia, conteniendo los gritos, los gemidos y la rabia que pugnaban por salir—. Puedes quejarte todo lo que quieras —le dijo Vázquez—, eso no te hará menos hombre a nuestros ojos. Hace días que demostraste lo mucho que vales.

Al instante, Germán soltó un gruñido grave y prolongado. Sujetó la estaca por la zona en la que penetraba en su cuerpo; la sangre pegajosa le empapó la mano. Se puso de pie y contempló a los policías.

—Cuando queráis.

El descenso fue muy penoso. Tardaron más de veinte minutos en recorrer los cincuenta metros que los separaban de la zona clareada del bosque. Cuesta abajo y prácticamente a oscuras, era muy difícil mantener el equilibrio. Además, Germán se detenía cada pocos pasos para recuperar el aliento o gemir desesperado. Bajaron en fila india, con Vázquez abriendo la comitiva, eligiendo el camino menos tortuoso, Labra tan pegado a él como le permitía la estaca y por último Torres, atento a cualquier movimiento en falso del herido.

El collado seguía tan silencioso como lo habían dejado. No sabían cuánto tiempo tardarían los efectivos de rescate en llegar hasta allí, así que decidieron buscar el mejor acomodo posible para Labra. La presencia de la estaca atravesándole el hombro hacía imposible que se recostara contra un tronco, por lo que eligieron una roca de buen tamaño, lo bastante plana en la superficie, y lo sentaron allí, con el costado izquierdo apoyado en el tronco rugoso de un árbol.

—Llama a Helen y que te informe de cómo marcha el operativo —le indicó a Torres—. Yo voy a seguir.

—Necesitarás el GPS. —Labra le tendía el aparato con su brazo sano.

—No tengo ni idea de cómo leer esos aparatos, así que será mejor que os lo quedéis vosotros. Activa la señal para facilitar la localización. Nos mantendremos en contacto por móvil, en esta zona la cobertura no es mala del todo.

—Ten cuidado. Si había una trampa, seguro que hay más. Lizalde era un cabrón de mente retorcida.

David asintió con la cabeza, dio media vuelta y comenzó a desandar el camino. En pocos segundos se había fundido con la noche y comenzaba una nueva ascensión. El dolor del costado se había amortiguado lo suficiente como para permitirle aflojar la mandíbula. Se obligó a subir despacio, barriendo con la linterna cada centímetro de suelo antes de poner un pie, vigilando las cortezas de los árboles por si escondían nuevas trampas.

Recogió un palo grueso del suelo y lo utilizó a modo de bastón de ciego, acariciando con él la superficie, apartando las hojas en busca de clavos ocultos y sacudiendo las ramas para hacer caer cualquier dispositivo que pudiera herirle.

El fuerte olor a moho y humedad despertó en su mente los recuerdos del tiempo pasado en el aljibe del fuerte de San Cristóbal. Recordó la amenazante oscuridad, el agua encharcada, el intenso miedo a morir, el dolor, el llanto de los niños, Irene… Se detuvo un instante.

Sabía que fue una alucinación, pero en aquellos momentos creyó que incluso podría tocarla con solo alargar la mano. No lo hizo. No quería tocarla. No quería volver a verla. No dudó en avisar de su llamada telefónica y entregar su móvil para que pudieran localizarla. Y, sin embargo, la echaba tanto de menos que su mente la ponía en su camino una y otra vez.

Escudriñó la noche. Estaba solo, completamente solo.

Labra le había explicado hasta el último detalle el camino que debía seguir hasta la fortificación subterránea, pero sobre el terreno todo era diferente a lo que esperaba. ¿Qué se suponía que tenía que buscar? ¿Una zona rocosa? ¿Un agujero en la tierra? ¿Una puerta? No podía estar lejos. Se detuvo y escuchó. El silencio era aterrador. Incluso el viento se había detenido y ya nada movía las ramas y las hojas sueltas. Frente a él, un pequeño claro en el bosque, con un discreto pero visible montículo en el centro. Ese podría ser el lugar indicado por Labra, que también le había advertido que lo más probable era que Lizalde hubiera instalado trampas en las proximidades de la entrada del búnker.

Rodeó el montículo sin acercarse, palpando cada árbol al que se aproximaba, dudando entre agacharse o levantarse, intuyendo que estaba a punto de sufrir una emboscada en la que sus armas no servirían para nada. El móvil le vibró en el bolsillo del abrigo. Pegó la espalda a un tronco y descolgó.

—Ya han llegado los refuerzos. Espérame donde estés, llego en un momento.

Torres hablaba con voz entrecortada, como si ya hubiera comenzado a ascender.

—Ten mucho cuidado. He conseguido llegar de una pieza, pero no sé si quedan trampas por el camino. Sube muy despacio. Creo que estoy cerca de la entrada, aunque todavía no consigo verla.

—Será mejor que me esperes —insistió el subinspector.

Vázquez no contestó. Colgó el teléfono y lo guardó de nuevo en el bolsillo. Habría jurado que había oído un lamento humano, una especie de llanto. El móvil comenzó a vibrar de nuevo. Lo sacó y lo apagó. De nuevo, solo había silencio a su alrededor. Aguzó el oído, pero no captó nada. Quizá su imaginación le había jugado una mala pasada, o quizá se trataba de un animal.

Reanudó la marcha muy despacio. El montículo mostraba una pequeña abertura en uno de sus lados. Desde donde estaba, apenas podía distinguir una franja más oscura cuando la enfocaba con la linterna, pero intuía que ese algo era más grande y continuaba hacia dentro y hacia abajo en la tierra.

No podía perder más tiempo con remilgos. Se encaró hacia la recién descubierta abertura y comenzó a caminar. Un paso, luego otro, siempre marcando primero el terreno con la gruesa rama que hacía las veces de bastón. Despejar el suelo y poner después el pie. Uno, luego otro. Muy despacio, pero sin detenerse. Enfocó la entrada. Podía ver el acceso al búnker casi por completo. La fortificación carecía de puerta. Sin embargo, habían excavado en la tierra un arco perfecto, reforzado con una gruesa capa de hormigón. La entrada estaba medio metro por debajo del suelo. Distinguió un corredor diáfano, con paredes también de hormigón, que giraba bruscamente a la izquierda a unos dos metros de la boca y desaparecía de la vista. Alrededor de la entrada surgían retorcidas raíces que habían abandonado su hogar bajo tierra para aventurarse a la superficie. El suelo estaba repleto de piedras sueltas y ramas rotas, arrancadas por el viento y arrojadas al resguardo del agujero en el que se abría el túnel. Una breve vereda levemente curvada conducía al interior del búnker.

Un sonido ajeno al de su propia respiración volvió a sobresaltarle. Un gemido, un lamento largo y sostenido. ¿Un niño llorando? Apresuró el paso. Una zancada, luego otra, y otra más. Era el camino más largo que había recorrido en toda su vida.

Un clic atronó en sus oídos. Se tiró al suelo y esperó las consecuencias de su descuido. En unos segundos, un humo grisáceo y espeso le rodeó. Le ardieron los ojos y los pulmones, y la piel le escocía tanto que se la habría arrancado a tiras de haber podido. Se arrastró a cuatro patas hasta donde recordaba que estaba la entrada del búnker. Con los ojos cerrados y la nariz y la boca cubiertos por el cuello de su jersey, David avanzó a tientas, buscando el refugio subterráneo y rezando para no caer en una nueva trampa. Una de las paredes de hormigón le golpeó en el hombro. Había llegado. Modificó levemente su trayectoria y se lanzó al húmedo interior. El suelo de cemento le permitió gatear a mayor velocidad. Le escocían tanto los ojos que era incapaz de abrirlos, aunque lo intentaba con desesperación. Apenas había humo en el interior del túnel. Aun así, mantuvo la nariz cubierta. Se frotó los ojos con la manga del abrigo y levantó la cara, buscando un poco de aire fresco que le aliviara el dolor.

Se sentía impotente, completamente inútil ante un adversario inexistente. Podía defenderse en cualquier situación, cara a cara o utilizando las armas, pero allí no había nadie a quien apuntar, a quien golpear o empujar.

—Eres un hijo de puta, Lizalde —masculló en voz alta—, un auténtico hijo de puta.

Se frotó la cara con fuerza. El picor de la piel comenzaba a remitir, pero seguía sin poder abrir los ojos. Los pulmones le ardían, aunque el aire limpio y húmedo del túnel comenzaba a atenuar los efectos del gas. Pensó que seguramente habría pisado un fino hilo, como un sedal de pesca, unido a un bote de humo de los utilizados por las fuerzas antidisturbios. Sabía que eran muy fáciles de conseguir en el mercado negro. Su pie habría arrancado la espita de seguridad y liberado los gases tóxicos. Si estaba en lo cierto, el gas ya se habría disipado en el exterior, pero los dolorosos efectos en sus ojos durarían un buen rato más. Ni siquiera tenía agua para lavárselos.

—Mami...

No lo había soñado. Un niño acababa de llamar a su madre.

Se tensó y escuchó.

—Mami...

Ahí estaba de nuevo.

—¿Maite? ¿Markel? ¿Estáis ahí?

Su voz retumbó entre las paredes de hormigón y se perdió en los recodos ocultos.

—Mami, mami, mami...

Vázquez se puso en pie despacio, hasta que su cabeza chocó con el techo. Extendió las manos hacia delante y comenzó a caminar.

—Maite, soy David, ¿me recuerdas? Me di un buen golpe al caer en aquella piscina sin agua. Me ayudasteis con la luz. Dije que vendría a por vosotros y aquí estoy.

Siguió avanzando con las manos en las paredes, palpando la humedad y arañando la cal con la que un día blanquearon aquel tenebroso subterráneo. Su pie derecho chapoteó en lo que parecía un charco. Sin dudarlo, se arrodilló y se arrastró por el suelo hasta localizarlo. Acto seguido, convirtió sus manos en un cuenco y se arrojó agua sobre los ardientes ojos. El líquido, seguramente sucio y cubierto de moho, le pareció el más agradable de los elixires. Cada gota que refrescaba sus párpados aliviaba el intenso dolor que le acuciaba. Repitió la operación hasta que sus manos no fueron capaces de recoger más agua. El escozor había disminuido considerablemente. Abrió los ojos muy despacio. Le seguían picando mucho y las lágrimas brotaban sin control, limpiando los últimos residuos de humo tóxico. Grisáceos átomos de luz le torturaron sin piedad cuando intentó fijar la vista. Parpadeó con fuerza varias veces hasta que consiguió enfocar y distinguir las formas que le rodeaban.

Como suponía, estaba en un túnel apenas iluminado. La única fuente de luz, una leve luminiscencia anaranjada, procedía de algún lugar oculto en las entrañas del corredor, un rincón que no acertaba a localizar.

Le preocupaba que Lizalde hubiera instalado más trampas en el interior del búnker. La onda expansiva de una explosión allí dentro, por pequeña que fuera, lo mataría al instante.

Inspeccionó la pared y el suelo antes de avanzar. Todo parecía en orden, salvo que ya no oía el lamento de la niña.

—Maite, ¿me oyes? En un minuto estoy con vosotros.

El silencio que siguió a sus palabras le puso la piel de gallina.

—Vuestra madre os está esperando en casa. Os llevaremos en helicóptero, ¿qué te parece?

—Estamos aquí.

Una voz, apenas un susurro, surgió del interior de los gruesos muros. ¿Dónde había escondido Lizalde a sus hijos? Siguió avanzando despacio, palpando las paredes y escrutando cada centímetro del suelo. El objetivo ahora era salir vivos de allí.

—Markel está malito, hace rato que no me dice nada.

—Llamaremos al médico en cuanto salgamos. —Le habría gustado preguntarle si respiraba, pero no quiso asustarla innecesariamente—. Te va a gustar ir en helicóptero, ya verás.

—Sí…

La voz de la niña se estaba apagando.

—Papá se ha ido —dijo poco después.

—Lo sé. Él me ha dicho dónde encontraros.

Giró en un nuevo recodo del túnel y se enfrentó a dos puertas, una a cada lado de la galería. La luz anaranjada procedía del lado izquierdo. Si Lizalde había preparado alguna emboscada, sin duda lo habría hecho allí. Se acercó despacio a la abertura de la puerta. Una tosca madera cubría la mitad de la entrada, dejando la parte superior al descubierto. El suelo del interior de la cámara estaba cubierto por gruesos cartones. Al menos, su padre se había preocupado de aislarlos de la humedad del terreno, aunque después poco le importó abandonarlos allí. Al fondo de la sala, un cuarto de unos cinco metros cuadrados, distinguió dos exiguos bultos iluminados por una pequeña lámpara a pilas con la forma de Bob Esponja. Los ojos del personaje de dibujos animados eran en realidad dos bombillas que encendían el cuerpo amarillo del animal marino.

Pasó la mano por la parte superior de la madera y la deslizó después alrededor del quicio ovalado sin encontrar nada que le hiciera sospechar la existencia de una trampa. Asomó la cabeza al otro lado de la puerta e intentó descubrir lo que había en el interior, pero no logró distinguir nada. Bajó la mano, palpando con cuidado la tosca madera, hasta que rozó el suelo con los dedos. Escudriñó despacio toda la superficie sin encontrar ningún obstáculo. Respiró hondo y empujó el tablón, que cedió sin ofrecer resistencia. La precaria puerta cayó sobre los cartones con un ruido sordo y levantó una densa polvareda que tamizó aún más la escasa iluminación.

Miró al fondo y comprobó que los dos bultos estaban inmóviles.

—¡Maite! —gritó.

David se puso en pie de un salto y corrió hacia los dos pequeños. Los encontró metidos en sacos de dormir y envueltos en mantas. Parecían dormir con la cabeza apoyada sobre una almohada que compartían. Markel reposaba de costado, con una mano apoyada sobre su pequeña barbilla, como si se hubiera dormido pensando en algo muy importante. Maite estaba boca arriba. Tenía los ojos cerrados, pero movía despacio la boca, aunque sin emitir ningún sonido.

Con el corazón en la garganta, David les buscó el pulso en el cuello. El de la niña era fuerte y regular. El de Markel, sin embargo, sonaba débil y acelerado, y su respiración era demasiado superficial como para conseguir una oxigenación adecuada.

—Maite. —La sacudió despacio mientras la llamaba—. Maite —repitió.

—¿Mami?

Tras unos instantes eternos, la niña sacó una mano de entre las mantas y la extendió hacia la voz.

—Nos vamos a casa, ¿de acuerdo? Voy a buscar ayuda.

Encendió el teléfono móvil y comprobó que no tenía cobertura allí dentro. Echó un rápido vistazo a los niños y salió de la estancia. Recorrió a toda prisa el estrecho pasillo hasta alcanzar la boca del búnker. A pocos metros de allí descubrió el baile lento de una linterna. Cuando marcó el número de Torres, escuchó claramente el tono de llamada en el teléfono del subinspector.

—¡Mario! —gritó.

—Jefe. —La respuesta fue inmediata.

El haz de luz se dirigió hacia él, vaciló unos instantes en la ladera del búnker hasta que lo descubrió, acuclillado junto a la entrada.

—¡Están vivos! —dijo simplemente—. Pide ayuda.

Dio media vuelta y volvió a entrar en el subterráneo. Cuando llegó al cuarto en el que estaban los niños, Maite tenía los ojos abiertos, fijos en los agujeros luminosos de Bob Esponja. Markel, sin embargo, no se había movido ni un centímetro.

Veinte minutos después, las atronadoras aspas de un helicóptero militar rompieron la paz de la noche. Entre los dos habían logrado sacar a los niños de la celda sin contratiempos y los mantenían envueltos en las mantas, acurrucados contra su pecho para aislarlos lo más posible del viento mientras esperaban la llegada del equipo de rescate.

El helicóptero aterrizó en algún lugar sobre sus cabezas. El capitán al mando ya los había informado de que, dada la orografía del terreno, sería más sencillo enviar un pequeño aparato que pudiera tomar tierra en la cima, muy cerca de donde se encontraban, que una aeronave mayor, que tendría muchas dificultades para posarse en el collado inferior. Eso significaba que solo podrían evacuar a los niños, y que David y Mario deberían descender por sus propios medios o esperar a que el helicóptero regresara a por ellos después de dejar a los niños en Pamplona.

Los efectivos militares se movían despacio. Vázquez les había hablado de las trampas que Lizalde había puesto alrededor del búnker y que a punto estuvieron de acabar con ellos. Los potentes focos de los soldados descubrieron una tensa cuerda atada entre dos árboles. Al cortarla y seguir la soga encontraron una estaca lista para ser lanzada a toda velocidad, similar a la que había herido a Germán Labra.

Establecieron un pasillo seguro desde la cima hasta la fortificación que posibilitó el descenso de un médico y un enfermero, las únicas personas, además del piloto, que acompañarían a los pequeños. Los soldados que habían llegado en el helicóptero descenderían con los policías. En su estado, no les vendría nada mal una ayuda.

El frío de la madrugada había espabilado un poco a Maite, que permanecía despierta y lo observaba todo con los ojos entrecerrados, aunque no había vuelto a hablar. Markel seguía dormido. Torres mantenía sus dedos en el cuello del niño, atento a cualquier latido perdido.

Los sanitarios actuaron con rapidez y eficacia. En pocos minutos, los dos niños tenían una aguja clavada en el brazo que les suministraba suero salino. El médico los auscultó y pidió al enfermero que les colocara unas mascarillas con oxígeno. Al instante, los cuatro soldados desplegaron las camillas, cargaron a los niños y comenzaron el ascenso.

—No se muevan de aquí —les pidió uno de los militares—, regresamos en unos minutos.

Los sanitarios, sin nadie a quien atender, se giraron hacia ellos.

—¿Podemos hacer algo por ustedes antes de marcharnos?

El médico les dedicó una mirada escrutadora en busca de alguna herida o síntomas de cualquier afección. David se levantó despacio y se acercó a él. Hacía rato que el dolor del costado había vuelto a atormentarle.

—Me vendría bien un analgésico, cualquier cosa que

lleven en el maletín. —Intentó parecer despreocupado, restarle importancia a la petición—. El día ha sido muy largo y las costillas se niegan a dejarme en paz. Lo pasaré mal bajando si no me dan aunque sea un ibuprofeno.

—Puedo inyectarle algo mejor. Bájese un poco el pantalón. ¿Ha tomado recientemente otros analgésicos o antiinflamatorios? —le preguntó.

—No —mintió. Aquello se estaba convirtiendo en una costumbre.

Se dio la vuelta y esperó a que el enfermero le clavara la aguja después de propinarle un sonoro cachete debajo de las lumbares. Dos minutos más tarde, los dos sanitarios corrían monte arriba para reunirse con sus pacientes a bordo del helicóptero.

Los soldados bajaron poco después de que vieran el aparato volar sobre sus cabezas. «Que lleguen a tiempo —rezó David—; que lleguen a tiempo».

—¿Por qué le has dicho al médico que no habías tomado nada? —le preguntó Torres—. Recuerdo que Germán te pasó un botellín de agua en el collado para tragar unas pastillas.

—Eso no era nada, menos que una aspirina infantil. Las costillas me están matando —añadió, intentando parecer cordial—. Mañana no me moveré de la cama, a ver si así se me curan de una maldita vez.

Hicieron el resto del camino en silencio, a excepción de alguna breve indicación por parte de los soldados. Bajaron muy despacio, temerosos de que quedaran trampas entre los árboles, pero lograron alcanzar el collado sin contratiempos.

Las primeras luces del amanecer alargaron las sombras de los árboles y despertaron a las bandadas de pájaros que hasta entonces habían permanecido mudos. Como si respondieran a un misterioso aviso, cientos de aves se pusieron de acuerdo para lanzar al aire sus trinos, saludando al nuevo día y embarullando los pensamientos de David, que avanzaba como un autómata, con la mano en el costado para minimizar las sacudidas del camino sobre sus heridas y la mente asaltada por funestas imágenes.

No podía olvidar el cuerpo mutilado de Leonor Górriz, el agujero en el pecho de Fernando Aguilera ni la ruina en la que se había convertido Raquel Gimeno. Las yemas de sus dedos recordaban a la perfección los recovecos del aljibe del fuerte de San Cristóbal en el que estuvo a punto de perder la vida, el llanto quedo de los niños y los gritos asustados cuando su padre les apagó la luz. ¿Y todo por qué? ¿Qué pasa por la cabeza de un hombre para que se convierta en el peor de los asesinos, ese que aprovecha la confianza y la intimidad del hogar para agredir y matar?

Desde luego, no era él el más indicado para dar consejos ni ofrecer sermones al respecto. Él, que compartió techo y cama con una homicida múltiple, una mujer que, si daba crédito a las pruebas, cada vez más apabullantes, era culpable de al menos tres muertes, a cuál más horrenda. Una mujer que le había confesado sus crímenes hacía menos de dos días mientras le susurraba al oído.

¿Lo sabía y no quiso verlo? ¿O siempre estuvo ciego? David se frotó los ojos, esforzándose por alejar de él los macabros pensamientos y el bullicio de los trinos. No quería seguir pensando en eso. En realidad, no quería pensar en nada. Solo quería llegar a su casa, meterse durante días debajo del edredón y esperar a que las heridas se curasen. Sin ver a nadie, sin hablar con nadie. Solo con sus fantasmas. Con su fantasma. Con Irene.

***

El descenso se prolongó durante casi dos horas. Cuando se acercaron al pueblo, descubrieron asombrados que decenas de vehículos de diversos medios de comunicación habían desplegado sus antenas a lo largo y ancho del estrecho camino de entrada. Vázquez, Torres y los dos soldados que los acompañaban se detuvieron detrás de un pequeño montículo que los hacía invisibles a los ojos de quienes, al parecer, los esperaban. No estaba seguro, pero creyó oír un eco de música a lo lejos. Los jóvenes soldados se detuvieron a su lado, divertidos e incrédulos, debatiéndose entre acatar la orden de que no se dejaran ver de un inspector de la policía, que al fin y al cabo no pintaba nada en el ejército, o seguir adelante y permitir que sus rostros aparecieran en las televisiones de todo el país y, quizá, del mundo entero.

Ajeno a la media sonrisa que se les dibujó en la cara, Vázquez sacó el teléfono y marcó el número de Helen Ruiz. Estaría bien que los recogiera un coche allí mismo y les evitaran el paseíllo entre los *flashes* de las cámaras. Al otro lado de la línea, como se temía, la voz de la agente le llegó acompañada por los acordes de una conocida canción.

—¿Dónde estás? —preguntó David.

—En el pueblo, en la plaza. Cuando se ha corrido la voz de que habéis encontrado a los niños sanos y salvos, cuatro vecinos han sacado los instrumentos a la calle y se ha montado una verbena. La gente está como loca, lo mismo les da que estemos a tres grados o que sean las ocho de la mañana. ¿Y vosotros? ¿Bajáis ya? ¿Necesitáis ayuda?

—Nos hemos detenido en la entrada del pueblo al ver la que se ha liado. Envíanos un coche a la última construcción junto al camino, la que tiene unas puertas dobles pintadas de verde. Subiremos y nos largaremos directamente a Pamplona. Que salga el comisario en las noticias.

Cortó la comunicación, guardó el teléfono y apoyó la espalda en el montículo. Torres se había sentado en el suelo y los dos soldados permanecían en pie, asomándose tímidamente en un burdo intento de ser vistos como por casualidad, evitando así la bronca de los policías. David no tenía fuerzas ni para recriminarles su actitud infantil.

A su derecha, una amplia pradera se extendía hasta la falda del monte. La niebla acariciaba los pastos, invisibles bajo los fantasmagóricos jirones blanquecinos. A pocos metros de donde se encontraba descubrió un pequeño grupo de caballos. Estaban muy quietos, con las patas y la panza ocultas por la neblina. No se movían, ni siquiera pestañeaban. Y tampoco parecían mirar a ninguna parte. David hizo un breve movimiento, buscando provocar una reacción en los animales, pero fue en vano. Mantuvieron los ojos fijos en ninguna parte, indiferentes a todo lo que los rodeaba. ¿Quizá nacían sabiendo que más pronto que tarde se convertirían en filetes y hamburguesas? ¿Llevarían su temprana y horrible muerte tatuada en los genes? ¿Tal vez la certeza de su inexorable destino provocaba en ellos esa silenciosa apatía, esa rendición absoluta del cuerpo y del alma? Un futuro ya escrito, contra el que es imposible rebelarse. Los caballos, como animales que eran, nada podían hacer para cambiar su suerte. Pero él quizá podría...

No, él tampoco.

Cinco minutos después apareció a su lado un coche patrulla con los cristales convenientemente tintados conducido por la propia Helen, que los saludó con su blanquísima sonrisa. Los soldados avanzaron a pie para encontrarse con su destacamento y ellos ocuparon los asientos libres y la observaron maniobrar en el estrecho y embarrado camino. Miraron al frente mientras las cámaras disparaban rápidas ráfagas luminosas y los reporteros acercaban los micrófonos a las ventanillas. La agente, implacable, mantuvo una velocidad prudente pero constante y consiguió dejarlos atrás en un par de minutos.

Viajaron en silencio hasta la entrada de Pamplona. La ciudad comenzaba a desperezarse en un día luminoso que le hizo echar de menos sus gafas de sol. Entrecerró los ojos y apoyó la frente en la ventanilla, que vibraba suavemente con el runrún del motor. Habría podido quedarse dormido allí mismo. «No estaría mal —pensó—, cerrar los ojos y despertarme en otro sitio, en algún lugar en el que nada de esto hubiese sucedido, en el que convertirme en una persona sin nombre y sin pasado». Habría sido capaz de echar una cabezadita de no tratarse de un trayecto tan corto. Cinco minutos después, Helen apagaba el motor del coche frente a la comisaría y entraron en el edificio. Había mucho que hacer, pero ninguno de ellos se sentía con fuerzas para nada.

—¿Han avisado a la madre? —preguntó al agente de la recepción. No hizo falta ninguna explicación más, todo el mundo sabía de qué estaban hablando.

—Sí, señor. El comisario en persona la ha llamado en cuanto el helicóptero ha aterrizado en el hospital.

Se despidió con un movimiento de cabeza y se dirigió a su despacho. Torres y Ruiz lo siguieron a dos pasos de distancia.

No se molestó en cerrar la puerta cuando entró y se acomodó detrás de su escritorio. Sacó el móvil y buscó el número de Raquel Gimeno. El teléfono de la mujer estaba apagado, así que le escribió un rápido mensaje, prometiéndole llamarla más tarde y pasarse por el hospital cuando los niños estuvieran restablecidos. Buscó después el número de Germán Labra. Le habían informado de que el historiador había llegado al centro hospitalario y que estaba siendo intervenido en esos momentos, así que se limitó a teclear un nuevo mensaje, deseándole una pronta recuperación y asegurándole que iría a verle en cuanto pudiera recibir visitas.

—Será mejor que nos vayamos a casa antes de que llegue todo el mundo y nos acribillen a preguntas —sugirió—. Vamos a dormir, a comer caliente y a descansar un poco antes de volver a la carga. Nos vemos esta tarde.

Torres y Ruiz, con el rostro barrido por el agotamiento, asintieron en silencio. Un par de palabras fueron más que suficientes para despedirse, sin sonrisas ni movimientos de cabeza. Todos tenían prisa por refugiarse entre las sábanas y olvidar la tensión vivida durante la pasada noche, el miedo a llegar demasiado tarde, el olor de la sangre de Lizalde extendiéndose por el suelo y escurriéndose por la pared, la escarpada ladera que ascendieron a contra reloj, con miedo a caerse y no llegar, o a que una de las trampas del asesino los hiriera gravemente. Recordaban los gritos aterrados del soldado, con el pie atravesado por los largos clavos de la trampa oculta entre la hojarasca, y a Germán Labra, descendiendo muy despacio con una estaca clavada en el hombro. Al menos les quedaba el consuelo de saber que los niños estaban a salvo y que podrían regresar a casa con su madre en pocos días.

Quedaría después el arduo trabajo de explicarles por qué su padre quiso matarlos, por qué asesinó a su abuela de una manera tan cruel, y por qué incluso intentó acabar con la vida de su madre, que habría muerto de haber estado sola en casa. ¿Qué mente es capaz de asimilar esa realidad? ¿No sería mejor, quizá, ocultarles los detalles y decirles simplemente que su padre se volvió loco? Pero no saber no era una opción, la ignorancia siempre era la peor de las elecciones. Iba a ser un proceso duro. Maite y Markel crecerían y surgirían preguntas cuya respuesta sería difícil de entender y aceptar.

David movió la cabeza a un lado y a otro, intentando recordar dónde había aparcado el coche. Parecía que hubiera transcurrido una eternidad en lugar de solo un día, seguramente el más intenso de su vida. Estuvo tentado de desistir de la búsqueda y caminar hasta su casa, pero el ligero temblor de sus piernas y el incipiente dolor en las costillas le hicieron seguir buscando. Estaba demasiado cansado. Se encaminó hacia el cercano aparcamiento mientras recordaba un caso en el que trabajó hacía ya varios años. Un hombre se había vuelto aparentemente loco y, en un ataque de furia, prendió fuego a la casa de su vecino, con quien tenía muy mala relación desde hacía muchos años, tantos que ninguno de los dos recordaba el motivo original de su inquina. Cuando lo trasladaron a las dependencias policiales, el médico forense tuvo que inspeccionarle algunas heridas que se había producido mientras le pegaba fuego a la casa. El doctor, viendo el severo rictus del hombre, su porte altivo y su media sonrisa, no pudo por menos que comentarle que el afán de venganza iba a terminar por matarle.

—Al contrario —respondió el hombre con voz calmada—. La venganza es la fuerza que me saca de la cama todas las mañanas. Me levanto pensando en si ese será el día en el que le arranque la cabeza al hijoputa de Hipólito, y me acuesto dándole vueltas a lo que podría hacer para joderle la vida. Sé que él también lo hace, así que no se apiaden de él ni crean que yo soy un demonio.

David, que escuchaba desde la puerta, se quedó

impresionado por la frialdad con la que ese hombre relató todas las fechorías que había perpetrado contra su vecino a lo largo de los años. Desde luego, el tal Hipólito no se quedaba atrás. Hablaron de ganado envenenado, novias robadas, tractores con el depósito lleno de tierra y constantes desplantes, insultos y amenazas. No podían cruzarse por la calle sin dedicarse el uno al otro una mirada furibunda y un «cabrón» mascullado entre dientes.

La venganza era su alimento. El afán por perjudicar al otro era el motor de sus vidas. El detenido, que contemplaba impávido a los agentes que lo custodiaban, sabía que ahora era el turno de su vecino, que sin duda se la devolvería.

—Quizá la próxima me cueste la vida —comentó en un momento dado—, pero me importa una mierda.

Encontró su coche con dos multas de aparcamiento sujetas al parabrisas. Ni siquiera tenía ganas de maldecir. Subió, encendió el motor y puso rumbo a su casa, un lugar al que no le apetecía volver. Cuatro paredes y un techo. En absoluto un hogar.

CERO

El recepcionista del hotel de Bayona no era estúpido, ni mucho menos. Cada día pasaban por sus manos decenas de documentos de identidad de todas las nacionalidades imaginables, miles en los seis años que llevaba detrás del mostrador, y sabía distinguir uno falso en cuanto lo rozaba con los dedos. Y esa española morena le había puesto bajo los ojos unas credenciales tan falsas como una moneda de tres euros.

No era el primero con el que se topaba. Había visto burdas fotocopias, apaños mediocres y buenas falsificaciones, como la de Eva Ferrer. Ese carné le había tenido que costar una buena cantidad de dinero. ¿Cuánto más tendría guardado? Era una mujer elegante, acostumbrada a la buena vida. Seguro que escondía un fajo enorme en el forro de la maleta. Quizá estuviera dispuesta a compartirlo con él a cambio de su silencio.

Esperó paciente hasta que su compañero le dio el relevo en la recepción y se dirigió a la zona del hotel destinada a los empleados. Se deshizo del uniforme y se vistió con su propia ropa, mucho más cómoda e informal. Llevaba en el bolsillo una fotocopia del documento entregado por la impostora y una de las llaves maestras de las limpiadoras. Comprobó su aspecto en el espejo del vestuario, se ajustó la camisa dentro de los pantalones y salió por la puerta de servicio para acceder a las escaleras sin pasar por el vestíbulo.

Había entrado a trabajar en el hotel con veintidós años como un simple botones, pero su dominio de los idiomas y su buena mano con los clientes le hicieron progresar con rapidez. Tras un año subiendo y bajando maletas le dieron una placa que le identificaba como recepcionista, y allí seguía, contento con su suerte. Tenía un buen sueldo y un trabajo cómodo que de vez en cuando le permitía conocer a mujeres interesantes, como con la que estaba a punto de encontrarse.

Subió solo en el ascensor, silbando despreocupado mientras se acercaba a la quinta planta. Habitación 505. Una doble sencilla, con cama de matrimonio y vistas a la carretera y al río. Televisión anclada a la pared, minibar bien surtido, artículos de cortesía en el baño y mantas de sobra en el armario para los clientes más frioleros. Nada del otro mundo, pero más que suficiente para pasar una o dos noches, que era la estancia media de sus clientes, casi todos viajeros a la espera de su siguiente vuelo o pendientes de cerrar un negocio en cualquiera de las empresas de la zona.

Se detuvo ante la puerta y escuchó en silencio. No le llegó ningún sonido del interior. Si tenía la televisión encendida o había conectado el hilo musical, lo había hecho a un volumen imperceptible desde fuera.

Volvió a ajustarse el cuello de la camisa con un firme tirón, enderezó la espalda y llamó a la puerta. Tres rápidos y contundentes golpes con los nudillos. Esperó un minuto entero antes de volver a llamar, de nuevo tres toques muy seguidos. Juraría que estaba dentro; no la había visto salir, y eso que había permanecido especialmente atento a las idas y venidas de los huéspedes por si ella decidía marcharse.

—¿Sí? —respondió por fin una voz femenina al otro lado de la madera.

—*Madame, je suis Marcel, le réceptionniste.*

—Lo siento, no hablo francés —repuso ella sin abrir la puerta—. *Au revoir.*

—No se preocupe, yo hablo español. Abra, por favor. Es sobre su documento de identidad.

Irene tardó unos segundos en reaccionar. Su cabeza funcionaba a toda velocidad, buscando una explicación lógica a cualquier problema que le planteara el empleado del hotel. Quizá solo se tratara de una comprobación de rutina, aunque su intuición presagiaba serios problemas. Se retiró el pelo de la cara, dibujó una agrietada sonrisa por la falta de costumbre y abrió despacio la puerta, solo un par de palmos, lo justo para escuchar lo que tuviera que decirle y volver a cerrarla rápidamente.

—¿Me permite pasar? —preguntó Marcel, devolviéndole la sonrisa mientras la estudiaba de arriba abajo sin disimulo.

—No creo que sea necesario. Además, estoy muy ocupada.

Cualquier atisbo de simpatía desapareció en el acto de la cara del joven.

—Señora Ferrer, si es que ese es su verdadero nombre… No creo que quiera discutir en el pasillo sobre el origen del carné falso que me ha presentado.

—No sé de qué me está hablando…

—Oh, sí, claro que lo sabe. Una mujer inteligente

como usted no se deja engañar fácilmente, así que supongo que está al tanto de esta circunstancia y que lo pasea por Europa con plena conciencia de ello.

—Insisto en que no…

No pudo terminar la frase. Marcel empujó la puerta con fuerza y se coló en el interior de la habitación sin que Irene pudiera hacer nada por evitarlo. La moqueta amortiguó el sonido de sus pasos hasta el otro extremo de la estancia. El recepcionista se detuvo junto al ventanal y sacó del bolsillo la fotocopia del carné de Eva Ferrer. Irene cerró despacio la puerta, pero no se movió de donde estaba.

—Es falso —repitió.

—No tiene derecho a colarse en mi habitación. Voy a llamar a la policía.

—De acuerdo. —Marcel se encogió de hombros—. Adelante. Es lo que pensaba hacer yo.

Irene, sin embargo, permaneció inmóvil. Estudió con detenimiento la cara de aquel hombre que, sin esperarlo, la había colocado entre la espada y la pared. La fotocopia descansaba ahora sobre la colcha de la cama, donde él la había arrojado con un gesto desdeñoso.

Irene dio un par de pasos cautelosos hacia el centro de la habitación y alargó la mano para coger el papel impreso.

—Puede romperla si quiere —dijo él con una sonrisa torcida en la cara—. Tengo otra, además del documento digital que se guarda en los archivos del hotel.

—¿Qué quiere? —preguntó por fin.

—Dinero, por supuesto. ¿No es lo que quiere todo el mundo?

—No tengo dinero.

—Oh, seguro que sí.

Ahora fue él quien dio un paso hacia ella. Le sostuvo

la mirada, intentando adivinar sus intenciones, y lo que vio en el fondo de esos ojos castaños no le gustó en absoluto. Estaban a menos de un metro de distancia el uno del otro. Irene podía ver las puntas de la nueva barba ensombreciéndole la cara, los hilos sueltos de la camisa, fruto de incontables lavados, el brillo artificial de su pelo, el constante y rápido parpadeo de sus ojos y cómo se frotaba el dedo índice contra el pulgar, un tic nervioso del que seguramente él ni siquiera sería consciente.

Irene enderezó la espalda y cambió de táctica. Moduló su tono de voz hasta convertirlo en un susurro sugerente.

—Entiendo que no es la primera vez que se encuentra ante una situación como esta.

—No, no lo es.

—Le felicito por su perspicacia. No es fácil distinguir un documento falso de otro auténtico, hay que ser muy sagaz para verlo bien, y valiente para presentarse ante quien lo lleva. Nunca se sabe lo que puede guardar en la maleta alguien que esconde su identidad.

A juzgar por su cara de sorpresa y el rápido movimiento de sus ojos, que barrieron la habitación en menos de diez segundos, Marcel no se había planteado la posibilidad de que esa mujer pudiera representar una amenaza.

—Tranquilo —dijo ella, y sonrió divertida—, no soy peligrosa. Y espero que usted tampoco.

El recepcionista levantó las manos con las palmas hacia delante y ella volvió a sonreír, un gesto incómodo que le tiraba de la comisura de los labios.

—Seguro que nos entendemos —aventuró él.

—Seguro que sí, no veo por qué no. Y dígame, ¿qué es lo que ha pensado?

—Más bien cuánto.

Ella cabeceó para darle a entender que comprendía el matiz.

—Creo que cinco mil euros es una cifra razonable para garantizar mi silencio y su seguridad.

—Podría marcharme ahora mismo…

—Tengo su nombre y la matrícula de su coche —la cortó él—. No llegaría muy lejos.

Irene volvió a asentir en silencio. Las cartas estaban sobre la mesa. La siguiente jugada podía ser crucial.

—No tengo cinco mil euros.

—Bueno, puedo conformarme con algo menos, y luego buscar la forma de compensar lo que falte.

La cara de Marcel se convirtió en una mueca lasciva. Irene contuvo el asco que le producía la situación.

—Ni lo sueñes.

Abandonada toda formalidad, eliminó la molesta sonrisa de su cara y, con un gesto casi imperceptible, dobló una pierna por la rodilla hacia atrás, se quitó el zapato y dio un rápido paso adelante, eliminando la distancia que los separaba. Marcel, estupefacto, no tuvo tiempo para cambiar del todo el gesto obsceno por otro más adecuado a la nueva situación.

Irene saltó sobre él blandiendo el zapato y le golpeó con el tacón en la cabeza. Marcel se encogió y se llevó las manos a la herida abierta, no demasiado profunda, pero sí lo suficiente como para causar una profusa hemorragia. Irene levantó de nuevo el zapato y se lanzó contra él. Más atento y ágil de lo que ella esperaba, el joven se movió hacia atrás justo a tiempo para esquivar el golpe y cogerla por la muñeca.

Irene soltó el zapato y forcejeó para liberarse de la zarpa que la inmovilizaba. Utilizó el brazo que tenía libre para golpearle repetidamente en la cara, el cuello y lo más cerca que pudo de la sangrante brecha, pero él, tenaz, la sostuvo y la empujó hacia atrás, poniéndose a salvo de sus embestidas.

Se revolvió una vez más y se agachó hasta ponerse a la altura del brazo que la atenazaba. Sin dudarlo, abrió la boca y le clavó los dientes en el antebrazo. En un segundo sintió el sabor de la sangre en la lengua, mientras él lanzaba un estruendoso alarido y soltaba la muñeca que retenía entre sus dedos.

Libre, corrió hacia la puerta y salió al pasillo, pero el objeto que apareció ante sus ojos la hizo cambiar de opinión. Arrancó el extintor de la pared y se lanzó a la carrera contra Marcel, que la miraba atónito. Tenía sangre en el brazo y en buena parte de la cara, pero no parecía haber perdido ni un ápice de su determinación. Tampoco ella. Había llegado demasiado lejos como para permitir que un ambicioso recepcionista de hotel lo echara todo a perder.

Levantó el extintor por encima de su cabeza y corrió hacia él, que la esperó de pie, inmóvil, hasta el último segundo. Entonces se hizo a un lado con un rápido movimiento y la empujó con fuerza. Irene trastabilló, luchó por mantener el equilibrio y giró con rapidez sobre sí misma. El impulso sirvió para que la base del extintor impactara contra la mejilla de Marcel, que se desplomó en el suelo sin emitir ni un solo sonido.

Esperó unos segundos antes de agacharse y acercar una mano a su cuello ensangrentado para comprobar si tenía pulso. Un leve latido le sacudió las yemas de los dedos. Marcel seguía inmóvil e inconsciente, pero no sabía por cuánto tiempo permanecería así. Arrancó de un tirón los cordones de las cortinas y lo ató de pies y manos antes de hacerlo rodar hasta la pared. Las heridas abiertas del joven dejaron un reguero sangriento en la moqueta, que absorbió también cualquier ruido que pudiera percibirse en el piso de abajo.

Corrió las gruesas cortinas plateadas por delante del cuerpo inerte, que desapareció de su vista. Nadie que entrara por la puerta lo descubriría, salvo que este se moviese o hiciera algún ruido.

Agitada y casi sin respiración, lanzó la maleta abierta sobre la cama y comenzó a guardar las pocas prendas que había sacado para pasar la noche. Le temblaban las manos y el corazón le lastimaba el pecho con cada pulsación. Sudaba copiosamente, hasta el punto de sentir la espalda empapada y la ropa pegada al cuerpo. Tenía que huir, salir de allí cuanto antes, subirse al coche y marcharse lo más rápido que pudiera, antes de que alguien diera la voz de alarma y los gendarmes de toda Francia comenzaran a buscarla. No les costaría demasiado descubrir su verdadera identidad a partir de la foto del pasaporte, y entonces sería su fin.

Apenas había tenido tiempo de descansar antes de que los acontecimientos se precipitaran. Estaba tan cansada… ¿Cuánto más aguantaría antes de caer? No quería seguir huyendo, no merecía la pena correr para no llegar a ningún lugar, o para alcanzar un páramo desértico, sin nadie que la esperara, nadie a quien querer. Todo había sido inútil. Todas sus decisiones, erradas. Todas esas muertes, esos ojos vacíos… Recordó a Marta Bilbao, su frágil silueta apenas dibujada bajo la manta, escuchando su confesión mientras se retorcía de dolor. Pensó en Katia, en su carne abriéndose al paso del cuchillo, en esa niña que crecería sin madre. Y todo, ¿para qué? Estaba sola, siempre lo estaría, condenada a huir, a estar en permanente alerta, a saltar a la menor provocación, a defenderse ante cualquier insinuación de que había sido descubierta.

Sacó de la maleta el pequeño neceser negro y abrió la cremallera. La superficie mate de la pistola apenas reflejó la luz. La cogió y la sopesó en la mano. Era ligera, suave, fría, letal.

No quería huir, no encontraba ningún motivo para seguir haciéndolo.

Todo esto tenía que terminar, pensó. Aquí y ahora, decidió. Solo había una cosa más que debía hacer.

Encajó el cargador de la pistola y le quitó el seguro antes de dejarla sobre la cama. Buscó después su teléfono móvil y marcó un número que pensaba que nunca volvería a teclear.

Tardaron unos segundos eternos en responder.

—Inspector Vázquez.

—Hotel Cavaliere, en Bayona. Habitación 505. No tardes, por favor.

A buen seguro hizo saltar varios radares de velocidad por el camino, pero David consiguió llegar a Bayona en solo una hora y media.

Durante esos noventa minutos eternos se esforzó por no pensar, por no dejarse llevar, por permanecer sereno, lógico, cabal. Sin embargo, sentía que las yemas de sus dedos cosquilleaban alrededor del volante, como la vara de un zahorí que intuía la presencia del agua. Podría tocarla, verla, besarla.

Salió sin despedirse ni dar explicaciones en cuanto recibió la llamada de Irene. Apenas se molestó en comprobar la cantidad de combustible que le quedaba en el depósito del coche antes de lanzarse hacia sus brazos.

«Te veré esta noche», cantaba el viejo roquero. No preguntaba. Prometía.

Sacudió la cabeza con fuerza. Una curva tras otra a lo largo de la sinuosa autovía se recordó a sí mismo quién era, qué era.

Pero la quería, la amaba. La sentía en la piel, respiraba por ella. La ayudaría a escapar, miraría hacia otro lado mientras ella cruzaba una frontera tras otra. La haría subir al coche y huirían juntos.

¿Podría vivir con ese peso sobre su conciencia? ¿Y sin ella? ¿Sería capaz de seguir adelante sabiendo que Irene se pudría en la cárcel por su culpa?

Apretó el volante para apaciguar el cosquilleo, aceleró y dejó de pensar.

Siguió las indicaciones del navegador para encontrar el hotel Cavaliere y dio un par de vueltas inútiles por el serpenteante polígono industrial antes de aparcar frente a la entrada del edificio. No había un alma en la calle y las únicas luces que iluminaban la noche procedían de la recepción del hotel y de los amarillentos plafones de las farolas dispersas aquí y allá a lo largo de un río que no podía ver, pero que oía y olía con claridad.

No vio a nadie detrás del mostrador, así que se dirigió directamente a los ascensores y subió a la quinta planta. Hacía rato que su mente permanecía en blanco, negándose a hilvanar pensamientos lógicos o a esbozar lo que le diría cuando la tuviera delante. Lo único que podía hacer era caminar, dar un paso tras otro hacia ella.

Se detuvo ante la habitación 505. Llamó e intentó tragar el bolo de su garganta, pero no lo consiguió. Un fuerte latigazo de dolor le golpeó en las sienes, obligándole a cerrar los ojos un momento. Cuando los volvió a abrir, ella estaba frente a él. Lo supo antes de verla. Olió su perfume, sintió el calor de su cuerpo. Y esta vez era real, no un juego macabro de su mente drogada.

—Has venido… —susurró ella, los labios a escasos centímetros de su cara.

David asintió en silencio, sin moverse.

Ella alargó la mano, entrelazó la de David con sus dedos, tiró de él hacia el interior y cerró la puerta. Un momento después la tenía de nuevo entre sus brazos, cálida, trémula, suya. Hundió las manos en su pelo y buscó sus labios, como el náufrago que alcanza un manantial tras días a la deriva en el mar. No podría seguir respirando si no la besaba. Ciego y sordo, solo podía sentir su boca, oler su cuerpo. La besó despacio y dejó que la calma por fin recorriera su cuerpo como un bálsamo. Sus músculos se relajaron, desapareció la tensión de sus hombros y el dolor de su costado. No había miedo ni culpa. Solo eran Irene y David.

Deshizo con pesar el abrazo y la separó de su cuerpo para poder mirarla con detenimiento. Allí estaban esos ojos oscuros, esa piel pálida, el cabello fragante que le enmarcaba el rostro y tras el que solía esconderse. Entonces pensaba que ese gesto disimulaba su timidez, pero ahora sabía que solo pretendía evitar que él descubriera lo que con tanto ahínco ocultaba.

—Has venido —repitió.

Al instante sintió sus manos sobre los hombros, deslizándose despacio hacia arriba para acariciarle el cuello y la mandíbula. David atrapó sus dedos y se los acercó a los labios.

Sería tan fácil dejarse llevar, olvidarse de todo y convertirse en dos seres primarios, básicos, sin recuerdos ni pasado, un papel en blanco sobre el que empezar a escribir a partir de ese momento. Sería tan fácil…

Soltó la mano de Irene, que quedó flotando en el aire durante unos instantes, antes de que ella, consciente del repentino rechazo, diera un pequeño paso atrás y cruzara los brazos sobre el pecho.

—Gracias —susurró.

—No me las des, no hay motivo —respondió él.

—¿Por qué has venido?

—Tú me lo pediste.

—¿Solo por eso?

David tragó saliva y clavó la mirada en sus ojos.

—Voy a llevarte a Pamplona.

Ahora fue ella la que cerró los ojos. ¿Huir? ¿Entregarse? Ya solo quería morir. Se sentó sobre la cama y respiró hondo. Cuando David bajó la vista hasta ella descubrió a su lado la pistola, pero no dijo nada.

—No iré, David. No voy a ir a ninguna parte. Esto se acaba aquí.

Un ruido inesperado y un movimiento tras las cortinas interrumpió la respuesta que había comenzado a salir de su boca. Se acercó sigiloso al origen del sonido y movió despacio las pesadas telas. Descubrió unos pies sujetos con una especie de cuerda y tiró con fuerza hacia atrás de las cortinas.

Marcel seguía inconsciente, aunque de vez en cuando emitía un extraño gorjeo, un ronquido húmedo tras el que expulsaba una especie de babilla espumosa por la boca entreabierta y teatralmente torcida. David se acuclilló a su lado y le tomó el pulso. Estudió después las ligaduras que lo inmovilizaban y la profundidad de sus heridas, rodeadas ya por una costra de sangre reseca.

—Descubrió que mi carné es falso —explicó Irene sin ninguna emoción en sus palabras— e intentó chantajearme, hacerme pagar por su silencio. Me atacó y me defendí. Una vez más. Como siempre. Solo me he defendido, he luchado por mí y por ti.

—¿Por mí? —David se volvió hacia ella, pero no se acercó—. Mataste a tu marido, a Marta Bilbao y a Katia Roldán. Me mentiste, me engañaste, me utilizaste. Yo solo era un medio para salir impune de todas esas muertes.

—¡No! Es cierto que te mentí. Yo provoqué el incendio; sabía que Marcos no podría salir de allí. Estaba borracho, inconsciente. No me importaba morir, o que me detuviera la policía, pero nadie me vio. Conseguí salir de aquella casa en llamas. Luego te conocí y todo cobró sentido, entendí por qué el destino me había concedido otra oportunidad. No podía decírtelo, te habrías ido de saberlo y todo habría sido en vano.

—No es verdad…

—¡Lo es! Jamás me habrías perdonado, a tus ojos siempre sería una asesina, la mujer que mató a su marido. ¡Él intentó matarme!

—Lo sé. Te habría ayudado, hay gente que se dedica a eso.

Irene movió la cabeza de un lado a otro. Una mueca de dolor le cruzó el rostro, pero no había lágrimas en sus ojos, solo la firme determinación de hacerle comprender.

—No… —dijo simplemente.

David la miró un instante, intentando no ver en ella a la mujer que amó, que todavía amaba. Solo lo consiguió en parte.

—¿Por qué?

Ella lo observó sin comprender.

—¿Por qué lo hiciste? ¿Por qué los mataste?

—A Marcos lo maté por mí —susurró Irene con un leve encogimiento de hombros, la mirada fija en los ojos azules de David—. A Marta y a Katia, por ti.

—¿Por mí? —repitió—. Yo no…, yo nunca…

—Lo sé, nunca me animaste a hacer nada de eso, no me lo pediste. Ni siquiera lo sabías. Me estaba defendiendo, defendía mi vida contigo. No podía renunciar a ti, a estar contigo. Querías casarte, tener hijos… Y yo no podría dártelo hasta que todas las amenazas hubieran desaparecido. Tienes que entenderlo…

David cerró los ojos y negó con la cabeza. No podía, no quería escuchar ni una palabra más.

—Tienes que venir conmigo. Vamos a acabar con esto. Llamaré a una ambulancia y luego regresaremos a Pamplona.

—¡No! —El grito de Irene retumbó en las paredes de la habitación—. Por favor, no me obligues, por favor…

Sin decir una palabra más, Irene deslizó la mano hasta la pistola que descansaba a su lado y apuntó directamente al pecho de David.

—Irene, por favor… No compliques más la situación.

—Acompáñame —respondió ella—. Tienes razón, hay que acabar con esto.

Le asustaron su voz calmada y el hielo que cubría sus ojos. No estaba seguro de conocer a esa mujer. Quizá nunca había sabido quién era en realidad. Había estado tan ciego…

Se levantó despacio, sin dejar de apuntarle, y dio un paso hacia él. David no se movió.

—Vamos —le instó—, salgamos de aquí.

—¿Y qué pasa con él? —preguntó, señalando el cuerpo inerte de Marcel.

Ella se encogió de hombros.

—Ese hombre no vale nada, es una rata avariciosa que solo quería mi dinero y mi cuerpo. Se merece morir.

—Tú no puedes decidir quién vive y quién muere.

—Sí puedo.

David la miró. Era una extraña para él.

Hacía rato que el dolor sordo que le acompañaba desde Pamplona se había convertido en un intenso suplicio. Se llevó la mano al costado en un vano intento de minimizar los constantes latigazos.

—Estás herido —recordó Irene al verlo. David asintió en silencio, apretando los dientes—. Vamos fuera —le ordenó.

—No conseguirás escapar, te atraparán. No quiero que te disparen.

—No voy a escapar. Abre la puerta.

—¿Me dispararás si no lo hago?

Irene dudó un instante. Después lo miró y movió el brazo hasta que la boca del arma apuntó directamente a la cabeza de Marcel.

—Abre la puerta —repitió.

—Tengo el coche abajo, en menos de dos horas estaremos en Pamplona. Te acompañaré, no te dejaré sola, testificaré…

—Abre.

Rendido, David abrió la puerta y salió al pasillo después de echar un último vistazo al cuerpo inmóvil del recepcionista.

—Morirá si no llamamos a una ambulancia.

Irene se encogió otra vez de hombros y escrutó el corredor.

—Por aquí —indicó.

La tupida alfombra del pasillo acalló sus pasos mientras avanzaban en dirección contraria a los ascensores. Al fondo, una llamativa placa metálica indicaba la presencia de una salida de emergencia.

Le ordenó con un gesto a David que empujara la barra

antipánico. La puerta se deslizó con suavidad sobre sus goznes, sin hacer ningún ruido. Sobre sus cabezas, una discreta bombilla roja comenzó a parpadear. No estaba seguro de que ella se hubiera dado cuenta, pero sospechaba que acababa de saltar una alarma en algún lugar.

Irene extendió el brazo para ordenarle que subiera por las escaleras a las que acababan de acceder.

—¿Adónde vamos?

—A la terraza. Necesito tomar el aire. Quiero sentir el viento en la cara antes de que todo termine.

Ascendieron despacio los cinco pisos que los separaban de la azotea, a la que accedieron tras empujar una segunda puerta. David, consciente en todo momento de la presencia de la pistola en la mano de Irene, desechó cualquier intento de desarmarla. En su estado no podría ser lo bastante rápido como para quitársela antes de que ella apretara el gatillo.

Maldijo en voz baja y salió a la terraza. Las piernas, castigadas tras la ascensión del monte Adi en busca de los niños, se negaban a obedecer las órdenes de su cerebro. Apenas había descansado, comido ni dormido en los últimos días, y estaba pagando caras todas las horas en vela y su tozuda escalada hasta el búnker. Por supuesto, no se arrepentía. Con los niños a salvo, ahora le daba igual lo que fuera de él.

Ser consciente de que no le importaba lo que sucediera a continuación fue una enorme e inesperada liberación. Bajó los brazos y se detuvo. El aire frío, el olor acre del río y la reminiscencia salada del cercano mar se colaron en sus fosas nasales y le revolvieron el pelo.

Esperó, quieto y en silencio, las indicaciones de Irene. Volvió la cabeza para verla y la descubrió con la cara levantada hacia el cielo, los ojos cerrados y una sonrisa en los labios, dejándose mecer por el viento.

—Irene… —musitó en voz baja.

Ella volvió despacio a la realidad. Bajó la cabeza y abrió los ojos, pero no borró la sonrisa de su boca. Lo rodeó despacio, hasta sobrepasarlo y dejarlo atrás. Ya ni siquiera le apuntaba con el arma, pero David no se había dado cuenta. La miraba a ella, de nuevo su Irene, la mujer cálida y generosa, la que depositaba cada noche sobre su cuerpo un reguero de caricias, la que le regalaba un beso antes siquiera de darle los buenos días al despertarse cada mañana.

La vio caminar despacio y acercarse al poyete de cemento, un borde que se elevaba apenas un metro del suelo.

—Es una lástima que sea de noche —dijo en un susurro—. Seguro que desde aquí puede verse el mar.

Dio un paso adelante, se subió al muro y se volvió para mirarlo de frente, dándole la espalda a la oscuridad y al vacío.

David intentó acercarse a ella, pero Irene levantó de nuevo el arma, deteniendo en seco su avance.

—Ten cuidado, por favor —le pidió.

Ella no pareció oírle. Sonreía mientras le miraba, aunque su mente parecía muy lejos de allí. David deslizó los pies muy despacio, intentando acercarse a ella sin sobresaltarla.

—Volveré a casa y te prepararé la cena —empezó en un susurro—. Algo rico, aromático. Que te haga sonreír. Soy feliz cuando sonríes, se me llena el corazón y se me encoge el estómago. Y entonces yo también sonrío. Lo hago mientras cocino e imagino lo que dirás cuando llegues a casa. La conversación se desarrolla fluida en mi cabeza. Y entonces oigo la puerta y tú dices: «¡Qué bien huele!». Siempre dices lo mismo, sabes que me gusta oírlo.

—Solo digo la verdad.

—Eres un zalamero, pero no me importa. Entras en la cocina y me rodeas con tus brazos. Da igual lo que esté haciendo, que la sartén esté en el fuego o que tenga las manos mojadas. Siempre vienes y me abrazas. —Hizo una pausa en su soliloquio y la sonrisa desapareció de su rostro—. Pero antes de que llegue ese momento, tiemblo de miedo durante horas. Cada vez que sales por la puerta temo que ese haya sido el último beso que me darás, consciente de que, en cualquier momento, caerá el telón, se encenderá la luz y todo el mundo conocerá mis secretos. Tú conocerás mis secretos. Sabrás lo que soy, lo que he hecho, y no querrás volver a mi lado.

»Pero esta noche siento tus manos cálidas sobre mi vientre. Sé cuánto deseas un hijo, y yo deseo dártelo. Quizá esté ya aquí, y por eso me acaricias despacio. Siento tu amor en mi piel, y me siento tan sucia, tan repugnante, tan abominable que quisiera licuarme y desaparecer por el desagüe, arrastrada por el agua hasta perderme en el mar.

»Déjame en el mar, David. Que las olas y la marea se deshagan de mi cuerpo. Quiero disolverme hasta no ser nada.

»Mírame, por favor. Solo un momento. No me recuerdes así, borra de tu mente todo lo que no sean los momentos que pasamos juntos. No hace falta que me perdones, ni que lo comprendas.

Soltó el arma, que cayó al suelo con un eco metálico. David aprovechó que Irene se quedó mirando la pistola para dar un nuevo paso adelante. Estaba muy cerca, casi podía…

Irene levantó la cara, sonrió y se dejó caer hacia atrás. David saltó hacia ella, se lanzó sobre el poyete y consiguió agarrarla por la pechera del jersey cuando todo su cuerpo colgaba ya en el vacío.

476

—Suéltame —susurró Irene.

David la sujetaba con fuerza con una mano, pero sabía que si soltaba la otra del muro, probablemente caerían los dos. Clavó los pies en el suelo de la terraza, apoyó con fuerza el abdomen en el cemento e intentó subirla. Soportó el dolor, apretó los dientes y tiró.

Entonces la miró. Irene estaba llorando, enormes y silenciosas lágrimas; pero no lloraba por ella, sino por él. Por lo que le había hecho, y por lo que vendría después.

—Déjame en el mar —suplicó.

Él la miró una vez más, intentando distinguir su rostro entre las lágrimas que también anegaban sus ojos.

«Esto termina aquí», aceptó.

Muy despacio, casi sin darse cuenta, aflojó la mano y dejó que el jersey se escurriera entre sus dedos.

Irene cerró los ojos y esperó. No gritó mientras caía. Un instante después, un golpe seco contra el suelo, diez pisos más abajo, acabó definitivamente con su vida.

Con la de los dos.

No se movió cuando la puerta de la terraza se abrió y dos hombres se acercaron a él. Gritaron palabras incomprensibles en francés, sacaron sus teléfonos móviles y se agacharon junto a él. Después, uno de ellos se asomó por el borde y entonces los gritos se incrementaron.

Sus dedos todavía guardaban el recuerdo del jersey de Irene, podía sentir la lana firmemente apretada dentro del puño, su respiración acelerada a un palmo de su cara, sus ojos suplicantes, su cabello espoleado por el viento, sus manos lánguidas, sin intentar sujetarse ni salvarse. Porque no había salvación posible.

Cerró los ojos y pensó en el mar.

NOTA

Los dos maravillosos poemas que acompañan este libro no son obra mía, sino que los he tomado prestados a dos grandes autores. El primero, en la página 210, es un fragmento de «Acabar con todo» de Octavio Paz, mientras que el segundo, en la 315, son unos versos del poema de Pablo Neruda, «Solo la muerte».